LE TIGRE DE PAPIER

I

Alex de Kyburg

Editions Art Visionnaire Narratif

ISBN 978-2-940611-00-3

Révision 4 2019

REMERCIEMENTS

On a beau être extrêmement débrouillard, sortir un livre n'est pas une de ces "petites choses" que l'on règle en deux coups de cuillère à pot!

Être imaginatif avec, un peu de chance, un minimum de facilité à mettre au monde ses idées de manière compréhensible pour autrui, c'est déjà ça. Mais, cela n'est de loin pas tout, car il y a des aides indispensables qui collaborent dans l'ombre. J'ai nommé : les fées et elfes qui s'attellent à la relecture du manuscrit.
Il y a donc une indicible gratitude envers celles et ceux qui auront enduré les pires souffrances face aux erreurs de français, aux coquilles et omissions diverses!

Mousse Boulanger, Jaïa Le Bé, Sophie Rossier, Bernard Krummenacher, vous qui avez eu ce courage :

MILLE MERCIS!

PROLOGUE

Mise en garde

Chère lectrice, cher lecteur,

Il est coutume, pour avoir du succès en librairie, d'ajouter sang, sexe et drame dans les écrits pour en améliorer leurs chances commerciales. Je tiens, par cette introduction, à mettre en garde les amateurs de ce type de sensations fortes, qu'ils ne trouveront rien de tel (ou très peu) dans cet ouvrage.

Ce livre s'adresse aux rêveurs, aux chercheurs un poil philosophes, à celles et ceux dotés d'une sensibilité ouverte à un certain idéalisme.

Peut-être faites-vous partie de ces êtres, malheureusement trop rares, qui pourraient "refaire un monde meilleur"... Allez savoir ?

Les faits décrits se passent sur notre planète, qui en a déjà bien assez bavé pour que la poignée de survivants aille s'imaginer agir de la même manière que leurs sinistres ancêtres; j'ai nommé : NOUS.

Nos descendants seront plutôt réceptifs, un brin naïfs, avec une attitude générale qui pourrait rappeler celle des plus pacifiques tribus amérindiennes, avant l'invasion des colons. Sauront-ils évoluer et faire face aux défis qui se présenteront à eux, sans retomber dans les anciens travers ?

Le récit dépeint ci-après est vécu au travers du regard d'Octa, un jeune homme qui ne connaîtra notre monde, ou ce qu'il en restera, d'ici environ deux siècles. La lectrice, le lecteur, relié(e) en esprit à cet hôte a, ainsi, une véritable occasion de suivre les évènements "de l'intérieur" !

N'ayez crainte de vous sentir déboussolés, désorientés, dans l'incapacité de situer géographiquement où se trouvent Octa, le Village et le Manoir... Car, à ce propos, ni lui ni aucun habitant du "Village" n'en sait davantage que vous...

N.B. Dans cet ouvrage, l'utilisation de la manière celtique d'exprimer les nombres 70, 80 et 90, bizarrement encouragée par l'Académie française, est remplacée par une forme plus correcte, basée sur l'origine latine de la langue de Molière, à savoir : compter par dizaines.

Du passé au présent

Il est plus que probable que l'humanité ait, d'entrée, pris un faux départ. Était-ce environnemental ? Était-ce social ? Pour une raison inconnue, au lieu de s'appuyer sur l'empathie, il semblerait que les premiers êtres de cette planète, dotés d'un début d'intelligence, aient opté pour la paranoïa. Au lieu de prendre la sagesse pour base de son développement, l'embryon d'humanité a choisi l'ivresse du pouvoir. On peut imaginer que le premier être, véritablement intelligent, ait été écarté par le "plus fort" du groupe. Le gourdin dominant, d'emblée, la subtilité ! L'ensemble de l'évolution en a été dramatiquement imprégné ! Bien sûr, on ne peut que supposer ce qui a pu entraîner les humains sur une voie aussi absurde que celle de l'auto-destruction.

Ce qu'il est possible de comprendre, à notre stade des analyses et au vu des rares documents qui nous sont parvenus, renvoie une image assez pathétique de nos ancêtres. Comment ont-ils pu en arriver là ? Pourquoi n'ont-ils pas perçu les quantités incroyables de signaux d'alerte ? Alors que la nécessité d'un changement de cap s'imposait impérativement, pourquoi ont-ils continué de courir à leur perte ?

J'ai lu quantité de vieux articles de journaux et procédé à d'innombrables recoupements de situations. Celles-ci expliquent certains aspects, mais ne peuvent justifier l'aberration de tous les comportements.

Bien sûr, il faut comprendre l'impact de l'inertie. La barre aurait dû être redressée, quelques centaines de Cycles avant le clash. Les anciens ne comptaient pas en Cycles et nous ignorons, par conséquent, quelle serait la datation qu'ils donneraient aujourd'hui. Pour le Village, le départ du calendrier est basé sur l'arrivée des premiers survivants sur les terres du Tigre, il y a de cela cent un Cycles. Depuis mille deux cent douze Lunes, soit trente-six mille trois cent soixante jours, les générations se sont succédé. Mais, qu'importe comment les jours sont comptés, si l'on ne fait que les gaspiller ! L'absence quasi totale d'écoute des besoins fondamentaux de l'individu doit avoir lourdement pesé dans la balance, aussi. Le sentiment d'appartenance n'a pas aidé au développement de la conscience, non plus ! Personne n'appartient à personne ! Or, tous les indicateurs pointent vers un problème récurrent : les individus étaient prisonniers de leur lieu de naissance, de la culture adoptée par une "majorité". Comme si le fait de naître en un endroit devait conditionner toute une existence ! Voilà qui paraît impossible, aujourd'hui. Un individu n'appartient pas à la terre où il est né et la terre ne lui appartient pas davantage. J'aurais pu venir au monde n'importe où ailleurs. Aurais-je dû, pour autant et à l'instar de mes aïeux, cristalliser toute ma personnalité en cette seule notion d'appartenance ? D'autant plus absurde, si l'on en juge par le résultat ! Pourquoi l'égoïsme a-t-il prévalu sur l'individualité ?

Pour mieux comprendre, j'essaye de me projeter dans la peau d'un habitant qui aurait vécu sur la planète, voici trois à quatre cents Cycles, ce qui est loin d'être évident :

Me voici donc propulsé sur un continent surpeuplé, étouffant dans la promiscuité, respirant un air surchargé de pollutions en tous genres, condamné à ne trouver que de la nourriture volontairement dégradée. Pire, comme tous ceux qui m'entourent, je n'ai aucune valeur en tant qu'individu. J'occupe quelques mètres carrés dans un immense immeuble qui "gratte le ciel". Derrière une des multitudes de portes. Je suis un numéro. D'autres numéros vivent en dessus et en dessous du cagibi qui me tient lieu de "chez moi". Le seul moyen de palier à la dépression est de suivre la mode, faire partie d'un groupe, de se distinguer avec des futilités, ou, au mieux, devenir "quelqu'un" et être, soi-même, adulé par un groupe. De toute évidence, il devient alors ardu de développer son empathie, sa sagesse et, par conséquent, une vision assez claire pour sortir de l'engrenage. D'autant plus dur, si l'influence de l'entourage est considérée comme une normalité indiscutable. Le poids de l'appartenance entrave les tentatives visant la liberté de pensée. Plus pernicieusement, il culpabilise la personne qui ferait, ne serait-ce que songer, à quitter les schémas sociaux, religieux, traditionnels, culturels ou ethniques de ses proches.

Les problèmes socio-économiques et écologiques ont eu raison de l'équilibre précaire d'une civilisation minée par la course aveugle au profit et basée sur une solidité de pure apparence. Quand plus rien ne peut plus être ni vendu ni acheté, alors qu'aucune autre alternative ne semble possible, les réactions les plus belliqueuses sont si violentes, que les dernières chances de sauver ce qui reste d'une société s'effondrent.

Les survivants assez intelligents pour ne pas s'entretuer, confinés dans des poches relativement épargnées, tentent de s'organiser dans les habitations et les forêts dont les vestiges, non toxiques, peuvent encore les protéger. L'hostilité environnementale finit par pousser à l'exode en quête de lieux non infectés. Parmi les populations migrantes, une partie est stérile et la plupart des déracinés ne possèdent pratiquement aucune compétence élémentaire en matière d'autonomie. Hélas, beaucoup sont morts en chemin, car ils n'ont jamais appris à se débrouiller autrement qu'en achetant ce dont ils avaient besoin.

Cependant et malgré nombre de décès et de privations, un important groupe de rescapés a pu s'installer ici, sur les terres du Tigre. Quatre générations y ont vu le jour et, grâce aux efforts individuels, une nouvelle culture est en passe de naître : une civilisation inédite, basée sur des principes opposés à ceux de l'ancienne.

Les conditions essentielles sont toujours la nutrition, l'habitat et la santé. Toutefois, pour ne pas retomber des millénaires en arrière, la redécouverte des connaissances perdues et le respect de chaque individu, pour sa valeur unique, sont devenus tout aussi fondamentaux.

Le gaspillage, sous toutes ses formes, est actuellement un acte impensable. Les êtres les plus économes, astucieux et attentifs, sont les personnes les plus respectées au sein de cet embryon de société. Mais, l'essentiel, le ciment de cette nouvelle culture, n'existe que grâce à la découverte de l'importance de l'empathie.

Holt, Cycle 114, Lune 9, jour 17

CHAPITRE 1

LES SURVIVANTS

Octa

Assis sur le tube protégeant la grande turbine, je contemple le Village comme je le ferais s'il s'agissait d'un immense tableau en relief, exposé dans ces lieux magiques que devaient être les "musées". Il y en avait, selon les textes, des centaines. Il s'y tenait des "expositions" sublimes, de tous genres et que des personnes pouvaient parcourir! Parfois, j'aime me sentir comme un visiteur de musées, avec un certain détachement et un regard neuf. D'ailleurs, n'est-ce pas ce que nous sommes tous, ici? Dans l'œuvre qu'il m'est donné de voir, les panneaux photovoltaïques, les éoliennes et les ballons de réserves de gaz jouent les stars. Ils se font remarquer, attirent davantage d'attention, au grès des changements de vents et des variations des rayons solaires quand les nuages en font des dentelles. Ils brillent, tournent ou se balancent majestueusement. La diversité des structures est fascinante, et les couleurs pastel, chatoyantes et chatemiteuses chatouillent agréablement l'œil.

Les toits, tous protégés par une même couche de résine, sont néanmoins superbement hétéroclites. Avec ces habitations déjà toutes terminées, aucune ne ressemble à une autre. Étonnant! Et ça n'est pas fini! Trois des jeunes sont devenus adultes hier et comme il n'y a eu ni décès ni disparitions depuis bientôt quatre Cycles, trois nouvelles formes grandissent en périphérie. De futurs maisons en chantier depuis quelques Lunes, sont totalement inédites, imaginées et construites selon des plans personnels. Heert, côté nord semble opter pour des arrondis. Kopi et Tschal, à l'opposé, ont aussi leur style. Tschal aime bien les arrêtes un peu pointues, et en profite pour faire un toit qui ressemble à une rangée d'arcs dont la poignée serait fixée à sa base. Kopi est parti sur une fondation carrée aux angles adoucis, mais dont le haut des murs est en saillie, offrant, ainsi un abri similaire à un avant-toit. Tant que leur maison ne sera pas terminée, chacun dormira dans sa serre. Les serres sont reliées aux couloirs plastifiés si bien que personne ne risque de souffrir des mauvaises pluies ni des brumes jaunes. Mais, nous sommes en fin de Lune quatre. À cette époque du Cycle, les vents du Nord-Ouest ne devraient pas revenir.

En périphérie, avec un vaste espace encore constructible entre deux, se trouvent les spacieux ateliers, ainsi que les laboratoires et l'infirmerie. Forge, scierie et locaux de mécanique sont en contrebas, après le talus et avant la pente d'écoulement réservée aux averses toxiques. De cette manière, le Village est un tant soit peu épargné des nuisances du bruit. Tout au nord, la Grande Bibliothèque, aux murs d'argile percés de fenêtres rondes, étire sa forme de croissant en suivant la courbe du chemin qui conduit au Manoir du Tigre. Il est régulièrement nécessaire d'y ajouter des appendices, tant les documents à ranger augmentent de Cycle en Cycle. Il se peut que, bientôt, le bout de la construction en croissant aille rejoindre, voire englober, l'abri où le Tigre dépose, chaque Cycle, de nouveaux paquets de textes. L'infirmerie est en dessous plus au nord-est, et la culture des larves au sud-est. La zone "labo" occupe une large bande, qui descend sur presque un quart du côté ouest du Village. On y crée les divers onguents, les huiles essentielles, les pastilles et toutes sortes de médicaments à base de plantes. On y distille, également, l'alcool d'agave, autant pour les frictions que pour les moments plus conviviaux. Ce sont des produits inflammables, d'où la construction d'une assez haute cloison coupe-feu, entre les labos et le Village. Ce bâtiment-là est constitué d'un entrelacs d'osier, recouvert, des deux côtés, par une épaisse couche de torchis de paille et de boue argileuse.

Machinalement, je porte mon regard plus loin, tout là-bas, très au-delà du resserrement des collines, vers le Sud, là où se perd le Plateau. Parfois, plusieurs colonnes de tornades s'y poursuivent, à la limite de l'horizon, à une distance qui empêche d'en entendre les rumeurs. Par chance, jamais aucun de ces immenses tourbillons n'a eu la meurtrière idée, de venir se promener de ce côté-ci! Il paraît qu'il y a une chaîne de montagnes après le brouillard de cette zone. Mais, qu'il y ait des tempêtes ou non, cet horizon est caché par de permanentes nuées. Personne ne peut plus en voir la ligne. Les fondateurs du Village, les premiers rescapés arrivés ici après la Grande Destruction, ont fuit ce qui, vu d'ici, n'est plus qu'un tas de ruines dont la végétation atrophiée, néanmoins vorace, grignote les pitoyables débris sans relâche. Peut-être que ces pauvres plantes espèrent grandir ainsi, en mangeant les pathétiques restes de l'ancienne cité. La verdure, nourrit-elle une aspiration de ce type? Et si elle le peut, quelle ambition poursuit-elle? Atteindre les hauteurs impensables des bâtiments disparus, ceux que les ancêtres appelaient des "gratte-ciel"?

À part cette rampante verdure, rien ne change tellement, sur ce plateau. La monotonie semble y avoir livré bataille et définitivement gagné la guerre. Même les oiseaux évitent de le survoler. Pourtant, sous les herbes et les ronces, il doit sûrement y avoir une vie foisonnante d'insectes en tous genres.

Avant de revenir au "tableau en relief" qu'est le Village, mon regard s'attarde sur la Salière. La Salière est un hameau accroché au flan rocailleux du Montoucassé, au sud-ouest, d'où est extrait le sel. Une minorité de la population de la Salière y réside à demeure, la plus grande partie, par contre, est constamment renouvelée par des extracteurs volontaires, ou des ermites temporaires, venus du Village. L'extraction du sel est une activité très physique, raison pour laquelle personne ne s'attelle à cette besogne plus de dix jours d'affilée. Tous les Cycles, entre la troisième et la sixième Lune, environ une cinquantaine de personnes s'occupent à creuser et concasser la roche pour en tirer le précieux sel. Durant cette période, les pluies sont généralement favorables et les vents plus doux. Ce sel ne contient pratiquement pas d'iode, mais il est néanmoins indispensable à notre organisme. Il ne faut pas plus de trois Lunes pour que les réserves de sel soient largement suffisantes aux besoins du Cycle suivant. Non seulement pour sa consommation en cuisine, mais également pour le processus de purification de l'eau. Durant les neuf autres

Cycles, la Salière retrouve son silence. Le hameau redevient, alors, le lieu privilégié des ermites et les chercheurs de tranquillité. J'y ai fait une retraite lors de ma dernière période d'avant-adulte.

Du regard, je suis l'étroit et périlleux chemin sillonnant les roches brisées à l'horizontale que j'avais eu la folie inconsciente de choisir comme itinéraire. Je me rappelle les moments de grande frayeur, quand il a fallu contourner des obstacles en bravant le vide, ou traverser des éboulis sans rouler sur les gravats, déraper, et me faire entraîner dans une chute de plus de quarante mètres. Les souvenirs sont encore si forts que j'en retiens mon souffle. Soulagé, dès que ma vue se pose enfin sur les collines du Labyrinthe, je retrouve ce chaudron de perpétuelle créativité qu'est le Village.

Sous ses dômes, ses toits, ses serres et ses couloirs en plastique rafistolé, mes amis s'activent. On voit des lampes qui s'allument, des silhouettes qui passent dans les tunnels. Chacune, chacun connaît presque tous les habitants, ou, du moins, les reconnaît... et dans tous les cas les apprécie.

Par exemple; juste ici, le toit penché et recouvert de mousse de Norsa. Un peu plus loin, j'aperçois mon ancien logis. Comme je l'avais fait de plain-pied et que ses quatre pièces sont aisées à parcourir, je l'ai cédé à Oune et Cotri. Leur fille a emménagé dans la maison familiale dont les escaliers ne convenaient plus à l'âge des parents. La tourelle ronde, en torchis, est l'œuvre de la jolie Cicé. J'en suis amoureux, aussi. Plutôt du style "allumeuse", elle a été très enjôleuse un matin. Le même soir, quand je lui ai signifié être très attiré par elle, sa réaction fut surprenante. Avec un air subitement dur, elle m'avait envoyé sur les roses par un : "Je suis une citadelle imprenable!" tout à fait à l'opposé de ce qu'elle montrait d'elle auparavant. Toutefois, comme je suis un grand romantique et bien qu'elle m'ait clairement fait comprendre que je ne suis pas son genre, j'ai gardé cet éclat amoureux dans mon cœur. C'est comme ça : j'adore me sentir fondre de tendresse chaque fois que je la vois, elle est juste superbe avec sa tignasse rousse de sauvageonne et ses petits gestes vifs. Avec Iraa, ce sont les deux femmes que je ne peux m'empêcher d'admirer. Heureusement pour moi, Iraa, contrairement à Cicé, me le rend bien. Cependant, nous gardons chacun notre intimité et j'ignore si elle aussi porte d'autres amoureux dans son cœur. Cela a relativement peu d'importance, puisque l'affection n'est pas comme une tarte dont on coupe des tranches. Il reste toujours entier et indivisible. Il n'y a, d'ailleurs, aucune raison pour que l'on s'impose la torture de s'interdire à aimer qui que ce soit.

Enfin! Mes yeux vagabondent autant que mes pensées.

À la droite de la tour de Cicé, sous le croissant ocre, vit Pita, mais elle-il doit actuellement être aux cultures de larves, selon son programme. Pita est hermaphrodite, elle-il aurait voulu avoir un enfant... Dommage pour elle-il, la plupart des hermaphrodites du Village sont stériles. À trois logements de là, Trill est il-elle, Akmo aussi, mais lui-elle alterne plus souvent dans ses envies sexuelles que Trill. Une fois il, une autre fois elle, personne ne sait jamais à l'avance sous quelle forme se présente Akmo, avant que lui-elle ne sorte de son sas. Dans la maison aux trois éoliennes jaunes, vit Sari, qui est une elle-il très féminin-e et vraiment charmante. Elle aurait voulu rester avec moi. J'aurais pu l'aimer. J'ai bien essayé, mais, contrairement à mon voisin Narkl, j'ai de la peine à apprécier le côté masculin de Sari. Cela fait quelques Lunes qu'ils sont ensemble, d'ailleurs. Ça semble plutôt bien se passer.

Yesso vient d'emménager chez Kani. Les deux donnent l'impression d'être bien partis pour engendrer un-e nouvel-le habitant-e. J'espère que tout ira bien, durant les trois prochains Cycles, l'arrivée de cinq nouveau-nés serait adéquate. Personne ne voudrait reproduire l'immense erreur de... reproduction de nos ancêtres. Le résultat des procréations exponentielles devient vite incontrôlable, si on n'y prend garde!

Heureusement, la leçon a porté.

Yaro l'inventeur invétéré et Arl avec une vivacité et un charme époustouflant malgré ses cinquante Cycles, vivent dans la maison en paille tressée, probablement la plus tordue et la plus poétique du Village... Bref! Le Village est un regroupement d'individus hauts en couleur et, par leur originalité et leur spontanéité, d'une très grande valeur. Avec cette variété, chacune et chacun enrichit l'autre avec ce qu'elle ou il a de mieux. Les humeurs peuvent changer, avec des hauts et des bas au gré des évènements. C'est ainsi. L'essentiel est que chacun trouve ses moments d'épanouissement.

En contrebas, à côté du portail sud, il y a le dôme de la cuve. Relié par un seul tunnel fait de vieux morceaux de plastics opaques. La coupole de protection laisse beaucoup de place autour et au-dessus de notre fabrique de gaz qu'est la cuve. Tout ce qui peut pourrir et fermenter est intégré au mélange par des toboggans munis de sas et de broyeurs successifs. Trois tuyaux mènent le gaz au Village. Dès qu'il y en a trop, le surplus produit continue sa montée et va remplir les grands ballons. Ces réservoirs sont interchangeables et contiennent nos réserves de carburant pour la saison froide. Il arrive que, lors de production de gaz particulièrement élevée, des dizaines de poches de stockage multicolores flottent joyeusement au-dessus des toits; assez haut, cependant, pour éviter les drames. En général, il y en a toujours assez. Comme nous faisons très attention de ne pas commettre l'erreur du "croître et multiplier" de nos ancêtres, la pénurie n'est pas à craindre. D'ailleurs, comme rien n'est gaspillé, une augmentation raisonnable de la population engendre une bonne réserve de ressources. Rien ne se crée, rien ne se perd : tout n'est que transformation!

Le soir arrive. Les enfants retournent dîner chez eux. Une équipe de huit récupérateurs rentre par la porte est. Trois d'entre eux ont leurs arcs. Quand je pars en mission d'exploration, j'ai toujours le mien, accroché à mon sac à dos. Il faut être prêt à repousser, à tout moment, des carnivores affamés. La plupart des flèches ne sont pas munies de pointes, mais de boules sifflantes. Le but est de faire fuir le danger, pas de blesser, ni tuer. Les deux chars des récupérateurs sont richement remplis. Tubes, tuyaux, rouleaux de câbles et de fils électriques, rouages et appareils électroniques; des planches, aussi, dressées contre les côtés pour maintenir la pile de nouvelles fournitures, sont autant de matériaux de grande nécessité que nous ne sommes pas en mesure de fabriquer ici. Le produit de cette récolte bien particulière est une aubaine et démontre que les glaneurs ont découvert des ruines non contaminées. C'est une excellente nouvelle! Bien que les prévisions météo soient optimistes, on recouvre cet arrivage pour le protéger d'éventuelles pluies nocturnes. Il est temps que tous se retirent à l'abri et un bon repas sera des plus appréciés de chacune et chacun.

Beaucoup d'habitants se sont mis à cuire, car, si l'on tend bien l'oreille, on peut entendre, entre deux rires ou deux chansons, le murmure du flux du gaz utilisé pour certaines cuisinières courir dans les tuyaux. Aux alentours, les teintes changent. Les lampes des serres et des couloirs s'allument et deviennent autant de minuscules soleils. En regardant le ciel et le croissant de la Grande Lune, je remarque que la Petite Lune l'a dépassée pour la deuxième fois de la journée. Elle taquinait sa grande sœur déjà avant midi, quand j'étais au nord en train de contrôler la protection de l'étang. C'est la tâche que je m'étais fixée pour aujourd'hui : assurer que notre principale source d'eau ne soit pas polluée, en vérifier le niveau, nettoyer le filtre et réparer ce qui devait l'être. C'est fait! Maintenant, j'ai quartier libre... Oui, je sais, c'est une très vieille expression, allusion amusante d'un âge où l'humain pouvait ne pas être libre.

Cela me rappelle ce qu'un de mes enseignants avait écrit au tableau, un jour. C'était dans le courant de mon deuxième Cycle de cours. Je devais avoir moins de sept Cycles, lors d'une discussion sur le thème du respect et du droit à la différence. Je m'en souviens encore, Riak avait spontanément composé ceci :

Seul je viens au monde et seul je repars, que ce soit au milieu d'une foule ou non. Mon individualité est mon unique et ultime trésor, le seul à être fidèle en toutes circonstances. Si je perds cela, je ne suis plus vivant. Si je m'identifie à autre chose qu'à mon expérience de chaque instant, je perds ce que je suis. Si j'adopte le moule imposé par autrui, je deviens ce moule. Un moule n'est pas vivant. Il est une fausse identité. Il est une couche qui recouvre l'individu d'un épais et lourd linceul. Cette surcouche est un carcan, elle impose une identité artificielle. Quand notre individualité perd le chemin à soi-même, la suridentification prend le dessus. Alors on croit être ce que l'on possède, on se fond dans la masse des êtres moulés. Toute l'existence passe alors en état de non-vie et ce n'est qu'à l'instant du trépas qu'on se retrouve enfin.

Passer à côté de sa vie, tel est le danger de la suridentification.

Mon identité n'est pas celle que l'on m'impose, elle est celle que je choisis.

Mon identité ne dépend pas d'une appartenance, elle se construit sur mes réalisations, extérieurs et intérieurs.

Mon identité ne peut être vérifiée, elle est complexe, subtile et personnelle.

À la fin du cours, j'avais relu ces phrases et je suis allé remercier Riak. J'étais bouleversé. Je ne pouvais m'empêcher de pleurer. Je me sentais si riche, que je croyais en exploser de bonheur. Il me semble bien que ce fût mon premier "flash de conscience", la première fois que j'ai ressenti la réalité de ma sensibilité emphatique.

C'est par ce genre de rencontres que l'on cultive son amour d'exister. Fréquemment, une profonde reconnaissance se développe à l'intérieur et révèle une immensité insoupçonnée au fond de soi, un espace qui dépasse tout ce qui pourrait être perçu autour de soi et au-delà des étoiles.

Je repense à quelques lectures. Il fut un temps où la richesse de l'individu était si faussée que l'aveuglement était une normalité! Les personnes croyaient vraiment "appartenir" à l'environnement familier. Ils se battaient pour une identité d'emprunt, une étiquette qu'on avait collée sur eux à leur naissance, pour une "nation", une "religion", ou tout autre concept artificiellement construit au fil du temps. Alors qu'aujourd'hui, chacun sait qu'il n'appartient qu'à lui-même et qu'il n'est qu'un passager de l'existence. Personne n'appartient à la communauté du Village. Chacun est un bénévole de la vie et fait de son mieux pour la rendre la plus agréable possible, conscient qu'en maintenant son entourage content, c'est à lui-même qu'il rend le plus service!

Mais il se fait tard. Mes cogitations ne vont pas retenir la nuit ni les grognements d'un estomac affamé! Je dois rentrer chez moi, si je veux être frais et dispo demain, à la bibliothèque. J'y serai, temporairement bien sûr, archiviste. Je me réjouis des nouveaux textes que je pourrai étudier!

Le journal de Holt

D'une certaine manière, il est amusant de constater à quel point tout a pu si rapidement évoluer. C'est un peu comme si l'existence était un grand jeu d'habileté. Bien sûr, il est plus rapide de détruire. Mais, incontestablement, les générations de survivants ont du mérite! Toutefois, il est souvent question de l'importance des documents que le "Tigre" nous fournit. Où en serait le Village, si l'habitant du Manoir n'avait pris contact avec nos ancêtres? De toute évidence dans la panade, en admettant qu'il y ait eu une suite dans la survie!

Cette récupération de journaux et extraits se fait sans chichis, actuellement, alors qu'il y a à peine dix Cycles, tout était si différent! J'en tiens pour preuve ma dernière et fabuleuse découverte : un manuscrit évoquant les débuts du Village! Je le sors de ma bibliothèque personnelle, à côté du meuble à thé au salon.

Trouvé coincé entre une plinthe et une armoire que j'ai déplacée, cet ouvrage, dont la reliure est cousue avec du fil probablement récupéré sur un vêtement d'avant la Destruction, me provoque une sensation inexplicable. C'est plus viscéral que lors de la lecture des vieux journaux. L'auteur de cet ouvrage a connu les débuts du Village. Pas les toutes premières personnes arrivées sur ce grand promontoire. Pas de ceux qui ont rencontré le Tigre en personne, non. Mais, un de leur descendant direct. Il était enfant, alors que l'organisation sociale du Village en était à ses balbutiements! Et, il n'est autre que l'ancien habitant des lieux que j'ai la chance d'occuper depuis peu! Un vieux villageois, qui n'est jamais revenu d'une reconnaissance. Par précaution et pour ne pas laisser des habitats vides et sans entretien, les maisons dont les résidents ne donnent plus signe de vie après dix Cycles peuvent accueillir d'autres personnes cherchant un domicile. Je me suis proposé à reprendre l'ancienne maison de Holt, afin de céder mon ancien lieu de vie aux parents de Toli, ma dernière compagne. Comme j'avais construit sur un seul niveau, mon précédent chez-moi convenait mieux à un couple de personnes âgées. Je me suis installé ici le Cycle dernier. Holt avait fait du beau boulot. C'est très cosy. Par respect, j'ai presque tout gardé en l'état. J'y ajoute, petit à petit ma touche personnelle. C'est un environnement très appréciable et qui invite à la lecture. Je m'installe donc dans mon plus confortable fauteuil et continue la lecture du "Journal de Holt".

Holt, Cycle 103, Lune 4, jour 6

Notre cité compte 792 habitants : 128 seniors, 339 adultes, 162 jeunes, 131 très jeunes et 32 en bas âge. En plus du Village, il y a deux agglomérations : Route, au sud, à une semaine de marche, ou un peu moins de 2 jours en cyclo par la Routedavant et l'autre, Haute aussi nommée la Salière, au sud-ouest, sur les pentes du Montoucassé à environ trois jours de à pied et dont le dernier bout est accessible exclusivement par un chemin caillouteux et impraticable avec un véhicule à roues. Ses habitations sont héroïquement construites sur l'impressionnante déclivité d'une roche aux multiples plis et appendices, dont est extrait notre sel. Ces deux agglomérations ne sont pas aussi peuplées que la nôtre. Vivre ici, au Village, qu'on appelle parfois solennellement la "Cité du Tigre", en un endroit aussi peuplé, représente déjà un grand défi de gestion des ressources et une responsabilité certaine pour chaque personne valide et ceci à plus d'un titre. En premier lieu, tous les besoins vitaux doivent être couverts, Cycle après Cycle. Chacun y met du sien, du mieux qu'il peut. Nous n'avons perdu personne depuis deux ans. Les seniors sont tous en assez bonne forme et aucune infection, maladie, contamination ou autre calamité n'a fait de mort. En plus des tâches liées à la survie, les habitants de la Cité du Tigre se relayent pour s'occuper de l'école! Ceci implique une rigueur individuelle sans faille.

Dire qu'une partie des rescapés qui s'étaient installés ici, il y a plus de cent Cycles, avait fuit une ville occupée par plusieurs dizaines de milliers de gens... c'est impensable!

Nous sommes très bien organisés, mais il a fallu être efficace! Le Village est entouré d'une haie de buissons épineux et de ronces, doublée d'une palissade faite de déchets métalliques. Aux points cardinaux, les quatre entrées munies d'épaisses portes en tôles de fer sont surmontées d'une tourelle d'observation et sont fermées chaque nuit et durant les périodes toxiques. Rien à craindre de ce côté-là. Les grosses bêtes agressives sont rares et aucune autre population n'existe, ou n'a encore trouvé le chemin jusqu'ici. D'ailleurs, chacun admet qu'une prudence excessive vaut mieux qu'une insouciance inconsidérée. Reste que le danger vient vraiment du ciel! Non pas d'un quelconque rapace, mais des courants changeants. Il y a d'énormes contrées, surtout au Nord et à l'Est, où plus aucune vie n'est possible et, hélas, toujours tant imprégnées de poisons de toutes sortes, que les vents qui en arrivent sont nos pires ennemis.

Heureusement, depuis plusieurs générations, les "Météos" de service surveillent les signes annonciateurs des plaies. Évidemment, ceci nous est également enseigné à l'école. Chacun de nous sait ce qu'il est supposé faire. Non pas parce que qui que ce soit l'ait décidé à notre place, ou que nous soyons liés à une quelconque tâche. Pas du tout! En fait, dès notre plus tendre enfance, on apprend à accepter l'aspect quasi illimité de nos capacités personnelles, si bien qu'arrivés à l'âge responsable, nous avons acquis une grande maîtrise dans pratiquement tous les domaines indispensables au bien-être individuel et, par conséquent, au bon fonctionnement d'une communauté collaborative.

Holt, Cycle 103, Lune 4, jour 9

L'aube s'est mutée en matin lumineux. Les nuages à l'Est sont rares et clairs. La Grande Lune promène son croissant argenté au-dessus des tuiles du Manoir. L'image est majestueuse! La Petite Lune, la Trotteuse, l'a déjà dépassée par en dessus et il est probable, qu'aujourd'hui encore, elle vienne narguer sa grande sœur en lui filant sous le nez! Elle est si imprévisible et taquine!

Je voudrais bien la connaître davantage! Mais, depuis cet été, j'ai 17 Cycles, âge où l'on devient adulte, ce qui suppose de m'impliquer dans diverses tâches communautaires demandant un engagement plein de responsabilités. De fait, cela ne me laisse pas autant de moments libres pour étudier nos satellites et les astres. Mieux comprendre ce qui se passe là-haut est un de mes objectifs. Pori pourrait m'en dire davantage, il se passionne pour l'observation des planètes et des étoiles et adore se lancer dans d'improbables calculs de trajectoires. Il est toujours intéressant d'en savoir plus. D'ailleurs, je prévois de lui rendre visite, très prochainement, pour le bombarder de questions. Le connaissant et connaissant son côté exalté, mon insistance ne le dérangera sûrement pas!

Comme chacun, ici, je passe régulièrement au Mur pour y ajuster mes "dés de disponibilité". Cette méthode de planification a été imaginée et mise en place par Cora, une ancienne Porteuse au Cycle 38, déjà. Elle est décédée au Cycle 63, mais, bien que le nombre de casiers du Mur ait été multiplié par dix, il arrive qu'on l'appelle encore "le Mur de Cora". Toutes les occupations utiles y sont listées par colonnes. Les jours, sur une durée de deux lunes, le sont par lignes. Chaque habitant se confectionne ses propres dés de six faces en y mettant son style. Devant le Mur de Cora, j'observe quelles tâches nécessiteraient, pour les prochains jours, l'une ou l'autre de mes compétences. Je fais mes choix et déplace mes dés dans les casiers correspondants, face avant de zéro à cinq, en fonction de mes intérêts du moment. Ainsi, j'organise mes cinq jours à venir selon les activités pour lesquelles je me suis porté volontaire. On peut cumuler les besognes en fonction la durée et de la difficulté que chacune représente. Par exemple : Il y a deux lunes, volontaire à l'infirmerie, j'ai aidé Torl à opérer Oclaz d'une fracture ouverte du fémur, alors que j'étais aussi actif au tri de récupération, à démêler et classer des écheveaux de vieux fils de cuivre provenant de ruines au sud-sud-est. Les vingt-huit jours passés, j'ai fait la garde au portique sud durant une partie de la nuit, après avoir assuré l'arrosage des plans de fraisiers. Cette présente Lune, je suis responsable des serres à légumes et j'y travaillerai un moment chaque jour. Parallèlement, je m'occuperai également des courges dans une platebande à côté, et Dardi m'a demandé de venir tisser quelques jours. Les fibres nécessaires à la confection des fils pour les étoffes sont issues de tiges et d'autres déchets de chiffons provenant de missions de récupération. Par contre, pour la fabrication des bâches et des tentes, les toiles se composent de filaments extraits de chutes de divers plastiques.

Légumes et fruits sont essentiels à notre survie, aussi, la culture est un art très exigeant. Le Cycle dernier, les bosquets et arbrisseaux à baies étaient en fleur. Nous devions être une bonne centaine, munis de nos pinceaux, à polliniser chaque espèce, d'étamines à pistils, pour que nous puissions récolter un maximum de fruits entre le huitième et le dixième Cycle, avant l'arrivée des grands froids. Comme je l'ai appris, j'observe régulièrement la météo dès mes premiers pas hors de mon habitat et jusqu'à la tombée de la nuit. Ensuite, ce sont les cerfs volants chantants qui prennent la relève et nous réveillent en cas d'alerte. Lors d'un changement critique de direction des vents, le sifflement émis devient plus strident. Parfois, il faut en réparer, voire en remplacer pour que leur son soit clair et puisse être interprété correctement. C'est important. Il faut toujours être prévenu si des courants virent au mauvais!

Actuellement, les nuées gris-jaune du Nord-Est sont retournées dans leur lointaine région empoisonnée et, au-dessus de nos têtes, tout est à nouveau découvert. Les cultures, dûment protégées, ont été épargnées et l'air est doux et agréable à respirer.

C'est le plus beau des moments d'un Cycle : la saison appelée "Insouciance". Il arrive que quelques nuages passent, venant du Sud-Ouest. S'ils sont blancs, tout va bien. Quant aux pluies d'Ouest, quand elles veulent bien tomber sans tout inonder, elles sont plutôt bénéfiques (contrairement à celles, brûlantes et dévastatrices, des stratus rouillés).

Les teintes rougeâtres annoncent la fin de cette journée bien remplie. Comme chacun, ici, j'évite de rester en dehors des lieux abrités. De nuit, il est impossible de distinguer les changements atmosphériques.

Hier soir, j'ai déjà pu ouvrir nos cuves à compost et vérifier les taux de radioactivité et de PH. Aujourd'hui, tout est en ordre et, bidon par bidon, le contenu fertilisant peut être utilisé sans crainte. Justement, dans les serres de culture, les derniers travailleurs se dépêchent de rentrer les cuves et versent la précieuse boue semi-liquide dans les canaux distributeurs creusés dans la terre des arbustes fruitiers.

Je suis très satisfait de mon boulot et peux retourner chez moi allégrement et en toute quiétude pour m'adonner à mon autre grand dada : l'ethnopsychologie.

Aussi loin que vont mes souvenirs, j'ai toujours aimé les diverses tâches qui se sont offertes. Dans une société comme la nôtre, chacun a sa place et son importance. Il y a de bonnes raisons d'être parfaitement content de son existence. Ceci n'a pas de prix et il n'y a guère davantage à demander.

Alors, pouvez-vous imaginer ma surprise quand, arrivé à la maison, j'y trouve l'Instituteur Kito lequel, essayant de contenir une débordante excitation par une attitude vaguement solennelle, m'annonce tout de go :

– Holt! Prends un siège. J'ai une importante communication à te faire : tu as été choisi comme Porteur à la Procession!

Je ne suis pas assis. Le temps m'en a manqué, avec un gars qui ne réussit pas à se retenir de tout déballer d'une traite... Mais, suite à pareille nouvelle, je m'exécute!

Sur mon tabouret, je balbutie :

– Moi? Mais... Mais, moi!... Comment cela se fait-il?

– Mon cher Holt, la Commission s'est rassemblée d'urgence suite aux soucis de santé de Akomath. Il avait été désigné, à l'origine. Toutefois, en tombant malade au dernier instant, il ne peut plus être de la partie. Il lui sera impossible de faire l'aller-retour, surtout pas avec sa hotte pleine en revenant! Toi, tu es fiable, costaud et toujours prêt à rendre service. Ton nom a été le premier à venir aux lèvres de la plupart des participants et tout le monde a approuvé ton

engagement sans l'ombre d'une hésitation. Bien sûr, la décision définitive ne dépend que de toi. Tu serais partant?

Vaguement remis de mes émotions, je me relève et demande :

– Excuse-moi, j'en oublie la politesse. Voudrais-tu un thé?

– Avec plaisir, Holt. Surtout s'il te reste encore un peu de cette excellente verveine du Cycle passé!

J'ouvre une parenthèse.

Il faut que je vous précise que la fonction "Institutrice-Instituteur" n'est pas n'importe quoi ici. Ils sont désignés, lors de nos réunions du Conseil d'Analyse des Textes (CAT) comme principaux Diffuseurs des Connaissances Acquises (DCA). Ce sont eux qui classent les coupures de presse par sujets et par degré de complexité, pour ensuite répartir des copies aux enseignants des divers niveaux de l'école. Ainsi, tenant compte de l'âge des élèves, les informations peuvent être intégrées au mieux. Ceci est un des points les plus importants de notre jeune société. Il faut retrouver, au plus vite, ce qui a été perdu ces dernières décennies, suite au déluge de désastres que nos ancêtres ont provoqué, tout en évitant de retomber dans les mêmes écueils.

De même et du fait de ce qui précède, être Porteur fait partie des plus grands privilèges! Imaginez-vous vous approcher au plus près du Manoir du Tigre et y quérir les textes dont dépend l'évolution du Village! C'est un honneur époustouflant!

Je referme la parenthèse.

Voici, à quelques mots près, la transcription de notre conversation. Avant le départ de Kito, nous avons surtout parlé de la Procession, mais, également de ce que nous réserverait la suite : les nouveaux tests, la quantité d'élèves, le nombre croissant de nos habitants, des cultures, de nos réserves, des futures "réinventions" que révéleront les textes et de plein d'autres choses à découvrir.

L'Instituteur reste encore un bout de temps pour s'assurer que mon équipement et ma tenue soient adaptés à ma prochaine mission!

Quand, enfin, il part, je range les affaires dans l'armoire, nettoie les gobelets et la théière pour aller m'asseoir à table, tirant, en passant, mon classeur d'étude de ma "bibliothèque". "Bibliothèque" est un terme un peu pompeux, si l'on considère les trois calepins de notes personnelles et les deux classeurs qui s'alignent sur une planchette fixée à côté de l'entrée. Il n'en demeure pas moins que j'en suis assez fier. Avoir, chez soi, d'authentiques coupures de presse : ce n'est pas rien!

Au moment de m'asseoir, je me dis tout haut :

– Bon sang! Je vais monter le Chemin des Cendres. Incroyable! Mais, en attendant, j'ai à faire!

Holt, Cycle 103, Lune 4, jour 10

Le tilleul est mon ami... car, grâce à lui, la nuit venue, j'ai pu me calmer et dormir. Six jours sont passés comme l'éclair et me voici donc au début de la matinée "fatidique", à vite accomplir un bout de mon programme habituel, avant de partir.

Oui, vous avez bien compris : aujourd'hui est le jour de "Procession" et, pour la première fois, je fais partie de la "Procession". Je vais accompagner la Délégation du Papier!

La Procession est un évènement majeur, probablement le plus important du Cycle, et il a toujours lieu une Lune après la fin de la deuxième saison dite du "Danger".

Comme il est gravé sur le long mur d'argile menant au Chemin des Cendres :

"Du nord-est vient le Danger. Deux fois par Cycle. Fermons nos serres de cultures ainsi que nos portes et fenêtres, hermétiquement.

Durant cette période, nous ne circulons plus que dans les tunnels protégés et nous nous rendons visite qu'en empruntant ces couloirs. Au travers du plastique transparent de celles-ci, nous pouvons observer la couleur que prennent les Herbes-à-Pointes. Plus elles jaunissent et plus le Danger est grand.

Ce vent de là-bas est redoutable et amène la Brûlante Maladie, avec ses brumes toxiques, et il faut attendre que les rafales virent et que les douces pluies blanches ruissellent plusieurs jours avant de pouvoir sortir de chez soi, à la fin de la troisième Lune.

C'est à cette période, de chaque Cycle, qu'est renouvelée notre réserve de papier. Nous envoyons les désignés, qui montent aux portes du manoir avec la liste des habitants, ainsi qu'un résumé de leur situation, gravé sur des plaques d'argile."

Le "Jour du Papier" est une fête en Lune 4, toujours, pour une raison climatique.

Après le premier Danger, qui est le vent froid de la première période du Cycle. Il amène de lourds nuages, chargés de suie. Non seulement faut-il attendre qu'il ait plu plusieurs jours, mais on ne peut sortir avant une durée d'une demi-Lune, tellement les résidus boueux sont nocifs.

Le deuxième Danger vient au deux tiers du Cycle. Celui-ci arrive avec le souffle plus chaud de la fin de la période ensoleillée, il est traître. Les nuées sont claires et laissent apparaître le ciel. Au premier abord, et nombre de nos ancêtres en sont morts, il peut paraître agréable! Puis, on sent une petite acidité et une vague odeur d'œuf pourri... Et là, il est trop tard : le corps entre déjà en phase de décomposition. C'est irréversible! Par chance, cela n'est plus arrivé depuis cinq Cycles, au moins.

Mais, ces jours-ci : aucun risque; c'est la saison du vent d'Insouciance, celui du sud-ouest qui nous fournit abondamment en feuilles sèches. Nous les pressons en briquettes. C'est un bon combustible qui nous vient de la "Forêt

Interdite" et qui permet de faire d'énormes économies de papier.

La Forêt Interdite semble ne plus être radioactive... enfin, pas trop, puisque ses branchages ne le sont pas. Mais, les courants n'apportent pas que des matériaux utiles au feu : il y a les cris! Des cris terribles, et parfois puissants, qui trahissent l'existence de créatures de grande taille et susceptibles d'être des carnivores sans scrupule. Par conséquent et malgré l'attrait du mystère, nous ne nous en approchons jamais! Enfin... presque jamais...

Mais, laissons cela. Aujourd'hui est un beau et grand jour!

De ce pas, je vais aller me changer : tunique colorée, chapeau assorti, souliers propres protégés de guêtres en feutre. Mes "habits de cérémonie", en quelque sorte.

Je remonte vers les habitations et leurs serres en longeant les rigoles d'évacuation. Pour éviter tout contact prolongé avec les liquides toxiques, les terres cultivées et utilisées se trouvent dans les hauteurs des collines et les cuves à compost, juste en dessous. Les parties basses sont stériles. Toutefois, depuis deux générations, elles sont redevenues praticables en cette saison.

Sur le chemin, je croise Okani. Il a la "lourde responsabilité" d'être notre "amuseur" ! En réalité, il n'est guère si difficile de concevoir des idées marrantes et réussir à nous distraire durant les trois périodes annuelles où nous devons rester à l'abri des plaies externes. Que l'on soit calfeutré dans sa maison, ou à se rendre mutuellement visite, seul à seul ou en tout petits groupes par les tunnels, chacune et chacun garde, naturellement, sa dose personnelle de bonne humeur en réserve au fond de soi... Je lui souris et lance :

– Salut Okani! Alors, enfin un peu de vacances?

– Tu parles! me répond-il hilare. Avec mon équipe, on bosse déjà sur les programmes des prochaines saisons en abris! Mais, tu verras, ça sera pas mal... On a plein d'idées... du jamais vu!

– Là, je crois qu'on peut te faire confiance... D'ailleurs, c'en est presque à se réjouir de l'arrivée du Froid et des deux Dangers!

– Ouais... Bon, n'exagérons rien, tout de même. Il faudrait pouvoir construire une véritable salle de spectacle! Ça se fera peut-être un jour... Pour l'instant, mon jardin à besoin de purin... Mais pour toi, c'est le grand jour! Comment te sens-tu, t'as le trac?

– J'essaie de ne pas trop y penser... Mais, oui, en fait... j'ai la trouille! Bon : faut que j'y aille! Ciao!

– Tout ira bien, je t'envie : ça va être génial d'arriver au Manoir! Ciao!

Et chacun poursuit son chemin... et sa destinée...

Holt, Cycle 103, Lune 4, jour 11

Le Chemin des Cendres : Compte-rendu d'une journée spéciale

La population, réunie sur la place, vient de finir d'applaudir et d'acclamer l'orchestre. Les musiciens, contents de leur concert d'au revoir, sont alignés en deux rangées de chaque côté des pylônes du portail. En haut, le Manoir, silencieux, semble nous attendre.

Ceci est notre dernière "haie d'honneur" avant de fouler le tracé le plus mythique de notre société : le Chemin des Cendres!

Mon cœur bat la chamade et mes doigts serrent les bretelles de ma hotte, pour ne pas sentir mes mains trembler.

*Entrent d'abord, dans le territoire de la Colline, Esfonte, Orpali et Trenag, les responsables actuels de nos quatre quartiers. Les suivent, nous : les trois porteurs dont je suis celui de queue. Nous évoluons d'un pas cérémonieux, ce qui est assez aisé avec un bagage encore parfaitement vide. Comme nous avançons en file indienne et que je ferme la marche, il me suffit d'observer leur manière et de les mimer. Il ne faut pas traîner les pieds, mais les poser avec douceur pour ne pas soulever de poussière. Apprendre par mimétisme est une évidence et je l'entraîne depuis ma plus tendre enfance, si bien que nul ne pourrait deviner que ceci est ma première montée au Manoir... Enfin, il n'y a là rien de mys*térieux *: tout le monde sait que je suis le bleu de circonstance!*

Le chemin est régulièrement entretenu par une équipe de trois personnes qui viennent déverser et aplanir une pâte composée des cendres de nos feux mélangées à l'eau claire prise à la rivière qui coule de la Colline. C'est une manière de "rendre au Manoir ce qui vient du Manoir".

J'interromps ma lecture : Ils brûlaient les coupures! Ils se servaient des journaux pour se chauffer! Ils étaient fous! Combien de précieux renseignements ont-ils, ainsi, été perdus : partis en fumée!

Enfin, on ne peut plus rien y faire maintenant. Heureusement, ces actes barbares ne sont plus de mise! Autre évocation frappante : les pluies du "Danger" décrites, où sont-elles passées? Ce risque existe-t-il encore? Si c'est le cas, cela fait des Cycles que celui-ci ne s'est plus manifesté dans la région.

Je reprends ma lecture.

Le Manoir date d'avant les grandes destructions et doit toujours être équipé d'une puissante source d'électricité, car, habituellement, les barrières qui protègent ce domaine ne peuvent être franchies sous peine d'une mort instantanée! Visiblement, il doit y avoir un commutateur à l'intérieur de la bâtisse, puisque, lors de la Procession, elles sont désactivées. Probablement, le Tigre en personne, posté derrière une fenêtre, peut-il observer notre approche ?

Qui sait, peut-être ?

J'espère le rencontrer en chair et en os sortir sur le perron et nous remettre le papier. Mais, il n'en est rien. Trois piles de coupures de journaux et quelques livres, attachés par paquets, nous attendent devant une porte fermée. C'est tout. Enfin, pas tout à fait. À hauteur des yeux, il y a une lettre à notre intention, collée sur le panneau grâce à une petite bande de plastique transparent comme je n'en ai encore jamais vu.

Esfonte, en fronçant d'un sourcil, le prend. Le ruban extraordinaire doit lui être connu. Sa manière de soulever le message vers le haut lui permet de le retirer sans la moindre déchirure. C'est Trenag qui, très soigneusement, s'applique à ôter le plastique de la lettre pour le presser sur le dessus d'un sachet, qu'il a sorti de sa poche de manteau, et fixer la missive du Village à l'entrée du Manoir. Orpali, à qui Esfonte a tendu celle du Tigre, la lit pendant que, imitant les deux autres porteurs, je charge ma hotte. Je pourrais être très déçu que le moment ne soit pas plus magique, mais la découverte de l'existence d'un ruban collant, comme celui de la porte, a quelque chose de fascinant! Je demanderai aux anciens s'ils se souviennent d'un pareil matériau autoadhésif.

Avec le poids de nouvelles connaissances sur le dos, la descente se fait dans une démarche un peu moins solennelle qu'à la montée. Toutefois, du fait des quelques kilos supplémentaires, il est plus difficile de ne pas générer quelques nuages de poussière. Tourbillons autour des chevilles, d'abord, ils montent jusqu'à venir chatouiller les narines. Je les observe en état second avant d'éternuer. Que peuvent bien contenir ces livres et coupures? Quelle richesse de savoir, cette cargaison va-t-elle révéler au cours des prochaines Lunes? De plus, fait assez rare, plusieurs livres nous sont livrés avec les pages de journaux! Et, il doit y en avoir plus que d'habitude, car il manque manifestement un ou deux paniers. Nos quatre responsables ont quelque peine à transporter les volumes supplémentaires qui glissent les uns sur les autres!

J'en suis là, dans mes réflexions, quand, traîtres particules, celles-ci nous prennent à la gorge. Nos toussotements font perdre tout aspect solennel à notre descente.

Un attroupement nous attend au-delà du portail. À peine passé...

Un bruit interrompt ma lecture. Je lève les yeux du carnet. Quelqu'un frappe au linteau de ma porte.

– Oui, qui vient?

Le panneau capitonné tourne sur ses gonds et le visage d'Iraa apparaît... qu'elle a fort joli, je dois l'admettre. Ses longs cheveux ne sont pas attachés et semblent couler de sa tête penchée telle une vive cascade noire.

– Salut, Octa, je peux te déranger quelques instants?

– De un, tu ne me "déranges" pas le moins du monde, ni maintenant ni jamais, et de deux, je te convie avec le plus grand des plaisirs à prendre place pour autant d'instants que tu voudras!

Je me lève pour lui faire un rapide baiser sur les lèvres et me réjouis de voir briller ses yeux.

– J'étais en train de parcourir les pages du carnet de l'ancien propriétaire et constructeur des lieux. Édifiant! Il faudra que tu le lises à l'occasion. J'irai le déposer à la Bibliothèque quand j'en aurai fini. Savais-tu qu'il n'y a pas si longtemps les coupures servaient à allumer le feu dans les chaumières?

Elle ouvre de grands yeux ébahis :

– Ils les brûlaient!

– Comme je te le dis!

– Fou ça!

– Ouais. D'autant plus incroyable que la plupart d'entre eux voyaient du papier pour la première fois de leur vie... Rien que de ce fait, ils auraient pu en avoir plus de respect! Mais à chaque époque, ses nécessités, j'imagine! Viens, mets-toi là.

Dès qu'Iraa est assise à mes côtés dans le canapé de paille tressée, par sa manière si tendrement sensuelle de s'installer en s'appuyant discrètement contre mon épaule, il s'ensuit un instant de flottement. Une gêne? Un silence qui y ressemble beaucoup, en tout cas...

Ce moment flou m'inspire.

– Iraa, veux-tu que je te joue une de mes dernières idées de chanson?

Pour seule réponse, elle hoche de la tête et fait briller ses yeux, comme elle sait si bien le faire et se décolle pour me laisser un espace minimal.

Je saisis ma guitare. Les cordes vibrent. Je cherche une mélodie. Les accords se mettent en place. Je ne me souviens pas trop des paroles, car en général j'improvise à chaque fois, mais, qu'à cela ne tienne, l'inspiration trouvera son chemin.

– Ça s'appelle : Qu'as-tu fait?

Humain, qu'as-tu fait?
Sombre ironie
Toi qui voulais tout
C'en est fini

Piquer, percer, brûler
Tes richesses évaporées
Truquer, tricher, voler
Tes guerres ont tout ravagé

Humain, qu'as-tu fait?
Montagnes d'inepties
Tu t'es rendu fou
C'en est fini

Acheter, vider, piller
Il fallait tout virer
Crier, blesser, tuer
Qu'as-tu oublié?

Humain, ce qu'il te fallait
Tu le laissais, le dénigrais
Or le bonheur est tout
Et tu l'as perdu en déni

Sa tête penchée sur le côté, Iraa sourit.

– J'aime bien la mélodie, le texte aussi... Un peu triste et simpliste pourrait-on dire, mais, cela vient du cœur et c'est bien ainsi. J'aime beaucoup ta voix.

Je repose la guitare. Je me verrais bien l'embrasser maintenant... Iraa est une fille pleine de charme et de charisme. Elle sait être très indépendante, mais également si plaisante et attirante! Une femme dont il faut bien s'assurer qu'elle a envie de toi aussi! On me dira : "Oh! Après une jolie chanson, son cœur doit être tout ramolli". Mais, je ne crois pas trop à ces fadaises! Je préfère revenir à une attitude plus "civilisée" et opte pour une politesse tendre, mais de bon aloi.

– En fait, cette chanson est influencée par ma lecture de tout à l'heure... Tu prends un thé? Une verveine du Cycle dernier?

Elle sourit. Est-ce un léger regret que je perçois dans le timbre de sa voix?

– La "meilleure", c'est ça? Celle qui va te rendre irrésistible à mes yeux? Oui, je veux bien.

Je prépare la bouilloire, les tasses, le sucre reste dans l'armoire, car elle n'en met pas non plus, tout ceci dans le plus grand silence. Je guette toujours. Je sais très bien ce dont elle a envie. Il en va de même pour moi. J'attends le deuxième signal. Son premier, le coup du thé, n'étant qu'une pichenette de départ... Cela fait plusieurs Lunes que nous nous tournons autour. Parfois, nous nous sommes retrouvés, ensemble, au petit matin, ravis de notre nuit. Mais, ni elle ni moi ne tenons à établir un automatisme. Tout est tellement mieux quand les choses arrivent soit spontanément, soit dans un moment propice où, par une attirance synchrone, la complicité se fait idéale. Nous avons tous deux connu bien des amours, avec, pour la plupart, plus de peines que de joies. Ni l'un ni l'autre n'a envie de répéter cent fois les mêmes erreurs.

Finalement, je me réinstalle à ses côtés et me tourne vers elle :

– Donc, si j'en crois mes observations physiologiques, tu as quelque chose à me dire et cela t'est difficile... Rassure-moi : rien de grave?

Iraa penche sa tête, son regard reflète de la mélancolie :

– Grave? Non, non, pas vraiment. Un coup de cafard. Mais, je ne me savais pas transparente à ce point! Bien qu'avec toi et ton dada morphopsychologique, il faudrait être faite de briques pour devenir opaque... et encore!

Elle me caresse la joue et passe son pouce sur mes lèvres. Son sourire se fait terriblement romantique, mais elle se reprend.

– Voilà, tu as peut-être vu, au Mur, que tous mes dés sont sur "absent" dès demain. Autant j'adore partir en expédition de reconnaissance, autant, cette fois-ci ça me rend un peu triste. C'est que je risque bien d'être loin plus longtemps que d'habitude et...

abandonnant mes hésitations, je l'attire doucement par la taille, la serre dans mes bras, l'enlace et l'embrasse. Sa main derrière ma nuque se fait d'une délicatesse sans nom, et provoque, en moi, une cascade continue de merveilleux frissons, en flux et reflux le long de ma colonne vertébrale. La bouilloire se met à siffler sa propre romance. Je ne la savais pas si douée en musique! Iraa voit mon expression d'étonnement pendant que j'admire la bouilloire. Un rire cristallin, envoûtant, me rappelle à l'amour. Sur la cuisinière, une chanteuse en tôle finira sa mélopée dans un murmure et restera là, solitaire, à refroidir, alors que la nuit posera sur nos corps son léger voile et cachera, pudiquement, de bien fougueux ébats.

La lumière matinale nous réveille avec tendresse. Iraa et moi, reprenons possession de nos personnes respectives, encore un peu saouls de nos partages langoureux. Dehors, bien des activités ont déjà repris et il est temps, pour nous aussi, de nous lever. Il faut d'abord trier nos habits, ce qui donne lieu, évidemment, à quelques plaisanteries faciles. Ceci fait, tout se prépare comme si nous avions vécu toute une Lune ensemble.

L'ambiance du déjeuner est empreinte d'une douce mélancolie. Nos sourires se croisent. Mais peu de paroles s'échangent. Les mots sont, dans certains cas, si inutiles. La bouilloire s'est remise à jouer de la flûte, mélange de sifflements gais, romantiques et empressés à la fois. Un deuxième thé est servi. La chanteuse en tôle fait son entracte. La table est nettoyée.

Il est temps pour Iraa de prendre la route.

Presque toutes les constructions du Village sont, malgré leurs architectures très variées, bâties en fonction de critères et de nécessités incontournables. Toutes, par exemple, ont un vestibule qui fait également office de sas. Que cela soit en entrant ou en sortant, le passage y est inévitable. Comme chez la plupart, le mien donne sur ma serre personnelle qui est, aussi, le corridor qui me relie à l'un des couloirs principaux. Iraa avait, de toute évidence, bien planifié sa visite... il n'y a qu'à voir ses affaires de voyage, soigneusement rangées, appuyées contre le mur de la maison à côté du chambranle. Cela me fait rire, malgré un pincement au cœur. Fichtre! Qu'il est dur de laisser s'en aller ainsi Iraa, après une si belle nuit! Iraa, par son caractère, ses manières, sa sensibilité, est précisément le genre de fille avec laquelle je pourrais rester. D'autant que, même si j'ai tendance à "tomber amoureux" de façon un peu compulsive, j'ai toujours mon affection entièrement offerte, quand ce sentiment s'infiltre en moi. Je suis démuni face à l'amour et il m'arrive souvent d'adorer deux femmes simultanément. Mon amour est-il divisé en deux pour autant? Non! En aucun cas. Il est total, intègre. Par contre, je ne coucherais pas avec les deux en même temps... Je ne critique pas celles et ceux qui profitent mutuellement de leurs plaisirs, mais, malgré mon attirance pour le corps féminin, je n'arriverais pas à l'extase particulière que me donne la sensualité à deux. Là, j'aurais peut-être trop l'impression de diviser mes efforts et de ne pas pouvoir accorder mon maximum! Le physique, quoi qu'on en dise, est beaucoup plus limité que le sentiment!

Tout en égrainant mes réflexions, je regarde Iraa. J'admire sa manière de faire pivoter ses poignets, la finesse de ses doigts, le roulement de ses épaules au moment de prendre son sac... Nous nous sommes offert un sublime épanouissement, cette nuit passée, et tout mon être lui souhaite tant de bonheur à venir encore. J'en souhaite autant à moi-même, d'ailleurs, et que nous le soyons ensemble pour ce faire ne me dérangerait en rien!

– J'espère que tout ira au mieux pour toi Iraa!

– Quel "jeu de mots"! Sûrement un des plus nuls que tu n'aies jamais sortit!

Elle rit quand même, en prenant le reste de ses affaires, et part sac au dos et gourdes sur les hanches.

– Je te passerai le Journal de Holt à ton retour!

Sans se retourner, elle lève une main en bougeant ses jolis doigts :

– C'est ça, bye, bye!

Est-ce moi, ou le tremblement dans sa voix trahissait quelques sanglots refoulés? Pas moyen d'en être sûr. Iraa s'éloigne dans un tunnel suffisamment éclairci pour signifier un soleil déjà hautement vaillant et me stimuler à m'attaquer aux "choses sérieuses". Ma journée s'annonce bien remplie. Mais j'ai toujours tendance à surestimer mon potentiel laborieux. Comme maintenant, avec l'appel de ma guitare qui est le plus fort. Les anciens possédaient des appareils capables d'enregistrer les sons et les images, pour les projeter ensuite. Nous n'en sommes pas encore là, bien que cinq ou six personnes se penchent sur ce concept. Il manque des documents, des plans, des schémas. De plus, les exigences technologiques sont encore inatteignables et les défis énormes. Tant pis, profitons de ce qui est possible dans l'instant. Je m'installe, l'instrument posé sur la cuisse, et cherche un moment les notes et le style de mélodie qui vont le plus m'inspirer et, me souvenant de quelques paroles, je me lance :

Coule ruisseau, coule sans effort
Fais-moi sentir que je vis encore
Que l'amour est beau, que la vie est belle
Fais de moi ton fidèle ménestrel

Et si d'aventure, je devais oublier
Que la douceur, elle, peut tout arranger
Viens vite me chanter ta ritournelle
Que l'amour est beau, que la vie est belle

Qu'un chagrin me terrasse, me laisse pour mort
Coule ruisseau coule, tu n'as pas tort
Avec tous les sentiments qu'un cœur recèle
La vie est trop courte pour se moquer d'elle

Coule ruisseau, coule sans remords
Fais-moi entendre ta mélodie encore
Que ton chant est beau, que ta voix est belle
Viens près de moi ma fidèle ménestrelle

Fini la pause! Laisse cette guitare, et active-toi! Tu ne vas pas rester là à rêvasser toute la matinée!

Hum! Y a-t-il une conspiration du destin? Il serait tellement agréable de pouvoir se dédoubler et satisfaire sa curiosité sur plusieurs plans! Le journal de Holt, et la vie qui reprend ses droits dans un monde dévasté. Les montagnes de connaissances à reconquérir. Tellement de richesses à découvrir!

Après un brin de musique, j'aurais bien eu envie de continuer à consulter le carnet de Holt. Mais, je me souviens très bien avoir posé plusieurs de mes dés sur quatre et cinq pour aujourd'hui et demain. Non que ce soit une obligation. Juste par respect pour chacune et chacun, je préfère tenir mes engagements, aussi secondaires puissent-ils paraître.

Avec Iraa, je dors peu... mais ce peu est particulièrement plus reposant que les nuits en pointillés! Cette nuit n'a pas été spécialement calme et les deux dernières ont été entrecoupées par des rumeurs inconnues, qui m'ont réveillé à plusieurs reprises. Bien plus que l'intensité des cris perçus, c'est leur étrangeté qui a mis mes sens aux aguets. Aucunement de crainte, mais d'excitation. Dehors, tout autour du Village, la vie se développe! L'ambiguïté réside dans l'appréciation. D'un côté, il est exécrable de ne pas pouvoir dormir tranquillement, mais d'un autre, il y a cette nature qui retrouve un peu de diversité! C'est encourageant ET épuisant!

Inspire... Expire... Il faut que je me prenne quelques instants pour me reposer à la sauce autohypnose. Très malin qui a eu l'idée de faire enseigner cette technique dès les premiers Cycles de l'école! Expire... Inspire...

Bigre, je me sens déjà moins grincheux qu'il y a peu! Avec le calme retrouvé, je réalise l'implication de tous ces bruits nocturnes. Il faudrait pouvoir faire un relevé cartographique des régions où se trouvent ces animaux, les lieux de passage, leurs origines. Vérifier leur taux de radioactivité, de toxicité et leur état de santé pourrait se révéler capital! Ce sont probablement de très petites bêtes, rien à voir avec l'ours ou le grand félin. Par conséquent, ils ne viennent pas forcément de très loin, d'endroits peut-être viables pour y rester vivant et en bonne santé, tout en se déplaçant en plein air... sans tunnels de plastique ni de combinaisons ou pèlerines antiacides! L'envie de partir en balade immédiatement, carnet de dessin et crayon en main, est forte. Il est toujours grandiose de pouvoir croquer des espèces inconnues. Or, aujourd'hui, il y a plus important : un nouveau paquet d'articles devrait arriver du Manoir! Dès que j'en aurai terminé de mes tâches agendées, je filerai prendre des nouvelles à la Bibliothèque. Une partie des coupures aura sûrement déjà été triée. Je me réjouis d'y jeter un œil!

C'est avec un véritable tourbillon d'intérêts en tête que j'enfile mes bottes étanches et parts vers la serre est. Sans regrets, non plus, de ne pouvoir courir par monts et vaux, à l'affût d'intrigantes bestioles. Chaque activité apporte son lot d'expériences enrichissantes. Quelque chose me dit que, dès ces prochains jours, il y aura des dizaines de croquis d'animaux nouveaux. De toute manière, je ne dois pas être seul à vouloir immortaliser un pareil évènement!

Sur le chemin, je réfléchis au texte de Holt. Étrange : si je calcule à quelle époque il a écrit les lignes, celles que j'ai lues hier, il ne doit pas s'être écoulée plus d'une trentaine de Cycles, disons deux générations au maximum, jusqu'à nos jours. Est-il possible que tout ait pu changer en si peu de temps?

– Oho! Je t'ai dit bonjour!

Je sursaute, j'émerge :

– Bigre, Lobas! tu m'as surpris en pleines cogitations.

– Ha! Oui : bigre, comme tu dis toujours...

– J'adore ces expressions "bigre", "diantre", "fichtre", c'est vrai. J'ai trouvé ces termes dans des textes qui doivent être encore plus anciens que les journaux, je crois. En tout cas, je ne les y ai jamais lues. Il y en aurait d'autres, tout aussi cocasses, mais assez compliqués!

– Tes préférences pour les vieux bouquins et les tournures colorées, que tu en as extraites pour les adopter, n'expliquent pas ta surdité momentanée! Hi, hi! Ne serais-tu pas dans la Lune à cause d'Iraa? Hein? Il arbore un sourire pour le moins grivois.

– Non, non, pas du tout! Ça aurait pu. Mais, je ne me fais aucun souci pour elle. Elle est probablement meilleure éclaireuse que nous tous réunis! Là, c'est à propos d'un truc que j'ai lu hier. Tu te rends compte : un certain Holt a oublié son journal dans la maison que j'ai reprise et cela relate les coutumes qui avaient cours ici, au Village, il y a à moins de deux générations. Or, le mode de vie est si différent entre ce qu'il décrit et ce qui est vécu maintenant. Pas seulement au niveau de la météo, qui était terrifiante, soit dite en passant. Il s'y lit que des changements énormes se sont produits dans la manière de gérer nos existences. Les grands-mères et grands-pères étaient vraiment bourrés de croyances et ne connaissaient encore quasiment rien!

– J'en ai entendu parler. Le grand-père de Salis est toujours vivant et a toute sa tête. Une fois, quand, gamins, on jouait près de chez lui, et que notre discplot était parti dans le mauvais couloir et tombé dans son jardin, gisant parmi ses laitues, il nous a offert sirop et biscuits. Pendant que nous lui dévorions sa réserve de gâteries, il nous avait raconté des histoires anciennes. C'était formidable!

– Le grand-père de Salis, dis-tu? Il doit même avoir connu Holt personnellement. Bien! Après-demain, je vais tenter de le trouver et lui poser quelques questions!

– Dis, Octa, je vois que tu as les bottes-à-boue. C'est pour la plantation, ou pour la cuve?

– La Plantation Est.

– Extra! Alors on y va ensemble, j'y suis aussi aujourd'hui!

J'avoue que sur le trajet, je n'écoute pas tellement ce que Lobas me raconte. J'ai vaguement compris son intérêt appuyé pour une charmante rencontre faite dernièrement. Mais ses cascades de paroles ressemblent plutôt au joyeux pépiement d'oiseaux que l'on a parfois la chance d'entendre au petit matin.

Mes pensées sont retournées sur les pas de Holt, la procession, le Chemin des Cendres, les paquets de coupures de journaux devant la porte du Manoir. Pourquoi ne va-t-on plus les chercher au même endroit, mais exclusivement dans le profond casier bâti à côté du portail? Quand cet autre abri a-t-il été construit, et par qui? Et pourquoi appelle-t-on le propriétaire du Manoir "le Tigre", du nom d'un très grand et redoutable félin des anciens temps? Une physionomie imposante? Une attitude dominatrice? Posséderait-il un tel animal domestiqué? A-t-il une voix de stentor? Voici quelques caractéristiques qui pourraient justifier ce surnom. Un surnom, précisément, car personne ne semble connaître son vrai nom.

Le grand-père de Salis, Saroc, le sait-il? Ce dernier est très longiligne et étroit de poitrine et d'épaules, comme presque tous les ancêtres. Il a aussi ce mélange de tristesse et de quiétude dans son expression, stigmates des épreuves passées et des deuils dépassés, comme en sont marqués les visages de tous ses semblables des temps anciens.

Il me tarde d'aller le voir.

Mais, me voici arrivé à la serre des tubercules. Mes pensées réintègrent le moment présent et, alors que je m'apprête à enfin écouter ce que me dit Lobas, il allonge le pas et part à l'autre bout.

– À tout de suite!

– On se retrouve au pique-nique!

Chacun remonte les genouillères fixées au haut des bottes pour se mettre en position sans se blesser, et commence l'arrachage des herbes superflues. On les sépare dans deux paniers. Dans l'un vont les médicinales ou comestibles, dans l'autre, celles destinées au compostage dans la cuve. Il n'est pas rare que le premier, celui des plantes bénéfiques, se remplisse plus rapidement que le second. On pourrait croire que la nature elle-même se montre plus empathique que cruelle et cherche à procurer un maximum d'aide!

Les racines alimentaires ont besoin d'espace. Il faut aussi éclaircir les rangs. En avançant ainsi, sur les genoux, cette progression systématique offre l'occasion de vérifier l'état de santé et la maturité des plans. D'ici la pause de mi-journée, la jonction sera faite entre Lobas et moi et nous irons grignoter un morceau avant de vaquer à nos prochaines tâches, jusqu'au bout. Autant lui que moi n'avons aucunement à nous inquiéter du menu qui va s'ensuivre. Le repas de ce soir est tout trouvé : d'excellents tubercules, des topinambours en l'occurrence, en sauce aux protéines, accompagnés de légumes sautés au sel. Que veut-on de mieux?

De la valeur des textes

Mes deux jours en culture sont très vite passés. Dès le lendemain, je suis très rapidement allé rendre visite à Saroc, le grand-père, dans l'idée de le presser de questions. En voyant sa maison, je réalise que je ne suis jamais venu dans cette ancienne partie de tunnels et de serres. Bien qu'apparemment régulièrement entretenu, tout a, ici, un aspect discrètement exotique! Je trouve Saroc assis dans un fauteuil, canne sur les genoux, à côté de l'entrée.

– Saroc, grand-père de Salis?

– Oui, bonjour mon jeune ami.

– Bonjour Saroc. Je m'appelle Octa et suis très curieux des débuts historiques du Village, je suis content de pouvoir te rencontrer. Pouvons-nous discuter un moment, si tu le veux bien?

– Pas le temps!

D'abord surpris par sa réaction, je souris l'instant qui suit. Car il enchaîne :

– Une blague, bien sûr! Haha! Je suis ravi de ta visite et je me fais un plaisir de t'inviter à l'intérieur, pour te casser les pieds avec mes radotages! Mais, avant cela, s'il te plaît, aide-moi à me relever, si tu es d'accord.

Ce que je fais avec joie, d'autant que son style d'entrée en matière laisse présager que je ne vais pas m'ennuyer!

Dedans, je suis d'abord frappé par les dimensions réduites de son habitat, la hauteur du plafond mise à part. Je dois faire un effort pour m'imaginer le contexte : les survivants n'ayant quasiment rien. À cette époque où tout manquait, Saroc avait-il eu l'impression de se construire un palais?

Après la quasi rituelle séquence du "veux-tu du thé?" que chacun propose et que personne ne refuse, sauf exception et dans de rarissimes circonstances, nous passons à la phase "interview". Alors que je n'en suis qu'à ma cinquième question, Saroc me fait un signe impératif de la main, pour me faire taire. Je crains un moment que, pour une obscure raison, il décide de mettre fin à notre rencontre et ne plus rien me dire. Son âge lui infligerait-il un surcroît de fatigue particulier?

Or, c'est tout le contraire : il veut simplement que je l'écoute attentivement raconter toute son histoire, à sa manière et sans interférence. Et son récit est inouï! Deux fois, je me lève pour aller chercher à boire et à manger pour les deux, pendant qu'il continue, et continue à déverser un flot ininterrompu d'anecdotes, d'explications, de détails aussi capiteux que capitaux. Mon impression n'est pas de suivre les souvenirs d'un vieillard, mais de visualiser l'Histoire elle-même, avec un grand "H"! Et nous voici arrivés au soir. J'ai tout saisi, je crois... Enfin, dans la mesure du possible, au vu de la densité des informations. Je verrai bien, quand je relirai mes notes! L'évolution des mentalités et des connaissances a véritablement été si invraisemblablement foudroyante, que j'en ai presque une sensation de vertige!

À la fin de la journée, le grand-père prend mes mains dans les siennes en me regardant dans les yeux. Va-t-il se mettre à pleurer? Non, en fait, si ses yeux brillent tellement, c'est d'espérance. Son visage rayonnant est rajeuni de quinze Cycles, au moins, quand il me dit :

– Quand je voyais nos grands-parents si déprimés d'avoir tout perdu et quand je me rappelle les conditions dans lesquelles nous avons vécu nos premiers Cycles ici, je suis émerveillé de tout ce qui a été accompli. Tout cela grâce au Tigre et à ses vieux journaux d'avant la Destruction et à la perspicacité de gens comme toi! Merci! Je n'ai qu'un regret : que mes parents et aïeux n'aient pas pu se nourrir de l'espoir qu'un jour l'humanité puisse réellement renaître de ses cendres. S'ils avaient pu imaginer tout ceci, que toute cette reconstruction puisse se produire, cela leur aurait été d'un énorme réconfort.

Si attachant. C'est avec nostalgie que je quitte sa petite demeure. "Reviens quand tu veux!" Me lance-t-il, pendant que je franchis le deuxième rideau de son sas. Clairement, je compte bien lui rendre à nouveau visite, et au plus vite!

Me voilà de retour dans mes pénates. Mais, tout au long du chemin de retour chez moi et encore maintenant, les paroles de Saroc résonnent dans ma tête. Surtout le mot "réconfort". Avec sa consonance étrange et ses implications tentaculaires, ce mot ne cesse de me revenir. Il se répercute à tout moment et aléatoirement dans mon crâne, comme une bille de caoutchouc dans un pot vide. "Réconfort" est un mot si chargé de significations! À quelle occasion, dans quelle circonstance de ma vie ai-je vraiment eu besoin de "réconfort"? Après que Yozi, la superbe rousse, m'avait dit qu'elle ne m'aimerait pas? Quand Zama m'a quitté, et toutes les autres fois où j'ai avoué mon affection à des filles qui ne ressentaient rien de réciproque? Après la remarque de Tonzo, à propos de mes trente Cycles et qu'il devenait bientôt illusoire de trouver une compagne qui désirerait avoir un enfant avec un "vieux machin"? Il l'avait dit en riant, mais, ayant vu mon expression, il avait voulu minimiser. Trop tard : le mal était fait. Pourtant, malgré ces quelques chagrins, personne n'a jamais eu à me "réconforter" et je comprends, à l'instant, pourquoi : parce que je n'en ai jamais ressenti le besoin! L'environnement humain est sain. L'empathie, pratiquée par chacune et chacun ici, est guérissante de nature. La résilience est une composante parfaitement intégrée. De plus, je n'ai jamais connu de blessures aussi profondes que celles que les anciens ont dû endurer, pendant et juste après la Destruction. C'est sans commune mesure! Peut-être faudra-t-il un jour qu'il m'arrive une mésaventure assez terrible, pour que le besoin de réconfort émerge? Avec ma manie de vouloir expérimenter les arcanes de la vie... peut-être... Je ne puis l'exclure. Or, à ce jour, rien de tel. Juste les petits malheurs qui jalonnent tout cheminement et enseignent, à chacun, qu'il y a des limites à accepter. Je repense, avec nostalgie, à mes anciennes amours et, dans l'ordre chronologique, j'en arrive à Iraa, si douce, si tendre et pourtant si forte et indépendante. Je souris, il faut relativiser.

Avec les trente-deux Cycles qui frappent déjà à ma porte... la moitié de mon existence, si j'atteins la vieillesse... ce qui n'est pas garanti, j'ai l'âge pour devenir plus philosophe! J'ai toujours été trop romantique, dans le fond. Mes expériences amoureuses devraient me pousser, par réflexe, à être plus "pragmatique" que "romantique"! Est-ce une conséquence d'une hypophyse surdéveloppée? Je stocke trop d'ocytocine? Quoi qu'il en soit, je suis équipé d'un cœur d'artichaut : il m'est quasi impossible de ne pas tomber amoureux!

Dans le fond, toutes ces émotions, agréables ou non, ne m'ont-elles pas enrichi l'existence? Si l'on y pense : la vie n'est autre qu'une longue succession de sentiments. Quoi que l'on fasse ou dise, tout est mesuré à l'aune de nos impressions. Le jour où je quitterai ce monde, j'aurai largement de quoi me sentir rempli de gratitude : j'aurai indéniablement reçu ma dose d'émotions durant le temps imparti!

Dehors, les activités se sont ralenties. On peut même déjà percevoir les nouveaux bruits dans le soir. Pourvu que je m'y fasse et réussisse, bientôt, à ne plus les laisser morceler mon sommeil! J'ai appris que les stridulations les plus aiguës, que j'ai souvent entendues ces dernières nuits, sont émises par des mammifères volants : des chauves-souris. C'est un chasseur nocturne, attiré par les insectes en surnombre que nous relâchons périodiquement en ouvrant une partie du plafond de la culture de larves. Que ces "prédateurs", bien inoffensifs au demeurant, soient de retour est une bonne nouvelle, car on les croyait disparus. Dans le calme crépusculaire, je me rissole quelques galettes aux protéines, prépare un petit coulis de légumes, grâce au hachoir à manivelle que je me suis fabriqué, et m'assois à table, fourchette dans une main et carnet de Holt dans l'autre.

La suite de la lecture est édifiante. Holt parle des problèmes de survie élémentaire qui ont pu être résolus, à fur et à mesure et grâce à l'attention portée aux textes imprimés sur les morceaux de papier du Manoir. Les villageois ont très vite compris que la plupart des articles devaient rester disponibles et être sauvés des flammes. De toute manière, entre-temps, ils avaient redécouvert comment produire du biogaz. Par conséquent, le feu pouvait s'allumer sans avoir à sacrifier le moindre confetti de papier. Le Tigre avait pris soin de glisser, dès les toutes premières coupures, des recettes traitant de la manière de faire du feu autrement! De toute évidence, si le Tigre n'avait proposé de leur donner du "papier" et, surtout, de leur suggérer de lire le contenu avant de brûler les feuilles imprimées, la moitié des survivants seraient probablement morts dans les mois qui suivaient. Le reste de cette maigre population se serait battu, bien mal armé, contre le froid, la faim et les vents toxiques. Jamais le Village ne serait devenu ce qu'il est aujourd'hui!

Le plus intéressant, et important, dans les notes de Holt, est révélé entre les lignes. J'aime à penser "comme toujours", d'ailleurs. Si l'on en croit les comptes-rendus laissés par Holt, le contenu écrit et les illustrations des morceaux de journaux étaient, à chaque livraison, parfaitement adaptés aux nécessités des réfugiés. Les textes étaient parfois anodins, traitaient de sujets variés, entre potins mondains et faits divers dramatiques. Mais subtilement, par petites allusions, une publicité par-ci, une petite annonce par-là, les documents piquaient la curiosité, provoquaient de l'admiration pour les aspects positifs d'une civilisation pourtant portée au suicide et, par-dessus tout, proposaient des solutions pratiques en vue d'améliorer les conditions de vie. Paragraphes et images donnaient des pistes à suivre, pour redécouvrir des procédés et des astuces utiles à la survie. Et le niveau des informations a toujours été synchronisé à celui des possibilités cognitives et matérielles des individus. Un chef-d'œuvre de psychologie! Depuis des Cycles et des Cycles, l'ermite du Manoir a compris le principe de l'évolution et injecte du savoir à marche forcée, peut-être, mais avec une maîtrise inouïe du fonctionnement mental et émotionnel de toute une population!

C'est resté le cas, le comble, au vu des articles qui ont fraîchement atterri au Village! Akir, Tonzo et Liko cherchaient à résoudre le problème du poids excessif des moteurs électriques pour les nouveaux chars : Les plus récentes coupures contiennent deux colonnes entières consacrées à la miniaturisation des mécanismes de moteurs électriques! Tolap planchait depuis des mois sur un procédé thermochimique qui permettrait de recycler les déchets plastiques difformes, récupérés en bordure des cités mortes, pour la fabrication de bâches étanches et autres objets : idem, les indications sont dans le dernier arrivage de papier! Il est difficile de croire au pur hasard. Je pourrais citer encore des dizaines d'exemples de cet acabit.

À mon avis, le Tigre doit pouvoir nous observer et il trie le contenu, dans ses piles de journaux, en fonction de notre évolution. Chaque fois que les habitants du Village ont su tirer parti de quelque ancienne connaissance, les articles suivants ont donné des clefs pour continuer à progresser. Chaque fois!

L'idée est intrigante. En fait, elle me laisse une impression mitigée. Faut-il simplement être reconnaissant de toute cette sollicitude, ou doit-on se méfier d'un être qui, par le biais de l'aide qu'il dispense, possède une immense influence sur le développement d'une population?

Pourquoi le fait-il?

Il faut bien l'admettre, sans les coupures de presse et quelques livres, dont la plupart portent des traces de brûlure comme s'ils avaient été sauvés d'un incendie ou récupérés en fouillant des cendres, nous n'aurions ni gaz, ni électricité, ni mécanique, ni chimie, ni cultures. Ce qui restait d'humains, dans la région, en serait revenu au stade préhistorique, voire pire!

Mais pourquoi tient-il à nous livrer ces documents avec tant de zèle? Quelle peut être sa motivation?

Apparemment, toutes les analyses des articles reçus démontrent que le Tigre est contre toute forme de culte, y compris celui envers sa personne. La première génération de survivants a bien failli, avec sa "Procession" devenue quasi dogmatique, instaurer une sorte de "religion du Tigre". Or, c'est du Manoir qu'est venu le holà, en modifiant la façon de transmettre les piles de papier, entre autres. Mais aussi par des textes dénonçant les méfaits commis au nom de divers "dieux". Il n'en demeure pas moins que les motivations restent énigmatiques. Philanthropie? Intérêt scientifique? Est-ce un passe-temps de snob? Une manière qu'aurait un être reclus et paranoïaque de nous maintenir à distance? Ce mystère me chiffonne au plus profond. Je suis persuadé qu'il y a quelque chose à tirer au clair. Dans un sens, je peux comprendre l'agacement de certains et, si j'avais un chouïa moins d'empathie, j'aurais tendance à me joindre au fameux "groupe", pour monter à l'assaut du Manoir et aller me servir directement chez le Tigre! Mais, je n'en suis pas là. Je préfère une approche réfléchie et pragmatique. De plus, qu'auraient fait les générations précédentes, si elles avaient eu entre les mains des documents inadaptés à la possible réalisation concrète d'une partie de leur contenu? Le désespoir peut rendre aveugle et tout serait sûrement parti en chauffage!

Demain, je retourne à la Grande Bibliothèque où sont classés tous les articles existants, pour prendre le temps de fouiller en profondeur, sans me laisser distraire. Il y a toujours plusieurs acharnés sympathiques qui s'y trouvent, pour relire les pages de vieux journaux, les analyser et ajouter leurs remarques dans les registres. Il est extrêmement aisé d'être happé par d'agréables discussions. Personnellement, je vais me concentrer sur cet aspect de synchronicité si précise entre les besoins du Village et les lots d'extraits de textes anciens. Quel délai y a-t-il entre la prise de conscience d'un problème et l'arrivée d'un article y répondant?

Peut-être que, de lui-même et caché entre les lignes, le Tigre nous a déjà donné toutes les indications nécessaires pour élucider cette énigme?

Comme Holt, je suis très porté sur la compréhension des motivations humaines et je conçois tout à fait que, à l'instar de Holt, on puisse s'intéresser à "l'ethnopsychologie"... sérieusement!

Pour l'instant, l'humeur est à la détente. Appuyée contre une paroi, ma guitare me fait des clins d'œil. Je l'attrape avec, une nouvelle fois, l'espoir d'en tirer une mélodie bien tournée me met à égrainer quelques notes. La musique est comme l'amour : elle caresse le cœur, calme les pensées et fait vibrer tout le corps d'une intense appréciation de vivre.

Iraa

Notes de la dernière expédition d'Iraa

Au deuxième jour après mon départ, je pense à Octa et au Village. J'espère que ceci sera retrouvé d'ici peu.

Les vents acidulés ont tourné vers le nord-est bien avant d'atteindre les cimes de la Forêt Jaune et le soleil réapparaît, bien clair, au travers les brumes matinales. Seule l'odeur lointaine de cette calamité plane encore dans le fond de l'air. Mais heureusement, il semblerait que le Village soit de moins en moins touché par des attaques nocives.

Je peux replier ma tente filtrante, sans devoir la rincer ni l'essuyer. Il suffit de l'enfiler dans mon paquetage, sans réduire ma réserve d'eau, et y aller! Plusieurs précautions de ce genre deviennent de plus en plus inutiles. Le taux d'acidité s'est à tel point amenuisé ces derniers Cycles, même à plusieurs kilomètres autour du Village, qu'il ne représente plus qu'un danger pour les quelques cultures expérimentales extra-muros. Si tout va bien, je pourrai jeter un œil au-delà de cette crête, là-bas, dès la fin de cet après-midi. Personne ne s'y est encore risqué. Je regarde la manche gauche de ma veste et y vérifie les indications : les teintes sont belles, aucune trace de radiations ni de produits particulièrement toxiques. En route!

Et me voilà, Iraa, actuellement en mission d'éclaireuse. En fait, comme toute personne du Village, je suis supposée pouvoir accomplir pratiquement toutes les tâches utiles pour en assurer le bon fonctionnement. Toutefois, cela fait des Lunes que je me désigne comme éclaireuse et j'ai acquis, il est vrai, d'excellentes compétences d'exploration. Sans me vanter, je dois être la meilleure. Ce doit être ma "nature profonde" selon l'expression. Reconnaissance des végétaux -- vénéneux, comestibles, médicaux --, appréciations météorologiques, connaissance des animaux -- dangereux, inoffensifs, mutants --, capacité d'autodéfense et maniement d'outils et d'armes -- au besoin --. Tout cela doit être, à l'origine, dû à un savant mélange d'ADN. Signe que les ancêtres avaient, malgré une propension à la dégénérescence, de bons restes! Il est probable que ces divers dons m'ont façonnée de manière à pouvoir faire face aux prochains événements!

Mes notes actuelles et mes dernières découvertes seront soigneusement emballées dans un sac ciré et hermétique. Ensuite, il sera jeté près d'un chemin fréquenté par d'autres éclaireurs qui croiront avoir trouvé ma trace. Mais, ils ne me trouveront jamais. Je serai déclarée "disparue" et mon dernier compte-rendu sera étudié à la Bibliothèque. C'est ainsi! Car ceci est non seulement ma dernière exploration, mais en plus, elle sera sans retour au Village... Je n'y retournerai pas pour compléter la formation des nouveaux éclaireurs ni accomplir quelque autre tâche... et cela, personne ne le sait au moment où j'écris ces mots. Non, personne! Même pas Octa. Ce cher et brave Octa, comme il va me manquer! Je n'e pouvais rien lui dire. Ma promesse d'être discrète devait être tenue. Il tient passablement à moi. J'en suis certaine. J'aurais pu rester avec lui, être aussi son amoureuse et même avoir un enfant! Heureusement, dans un sens, que tout cela ne s'est pas déjà produit. La déchirure aurait été trop terrible, insurmontable même, si nous nous étions unis avant mon départ. Dans ma situation exceptionnelle, les enjeux sont trop importants. J'ai accepté une autre destinée.

J'arrive tout juste à gérer cette idée, mais ce qui m'attend exige ce sacrifice. Il en va de la pérennité de ce qui reste de l'humanité dans cette région.

Zut! Voilà que je dois essuyer mes larmes! Le plus dur aura été de ne rien laisser paraître, de dire bonjour et sourire, de faire comme d'habitude au Village. Terrible de devoir retenir les sentiments, alors que ma seule envie aurait été de courir dans les bras de mes plus proches, dans les bras d'Octa et le serrer fort. Je devais me retenir, me retenir, me retenir! Dur!

Je suis une sotte! Je ne dois pas perdre de temps! Assumer ma décision! Allez : marche bécasse!

La Trotteuse fuit la Grande Lune. Toujours cette manie de narguer ta grande sœur, hein, salle gamine!

Au troisième jour après mon départ.

Cela fait déjà un bon moment que je me bats contre ce sol revêche. Le soleil flotte et glisse, là-haut, avec une agaçante facilité, comme pour se moquer! La pente se fait plus raide et la caillasse ne demanderait qu'à filer jusqu'à la bordure de forêt trois kilomètres en contre-bas, en m'entraînant avec elle. S'il n'y avait ces touffes d'herbe coupante et ces ronces, j'y serais déjà! Heureusement, ces végétaux sont suffisamment clairsemés et bas pour ne pas réussir à me manger les mollets. Combien stupide faut-il être pour aller se balader dans un si sordide paysage? Ici, on voit bien que des pluies acides ont dû s'acharner avec zèle, faisant s'arrondir les cailloux et disparaître la plupart des plantes. L'avancée est pénible tant la pierraille est friable et instable. Cependant, la crête approche. Plus que quelques dizaines de mètres d'efforts, et un monde nouveau se révélera à ma vue!

Selon mes estimations, le soleil devrait encore éclairer la pente, que je viens de gravir, pendant un bon quart de jour. Largement assez pour aller m'installer pour la nuit, en contrebas, à l'orée du bois dont je sens l'humidité et les essences depuis ici. Le temps d'y penser et... j'arrive au sommet.

De l'autre côté, le paysage est boisé, mais je remarque que la profonde vallée qui se présente a, curieusement, une forme de cratère. Par réflexe, je regarde ma manche gauche. Aïe! Quelques striures violettes indiquent un taux de radioactivité, bien que faiblement élevé, inapproprié. Ceci gâche tout espoir de développer une installation habitable, dans la région, avant des décennies ! Aussi, en guise de lieu de campement, je vais prudemment chercher mieux qu'ici avant la tombée du jour. J'ai beau être une marcheuse aguerrie, je suis crevée et j'aurais voulu m'arrêter!

Puisqu'il ne sert à rien de s'éterniser et avant de m'aventurer plus loin, passons tout de suite à la deuxième phase : observation distante et prises de notes.

D'abord, je dois reprendre des forces. J'ouvre mon sac, en sors mon pique-nique et les jumelles. De vraies jumelles. Précieuses et rares, récupérées lors d'autres missions de recherche dans le Sud, en bordure des Mauvaises Plaines, là où s'arrête brusquement le Ruban Gris de la Route. Réglées à l'agrandissement maximal, elles me permettent de constater qu'il n'y a aucune trace de fumée, de cerfs-volants d'alerte, d'éolienne, bref : aucun signe manifeste d'une vie humaine... à moins d'un retour à un état présapiens!

Il y a bien une structure grise qui dépasse les cimes d'arbres, un peu plus à l'est. Je reprends les jumelles et comprends immédiatement la raison du cratère et de la teneur en radioactivité : il s'agit des restes d'une cheminée de refroidissement d'usine atomique de production d'électricité.

Tout en mâchouillant mon mélange de fruits secs, je repense à ce que nous avons appris, à l'école : Lors de l'ultime "crise financière", les gens ne travaillaient que pour obtenir un salaire versé sous forme "d'argent" - entendez par là, non pas le métal, mais des papiers-valeurs. Lequel "argent" avait d'ailleurs perdu sa fameuse valeur -- tous les postes de travail avaient été abandonnés. Faute d'entretien et de suivi, la plupart des "centrales nucléaires" explosèrent en série, tuant des dizaines de millions de personnes et condamnant d'immenses territoires à la stérilité ou à des mutations dramatiques dans le développement de ce qui parvenait à survivre aux radiations.

Bien triste système en place à cette époque... et bien sinistres conséquences! Le plus effarant est qu'il semblerait bien que personne n'ait vu venir l'inévitable retour de manivelle!

Bref, aujourd'hui, nous devons faire avec ce qui reste. Ce n'est pas si mal, finalement. Grâce aux textes reçus du Manoir, nous pouvons reconstruire sans reproduire les erreurs du passé, tout en n'étant pas contraints de tout recommencer en partant d'en dessous de zéro!

Sandwich de galettes d'une main et les jumelles de l'autre, j'observe la configuration du terrain. Si je longe la crête du cratère vers l'est, je devrais trouver un lieu de repos viable et, avec un peu de chance, une vue sur un autre paysage. Je sors la carte de mon sac pour y marquer ma position, y dessiner les contours de cette "centrale" et celui du cratère. J'omets sciemment d'y marquer ma destination et range tout avant de me relever et, les jambes lourdes, de presser le pas dans la direction prévue.

Demain à l'aube, je vais compléter les feuillets réservés aux descriptifs de mes observations topographiques et les intégrer à ma fourre étanche. Avec les cartes annotées, le dossier sera complet. Puis, je prendrai le dernier bout de chemin vers ma nouvelle destinée.

Ici s'arrête mon ultime message au Village.

Iraa

CHAPITRE 2

DE NOUVEAUX ARRIVANTS

Surprise! Surprise!

J'ai à peine terminé une tâche fastidieuse et crois pouvoir bénéficier de temps libre pour me plonger dans mes petites recherches personnelles. Or, tout est chamboulé, car un imprévu hors du commun vient balayer mon programme!

De nouveaux arrivants de l'extérieur attendent derrière la Porte Ouest!

Au Village, il arrive que nous fassions parfois des paris. Par exemple : "Si tu finis de trier tes topinambours avant moi, je t'invite à dîner avec ta copine, chez moi!" Ou : "Si tu devines la signification de ma grimace, je te prête ce livre." Mais le plus souvent, on propose de miser sur ce qu'il y a de plus improbable. Évidemment!

Or, comme pour démontrer que tout pari peut être source de surprise, en voici un qui me scie! Il y a trois jours, pour être certain de tranquillement pouvoir travailler sur mes projets, j'ai posé mes dés de manière à m'en assurer : me porter volontaire comme guide, au cas où des réfugiés viendraient frapper à nos portes. Les derniers arrivants s'étant présentés il y a plus de vingt Cycles et que plus personne n'est apparu depuis lors, cela semblait être un pari gagné d'office. Il y avait une chance sur dix millions que je sois mis à contribution. Et voici précisément le jour que de nouveaux externes ont choisi pour atteindre la Porte Ouest! Des dizaines de Cycles sans qu'un seul humain se retrouve aux abords du Village et le jour où je me suis annoncé volontaire pour servir de guide, l'impossible se produit justement : il en arrive!

Ma petite réflexion décalée me fait rire intérieurement. Je me fais tout un théâtre dans la tête! Car, bien entendu, rencontrer de nouveaux survivants est, en réalité, un événement extraordinaire! C'est le cœur battant et avec une énorme curiosité que je file à leur découverte.

De nos jours, il n'est pas facile d'atteindre un des portails du Village. Mais il en allait autrement auparavant. Il y a de nombreux Cycles, plus de vingt individus avaient tenté de forcer l'entrée. Bien que visiblement en mauvais état physique, c'était de toute évidence d'une maladie psychique dont ils souffraient le plus. Le Village a eu affaire à de véritables enragés! Les ancêtres avaient cru être les derniers survivants, or, il n'en était rien. La haute clôture avait surtout été conçue pour se protéger des molosses sauvages et des ours fous, en aucun cas contre d'autres humains capables de réflexion... ou susceptibles d'user de malice. Toute la journée, après avoir rapidement échoué dans les palabres, il avait fallu repousser des congénères avides et sourds à nos propositions. Sans une quarantaine permettant de vérifier leur état de santé, il n'était simplement pas possible de les accueillir. Basique et évidente précaution!

Pour la sécurité de chaque habitant du Village, il fallait impérativement que les nouveaux arrivants respectent quelques règles. En premier lieu, observer une Lune de mise à l'écart. Autre condition élémentaire : savoir garder son calme et accepter le dialogue. En contrepartie, nourriture, vêtements et abris étaient fournis. Une poulie permettait d'approvisionner les voyageurs. Toutefois, il n'en fut pas question cette fois-là. Ces gens n'ont cessé d'assaillir l'enceinte durant toute la journée. Le soir, épuisés, ils ont fait mine d'abandonner. Mais, trop prévisibles, ils tentèrent d'escalader les protections par un autre côté. Sans succès non plus. Ça n'était pas une bonne idée. Faisant beaucoup trop de bruit, ils n'eurent pour seul résultat que d'attirer une meute de molosses. Ce fut un massacre. Aucun ne survécut. Tous furent traînés jusque dans la forêt de l'ouest, où ils nourrirent, probablement, plusieurs générations de molosses affamés.

Dès lors, une deuxième enceinte fut érigée, beaucoup plus loin à environ deux cent mètres des habitations les plus proches. Quatre porches furent percés, donnant sur un labyrinthe. Ce labyrinthe fut truffé d'énigmes, mathématiques, philosophiques, psychologiques. Dorénavant, seul un être doté d'un minimum d'intelligence et de patience pourrait trouver l'un des quatre chemins menant aux portails, Sud, Est, Ouest, ou Nord, pour y demander l'accueil. N'y cherchez aucune cruauté. D'ailleurs, les couloirs ont toujours été équipés de petits garde-manger, répartis de lieu en lieu, proposant fruits secs, galettes et eau.

Un Villageois sort et entre sans problème, étant instruit depuis sa plus tendre enfance à l'usage des dédales. Il en va tout autrement pour ceux qui arrivent de l'extérieur. Il n'y a pas eu "grand monde", bien entendu et plus jamais en bandes. Depuis les tourelles d'observation, on peut étudier les réactions des individus qui empruntent les passages.

Les derniers à réussir étaient au nombre de trois, une famille, deux adultes et une fillette. Ils ont accepté la quarantaine et ont été nourris, habillés. Mais, c'était il y a vingt-quatre Cycles. J'étais un enfant! Je suis, par conséquent, d'autant plus curieux de voir les nouveaux arrivants!

Comme sûrement beaucoup d'autres, ici, j'ai perdu, ou n'ai jamais eu, l'habitude de jeter un œil sur les mâts des tourelles. Quel intérêt y a-t-il à regarder un rondin de bois, dressé là, apparemment inutile? Or, manifestement, il ne l'est pas toujours! Je compte sept fanions jaune et noir claquant au vent. Chose que je n'aurais pas cru revoir avant mon ultime départ! Et voici que, selon la disponibilité que j'ai annoncée sur le Mur, je suis aujourd'hui le contrôleur-guide qui a le privilège d'accueillir non moins de sept arrivants d'un coup!

J'atteins le Portail Ouest, après avoir fait le détour par le Labo pour m'équiper d'un panier calibré rempli de flacons-tests. Par précaution, j'ai pris dix flacons, on ne sait jamais. Grâce à nos progrès en biochimie, l'ancienne quarantaine a cédé la place à une rapide procédure d'analyse de l'urine. Lozu, de piquet aujourd'hui, est descendu d'un étage de son poste de garde pour être juste en dessus de la palissade. Il discute calmement avec ceux de l'extérieur. Quand j'arrive au portail, à côté d'un pied de la tour, Lozu se tourne vers moi :

– Salut Octa! Je constate que tu as pensé aux tests!

– Salut Lozu. De quel côté les as-tu vus arriver?

– De l'ouest, pas par la Route du Sud. Faut-il déjà commander les repas de quarantaine?

– Hum! On verra ça après le test. Atteindre une des entrées est en soi tout une prouesse, mais venir par l'ouest en traversant ou longeant la forêt représente pas mal de dangers supplémentaires. Les prédateurs, la radioactivité, pff!

– En tout cas, il faut y avoir assisté pour le croire : ils ont passé les épreuves du labyrinthe à toute vitesse. C'est tout juste s'ils se sont vraiment arrêtés à chaque obstacle. Impensable! Bon! Ils parlent, à quelques mots et expressions près, notre idiome, ça a pu aider... N'empêche : je suis épaté!

– Et de quoi discutiez-vous?

– De leur périple pour arriver ici. Ils disent se diriger grâce aux "indices de vie". Mais, il faudra tout de même qu'ils m'expliquent plus en longueur de quoi il s'agit... parce que je n'ai rien compris!

Quelques rires retenus se font entendre de l'autre côté du passage protégé et j'ouvre le petit regard en tôle pour m'adresser à eux :

– Bonjour, j'espère que chacun va bien. Afin de savoir si je peux vous laisser entrer, je vais vous prêter un bocal chacun et vous prier de bien vouloir me le rendre une fois que vous y aurez donné un peu de votre urine.

Fins, presque nus, avec la peau plus cendrée que bronzée, tous ont le même type de chevelure garnie de mèches grises plus ou moins dominantes tombant sur les épaules, ils s'exécutent sans gêne apparente. Visiblement, à voir comme ils s'y prennent, ce sont là quatre filles et trois garçons... J'ai été assez stupide d'oublier les entonnoirs, toutefois, les filles ne manquent pas de ressource et d'imagination : quelques grandes feuilles, prélevées dans la végétation immédiate, qu'elles roulent en cône, font l'affaire! Excellent signe de débrouillardise! Je pose le panier porte-flacon sur le bord du regard.

– Je vais vous demander, que chacune et chacun, à son tour, prenne un couvercle, ferme soigneusement sa fiole et la secoue légèrement avant de la placer dans l'une des alvéoles du panier, s'il vous plaît..

L'un après l'autre, des doigts effilés rangent les échantillons dans les cases d'osier. Pour faciliter l'identification, aucun des couvercles n'a la même tonalité. Précaution quasi inutile, en l'occurrence, car le calme et la méthode avec laquelle chaque "Gris" -- allusion à leurs cheveux et leur teint si inhabituels -- prend soin d'accomplir son acte me laissent largement le temps de vérifier, pour chaque flacon, si des colorations suspectes trahissent une affection quelconque : maladie virale, bactéries dangereuses, radioactivité excessive, infection chimique. Mais, contre toute attente, tout semble parfaitement donner le droit d'entrée immédiat aux nouveaux venus. C'est particulièrement extraordinaire, si l'on considère que ces gens-là ont immanquablement dû traverser des régions hautement polluées!

Ils doivent avoir une thyroïde blindée, un foie et des reins fonctionnant à deux cents pour cent, pour qu'aucune trace négative ne s'affiche dans le testeur!

Pleinement confiant, j'ouvre grand le portail pour les laisser passer. Après avoir refermé et ajusté le loquet de sécurité, je leur fais face, impatient de pouvoir enfin les observer.

C'est vrai qu'ils sont beaux, malgré leurs épaules et thorax étroits. Une esthétique étrange faite d'une autre harmonie, inconnue. L'un d'eux se retourne... Oh! Bigre! C'est "une", pas "un", et d'une époustouflante beauté en plus! Cette fluidité du corps dans ses mouvements ondulants! Ses yeux d'argent, qui se vrillent dans les miens, si parfaitement assortis à ses cheveux cendrés! C'en est trop, je crois mourir! Mais, ce serait dommage de disparaître précisément maintenant! Comment une fille, comme celle-ci, peut-elle vraiment exister? Un être aussi idéal n'existe que dans les rêves... et encore, seulement dans les rêves les plus exceptionnels qui soient!

Ça y est! Ça recommence : le cœur prend le dessus et je perds les pédales!

Les sept, debout devant moi en arc de cercle, me regardent avec attention et sourient. Ils attendent. C'est vrai, je suis supposé être leur guide! Je retrouve mon self-contrôle, difficilement. Il faut que je me concentre. Ne surtout pas fixer la fille! Fichtre, je sais que je tombe amoureux trop facilement; mais il y a des limites d'intensité que je dois m'efforcer de ne pas dépasser!

Chacune, chacun se présente. Il y a un nom que je ne risque pas d'oublier : Tani. Elle s'appelle Tani... D'ailleurs, son nom résonne si fort en moi, qu'il efface tout sur son passage. C'est assez embarrassant, car je n'ai même pas souvenir que ceux des autres arrivants aient été prononcés!

Décidément, mon état est pathétique!

Curieux parallèle, mais la technique de respiration, celle que j'utilise pour garder toute ma lucidité face à mon immense vertige émotionnel, est la même que celle qui m'est coutumière pour maîtriser mes nerfs dans les situations périlleuses. Allez comprendre. Cette "Tani" ne va pas me manger, tout de même! Bien qu'on puisse se demander comment ils ont survécu jusqu'ici : ils sont peut-être anthropophages! Non : morphopsychologiquement ça ne correspond pas!

Heureusement, ce coup d'humour intérieur et le fait d'avoir de quoi faire suffisent à me distraire. Je me ressaisis. En premier lieu, être un hôte respectueux. Sous la tourelle de garde, table et tabourets sont prêts à accueillir jusqu'à douze personnes. Habituellement, il s'agit des gens de retour de la Salière. J'invite les sept nouveaux arrivants à prendre place et sors boissons et victuailles des sacs que Toral et Snag viennent d'amener. Les Gris se servent, en remerciant, sans précipitation. Au contraire, ils sont très intéressés au contenu et à la confection des portions offertes. Avant d'être éventuellement submergé par les questions, je leur décris ce qu'ils s'apprêtent à consommer :

– Vous avez-là des sandwichs de galettes de protéines et farine de tubercules. La garniture est composée de feuilles de salade verte et de pâté de mélange de légumes au sel. C'est, en principe, très nutritif. Toutefois, si votre estomac devait ne pas se sentir rassasié, après en avoir mangé deux ou trois, ne vous gênez pas d'en redemander. Pour vous désaltérer, il y a de l'eau et, pour qui le désire, du sirop de baies à y rajouter.

Attentifs comme des enfants aux cours, ils acquiescent et mastiquent soigneusement leurs bouchées, la mine empreinte d'un air studieux et intéressé. Au moins, ils se donnent la peine d'apprécier la nourriture offerte. Je ne crois pas que ce soit par pure politesse. Ils agissent plutôt comme de fins connaisseurs, prêts à attribuer une note aux cuisiniers! C'est assez drôle! Même leur manière de boire prend l'allure d'une dégustation. Avec soin, ils varient la quantité de sirop dans chacun des récipients et remplissent les verres avec précision. On pourrait les imaginer dans un laboratoire de chimie! Ensuite, chacune et chacun n'en boit qu'une petite gorgée à la fois, verre après verre. Les voyageurs se regardent en hochant la tête, changeant d'expressions, pour marquer leurs appréciations!

Non seulement plus personne n'est jamais venu au Village depuis le monde sauvage, mais là, nous avons droit à des zigotos de première classe! Face à cela, je me dois de me rappeler que je suis leur guide et non leur anthropologue attitré!

– Dès que vous aurez suffisamment mangé, et si vous n'êtes pas trop fatigués de vos dernières journées de marche, je vous propose une brève visite des lieux, avant de vous conduire à votre hébergement. Je m'appelle Octa et vais être votre guide aujourd'hui, et probablement pour les quelques jours à venir, si cela vous convient. Toutefois, soyez certains que tout autre habitant du Village se fera un plaisir de répondre à vos questions et de vous venir en aide pour tout ce qui vous sera utile.

Les sept s'activent immédiatement, boivent chacun encore un grand verre de sirop, dont ils complimentent abondamment les qualités. En un clin d'œil, les voici déjà tous debout et prêts à me suivre!

– Bigre! Vous voilà drôlement pressés de satisfaire votre curiosité. À ce que je vois, elle doit être bien vive!

Nous rions tous. Je sens que ce sont de très braves gens. Malgré une certaine rigidité disciplinée dans leurs attitudes, ils sont ouverts, chaleureux et observateurs. Bref : ils sont de bonne compagnie, apparemment pas du genre à créer des problèmes dans leur entourage.

– Alors, allons-y! Que la visite commence!

Tout de suite, les questions fusent. Pourquoi, comment, combien, depuis quand. Tout y passe. Leur esprit est vif, rien avoir avec la barbarie expérimentée lors d'autres rencontres avec des "externes".

Ces gens-là sont profondément intrigants, par leur langage très riche en vocabulaire proche de celui pratiqué ici, mais aussi par certaines connaissances d'ordre scientifique. Un mélange d'ignorance presque enfantine et d'une érudition de haut vol. Ont-ils eu l'occasion d'étudier des ouvrages complexes? Est-ce un don génétique?

Leur rapidité à traverser le labyrinthe-test le démontre sans nul doute possible : ils savent lire... et réfléchir. C'est évident!

Il faudra que je les questionne abondamment, quand j'en aurai fini de répondre à leur cascade d'interrogations!

Quoi qu'il en soit, au fil de la journée, j'arrive presque à m'habituer à la présence de Tani et feindre un état normal. Une des meilleures stratégies est de bien me répéter ceci : "Hey, Octa, tu es un type sentimentalement expérimenté et Tani est une femme, pas une déesse!"... Mais, je dois me l'avouer : ça ne fonctionne que très partiellement!

Au fil des heures passées en leur compagnie, je constate que leur organisation sociale diffère sensiblement de la nôtre. Non seulement ils agissent comme un groupe constitué, mais l'un d'eux semble avoir un rôle spécial, prédominant. Il s'agit de Rowsha, rien de physique ne le distingue particulièrement, à part sa taille légèrement supérieure. Les six autres sont de tailles à peu près égales et portent un collier identique à celui de Rowsha, orné des mêmes teintes. Pourtant, les six montrent des signes de déférence. Rowsha est toujours un peu devant. Il est, généralement, le premier à parler. Un cumul de petits tics à répétition me fait penser qu'avant la Grande Destruction, Rowsha aurait été appelé "un chef".

Curieux d'en connaître le fin mot. Je profite de mon devoir de guide pour leur expliquer notre fonctionnement basé sur la valeur de chaque individu. Pour étayer ma théorie, je m'adresse directement à Rowsha, et lui demande tout de go :

– Rowsha, je constate que vous vous comportez, les sept, comme un groupe soudé dans lequel vous êtes très dépendants les uns des autres. Pour moi, cela est un concept très inhabituel, mais est-ce bien ainsi que vous vous organisez?

– Oui, c'est exact. Mais, crois-moi, Octa, pour nous, votre manière de tout gérer individuellement nous paraît également terriblement exotique!

– Dis-moi, serais-tu l'équivalent d'un "chef", pour ce groupe?

Ils se mettent tous à rire de bon cœur! Pensant m'être lourdement trompé et prêt à m'en excuser, je reçois, cependant, une réponse laconique.

– Oui, au risque de te choquer : je suis leur chef.

Voyant mon expression, ils s'esclaffent tous de plus belle! Je m'y autorise aussi. Il est vrai que cette rencontre, entre deux types très différents de notions, relativise agréablement la situation. J'apprends un nouveau concept sur le vif, comme ceci, une expérience directe et enrichissante sans même avoir eu à lever le petit doigt. J'adore! Rien de tel qu'une remise en question des idées préconçues, pour me mettre d'excellente humeur!

– Pourtant, aucun ne porte de signe hiérarchique ostensible. Même vos pendentifs sont parfaitement semblables... D'où proviennent-ils? Leurs motifs ressemblent à ceux que l'on observe dans les anciens appareils "électroniques" que nous démontons pour essayer d'en comprendre le fonctionnement. Sont-ce des reliques d'avant la Grande Destruction?

Les "Gris", qui ouvrent brièvement de grands yeux, lui paraissent presque un peu gênés. À nouveau, c'est Rowsha qui prend la parole au nom de tous:

– Toi et tes semblables risquez bien de nous trouver ridicules, je le crains.

Je fronce un sourcil.

– Je m'en voudrais bien de vous juger! Tu n'es pas obligé de me dire quoi que ce soit. Il n'y a aucune obligation de me répondre, en fait. Mais, je suis aussi curieux qu'il me soit nécessaire de l'être.

– À vrai dire, il ne s'agit pas vraiment d'un secret inavouable. Nous venons de très loin et, durant nos pérégrinations, nous avons dû affronter de multiples situations très scabreuses. Cela nous a beaucoup déstabilisés, voire désécurisés. Au fil du temps, nous avons eu toujours plus besoin de nous rassurer. Lors de la traversée d'une énième cité fantôme, pour éviter d'être attaqués par une horde de "dents dures", nous nous sommes réfugiés dans un ancien magasin. Les étalages étaient vides et partiellement démolis, mais, dans un angle, il y avait une pile de cartons. Celui de dessous n'était pas éventré et contenait des dizaines de paquets d'amulettes comme celles-ci. Tu vois, à un des bouts, elles ont déjà le trou pour passer la cordelette. Nous avons décidé que cela était un signe. Nous les avons adoptés comme porte-bonheur. Quand l'un d'entre nous en ressent le besoin, il s'isole quelques instants et peut confier ses secrets, ses inquiétudes, ou ses vœux à ce petit objet. Comme nous l'avons toujours sur nous, cela a un effet apaisant. C'est une superstition un peu idiote, nous le savons, mais sur le plan thérapeutique cela aide! C'est un sujet embarrassant. Pourrait-on oublier ça et passer à la suite de la visite?

– OK! C'est en effet une drôle d'idée, mais, tout à fait compréhensible. Continuons votre découverte du Village et de son fonctionnement. Je vais essayer de ne pas trop m'étaler, afin que vous puissiez, bientôt, vous reposer.

Dans mon for intérieur, je me dis que face au danger et à l'incertitude, l'être humain s'est souvent senti poussé à s'inventer une croyance quelconque. Ça doit pouvoir aider, dans certaines circonstances. Une manière de trouver ce fameux "réconfort" dont Saroc m'a parlé? Par contre, à mon avis, trop "croire", à quoi que ce soit, peut s'avérer terriblement toxique. C'est, du reste un des nombreux poisons qui ont infecté la Terre par le passé! Je continue les explications.

– Le Village n'est régi par aucun système hiérarchique. Le Conseil d'éthique, créé au onzième Cycle, comprend neuf membres. Chaque habitant fait partie du Conseil une fois ou l'autre dans sa vie. Aucune durée spécifique n'est déterminée. Certains ne sont membres qu'un jour ou deux, alors que d'autres refont aléatoirement des interventions. Il arrive qu'on s'y investisse pendant plusieurs Lunes d'affilée. Toutefois, il ne s'agit pas d'une "autorité supérieure". Ce sont simplement des individus dont les qualités emphatiques garantissent une vision globale d'une justesse suffisante, et dans un contexte particulier, pour qu'on puisse faire confiance à leurs décisions.

À présent, à moi de rire des grimaces d'étonnement des "Gris"! Et Rowsha de s'exclamer :

– Il n'y a ni chefs ni "votations"?

– Non. Ce mot "votation" est parfois cité dans de vieux textes imprimés, et se retrouve même dans des comptes-rendus des deux premières générations du Village. Ce concept ne pouvait pas fonctionner à l'époque et est devenu caduc de nos jours. Quand une civilisation pousse le conditionnement collectiviste trop loin, les gens n'ont plus les repères qu'il faut pour faire des choix véritablement personnels. Voyez-vous, je crois que les anciens, d'avant la Destruction, confondaient "niveau de vie" avec "qualité de vie". Consommer et posséder prenaient plus de place que la simple appréciation d'exister, d'être un individu capable d'aimer ce qu'il expérimente dans l'instant. Leurs choix étaient, par conséquent, forcément biaisés. Mais, comment pouvaient-ils faire autrement, puisque tout le mécanisme de leur société était basé sur le "paraître", même sur le plan intellectuel, au lieu d'"Être"? Bien sûr, pour véritablement "être", cela implique de se "connaître". Et, capturé dans une organisation sociale qui cultive sciemment le système du "serpent qui se mort la queue", l'exercice était quasiment mission impossible!

Mon évocation tenant plus de la réflexion à haute voix, je réalise que les invités sont d'une attention particulière. Ils sont pieds rivés au sol, et penchés avec leurs visages vers moi, comme s'ils étaient des clous de fer, à peine plantés dans une planche de bois tendre, attirés par un aimant. Étonnante réaction face à des évidences aussi élémentaires. Je décide de ne pas en faire cas.

– Bon! Nous aurons tout le temps d'en parler plus tard. Je continue à vous expliquer le fonctionnement basique du Village.

J'écarte le rideau de plastique épais pour céder le passage. J'entre le dernier dans le tube principal, le bras tendu vers le nord, pour leur indiquer le chemin à suivre. Et, tout en avançant à pas mesurés :

– Comme nos ressources sont limitées, il faut prévoir que toute personne survivante venue de l'extérieur n'a pas forcément que de bonnes intentions.

Grâce aux Cycles passés à la lecture des articles de journaux que nous a transmis le Tigre de Papier, nous avons trouvé le moyen de filtrer les visiteurs susceptibles de nous rejoindre, pour nous rencontrer, ou... nous attaquer.

Les "tests psychologiques" de certaines pages issues de "magazines" nous ont permis de construire "l'Épreuve".

Il s'agit du labyrinthe, aux structures résistantes à la destruction par la force brute, dans lequel on ne trouve son chemin qu'en répondant aux questions et autres tests d'aptitude. Chaque épreuve réussie mène à une bifurcation suivante... et à de nouvelles devinettes. Ainsi de suite, jusqu'à ce que l'on atteigne une des quatre entrées... ou que l'on se retrouve penaud, à l'extérieur, loin, très loin d'une des portes du Village!

En ce qui vous concerne, cela semble avoir été un jeu d'enfant. Je ne vous cache pas que, ce faisant, vous nous avez plus appris sur qui vous êtes que vous ne le pensez.

Apparemment, mes dernières paroles provoquent un bref flottement et des ricochets de regards furtifs, bien moins discrets qu'ils se voulaient être. Sans faire mine de l'avoir remarqué, j'en prends note et poursuis :

– Nous sommes trop peu nombreux, pour envisager un moyen d'échange tel qu'il en existait avant la Destruction — les vieux textes parlent "d'argent", voire de plusieurs "monnaies" qui permettaient d'"acheter" des produits divers, ou des services — ce concept n'a donc pas été repris. Ensuite, la simple idée de procéder par des "échanges" s'avère inadéquate, car très limitative, celle-ci n'a pas raison d'être non plus.

Chacun arrive dans l'existence les mains vides et en repart de la même manière. Par conséquent, nous sommes tous inévitablement des bénévoles, que nous le voulions ou non. Il n'y a donc aucune raison de ne pas naturellement profiter de notre brève présence sur terre pour y récolter du bonheur, au lieu d'accumuler d'inutiles possessions.

Contrairement à ce qui semble avoir été une habitude autrefois, personne ici n'aurait idée d'abuser d'autrui! Pour cette raison, chaque individu prend à cœur d'apprendre à se débrouiller par ses propres moyens et à faire de son mieux envers un, ou plusieurs, de ses semblables. Ceci, toujours dans la mesure du possible et sans aucune obligation.

Depuis sa plus tendre enfance, chacune et chacun a l'occasion de s'instruire dans tous les domaines qui l'intéresse, que ce soit d'ordre utilitaire ou non. Par ailleurs, chacun choisit d'adopter ou pas, quelques pseudo-principes. Pseudo-principes, parce qu'ils n'ont aucune valeur contraignante. Je vous cite quelques concepts de base :

• Chacun apprend des notions de thérapies par les plantes, de chimie, de chirurgie, d'hypnose, d'ostéopathie et autres soins. Également tout ce qui concerne la construction, la culture maraîchère, la mécanique, etc. Chacun est polyvalent et pourrait parfaitement subvenir à tous ses besoins, même s'il restait seul au monde jusqu'à sa fin naturelle.

• À ce propos, les individus acceptent de manière implicite qu'à leur mort, leur corps rejoigne la Cuve. Cette très grande excavation, surmontée d'un dôme étanche, reçoit tous les éléments compostables susceptibles de produire du gaz. Il est tout aussi évident que, si une personne peut être sauvée par un don d'organe(s), toute partie utile peut être prélevée sur un villageois récemment décédé. Il va, cependant, de soi que tout individu pourra faire un choix inverse, y compris de consentir que sa vie ne doive pas obligatoirement durer indéfiniment.

• Pour éviter les problèmes liés aux animaux parasites qui s'accrocheraient aux habits des explorateurs et autres invités, il y a la salle aux miroirs. Grâce à un couloir réfléchissant, on peut vérifier si aucune espèce dangereuse ne s'est collée à votre dos, entre les cuisses, ou tout endroit du corps difficile à observer. Cette étape n'a pas été nécessaire dans votre cas... le peu de vêtements facilitant, au premier regard, la détection de tout organisme étranger!

• Les "détecs" qui permettent, grâce à une coloration sur une face, de contrôler le taux de radioactivité d'une zone ou d'un objet. L'autre face donne des indications de toxicité. Ce n'est pas un appareil "électronique", mais biochimique.

• La diversité des sources d'énergie est importante. Quand le soleil vient à manquer, il y a le vent. Lors de conditions météo défavorables aux panneaux photovoltaïques comme aux éoliennes, le biogaz peut, outre sa fonction calorifique permanente, produire de l'électricité grâce à des dynamos à vapeur. Bien qu'il y ait un système de distribution collectif, chacune et chacun aimera bricoler ses propres ressources énergétiques. Ceci est important, car les inventions individuelles créent des synergies intéressantes.

• L'eau est collectée dans un lac artificiel couvert et passe par un long procédé de filtration minérale et organique avant d'être stockée dans un réservoir protégé, située dans les hauteurs. En lien avec le point précédent, même le déversement de cette eau fait tourner une grande turbine fournissant de l'électricité.

• Quand les courants changent pour souffler d'une direction problématique. Les cerfs-volants hululent une alarme caractéristique. Il est alors indispensable de rapidement rester, ou se mettre, à l'abri.

Pour assurer notre sécurité alimentaire, toute nourriture est cultivée intra-muros, avec une enveloppe plastifiée complète contre les vents et les pluies qui risquent de détruire, ou d'empoisonner les plates-bandes. Tout est prévu pour sauvegarder une parfaite autarcie.

Dans les grandes lignes, en voici l'organisation :

• Il y a des serres individuelles, construites en annexe des habitats, et des jardins communs. Généralement, chacun veille à installer un système de son cru, y compris pour la récupération et le stockage de l'air pur produit dans la journée par ses plantations et de l'eau de condensation qui perle sur les parois. Les serres collectives, tempérées durant tout le Cycle avec un chauffage au gaz de la cuve de compostage ou grâce au soleil, contiennent les cultures de légumes et tubercules courants, ainsi que les grandes plantes. Arbres fruitiers, topinambours, vignes et autres épices y sont bichonnés.

• L'élevage de larves pour les protéines est gardé dans la Volière : le long bâtiment que vous avez dû apercevoir lors de l'accueil. Nos ancêtres mangeaient la viande des mammifères et des oiseaux, ce que nous ne faisons pas. D'une part, les animaux sont si peu nombreux que nous ne pouvons décemment pas en devenir les bourreaux exterminateurs et, d'autre part, la simple idée de tuer des êtres de chair et de sang est parfaitement dégoûtante. De toute manière, leur élevage serait impossible dans l'enceinte du Village et les bêtes externes sont certainement inconsommables, car contaminés. Par ailleurs, concernant d'autres aliments qui étaient courants avant la Destruction, les surfaces cultivables disponibles sont insignifiantes et ne permettent pas la récolte de quantités suffisantes de soja, de céréales, ni de diverses graminées. Comme nous avons lu que des larves pouvaient anéantir de vastes plantations, la Volière a été construite à l'opposé des jardins, avec entre-deux le Village.

Une partie des déchets, les moins odorants, sert de nids de ponte aux insectes. Ils ont beau se reproduire en masse, il faut veiller à l'étanchéité de leur habitacle, car la production doit rester constante et couvrir les besoins. La plus grande part des asticots est récoltée avant leur mutation en volatiles. Séchés et réduits en poudre, les larves suffisent largement à fournir les protéines nécessaires à tous. Il arrive que, périodiquement, les insectes deviennent trop nombreux. Un clapet, aménagé au plafond, est alors ouvert un court instant pour laisser s'échapper l'excédent.

• Pratiquement tous les bosquets et arbustes, qui poussent en dehors des serres, sont fruitiers. Nous y cueillons : framboises, cassis, groseilles, kumquats, pommes, cynorhodon, etc. Comme vous pouvez le constater, tous sont protégés des éventuelles pluies toxiques par des bâches tendues. Cet abri n'étant pas aussi efficace qu'une culture fermée, il se peut que certaines récoltes soient perdues, de temps à autre.

• Tous les aliments, qui ne sont pas consommés frais, sont séchés, stérilisés ou mis en conserves, en prévision des périodes moins productives.

• Le sel est extrait des rochers du hameau de la Salière, situé à environ trois jours de marche par le chemin habituel, trois heures en char électrique peu chargé, deux jours de varappe par la Fissure. Les premières maisons sont à près de nonante kilomètres, à vol d'oiseau. D'ailleurs, la voie aérienne est prévue, mais les plans ne sont pas encore assez aboutis pour se lancer dans la fabrication d'un prototype de véhicule volant.

• Le sucre, lui, est obtenu par évaporation du jus d'agave. Une plante facile à entretenir et qui sert aussi à distiller une liqueur, pour les moments festifs. Nous en récupérons également les fibres, pour la confection de tissus, ou de ficelles.

• Du fait de la permanence d'un risque d'augmentation de la radioactivité, au gré des courants venteux, les premiers habitants des lieux ont rapidement dû trouver un moyen de se procurer de l'iode. À cette fin, une mare, où poussent des algues spécialement sélectionnées, a été aménagée derrière le long bâtiment du Labo. Broyées, façonnées en minuscules boulettes et séchées, elles deviennent un élément important de nos pharmacies personnelles.

– Quelles algues? Demande Rowsha.

– Je n'en connais pas l'espèce ni comment les anciens l'ont trouvée. Toutefois, cela n'a pas dû être facile, car il n'en existe aucune, à l'état sauvage, dans les territoires non infectés répertoriés. J'imagine que quelqu'un s'est sacrifié, en traversant les zones irradiées, pour aller en chercher en bordure d'océan ou de lac.

Machinalement, mon regard se tourne vers l'Ouest pour vérifier le temps qu'il me reste avant de guider les invités vers les maisons d'hôtes.

– Ah! Et je ne vous présente pas les Lunes, que vous connaissez déjà. La plus Grande Lune est fiable, car son alternance pleine - vide est une constante. De ce fait, elle est notre référence pour le comptage en nombre de jours et surtout des Cycles.

La Petite Lune, aussi nommée "la Trotteuse", ou "le Menteur", par contre, avance plus vite autour de la planète et de manière plus irrégulière. On peut la voir entre deux et trois fois plus souvent que sa Grande Sœur et ne sert qu'à faire joli.

Mais, je suppose que la Lune doit avoir la même utilité pour vous, non?

Flottement. Puis, presque tous ensemble :

–... Oui, oui... tout à fait!

Bizarre, cette réaction! Mais, je n'en fais pas cas.

– Bon! nous voici arrivés au groupe de modules d'habitation provisoire. Désolé, il n'y en a que cinq, mais ils sont tous à votre disposition. C'est tout petit, une chambre avec deux lits à deux places, séparés uniquement par un galandage souple et un local pouvant faire office de cuisine, de minuscule atelier de bricolage, ou de salon de thé pour quatre personnes au maximum. Normalement, chaque maison individuelle dénombre, au moins, quatre pièces. Elles sont bien plus accueillantes et agréables. Ici, c'est très différent et cette exiguïté ne devrait être que de courte durée, car, à moins que vous ne pensiez pas rester à terme, un habitat plus spacieux pourra certainement mieux convenir. Chacune et chacun pourra se construire la sienne. Il va de soi qu'une aide sera apportée à qui ne serait pas en mesure de le faire soi-même. C'est tout à fait possible, avec un minimum d'organisation. En attendant, si cela vous convient, ces chambrettes seront votre chez-vous, le temps que vous voudrez.

S'il manque des couvertures, des coussins ou draps, vous trouverez tout cela dans la malle au fond de chaque chambre. Par ailleurs, durant les premiers jours, n'hésitez pas à demander coups de main et conseils aux habitants. Que vous soyez dépaysés est compréhensible et tout sera mis en œuvre pour que vous puissiez vous sentir à l'aise et apprécier l'endroit.

Il ne me reste qu'à vous souhaiter de passer une bonne nuit de repos. Demain, je viendrai vous chercher, dès que vous serez tous réveillés et prêts, pour vous offrir le goûter matinal.

Tous me saluent en se penchant légèrement en avant, la paume de la main droite posée à plat sur la poitrine.

Apparemment, les Gris aiment faire des groupes, sans hésiter, trois filles vont dans un module, deux gars dans un autre et... c'est avec un petit pincement que je vois Tani et Rowsha entrer dans le même module entre ceux choisis par leurs amis. C'est parfaitement idiot de ma part, la jalousie n'est pas supposée être mon truc. Surtout pas après avoir croisé quelqu'un pour la première fois durant à peine une demi-journée... C'est cette fille aux yeux d'argent qui doit être magique! Ce n'est pas possible!

De retour chez moi, tout me paraît si différent! Jusqu'ici, l'amour m'a été si familier, avec ses hauts et ses bas. Avoir été pris dans des bras affectueux, avoir été rejeté, parfois. Rien de plus naturel. Mais, qu'en est-il quand "naturel" se met à rimer avec "surnaturel"? Cette Tani... Comment donc peut-elle réellement exister, alors que je me la suis seulement imaginée... et ce depuis... depuis combien de temps en somme? Une vingtaine de Cycles, au moins!

Jusqu'à ce matin, Iraa est restée l'unique amoureuse stable possible... Bigre! Un peu comme une "dernière chance"! Et voici que tout est chamboulé!

En proie à un maelström de souvenirs, de références et comparaisons affectives, de certitudes émiettées, le réflexe thérapeutique immédiat qui me vient à l'esprit me pousse à saisir ma guitare. Par la fenêtre, je constate que la nuit est tombée. Assis sur le rebord du canapé, en pinçant les cordes avec douceur, j'improvise :

Reine des elfes j'ai une chose à te dire
Rien de grave, tu vas plutôt en rire
Je t'en prie, ne sois pas inquiétée
Tu peux même ne pas te sentir concernée

Quand je ferme les yeux, c'est toi que je vois
Ton visage royal si fin, adorable minois
L'harmonie de ton regard d'argent
Avec tes cheveux cendrés flottants

Tu danses dans mon cœur, sublime délire
De te savoir exister, je ne crains plus de mourir
Comment as-tu fait, dis-moi ton secret
Pour t'échapper de mes rêves et devenir vraie?

Bien sûr, jamais rien n'existera entre toi et moi
Trop jeune, trop belle, juste un cadeau, quoi
Gravé dans mes sentiments pour longtemps
Mais, même virtuel, un accomplissement

Te savoir exister suffit à me donner le sourire
Je ne me serai pas trompé sur tout, pour finir!
Avoir su, depuis toujours qu'un être parfait
De mon vivant encore, je croiserais

Reine des elfes je ne vais rien te dire
En dedans, je vais laisser mon amour se nourrir
Dans mon cœur grandi, te garder en secret
Et jusqu'au dernier souffle, te laisser m'habiter

Quand mon chant s'arrête, il me semble entendre des pas s'éloigner de ma porte. Je souris. Quelqu'un aura voulu venir et, surprenant ma ritournelle, aura jugé le moment inopportun. Appréciable considération, j'éprouve un grand plaisir à ressentir ce petit moment de sensibilité, de magie.

Ma guitare est mise au repos et le mien va suivre.

Étendu, les mains sous mon crâne et mon regard cloué au plafond, je laisse mes impressions s'égailler et s'égarer hors contrôle. Je me sens bouleversé en mon for intérieur. Comme s'il m'y poussait un nouveau jardin, empli de fleurs, de parfums et d'oiseaux même! C'est si inattendu. Puisque, de tomber amoureux, ne m'est guère étranger. Un bref instant, je repense à Iraa, que j'aime pourtant sincèrement. Furtive, l'ombre d'une vague culpabilité ne fait que passer. Si j'arrive à contrôler mes réflexions, il en va autrement de mes sentiments. Ils doivent être vécus librement, éventuellement partiellement canalisés, mais jamais emprisonnés. Je le sais, depuis longtemps. Or, en ces instants, j'ai de la peine à me reconnaître, tant cette émotion est condensée et, quand mes paupières se ferment, c'est l'image de Tani que je vois, comme restée imprimée dans leurs membranes.

Il m'aura fallu

Il m'aura fallu plusieurs tentatives avant que l'autohypnose ne fasse suffisamment d'effet pour m'entraîner dans le sommeil. J'ai largement eu le temps de gamberger et d'échafauder toutes sortes de conjectures à propos de mon désarroi émotionnel. Pourtant, je devrais être blindé, puisque je connais mon problème d'hypersensibilité!

Si je trouve Tani tellement extraordinaire, il doit y avoir une explication des plus simples. Son "exotisme" serait-il responsable à lui seul? Sûrement pas! Il y a aussi sa manière de regarder... avec ses yeux comme des miroirs, ses mèches grises aux tons variés, la forme de son cou, de ses épaules. Et elle se retourne d'une façon!... Aïe! Ça me dépasse complètement!

Assis devant ma tasse de thé, prêt à traverser mon sas pour aller voir à quoi en sont les arrivants d'hier, je lutte... Je lutte!

À titre thérapeutique, je m'efforce de repenser à Iraa, que j'aime pourtant tellement! Ça ne suffit pas! C'est une crise de dichotomie affective! Ça doit être ça! Je repasse en revue, mes autres relations, mes chagrins, toutes les fois où "j'y ai cru"... Rien n'y fait!

Je ferme les yeux et je la vois.

J'ouvre les yeux et... Je la vois!

Je la vois, parce qu'Elle est là! Je manque de peu de renverser ma tasse en me levant trop vite.

Elle sourit. Je dois avoir, je ne sais pourquoi, l'air parfaitement ridicule. Ridicule? Pourquoi est-ce la première pensée qui me vient, face à elle?

– Salut Octa. Je suis ici pour te demander si tu voulais bien encore nous servir de guide, aujourd'hui.

... Avec ses iris comme des disques d'argent, ses mèches grises aux tons variés, ses lèvres exquises et faites pour tout exploser au passage, la forme de son cou, de ses épaules, et sa voix, cette voix qui résonne comme un subtil instrument de musique... Inspirer... Expirer... Inspirer... Expirer... J'ignore le temps que je mets avant de lui répondre.

– Mais, bien entendu! Vous êtes tous prêts?

– Nous sommes tous dans le couloir, devant ton sas.

– Ah! Excellent, je voulais justement venir vous chercher. Je vous invite à manger un morceau avant de compléter la visite commencée hier.

De quoi ai-je l'air? Est-ce qu'on peut, de l'extérieur, voir à quel point je suis en passe de me liquéfier de l'intérieur?

Tani se retourne pour faire face à l'entrée et cela me donne envie de pleurer, je dois retenir mes larmes... Comme Elle a pivoté! Cette grâce naturelle et subtile dans une torsion d'une harmonie surnaturelle... surnaturelle! Surnaturelle? Bigre! Un ermite, au-dessus de la Salière, m'a une fois raconté l'effet produit par la consommation d'un certain champignon hallucinogène...

M'aurait-on drogué à mon insu? Sinon, d'où me viendrait cette overdose de sublimation?

Dans mon état semi-extatique, j'entends la voix d'une elfe magique :

– Vous pouvez entrer, Octa est ici et nous invite chez lui!

Un à une, ils et elles apparaissent. Sans surprise, je constate que Rowsha passe en tête des six Gris appelés. En fait, il est indiscutablement le plus grand, car il est le seul à devoir se baisser pour ne pas heurter la traverse de ma porte avec le front.

Une fois tous là, je me penche légèrement et pose ma main droite sur ma poitrine, pour les saluer à leur manière. À l'unisson et visiblement ravis, ils me rendent mon geste.

– Chers amis, en premier lieu je dois vous demander si vous m'en voulez de vous appeler "les Gris". Soyez certains qu'il ne s'agit pas d'une formule visant une quelconque ségrégation! L'idée est plutôt de l'ordre de simplifier une identification par un sobriquet. Qu'en pensez-vous?

Ils répondent à leur manière silencieuse de communiquer avec des sourires, des grimaces entendues et des haussements d'épaules. Leur chef Rowsha, avec un air d'avoir rassemblé les voix, parle au nom de tous :

– Visiblement, Octa, cette désignation ne dérange personne.

– J'en suis ravi. Toutefois, je préférerais toujours vous appeler par vos noms individuels. Mais, j'avoue avoir été distrait, hier, et j'aimerais bien ne pas me tromper quand j'adresse la parole à l'une ou l'un d'entre vous. Par conséquent, je vais vous prier de prendre une place à choix et, pendant que je vous prépare le repas matinal, de me répéter vos noms... aussi souvent que possible. Cela vous paraîtra peut-être saugrenu, pourtant, je crois bien que ce sera la méthode la plus efficace pour me les graver dans la mémoire!

Dans les rires et les raclements de tabourets, la table se garnit d'une compagnie fort sympathique!

– Le maître de maison, c'est à dire moi, vous propose : galettes salées, pâté de légumes, fruits secs et pétales confits. Le tout arrosé de deux thés différents.

Comme les invités sont nombreux, je prépare la tisane de verveine en prévoyant une deuxième bouilloire pour celle d'orties et déballe plusieurs sachets, en toile fine et serrée, pleins des gâteries promises. Placé au milieu de la table, dans des plats en terre cuite et en verre coloré. Tout cela a belle allure. J'en suis assez fier! Les deux infusions sont prêtes à être servies.

En posant la tasse devant le premier convive, il me dit :

– Balmron' !

– Je t'en prie!

Et les rires éclatent.

– Bien sûr, que suis-je tête en l'air, c'est ton nom : Balmron'! Excuse-moi, sur le moment, j'ai cru que cela signifiait "merci" dans une autre langue! Bigre, il faut vraiment que je sois plus à mon affaire! Bien! Alors une tasse pour madame...

– Yofalia. Je suis ravie que nous ayons pu rejoindre votre Village et que l'on y soit si bien reçu!

– Ensuite, monsieur...

– Aershon', cher Octa, et merci pour ton accueil!

– C'est un plaisir! Et voici un thé pour toi... Tani.

– Ah, tu te souviens de mon nom?

Il faut trouver une explication à cela... et vite!

– Heu! Oui... c'est le plus court et celui qui ressemble le plus à ceux du lieu.

Personne ne doit être dupe de mon embarras. Là, je crois bien que je me suis scié! Mais ni Tani ni les autres n'en font cas.

– C'est vrai, je porte un nom très simple. J'en profite pour moi aussi, exprimer ma gratitude. Vous êtes tous fantastiques ici!

– Merci. Mais, vous devez comprendre que l'évènement est rare pour nous et mérite notre attention. De plus, nous sommes également ravis de pouvoir accueillir des personnes à ce point sympathiques.

La prochaine tasse est un prétexte pour qu'Elle ne voie pas mon émoi. J'aimerais lui dire que ses mots sont très touchants. Mais, il faut surtout que j'évite ce genre de sujet, car trop sûr de ne pas pouvoir retenir une larme. Ce n'est ni le moment ni l'endroit, pour des effusions qui seraient, très probablement, interprétées de travers!

– Et voici une autre tasse pour Madame...

– Lenida. Je suis la cadette du groupe.

– Jeunes et moins jeunes, tous sont les bienvenus! Et vous Madame...

Avant de me dire son nom, cette petite femme bien musclée, et apparemment plus âgée que les autres, se lève, me prend la tasse des mains pour la poser calmement à sa place sur la table. Ensuite, avec un grand sourire, elle me serre dans ses bras!

– Je m'appelle Hisnili et l'accueil, ici, est énorme!

Merde! Cet élan de sympathie est la goutte qui me fait déborder l'œil! Je pleure! Impossible de retenir les larmes. Par contre, je peux tenter une stratégie de diversion :

– Bigre! Quelle force! Ça m'en presse les larmes!

Hisnili me libère et pour changer de registre, je me précipite pour remplir deux tasses. J'en tends une à Rowsha.

– Et toi Rowsha : faudra-t-il que je t'appelle "chef"?

Les rires fusent et la bonne humeur englobe la tablée tel un dôme invisible. Je fais semblant de ne rien remarquer, mais en diagonale, par-dessus les galettes et les fruits secs, deux yeux d'argent m'observent à la sauvette, mais avec intérêt. Est-ce une illusion? Un mirage que je me fabrique? J'aime à croire, cependant, que j'y décèle, même, un fond de tendresse. Une diversion est indispensable :

– Quelqu'un vous a-t-il déjà dit que plus personne n'est arrivé ici depuis vingt-quatre Cycles?

Rowsha répond, tout en finissant de mastiquer sa poignée de baies à peine ramollies :

– Oui. Lozu l'a évoqué hier!

Ouf! Je bénéficie d'un court répit...

Inspire... Expire... Inspire... Expire...

Paraître calme, détendu, avec les yeux le moins humides possible! J'y parviens et reprends en main la conversation.

– Et comment s'est passée votre première nuit au Village? Bien dormi?

– Aah! Un lit! Une invention formidable!

– Un repos en parfaite sécurité : ça faisait longtemps!

– À part le ronflement de Lenida...

– Menteur! Je ne ronfle pas!

– Comme tout "chef" qui se doit, j'ai dormi comme un prince!

– Je me suis assoupie entourée des parfums et de la bonté qu'exhale cet endroit magique.

Avant que la moindre larme ne puisse, à nouveau, trahir mes dons de sensiblerie excessive, je me ressaisis et applaudis aux dernières paroles de Tani.

– Parfait! Alors, si tout le monde a terminé, nous pouvons y aller... Aershon et Yofalia, que faites-vous?

– Pas question de partir sans faire un minimum de rangement.

– Balmron' et moi te faisons vite la vaisselle. À ce propos, d'où vient ton eau et où coule-t-elle, une fois qu'elle a servi?

– Et bien, je pense qu'il faudra que je vous invite encore souvent! Concernant l'eau, n'ayez crainte d'en jouir abondamment. Une partie est recyclée, notamment celle que vous utilisez en ce moment, et une autre filtrée de l'extérieur. Nous avons beaucoup de chance, sur ce plateau, mais je vais justement vous en parler pendant cette journée de visite guidée.

Profitant de cet intermède de rangement, je me penche vers Rowsha.

– Dis-moi, Rowsha, comment se fait-il que vous veniez de l'ouest, tout en étant en pleine forme?

– Normalement, nous sommes plus nombreux, mais il a fallu nous scinder en groupes. Nous sept sommes partis en premiers et avons choisi de nous diriger en direction du sud-est. Un deuxième groupe doit être parti vers le nord et un troisième vers le sud. Les autres sont restés sur place. À vrai dire, ce ne sont pas des barbares, ni des bêtes sauvages, ni des maladies qui nous ont fait tout quitter, mais le danger de voir notre espèce disparaître!

– Bigre! Laisse-moi deviner : la consanguinité?

– C'est cela! Nous ne sommes plus assez nombreux et nous en sommes à un point de presque tous devenir des cousins, en quelque sorte!

– Hum! Je saisis.

– Octa, toute autre chose : Tout le monde ici utilise le terme de "cycle". J'ai cru comprendre qu'il s'agit d'une mesure de temps, mais nous ignorons ce que cela représente. Peux-tu nous l'expliquer, s'il te plaît?

– Oui, bien sûr... J'aurais même dû vous en parler hier déjà! Voilà : les survivants, pour faire table rase d'un passé peu glorieux de l'humanité, n'ont pas voulu continuer de suivre l'ancien calendrier, celui d'avant la Grande Destruction. Aussi, depuis leur arrivée ici, nous comptons les jours, les Demi-Lunes font quatorze ou quinze jours, les Lunes de vingt-huit à trente jours. Nous avons remarqué que la durée entre deux Lunes pleines pouvait légèrement varier. Les Cycles, par contre, se calculent toujours par douze Lunes. Cela nous permet de déterminer les périodes d'un Cycle. Il est vital que nous puissions nous préparer à faire face aux dangers qui se répètent chaque Cycle.

– Et cette demi-lune?

– D'une Lune ronde à une Lune noire et de la noire à la ronde.

– Merci, Octa. Nous voici au clair!

Les autres ont fini la vaisselle. Et rien de plus ne peut être fait ici. Quant aux Gris, je dois les aider à se qu'ils se sentent le plus "chez eux" possible au Village. Je me lève.

– OK! Merci à vous, surtout! Occupons-nous donc de la suite du programme! Si l'on y allait?

Il n'y a aucune objection.

Journée mémorable et intrigante à plus d'un titre! Indubitablement, les nouveaux arrivants sont habités d'une grande soif d'apprendre et ont, du reste, de remarquables capacités cognitives. Je n'ai, à aucun moment, dû répéter ni explications ni démonstrations et les questions posées ont été d'une pertinence si pointue que, souvent, je me suis demandé à quelle équipe d'experts j'avais affaire! C'est là le point décalé, justement, si l'on part de l'idée qu'ils sont censés être des réfugiés venus de zones ravagées et hostiles. Indubitablement, cela doit prouver que plusieurs poches non polluées existent encore sur cette planète vérolée!

Mais, laissons cela pour l'instant. Il faudra que je les interroge demain, au sujet de l'environnement dans lequel ils ont évolué auparavant.

Un jour entier s'écoule en leur compagnie... et j'ai tout loisir d'apprécier celle de Tani!

Et beaucoup d'autres journées passent en ne faisant que les croiser. Toutefois, Tani vient très souvent vers moi, quand elle a besoin de conseils, mais, également parce qu'elle semble avoir été désignée comme porte-parole des Gris concernant toutes sortes de précisions. J'avoue en être vraiment ravi et personne, au Village, n'y trouve d'objection. Les Gris veulent participer à toutes les tâches, y compris celles impliquant les longs parcours! La virée d'aujourd'hui, depuis le bas du Village jusqu'à la Combe des Eaux Acides, entre les crevasses du sud, n'a pas été de tout repos. Avant de m'écraser dans mon lit, je vais rédiger un petit compte rendu bien léché! En saisissant mon carnet, je réfléchis déjà à comment éviter de n'écrire qu'à propos de Tani. C'est une véritable obsession et, pour mon bien, j'ai tout intérêt à en contrôler les contours. Je commence donc à transcrire fidèlement les faits, en prenant soin de me discipliner et de rester concis!

Lune 3, jour 2, au soir

Comme Holt, mais avec moins d'assiduité, je couche quelques notes dans mon nouveau "carnet de bord".

En moins d'une Demi-Lune, Tani, Rowsha, Balmron', Hisnili, Aershon', Yofalia et Lenida se sont si parfaitement intégrés au modus vivendi des lieux, qu'il est difficile de croire qu'ils aient été confrontés aux turpitudes, autrement plus scabreuses, des zones dévastées qu'ils ont traversées voici peu!

Sur le Mur, leurs dés viennent régulièrement s'ajouter aux autres et, souvent, de belles occasions de discuter individuellement se présentent. Tiens! Je dois témoigner d'un détail amusant : leurs créations sont assez révélatrices. Au début, les gris s'étaient rassemblés dans un atelier pour fabriquer les leurs en terre cuite. Or ils étaient tous si ressemblants, qu'il était assez difficile de discerner qui allait faire quelle tâche. Par la suite, chacune et chacun est alors allé se bricoler sa série de petits cubes et, merveille, la particularité de chaque personne se lit, maintenant, clairement sur leurs dés respectifs!

Apparemment, on peut guérir du collectivisme, si l'on y met du sien!

Faut-il, d'ailleurs, encore utiliser la dénomination "les Gris", maintenant que chaque personnage se dessine soi-même, de plus en plus, tel un individu distinct?

Après tout, ce n'est pas si important. Le "nous, les habitants du Village" revient, aussi, assez souvent dans les conversations, sans que cela n'escamote les individualités.

Nous avons abordé le sujet du Tigre. En regardant le Manoir, Tani m'a demandé si l'on pouvait visiter cette intéressante architecture. Quand je lui ai répondu par la négative, elle s'est exclamée : "Pourquoi donc?" Sa réaction a ravivé une question latente, probablement refoulée en permanence, que tout un chacun porte en soi depuis sa plus tendre enfance. Personne n'a jamais passé le seuil de cette vaste maison. Pourquoi, effectivement? Que se cache-t-il derrière ses murs et ses fenêtres? Que fait le Tigre, tout seul, Cycles après Cycles, dans son immense demeure?

J'ai expliqué à Tani que j'étais en train de faire des recherches à propos des coupures de journaux qui arrivent toujours à point nommé, et des mobiles qui pourraient motiver le Tigre à stimuler notre évolution. Elle a fait de grands yeux et s'est dite extrêmement intéressée par le sujet. J'ai, bien entendu, sauté sur l'occasion pour lui proposer une étroite collaboration. Son enthousiasme à y participer m'a presque explosé le cœur!

Demain, je vais à l'atelier du fer pour de nouveaux essais sidérurgiques. Le but est de parvenir à reproduire des pièces mécaniques illustrées sur une page d'un catalogue. Après cela, je retrouve Tani à la Bibliothèque. Elle m'impressionne toujours autant, mais, à force d'entraînement, j'arrive à tenir le coup en gardant tout mon self-contrôle!

De plus, expérience faite, je dois m'attendre à être totalement ignoré par Tani, comme souvent lorsque je flashe sur quelqu'un. La réciprocité est denrée rare, sauf si l'on se contente de simplement apprécier l'autre en partageant une relation sans grands engagements... Dommage!

Je pose mon carnet. Il n'y a pas tellement de quoi faire le malin. Quand je pense au temps qu'il m'aura fallu pour accepter qu'une pareille fille existe et que je puisse la côtoyer sans délirer!

Et puis, j'aurai une "pause", malheureusement en réalité, puisque Tani m'a annoncé son inscription à une première expédition de reconnaissance cartographique trois jours avant la fin de cette Lune! Sa première sortie depuis son arrivée au Village avec les "Gris", et Elle y va seule, déjà! Je ne m'inquiète pas pour Elle, mais plutôt de son absence.

En parlant d'absence, il est aussi vrai que la mission d'Iraa semble anormalement s'étirer. Elle devrait être de retour depuis une Demi-Lune, au moins. Faudra-t-il que je me fasse un sang d'encre pour les deux en même temps? Me connaissant, j'en serais bien capable, tiens!

Ce matin Rowsha est venu boire le thé chez moi, avant de partir honorer son dé du jour. Je le trouve assez marrant. Parfois presque timide. Je me demande sur quels critères il a été désigné comme chef de sa petite tribu. Il est assis, là, l'air absorbé.

– As-tu un souci Rowsha?

– Je pense à mes congénères, que font-ils en ce moment? Octa, si quatre autres "gris" se présentaient à l'une des portes du Village, crois-tu qu'ils seraient accueillis, aussi?

– Évidemment, Rowsha, quelle question!

Il se tortille sur son tabouret.

– Et si le troisième groupe devait se rabattre et chercher refuge ici également?

– Pareil, mon cher, pareil!

– Alors, ce serait bien, vraiment bien! Et cela me rassure beaucoup!
Il finit sa tasse. J'enfile mes chaussures fermées pour rejoindre Korl à la forge et sors de chez moi, en compagnie d'un Rowsha visiblement rasséréné. Nos sentiers se séparent à l'embranchement sud.

En chemin, je passe forcément par le bras de tunnel de l'Est et traverse, par conséquent, un des laboratoires de recherches électrochimiques. C'est assez proche de la forge pour faciliter les essais de bains durcissants, auxquels certains alliages métalliques doivent être soumis. Par l'ouverture, j'aperçois Aershon', portant blouse et tablier de travail, en pleine expérimentation avec Zakou. Du doigt, il désigne la pièce, encore fumante, serrée au bout d'une des longues pinces tout en discutant avec Zakou. Ce qui est amusant, c'est de voir Aershon' dans la posture d'un professeur s'adressant à un élève, et non le contraire. Vraiment étonnants, ces Gris!

Je continue mon chemin et là... inspire... expire... Bigre!
Tani, en compagnie d'Arl! Elles arrivent, en sens inverse! En Salopettes et bottes de caoutchouc. Avec cet accoutrement, elles vont, de toute évidence, à la serre des larves.
Simultanément soulagé et déçu, je fais un petit écart et nous ne faisons que nous croiser. Sourire et dicret signe de la main : c'est tout pour aujourd'hui, semble-t-il.
Je suis simplement complètement retourné, bouleversé... perdu.

Zut! J'aurais au moins pu lui proposer un thé, après la période de labeur! Quel imbécile je fais! Je risque encore d'être assez bête pour la laisser filer en mission d'exploration, sans lui offrir une verveine en tête à tête, avant son départ. Il est prévu après-demain, déjà!

Une reine des elfes! Je délire! Et dire que je ne la connais même pas vraiment!

CHAPITRE 3

VERS LE NORD

Retrouver Tani

Lune 4, jour 8, au matin

Après une nuit tourmentée, je me suis réveillé anormalement nerveux. C'est, d'ailleurs, une étrange inquiétude qui me pousse à écrire ces quelques lignes.

Tani devrait être rentrée, mais une mission peut souvent durer quatre ou cinq jours de plus que prévu. Peut-être Tani prend-elle un soin particulier à peaufiner un rapport détaillé. Ce qui est troublant, c'est qu'Iraa, non plus, n'est pas revenue. Or, Iraa a dépassé son délai de retour de plus d'une Lune! Y aurait-il une corrélation? Iraa est-elle en passe de rallonger la liste des habitants disparus en prospection? Et Tani d'être la suivante à y figurer?

Il ne faut rien présumer. Les deux femmes sont parfaitement aptes à survivre dans des zones dangereuses, pour finalement, retrouver leur chemin au bercail.

De plus, la Lune 4 est le début de la plus belle et agréable période du Cycle. Il se peut, aussi, qu'encouragés par la météo propice, molosses et ours se baladent allègrement avec une voracité décuplée! Ah!

Ne pas penser à ça, quelle horreur!

Respire, Octa, respire : tout devrait bien se passer!

– Hop! carnet, pose-toi là. Il faut que j'y aille!

Parler tout seul est une méthode assez pratique pour se rassurer... Pour atteindre le Mur, je vais m'arrêter chez Yerz. Il a insisté, hier soir, que je vienne boire une tasse avec lui avant de commencer les tâches journalières. Six maisons plus loin de la mienne, je soulève les lamelles du rideau du sas de Yerz et le trouve assis à la petite table ronde de ce qu'il nomme sa "terrasse". Une appellation insolite qu'il a repêchée dans les lignes d'un vieux magazine et qui désignait un espace ouvert à tout vent, ce qui, fort heureusement, n'est pas le cas à présent!

– Salut Yerz! Quel thé me proposes-tu aujourd'hui?

Il se lève et me salue "à la manière des Gris". Amusant : plusieurs individus du Village ont adopté ce geste. Probablement parce qu'ils ont flashé sur le charme exotique des nouveaux arrivants.

– Salut Octa. Du vert de vert, garanti sans euphorisant ni aphrodisiaque, promis!

– Tss! Toujours aussi drôle!

– Bah! Qui ne tente rien n'a rien... Allez, asseyons-nous. Hier soir, je suis allé jouer les espions à LA réunion. La foule ne se composait que de neuf participants, dont quatre, avec moi, présents par simple curiosité. Mais les cinq autres étaient remontés comme deux douzaines! "Nous pourrions entrer en action dès le Cycle prochain, à la même période!" Qu'ils disaient. S'ils n'y croient pas eux-mêmes, ils le cachent bien!

– Écoute, même s'ils triplent leurs effectifs d'ici un Cycle, ils ne seront pas de taille. En plus, on ignore tout des moyens dont dispose le Tigre pour se protéger des intrus. À mon avis, il doit y avoir bien davantage que les clôtures électrifiées que nous connaissons. SI tu me passes l'expression, le Tigre est un vieux loup solitaire, qui a bien décidé de ne pas être dérangé. Il doit avoir plus d'un tour dans son sac, pour reprendre une antique formule.

– Cela fait deux bêtes féroces en une seule personne. C'est comme si on disait "Cet ours est un gros molosse sauvage". Tu t'imagines le monstre?

– Ha, ha! En effet. Mais, à mon avis, c'est un trop gros morceau à déloger, même avec une pseudo armée d'une trentaine d'excités.

– Crois-tu vraiment qu'ils le feraient, s'ils en avaient les moyens?

Par "ils", Yerz parle de ceux qui voudraient prendre d'assaut le Manoir et, ainsi, avoir accès à toutes les connaissances que le Tigre semble décidé à distiller à sa guise. Je lui réponds un peu dans le vague, mes pensées... étant bien dispersées, je dois me l'avouer.

– Ils voudraient, oui, mais bien que leurs réactions soient conditionnées par une hypophyse plus chiche en ocytocine, ils ne l'ont pas assez atrophiée pour commettre des actions trop violentes envers d'autres êtres. À mon avis, c'est un atavisme, une relique psychogénétique de l'ancienne civilisation. Le simple fait qu'ils s'identifient à un groupuscule le prouve. Ce fameux "sens de l'appartenance" qui a berné les ancêtres et a entraîné l'humanité dans la plus stupide des catastrophes. Les quelques habitants du Village, qui se sont trouvé une pseudo-identité commune, ne sont qu'une poignée. Ils sont inoffensifs, car entourés d'individus compréhensifs et dont les personnalités sont imprégnées d'indépendance.

– L'indépendance! Voilà justement un de ces mots qu'ils brandissent en pointant le Manoir du doigt, ou du poing. Comme s'il n'était pas clair que si nous dépendons bel et bien du savoir! D'ailleurs la notion d'indépendance est plus une variable qu'une constante. Elle est influencée par ce que l'on en fait et par la conscience que l'on développe en soi. Le "savoir" est un arbre qui a de nombreuses branches sur lesquelles un individu trouve autant de libertés que d'attachements. Enfin, quand bien même : chacun a le choix d'en tirer les enseignements qu'il veut, encore faut-il cultiver son regard global et ne pas tout sortir de son contexte! Non?

– Vois-tu, il est hors de question que je substitue leurs convictions par les miennes. Aussi, pour l'instant, je vais simplement aller honorer mes engagements, remettre de l'ordre dans mon organisation, tourner mes dés sur le mur. Ensuite, j'aviserai. De plus, si d'ici quelques jours je n'ai toujours pas de nouvelles, ni d'Iraa ni de Tani, je pars vers le nord-ouest. Je ne trouverai pas la paix avant d'avoir retrouvé au moins l'une d'elles, sinon les deux!

Je crois que Loga, Samo et ses sbires se tiendront tranquilles d'ici là. De toute manière, qu'y pourrais-je, s'ils venaient à péter un câble? Chacun est aussi libre d'expérimenté une "pétée de câble" une fois ou l'autre dans son existence, non?

– Mh! Ouais. Je pourrais te féliciter d'être un grand sage, mais j'imagine plutôt que revoir Tani doit être dans tes priorités... si ce n'est la seule, actuellement.

Yerz est un bon type, et beau joueur avec ça. Il préfère les mecs et il pourrait m'en vouloir de ne pas avoir été intéressé par ses nombreuses avances. Je me lève et lui renvoie son sourire entendu. Il me tient le rideau de plastique. Nous nous quittons sur un "salut des Gris".

Une légère pluie tapote sur le nouveau toit en verre de cette partie du Grand Couloir. Les plus récents chars de récupération sont équipés d'un système d'amortissement nettement amélioré, ce qui rend possible le transport de vitres, même de format assez imposant. Avec les anciennes roues, ce genre de pièces, probablement des devantures de magasins d'une ville fantôme en décrépitude, auraient été brisées bien avant d'atteindre les contrebas du Village. Mais, qui vois-je au moment d'arriver sur la Place? Voici justement Samo et Loga, les fameux "révolutionnaires".

– Hello, me salue Loga.

– Salut Octa, m'envoie Samo avec sa voix chantante.

– Hey, salut vous deux!

Nous nous arrêtons pour discuter. Samo est musicienne, surtout. Mais, vraiment une excellente musicienne et elle confectionne ses superbes instruments elle-même.

– Octa, la "guitare" que je t'ai offerte pour ton entrée dans l'âge adulte n'aurait-elle pas besoin d'une petite révision? J'espère que tu l'utilises assez, aussi!

– Presque tous les jours, et il me semble qu'elle résonne de mieux en mieux.

Puis, regardant Loga, je le complimente pour l'état de parfaite propreté dans laquelle j'ai pu reprendre la Grande Compostière la Lune dernière.

Il me répond en riant :

– Si déjà ça pue, autant qu'il n'y ait pas encore, en supplément bonus, des boues qui traînent autour! Personne ne pourrait s'empêcher de vomir. Ce qui n'arrangerait rien à cette merde! Ha! Ha!

La liberté de parole et d'opinion est, par ici, aussi "sacrée" que devait l'être une religion à l'époque de la Destruction et chacun en profite allègrement et à sa guise! Loga, lui ne s'en prive pas et ne fait pas dans la dentelle!

En les quittant, je les regarde attentivement. Non vraiment, je ne les visualise pas en train de donner l'assaut au Manoir et, avec de féroces hurlements, défoncer une porte à grands coups de hache.

À mon avis, même avec une hypertrophie de l'hypophyse bien plus sévère que celle qui leur a été diagnostiquée, ces "ils" dont nous parlions avec Yerz tout à l'heure et que je vois joyeusement palabrer en s'éloignant, n'en sont pas moins hypersympathiques! Entre une mauvaise gestion des hormones et une attitude franchement criminelle, il y a une nette différence, tout de même!

J'atteins le Mur, observe quels travaux sont déjà réservés, et réajuste mes dés. Je constate que, ce que j'aurais accueilli avec plaisir en temps habituels, à savoir : pouvoir profiter de ma journée à lire et jouer de la guitare de Samo, me laisse un autre arrière-goût. Aujourd'hui, les volontaires se bousculent. Pour moi, les affaires sérieuses, selon une antique expression, ne reprennent que demain. Mais, en attendant, il faut que je m'invente un moyen de faire autre chose que m'inquiéter!

Quand j'arrive finalement chez moi, j'y trouve Rowsha, visiblement nerveux. Bigre, il y a de fortes probabilités que ma journée n'aille pas se terminer dans le calme et la sérénité. Mon inquiétude grimpe d'un cran sur l'échelle de l'angoisse, en voyant les traits tirés de mon ami le Gris!

– Ah, te voilà enfin! s'exclame-t-il, sautant hors de mon fauteuil d'osier et agitant les bras à en toucher le plafond.

Il a l'air drôlement remonté, pire que je ne le pensais et cela me perturbe passablement!

– Heu! salut Row... Heu... Qui a-t-il? Tu as des nouvelles?... Des bonnes, des mauvaises?

Rowsha, en entendant ma voix blanche et chevrotante de crainte, se maîtrise un peu et me pose la main sur l'épaule en me regardant droit dans les yeux.

– Octa, tu sais que Tani m'est chère comme une sœur et il semble qu'elle représente beaucoup pour toi, aussi. Cela fait trop longtemps qu'elle est partie. Nous sommes un peuple agile sur n'importe quel terrain. Nous sommes des traceurs, c'est notre nature, et il est impossible que Tani ne retrouve plus son chemin, qu'elle se soit perdue... Je m'inquiète, peut-être inutilement, mais, dans le doute, il vaut mieux agir que se ronger les sangs!

– Ne peut-on envisager une autre piste? Par exemple, ne pourrait-elle pas avoir choisi de ne plus revenir? Cela ne serait-il pas concevable?

Le ton de Rowsha monte d'une octave.

– En aucun cas! Elle n'aurait eu aucune raison de prendre cette option. Tu sais, nous, ceux que vous appelez "les gris", n'avons pas développé nos individualités autant que vous ici. Nos habitudes sont plus du type tribal. Nous formons un tout, en quelque sorte. Quand quelqu'un va en mission, c'est toujours pour revenir!

– Écoute Row, je crois que je vais suivre ton intuition, retourner au Mur et aligner mes dés sur zéro et préparer mes affaires pour partir, dès l'aurore, pour une Demi-Lune d'exploration. De toute manière, j'avoue que cela fait des jours que l'inquiétude me ronge aussi et que je me retiens de filer à sa recherche. J'ai la ferme intention de tout faire pour retrouver Tani et je te le promets d'y mettre tout mon cœur, sois-en certain!

Dans un soupir, Rowsha retire sa main de mon épaule et repart, avec un air fatigué et un sourire que je trouve plus fataliste que soulagé. Une chape de tristesse s'abat sur et dans mon être. Comment puis-je croire revoir Tani, alors que tout et n'importe quoi peut arriver dans les régions lointaines?

Rowsha évaporé, je regarde ma guitare, hausse les épaules, songe à remettre mes chaussures pour aller changer tous mes dés sur "abonné absent", mais, au dernier moment, me ravise et commence à préparer d'abord mon matériel d'exploration.

Pour le reste de cette journée, et cela malgré une discussion bien plus brève que je ne l'avais craint, je ne vais pas avoir le cœur à la lecture et à l'analyse d'anciens articles de journaux. Mon instrument va rester là, à rêver, tout seul, aux belles mélodies qui pourraient remplir la maison.

Demain, au Cycle cent trente-deux, Lune quatre, jour neuf, j'entame une nouvelle aire de ma vie. Je vais devoir me confronter à une angoisse à laquelle je n'ai encore jamais dû faire face : avoir peur de perdre non pas une personne aimée, mais deux!

Comme pour conjurer les mauvaises pensées naissantes, je m'attelle à vérifier et compléter mon paquetage. Une Demi-Lune de crapahutage n'a rien de terrible, en soi. Pourtant, je me laisse rattraper par ce sentiment, ou pressentiment de l'imminence d'un danger, d'un bouleversement. Cela me replonge dans cet état inhabituel d'inquiétude qui me tenaille depuis quelques jours. La prémonition existe-t-elle? Vais-je au-devant d'une épreuve initiatique? Au pire, je ne fais que dramatiser dans le vide!

L'après-midi est déjà bien avancé, quand mon paquetage est presque terminé. Il faut encore revérifier sa check-list et contrôler si les emballages sont bien étanches. Au moment de compléter ma panoplie par une deuxième gourde, je me demande si, peut-être, une rapide promenade dans les serres me ferait du bien. Mais, je préfère y renoncer. Je n'ai plus envie de rencontrer qui que ce soit ce soir.

Restent les dés à changer. Zut!

Je fonce au Mur et parviens à boucler un aller-retour parfaitement discret.

À mon retour, avant de m'assoupir, je revois la scène avec Rowsha. Que l'on soit socialement si lié, on peut le comprendre. Il y a tant d'atavismes imbriqués dans nos gènes. Mais, Rowsha semblait bien plus qu'inquiet. Il était même au bord de l'hystérie! ... Comme s'il y avait une urgence exceptionnelle. Pourquoi une pareille démonstration de peur panique? Bizarre, venant de lui, d'habitude si stylé dans sa fonction de chef de troupe...

Pour éviter une insomnie plus que menaçante, je me mets en autohypnose. Le calme revient et je m'endors.

Le jour se lève tôt, en cette période du Cycle. Bien détendu, je quitte ma couche pour vite pratiquer mes exercices matinaux de mise en forme. Trois galettes de tubercules tartinées de crème de protéines plus tard, je mets sac au dos, besace et gourdes sur les hanches. Ainsi paré, et par acquit de conscience, je fais le détour au mur pour vérifier si mes dés signalent correctement mon départ et mon indisponibilité pour toute la Demi-Lune à venir. Olok est à la papeterie, quand j'y arrive.

– Salut Octa! Ton carnet est sec et prêt à servir!

– Formidable! Je ne fais que passer, il est grand temps que j'y aille!

Olok, qui se charge de l'atelier de fabrication du papier durant cette Lune, me répond d'un geste d'au revoir tout en retournant à ses cadres de tissus tendus. Je le laisse dans le local des cuves à papier. Mon nouveau carnet de notes, avec ces feuilles plus fines que jamais, bien broché, rejoint les gaufres, qu'Atil m'a offertes tout à l'heure, dans mon sac de vadrouille, ciré et multipoches.

Je passe par la Porte du Nord. Brik, du haut de son mirador, me rend mon signe et me crie un "Bonne chance mon p'tit gars" assez fort pour que la moitié de la communauté soit au courant de mon départ. Enfin... Il est de notoriété que les volontaires à la surveillance externe sont, généralement, pourvus d'une forte voix et qu'ils aiment s'en servir... même quand il ne s'agit pas d'une alerte de service.

Ma virée s'annonce sous de bons auspices. Le ciel est clair sans être trop sec. Ni cri ni feulement n'indique la proximité de prédateurs. De plus, essentielles dans mon entreprise, les bottines de marche que je me suis confectionnées il y a sept jours, ont parfaitement pu prendre la forme de mes pieds et semblent bien solides. Mes impressions négatives de la vieille se sont dissipées et j'attaque cette première journée de mission de reconnaissance avec entrain.

Toute cette région est bien connue, et un chemin facile s'y est tracé depuis longtemps, du moins dans les premiers kilomètres. Aussi, en fin d'après-midi, j'ai pu parcourir presque quinze kilomètres vers le nord-nord-ouest, malgré un chemin devenu déjà plus ardu.

Désireux de garder des volets en pleine forme pour le lendemain, je vais m'arrêter là pour aujourd'hui. Heureusement, le sol est assez plat. J'en profite pour établir mon campement.

Lune 4, jour 18, au soir
J'inscris sur mes feuillets de rapport : rien à signaler. Je suis encore en terrain connu en zone 8 à -231/-128 sur la carte. Demain, j'espère atteindre la zone 9 en traversant les deux premiers escarpements du Bois Pelé. Toujours aucune trace de Tani qui, en principe, doit avoir pris un chemin identique.

Je referme le carnet, l'emballe soigneusement dans sa toile cirée et le range dans le sac. Avec un pincement, je réalise n'avoir pas écrit : "Toujours aucune trace de Tani NI D'IRAA...". J'ai occulté Iraa ! Un ajout de bois mort ravive le feu. Ma gamelle chauffe au-dessus. Tout en remuant, je hume cet air, reconnaissant de n'y sentir que les essences des minuscules conifères, qui s'efforcent de reprendre possession, en concurrence avec quelques feuillus rabougris, de leurs anciens territoires. Les parfums plus subtils des herbes folles et de nombreux pollens ont plus de mal à se distinguer parmi les relents de fumée et de repas. Aucune acidité ni quelconque odeur de pollution ne flotte dans l'air, ce qui depuis quelques Cycles est devenu "normal" dans cette zone. Souhaitons que cela le reste!

J'aime être seul. Il arrive que, malgré les distances honorables qui séparent les voisins les uns des autres et l'habitat spacieux dont chacun bénéficie au Village, je peine à profiter de suffisamment de moments d'isolement propices à la méditation. Toutefois, ce soir, je partagerais volontiers ces moments de calme, autour d'un feu, avec une agréable personne. En fermant les yeux, je la vois immédiatement et j'imagine que Tani est ici, près de moi. Nonobstant les effluves de fumée et de popote, j'arrive presque à sentir l'odeur de sa peau, de ses cheveux, la légère pression de son épaule contre la mienne. J'aimerais tant fondre mon regard dans ses iris de vif argent! Bien sûr, quand je lève les paupières, ce n'est que pour constater qu'il est temps de retirer ma pitance des flammes, si je veux encore trouver de quoi manger agréablement dans cette gamelle!

Dire que tous ces jours, passés avec Elle, nous ont rapprochés n'est pas faux. Mais, pas autant que je l'aurais souhaité. Je ne suis pourtant pas un novice et entamer un rapport amoureux n'a, jusqu'ici, jamais été particulièrement problématique. Mais, tout est si différent avec Tani. Et le pire est de ne pas comprendre pourquoi!

La tente filtrante, faite d'un tissage de fils de plastique récupéré et refondu, est dressée et je m'y enfile pour la nuit. Nos ancêtres ont été de vrais imbéciles, mais, au moins, tous leurs déchets ne sont pas que toxiques et inutiles. C'est toujours ça. Sur ces pensées, je sombre "dans les bras de Morphée"... Drôle d'expression... Assez drôle, pour retrouver une quiétude insouciante, sur laquelle je me concentre. Je m'endors en souriant.

Je me réveille en sursaut. Un animal, heureusement pas trop grand, semble-t-il, pousse sa gueule contre le côté de ma tente, avec d'étranges grognements et reniflements. Ce ne doit pas être un carnivore, car, sûrement, crocs et griffes auraient déjà lacéré le tissu pour atteindre sa proie. En l'occurrence : moi! Je ne fais aucun bruit. Il est essentiel que je puisse le voir et faire quelques croquis accompagnés d'un descriptif. Surtout s'il s'agit d'une bête non répertoriée. Avec précaution, je retire mon carnet du sac et le déballe. Un moment, je crains d'avoir alerté mon hôte : tout grognement a cessé. Le soleil levant commence à dessiner ses contours. Je distingue son ombre déformée projetée contre la toile. Ouf! Il doit être tout petit! Je n'ai qu'une pensée : "Reste, reste, reste!" Par réflexe, je sors une de mes galettes que je parviens à éjecter, à environ un mètre, par la fente d'aération de l'entrée de ma tente. Excellente idée! Je me félicite de son efficacité. En effet, un animal poilu et court sur pattes se précipite sur cette manne. D'abord, il retourne plusieurs fois la nourriture avec son groin, la renifle abondamment, jette un œil méfiant vers ma planque et, finalement, se décide à la dévorer de deux coups de mâchoire. Largement le temps, pour moi, de croquer ses formes et, grâce à la pitance offerte, sa dentition. J'ai déjà vu une illustration, imprimée sur une des coupures du Tigre, celle représentant un "porc". Il doit s'agir là d'une espèce très voisine. Et dire que les gens mangeaient ces animaux... et toutes sortes d'autres aussi.

En l'intervalle, ce petit "porc", ayant vérifié qu'aucune galette supplémentaire ne se trouve dans les parages, se pique d'une curiosité certaine pour mon abri. Il s'approche de l'entrée. Son groin grossit dans mon champ de vision et vient renifler par la fente qui me sert d'observatoire, mais, d'un coup, il émet un cri strident qui me glace de surprise, tant il est inattendu et perçant. Son odorat lui a révélé une présence potentiellement dangereuse. Simultanément, lui et moi, nous reculons brusquement. Je retourne, au plus vite, à l'entrée de ma tente, dans l'intention d'étudier ses prochaines réactions. Trop tard! Comme un éclair, il fait un saut de côté et se rue sur le même chemin qui m'a amené en ce lieu, pour s'enfuir dans une traînée de poussière.

Moi qui songeais à avoir de la compagnie, hier soir... Ce n'est pas tout à fait celle que j'attendais!

Je me retiens de rire, car, qui sait, cet endroit foisonne peut-être de nouveautés. Je suis en bordure d'un territoire dûment répertorié et décrit. Pourtant, jusqu'à ce jour, aucun animal du genre n'a été vu par ici. Dès aujourd'hui, et du fait que j'entre dans une région qui reste à explorer, bien d'autres bestioles, encore inconnues, pourraient se montrer. Il se peut que ce soit la raison du retard du retour de Tani. L'enthousiasme de la découverte lui aurait-il fait perdre la notion du temps? Pouvoir observer les évolutions biologiques est d'une grande importance, alors qu'on ignore toujours si la planète est mourante, ou seulement en convalescence!

Mais je dois me remettre en route. Mes objectifs du jour devraient pouvoir être atteints malgré les imprévus de ce genre. Le but étant de retrouver Tani... et Iraa... Si possible, en pleine forme! Toutefois, si en plus, je peux encore enrichir mes notes, cette "sortie dans le monde sauvage" serait une des plus mémorables. Toute découverte inédite sur le terrain est bénéfique pour le Village. Cette journée s'annonce bien!

Un regain d'optimisme afflue : je suis sur la bonne piste et vais rejoindre Tani, c'est sûr et certain!

Comme toujours, la marche n'est pas pénible en soi, ce sont les dénivelés qui font toute la différence! Le soir arrive et j'ai atteint le but que je m'étais fixé pour cette fin d'après-midi. Je me trouve sur le replat repéré de loin ce matin. Ma main en visière, j'observe le prochain défi. Demain, j'ai cette colline à franchir et, avec cette espèce de gravier qui la recouvre, ça ne va pas être une joyeuse promenade ! Le soleil me précède et s'apprête, comme pour me narguer, à aller se cacher derrière ce fichu monticule. Là, il est trop tard pour faire un relevé précis... Trop tard, pour une étude de la végétation, et je me sens trop crevé pour le reste... enfin, non. Je tire sur le cordon de mon collier au bout duquel pend mon détec.

Radiations dans le vert pâle : tout va bien. Je retourne l'objet.

Toxicité : Nulle. Parfait, presque miraculeux ! Selon les anciens descriptifs, je devrais déjà être mourant!

À ce propos, ça me tue de devoir encore monter ma tente! J'ai les mollets en feu... et justement : pas de feu, ce soir ! une gorgée d'eau, deux galettes et loin, dormir... et c'est tout. Ah! Oui, dormir!

À mon réveil, je suis étonné de constater que le soleil a déjà trop bien chauffé l'air de mon abri. Diantre! Comment se fait-il que je ne me sois pas réveillé plus tôt ? La réponse est dans le vent. Silencieux. C'est vrai, chez moi, il y a des oiseaux, assez nombreux et démonstratifs pour me sortir des limbes par leurs pépiements insistants, dès les toutes premières lueurs de l'aube. Je quitte la tente et reste debout un instant sans bouger. Il y a bien quelques bruits, mais si lointains qu'ils en sont à peine perceptibles. J'aurais aussi été bien en peine de vouloir me cuire quoi que ce soit hier soir : il n'y a pas le moindre bout de bois aux alentours. Ce n'est guère avec les quelques maigres touffes d'herbes et gerbes de ronces... À moins que... Qu'est-ce que cette tache brune, là, juste en dessus? Une souche? C'est à environ vingt mètres. J'en ai à peine parcouru la moitié que je reconnais immédiatement... un des havresacs de Tani! Je cours. Oh, non! Pourvu que Rowsha n'ait pas eu une prémonition funeste! J'arrive devant l'objet, mais je me garde bien d'y toucher précipitamment. Il faut d'abord observer, analyser. Mon regard se porte en premier lieu sur les environs. Si un autre élément..., ou Tani, s'y trouvaient, je pourrais mieux comprendre la situation. Rien ne peut se cacher dans un paysage aussi nu et aride.

Je baisse les yeux sur la sacoche abandonnée, il semble juste avoir glissé de son paquetage. Cela correspondrait assez au trajet qu'elle aurait pris pour effectuer ses reconnaissances. Dans tous les cas, il n'y a aucune trace de lutte ou d'attaque par un animal féroce ni aucun indice du genre. Pas de sang, non plus. Je soupire. C'est déjà ça!

Le tissu brun n'a que peu de poussière en surface, ce qui tend à prouver que le sac de Tani n'est ici qu'au maximum depuis cinq jours. Bizarre que Tani n'ait pas été beaucoup plus loin, alors que son départ date de plus de trois quarts de Lune. Autre étrangeté : cette besace me paraît bien vide! Je l'ouvre pour vérifier et reste un bref instant tétanisé par ce que j'y vois : un bout de papier plié!

En le dépliant, je reconnais qu'il s'agit d'une page arrachée de son carnet de rapport et que l'écriture est bien la sienne.

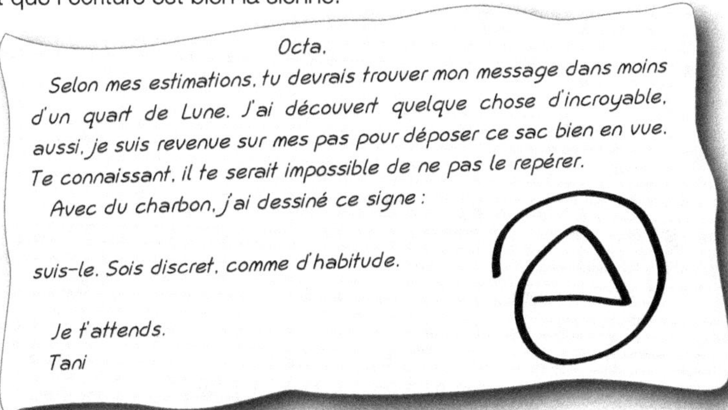
Octa,

Selon mes estimations, tu devrais trouver mon message dans moins d'un quart de Lune. J'ai découvert quelque chose d'incroyable, aussi, je suis revenue sur mes pas pour déposer ce sac bien en vue. Te connaissant, il te serait impossible de ne pas le repérer.

Avec du charbon, j'ai dessiné ce signe :

suis-le. Sois discret, comme d'habitude.

Je t'attends.

Tani

Je suis cloué et mon cœur éclater. Je n'entends que ses tambourinements et ne vois plus rien d'autre que le message de Tani.

Ressaisis-toi : crétin! Ce que je fais étonnamment vite. Je suis en train de battre mon record absolu de pliage de tente et de rangement de sacs! Faut que j'y aille sans délai!

J'aperçois déjà le premier symbole, dessiné sur un gros caillou à environ cent mètres.

Lune 4, jour 24, au soir. J'écris dans mon carnet :

Je continue à suivre les signes laissés par Tani. Jamais il ne me serait venu à l'idée que cela mettrait si long à la retrouver à partir du moment où j'ai trouvé son message! Bizarrement, la trace fait une courbe qui me rapproche de chez moi, comme si c'était un chemin nouveau et inconnu pour atteindre le Village. Cela fait depuis trois jours que je marche dans une forêt étonnamment dense. Bien plus dense que celle qui s'étale au pied de notre Portail Sud. La journée, l'air est merveilleusement doux. Manifestement, cette jungle produit passablement d'oxygène. Le testeur de radioactivité est au vert et celui de la toxicité aussi! Peut-être un endroit qui a été entièrement épargné par les ravages de la Destruction? C'est totalement extraordinaire! Je suis supposé être dans le nord, région hyper empoisonnée! Or, je pourrais y trouver fruits, graines et tubercules comestibles à foison, ce qui me permettrait d'économiser mes réserves de nourriture. L'ennui est que je ne connais pas cette flore et, au cas où le trajet devait se poursuivre en terrains moins accueillants, je serais incapable d'éviter le jeûne. Hélas! comme je dois prioritairement retrouver Tani, je n'ai pas le droit de trop m'affaiblir et encore moins le temps de dessiner et décrire les végétations et la faune extrêmement variées que je traverse. Impossible de vérifier les spécificités de la nature qui m'entoure lors d'un retour à la Bibliothèque du Village, ce qui est fort dommage! Par contre, j'ai bien noté les coordonnées. Il ne sera guère difficile de rejoindre ces lieux magnifiques après coup, si tout ce périple se termine bien!

Il me tarde de retrouver Tani et de voir ce qu'elle a découvert de mieux que tout cela! Ensuite, nous pourrons revenir au Village, présenter nos trouvailles et faire la fête!

Je ferme mon carnet d'excellente humeur, malgré les risques de famine... ou d'un éventuel manque d'eau potable... Bigre! Me voici dans un environnement au-delà de tous les rêves les plus fous et, en plus, je vais bientôt revoir Tani! J'en ai, enfin la certitude!

En attendant, toute cette beauté foisonne de vie, et qui dit vie dit : toutes sortes d'espèces qui doivent réussir à y survivre! Cet état de fait a, pour corollaire, qu'il peut également s'y produire des rencontres dangereuses. Par conséquent, la prudence est de mise! Aucune précaution n'étant à négliger, j'ai tout intérêt à trouver un endroit sûr où m'installer, avant le couché du soleil, après, je risque de ne plus y voir goutte! Jusqu'ici, j'ai eu beaucoup de chance qu'un quelconque animal mythique, relique du passé, ne m'ait pas déjà dévoré! Une fois allongé, il faudra que j'use abondamment de l'autohypnose pour m'endormir. Car, ici, oiseaux et autres habitants de toutes ces luxuriances piaillent jour... et nuit! Ça n'est guère dans mes habitudes!

Lune 4, jour 26, au soir

Rebelote, j'espérais retrouver Tani au moins hier soir, mais elle demeure toujours invisible et ses signes dessinés sur des pierres sont ses seules marques de "présence". Sa piste m'a fait traverser une rivière. J'ai glissé sur de la mousse et plaf! J'en suis ressorti trempé. Heureusement, la toile cirée a sauvé mes notes! Conséquences de l'aventure : galettes ramollies et habits humides au réveil. Autre inquiétude : j'ai totalement oublié de vérifier l'eau au détec, alors que je suis tombé dedans. C'est une erreur digne d'un débutant éclaireur! Fichtre! On verra bien, plus tard, si je suis contaminé... Tani y a pourtant survécu, mais en plus, a dû trouver des ressources suffisantes pour boire et manger durant une Demi-Lune au-delà des réserves qu'elle avait emportée! La force ne doit pas lui manquer, non plus : elle aura fait tout un trajet, aller-retour, trois fois, pour m'attendre en un lieu encore plus lointain... C'est fou! Par prudence, j'avance lentement, arc et flèche en main. Pour l'instant, la forêt a cédé la place à un dédale de canyons. Un véritable labyrinthe où les signes laissés par Tani sont mes uniques points de repère. Je viens d'en passer un sous lequel Tani a écrit "chut" et depuis, les symboles sont dessinés en plus petits, en plus d'être posés en des endroits moins évidents. Fait marquant, la trace me dirige franchement vers le sud et selon mes estimations sur la carte, le Village ne se trouverait plus qu'à deux ou trois jours de marche. Vraiment étrange. Et pourquoi nos expéditions n'ont-elles jamais poussé directement vers le nord? Cette jungle aurait été découverte depuis longtemps!

Trop intrigué par la question, je m'arrête d'écrire et sors ma carte. Le Village, ici... hum... et là, je suis au nord du Manoir dans une région hachurée désignant une zone de grand danger! J'inspecte les alentours avec mon détec : rien à signaler! Voyons, au mieux, il faut des siècles pour que des radiations disparaissent des matériaux contaminés! Qu'a-t-il bien pu se produire? Rien ne peut pareillement assainir un environnement en si peu de temps!

Mes cogitations sont interrompues par un murmure émanant d'un couloir rocheux. Celui de droite, je crois...

– Octa... Octa... Ne dis rien, ne réagis pas à ma voix et viens calmement par ici.

C'est Tani qui chuchote! Je retiens mon enthousiasme et le plus tranquillement possible, je me laisse diriger. Après quelques mètres et au contour d'un piton coiffé d'herbe et d'un épineux inconnu, une main fine me fait des signes vifs.

La voici enfin! Au comble de la joie, je parviens à me maîtriser et chuchote aussi:

– Tani! Je suis si heureux de te revoir! Tu vas bien? Tu n'es pas blessée? Tu m'as tant manq....

Zut! J'ai failli mettre les pieds dans le plat. En fait, au vu de son petit rictus de biais, elle n'est clairement pas dupe. Elle me caresse l'épaule, l'index de l'autre main sur ses lèvres.

– Chut. Chut. Chut. Du calme. Je vais bien. Je ne suis pas revenue au Village, parce que je savais que tu viendrais me retrouver ici. Peut-être est-ce un peu stupide de ma part et peut-être que je me fais des idées...

Aïe, aïe, aïe : mon cœur va exploser, persuadé qu'elle va me sortir ses aveux, me dire qu'elle m'aime aussi... Au moment où j'allais l'embrasser et lui déclarer que je l'aime et que je l'ai aimée dès le premier regard sur elle, elle continue :

--... mais, il se pourrait bien qu'un réel mystère puisse nous être révélé, si l'on arrivait à ouvrir ceci. Tani tend son bras gauche et, de son index, désigne une

surface parfaitement lisse avec, peint en noir, sur sa partie la plus bombée, le signe! Mais en beaucoup plus grand que sur ses croquis! J'en oublie de chuchoter :

– C'est presque aussi haut qu'un humain et entièrement en métal! Mais, quel alliage pourrait bien à ce point résister aux intempéries? Il n'y a aucune trace de rouille, ni de mousse, ni de rayures. Ce truc-là a l'air parfaitement neuf!

– Chuuut. Pas si fort, Octa. Justement, on dirait que quelqu'un en prend soin encore maintenant. C'est pour cela que je t'ai demandé d'être discret. Il pourrait y avoir une surveillance régulière, ou quelqu'un affecté à sa maintenance.

Le regard fâché et la dureté de son expression sont ravageurs. Je me pendrais d'être si con! Heureusement, son courroux n'est que comédie. Son visage se détend et se fend d'un doux sourire. Elle se penche de côté pour ramasser un fragment de granite, parmi les morceaux qui dépassent des feuilles mortes dont le sol est jonché. Tani jette un œil sur les environs avant de rejoindre la surface métallique. Elle lève l'index de sa main libre.

– Je vais te montrer quelque chose.

Avec l'éclat de roche tenu tel un poignard et les muscles du bras trahissant l'effort, Tani appuie de toute ses forces et exécute un raclement de haut en bas, en travers du signe, avec la partie la plus acérée de sa pierre. Le minéral crépite en projetant de petites étincelles.

– Voilà! Vérifie ceci et dis-moi ce que tu en penses!

Je m'approche à mon tour et, même en passant les doigts, en regardant de biais pour faire jouer les reflets, je constate que ce test de dureté n'a laissé strictement aucune trace. Ce qui est également intéressant, aussi, c'est sa forme circulaire.

– Ce que j'en pense? Je chuchote : c'est in-croy-yable! Mais, ce que je pense aussi, c'est que nous devrions nous poster en observation. Si nous dressions nos tentes sur ce petit replat, cela nous permettrait de dominer légèrement cette cuvette tout en restant en face de cette... chose.

– Oui, mais une tente devra suffire... J'ai perdu la mienne.

– Ah? Nous...

–... devrons nous relayer, de toute manière. L'un se repose et un surveille. Si quoi que ce soit se produit, on réveille l'autre.

Je me sens stupide, c'est pathétique! Mon romantisme va me rendre complètement gaga. Pendant un moment, j'ai vraiment cru qu'elle allait proposer que nous dormions dans le même, minuscule, abri. Il faut que j'arrête de faire cette fixette sur Tani : ça va mal finir!

Pour m'occuper, je monte ma tente et sors quelques galettes, encore bien humides de mon plongeon involontaire dans la rivière, et les mets à sécher sur une toile isolante. Au même moment, Tani y dépose quelques superbes fruits. Mes biscuits ramollis font bien mauvaise figure à leur côté!

La mâchoire pendante d'étonnement, je questionne Tani du regard.

Elle me sourit en retour :

– Je les connais. Ils sont parfaitement comestibles, délicieux, goûte-les!

Nous mangeons froid, car il est bien évident qu'un feu, ici, équivaudrait en matière de discrétion à un orchestre de tambours et cornes de brume. Nos visages tournés vers ce qui ressemble à un couvercle de marmite à vapeur de l'Ancien Monde, nous mâchouillons nos fruits et galettes aux protéines en silence. Comme il se doit, le repas terminé, nous rangeons et nettoyons méticuleusement l'emplacement. En aucun cas, des reliefs de pitance ne doivent attirer des animaux... ni laisser de traces pour d'autres êtres vivants... Intelligents ou non. Notre poste d'observation doit rester incognito!

Tani m'adresse un sourire — Et, merde, quel sourire! — en me désignant la tente du menton.

– Allez, va te coucher. Tous ces derniers jours, j'ai largement eu le temps de me reposer de ma vadrouille. Toi, par contre, tu dois être suffisamment vanné.

Je ne discute pas. La contredire serait un fieffé mensonge! Je m'installe sur la paillasse rembourrée et glisse mes sacs, besaces et gourdes sous l'occiput, en prenant soin de bien surélever ma tête. Dehors, Tani s'assied en tailleur, face au signe, mais derrière un buisson assez touffu. Grâce à mon aménagement, je peux la voir par la fente de l'entrée tout en me reposant. J'admire ses cheveux, ses épaules, sa silhouette si majestueuse, si... Une fée, une elfe dans sa forêt enchantée... Une...

Malgré moi, mes paupières se ferment. Je souris, pourtant tenaillé entre le bonheur de la savoir si proche et la mélancolie d'être emporté par le sommeil. Je suis tellement soulagé que rien de fâcheux ne lui soit arrivé...

Le passage

Il fait jour! Tani ne m'a pas réveillé! Je me dresse d'abord sur les coudes avant de ramper hors de ma couche, prêt à lui reprocher d'avoir sacrifié l'intégrité de son temps de repos. Elle n'a pas fermé l'œil de la nuit et n'est manifestement pas à son poste de garde. Un instant, je dois me cacher les yeux. J'ai tourné la tête du mauvais côté! Le soleil matinal se reflétant sur le métal mystérieux a failli me rendre aveugle! Je m'assois dans l'herbe en attendant la fin de l'éblouissement. Si Tani n'est pas là, c'est probablement qu'elle est allée faire quelques ablutions. À moins qu'elle ne prenne du temps à récolter quelques délicieux fruits, pour ne pas nous laisser le ventre vide. Elle ne va sûrement pas faire long.

Le soleil suit lentement son petit bonhomme de chemin, si bien que la plaque métallique n'est plus son jouet. Prudemment, je tourne la tête dans cette direction. Tani tarde à revenir, mais il a dû se produire quelque chose pendant mon sommeil!

Il y a une forme de croissant de Lune qui double la gauche du fameux signe. Je descends en vitesse et, à ma grande stupeur, je trouve une tunique coincée dans une fente. Ce vêtement appartient à Tani, aucun doute... et ce sigle n'est autre qu'une porte circulaire. Une légère traction suffit à ouvrir un passage assez large pour me laisser entrer. Derrière, un couloir se dessine. Je distingue quelques objets au sol; un crayon, une gourde, une... culotte, bref : des affaires à Tani. Elle a dû être entraînée de force par quelque chose... ou quelqu'un!

Comment poursuivre qui que ce soit dans un obscur corridor, si l'on n'a pas de lampe? Inutile de trop compter sur la lumière extérieure, d'ici vingt mètres, elle ne me sera plus d'aucune aide. Il faut juste s'assurer que cette porte ne se referme pas, sans que cela puisse se remarquer. Il ne faut laisser qu'une minuscule fente. Mais le loquet est muni d'un ressort puissant. Aussi, je rajoute un peu d'épaisseur en déplaçant la veste de Tani, pour agrandir l'espace, dans l'espoir de le rendre quasi invisible, tout en gagnant un chouïa d'éclairage. Comme il est impensable de rester planté là sans réagir, je décide de faire fi de l'obscurité qui ne manquera pas de m'englober d'ici peu. Je fonce, bras vers l'avant, sur le sol que j'ai vu être lisse et sans obstacle, du moins sur ses premières dizaines de mètres. Miracle! Une lumière diffuse s'allume à mesure que j'avance et s'éteint derrière moi, suivant ma progression. Je peux baisser les bras. Ignorant à quel moment de la nuit, ou de l'aube, Tani a été capturée, j'espère qu'elle aura ralenti ses éventuels kidnappeurs, en leur offrant un maximum de résistance. Il est aussi possible que personne n'ait remarqué l'astucieux blocage de l'entrée. Auquel cas la suite de l'enlèvement se ferait sans précipitation. Donc, dans l'espoir de sauver Tani au plus vite, je cours, concentré uniquement sur les sons qui pourraient provenir d'au-delà de la zone éclairée.

Ce couloir est d'un autre temps! Il est d'avant la Destruction et pourtant tout y fonctionne encore, même l'air est chaud! Comment est-ce possible, alors que les installations doivent dater de plus de cent Cycles? Je fonce, mais, malgré la régularité de métronome de ma respiration, je commence à sentir la rate qui arrive au bout de sa résistance. Ma tête me joue des tours, aussi, comme prise de vertiges. Simultanément, je perçois un changement : l'odeur dans le tube s'est enrichie d'un nouveau parfum. Rapidement, mes membres s'alourdissent et m'envoient de drôles de signaux. Je regarde ma main et je vois mon bras se tordre de façon improbable. Je ne peux plus courir. Je ne peux plus marcher. Je n'arrive plus à rester debout. J'entreprends de m'asseoir, mais n'y parviens pas de manière normale. En fait, c'est plutôt un affaissement, comme un ballon qui se dégonfle, ou une bougie qui s'étale sous l'effet de la chaleur. D'ailleurs, en réalité, je ne suis que liquide, non? Ça me fait rire. Je suis en train de me diluer dans ce rire.

Tourbillon.

Vrille.

Solidification partielle... et un son familier.

– Octa. Octa. Peux-tu t'asseoir?

Encore flou. Voix connue. Soutenu. Corps. Gentille douceur. Mal de tête et nausée. Quelque chose contre mon visage. Moi. Sac. Respirer.

– Octa, tu reviens à toi. Je t'ai mis un sac sur la bouche et le nez, car l'air ici est trop riche.

J'arrive à prononcer :

– Toi, va?

Elle rit. Elle libre... pas été enlevée... enfuie. Content. Doit lui faire drôle de me voir en liquide! Ça s'arrange. Je retrouve, graduellement, mes esprits et découvre une Tani pleine d'attention, en train de me faire respirer, par alternance, dans un cornet en plastique. Que se passe-t-il ici? Je récupère l'usage de mes membres et m'aidant des bras, je glisse mon dos contre la paroi pour m'asseoir plus confortablement.

– Je suis complètement assommé!

Tani garde le sac en main, visiblement prête à intervenir et, au besoin, à me le remettre sur la bouche et le nez.

– Le Village existe, depuis des générations, dans une région du monde où les forêts ont été dévastées et ses habitants ont naturellement dû s'adapter à une atmosphère raréfiée. Ce n'est pas mon cas. À l'origine, avec les "Gris", nous sommes habitués à plus d'oxygène, mais un tout petit peu moins qu'ici, tout de même. Nous n'avons pas vos grands poumons et devons faire attention à ne pas nous essouffler au moindre effort!

– Mais, Tani, il y a eu subitement ce parfum bizarre et qui n'est plus dans l'air à présent.

Elle sourit... ce fameux sourire...

– Oui, ça m'a surpris ce matin aussi. Quand j'ai trouvé le couloir, j'ai coincé la porte pour m'assurer qu'elle ne se referme pas et me suis engagée sur presque cinquante mètres avant de ressentir une torpeur lancinante. J'ai certainement dû continuer à avancer par automatisme, sans trop m'en inquiéter. Je ne crois même pas m'être vraiment endormie, mais cet état second m'a empêché de me précipiter vers l'entrée pour te prévenir. Dès que cela m'a été possible, je suis revenue sur mes pas. Tu étais déjà ici, complètement groggy, à te tortiller au sol! Apparemment, j'ai mieux résisté au piège narcotique que toi. En réalité, tu es une petite nature! Non, je te taquine! Le mélange avec trop d'oxygène a certainement augmenté son effet sur toi. Mais à présent, nous voici avec cette découverte, c'est très bien ainsi. Par contre, si tu te sens d'aplomb, nous pourrions continuer notre chemin. D'ailleurs, je crois bien que ces effluves, quelles qu'elles soient, ne s'enclenchent qu'une seule fois et ne visent les arrivants qu'à leur première incursion. Autrement, nous aurions droit à des doses supplémentaires à tout moment.

Il y a quelque chose de bizarre, dans cette situation. Tani, avec toutes ses explications, semble avoir l'esprit tout à fait clair. Mais, je suis encore dans les vapes et Tani à raison. Il faut toujours savoir où l'on est!

Tani m'aide à prendre pied. Bigre, que je me sens faible! Il faut vite que je récupère. J'ai intérêt, car je vois déjà une cascade de cheveux argentés s'éloigner et passer une porte. J'arrive! J'arrive!

– Viens là! Regarde : il y a toute une série de pièces le long de ce corridor!

L’écran fonctionne!

Bien plus qu’un simple couloir, comparé au tube principal du Village, c’est un boulevard! Il est net, étincelant et assez large pour laisser passer six ou sept adultes de front. Je remarque que la lumière est constante et permet de voir derrière et devant soi, jusqu’aux débuts des virages. Nous avançons porte par porte. Certaines sont fermées et sans poignées. Quand les panneaux ne sont pas verrouillés, ils glissent sans bruit. Alors, nous inspectons brièvement ce que cachent les salles successives.

– Je ne me sens pas très bien. J’ai mal à la tête, en plus, elle me tourne encore. Je voudrais m’asseoir et trouver une explication claire à tout ceci!

– C’est l’air d’ici. Pas facile de s’y habituer tout de suite, surtout pour toi avec tes poumons mieux adaptés à l’oxygène raréfié en altitude. Attends, respire une ou deux fois dans le sachet!

Elle me prend la main et plante son regard dans le mien.

– Inspire moins profondément et plus lentement. Je vois bien que ton teint est trop foncé. On reste un moment ici, tout doux, tout calme, on ne bouge pas. Je compte jusqu’à trente dans ma tête.

Effectivement, mes tempes cessent de jouer les grosses caisses. J’ai encore un faible tournis, mais ce pourrait tout aussi bien être une manifestation de la faim. Je mangerais bien un morceau, moi!

– Ça va mieux? Continuons, alors!

On dirait que le sol marque une légère pente ascendante et part toujours régulièrement vers la droite, comme si nous marchions dans une grande spirale elliptique.

La lumière irradie uniformément d’un plafond fait d’un assemblage de plaques carrées de la largeur du couloir. Y a-t-il une source solaire qui les traverse, ou sont-ce elles qui brillent d’elles-mêmes? Je ne saurais le dire. Le joint entre chacun des éléments est à peine visible. Une prouesse technique digne de l’impossible! Tani, elle, n’a pas l’air spécialement impressionnée. Moi, par contre, je le suis à en oublier de ne pas respirer trop fort! Tout est d’une propreté irréelle. Si une pièce quelconque, au Village, avait des sols, plafonds et parois aussi lisses et clairs, il faudrait qu’un volontaire soit attribué jour et nuit à son nettoyage... et encore! Je fais signe à Tani de stopper la progression. Bras tendu, paume appuyée au mur, il faut que je fasse une petite pause!

– Cet endroit est vide, Tani, mais il n’est pas abandonné! Il faut faire preuve d’un minimum de prudence!

– Tss! Pusillanime, avec ça! Allons! Crois-tu vraiment qu’un environnement si bien entretenu et propre puisse cacher un barbare sanguinaire?

– Un barbare, pas forcément. Mais, dans les articles, j’ai lu des horreurs qui se sont produites, avant la Destruction, dans des "cliniques"!

Il m’est très difficile d’éviter les profondes inspirations. Quelle expérience étrange d’avoir l’impression de trop respirer, alors que sa cage thoracique est presque à l’arrêt. Tout en contrôlant ma non-respiration, je reprends la marche. La distance avec Tani diminue.

– Regarde : il n'y a rien dans cette pièce.

– Heu! Si, il y a du matériel en parfait état... et pas un milligramme de poussière. Quelqu'un doit bien s'en occuper, c'est certain!

– Tss! Arrête, arrête! Et là, dans la suivante : rien non plus... OK! Personne, non plus... Pas de barbare ni de méchant docteur!

Une précaution me vient à l'esprit. Debout au milieu du couloir, je sors mon détec pour vérifier si d'autres surprises, plus sournoises, peuvent nous affecter malgré les apparences. Or, effectivement, Tani semble avoir raison : aucune trace notable de danger n'est visible dans la coloration du détec. Par contre, j'entends, maintenant, un son étouffé.

Tani a continué son inspection et a trouvé quelque chose.

– Ah! Viens, par ici, il y a un appareil en fonction!

Comme je me suis arrêté pour contrôler l'air ambiant, je glisse mon détec sous la tunique et me dépêche de rejoindre Tani trois portes plus loin.

Elle est penchée sur un écran et une lumière en émane créant des reflets changeants sur son visage. Au moment de m'approcher, Tani recule de quelques pas pour me céder une place. Quelle n'est pas ma surprise de me trouver devant un appareil d'avant la destruction... qui fonctionne!

J'y découvre un vieillard zébré de rides, arborant une balafre autour de l'œil gauche. Sa forme en point d'interrogation descend jusqu'à la limite d'une barbe hirsute dont le foisonnement des poils squatte irrégulièrement ses joues creuses. Avec sa tête de pirate, il semble attendre quelque chose, mais, au bout d'un bref instant, il regarde dans l'écran comme s'il nous voyait. Il hausse ses épais sourcils blancs et se met à parler.

Car il y a l'image et le son!

– L'humanité s'est fabriqué de gros problèmes socio-économiques et environnementaux. Des débris de satellites se sont écrasés sur des centrales nucléaires et sur des usines de produits chimiques. D'immenses zones sont irradiées ou devenues toxiques.

En plus des tragédies dues aux effets de la panique générale provoquée par le bouleversement des habitudes et la nécessité de survivre après n'avoir connu que des temps d'abondance et de consumérisme effréné. Des guerres d'intérêt ou de fanatisme ont achevé de détruire le peu qui avait été jusqu'alors épargné de l'anéantissement. La mort a frappé plusieurs milliards de gens. Pandémies et pollutions ont aidé au maniement de la grande faux. De nombreuses victimes ont également succombé, intoxiquées, en ingérant de la nourriture avariée, celle-là même qu'ils avaient toujours achetée dans les supermarchés. Précuits, avec leurs belles images imprimées et les longues listes de bonnes vitamines si prometteuses, ces aliments parfaits étaient devenus poison!

Les derniers survivants sont confinés dans des poches relativement épargnées, où des maisons et des forêts subsistent. Parmi ces populations, une partie est stérile et, pour la plupart, ne possède pratiquement aucune compétence en matière technique.

Cependant, quatre générations ont vu le jour et une nouvelle culture est en voie de s'instaurer.

Les bases essentielles sont : la nutrition, l'habitat, la santé, la redécouverte des connaissances perdues et le respect de chaque individu, puisqu'il en reste si peu.

Le gaspillage sous toutes ses formes est devenu un acte impensable. Les plus économes et astucieux sont les personnages les plus méritants au sein de cet embryon de société.

Au début, les vieilles habitudes de consommation effrénée pouvaient encore avoir leur influence. Nous ne savions toujours pas comment faire du feu sans avoir ni allumettes ni briquet. Il n'y avait plus de production électrique, non plus. Les artisans pratiquant les métiers qui nous auraient été utiles nous manquaient. Il a fallu tout improviser.

Mais, nous ne pouvions rester dans la plaine. Trop de gens tombaient malades et les bébés mouraient presque tous. Non seulement les pluies infectées de substances chimiques se déversaient en torrents et s'infiltraient dans nos huttes, mais les vents, eux aussi étaient dangereux. Ils attaquaient nos yeux, sentaient mauvais et nous faisaient tousser à en cracher les poumons. Nous avons pris tous les matériaux transportables possibles et sommes partis au nord. Arrivés sur un deuxième replat, bien plus vaste que le premier que nous avions tenté d'investir, et partiellement abrité par un arc de falaises sur tout son côté sud-ouest, nous avons décidé de nous y installer. Malgré notre état d'épuisement avancé, les soixante-deux plus jeunes hommes et femmes, avons entrepris de rassembler tous les plastiques, bouts de bois, fils et tiges de fer pour construire un grand dôme protecteur. Heureusement pour nous, c'était un été peu pluvieux. Il ne faisait pas si froid. Ainsi, nous avons tenu le coup. Les six cent quarante et un rescapés que nous étions, avons survécu. Par chance, plusieurs d'entre nous avaient récupéré, avant de quitter leurs demeures, quelques fruits et légumes séchés dont les graines ont pu être replantées.

Dans tous ces cas, une chose était essentielle : le feu. Or, pour allumer le premier foyer, avoir du papier aurait été merveilleux. Les feuilles mortes, la paille, ou l'étoupe de fibre de bois ne fonctionnent pas aussi bien. Nous n'étions que des citadins maladroits et ceux qui possédaient, avant, des cheminées n'avaient qu'à le leur demander pour que des flammes y apparaissent automatiquement!

Mais, le papier était devenu une matière fort rare depuis bien avant la Destruction. Conséquence des décennies précédentes qui avaient été entièrement numériques. Les journaux imprimés sur un support physique n'existaient plus depuis longtemps et les livres avaient presque tous brûlé dans les incendies provoqués au cours de la grande émeute.

Le deuxième soir, quand l'équipe de récupérateurs est revenue avec une partie des paquets de ressources que nous avions dû abandonner lors de l'avant-dernière étape de notre exode, ses douze membres étaient au comble de l'excitation. Ils criaient en désignant le nord : "Là, Là! Mais, vous n'avez rien vu? Des lumières! Des lumières! Y'a d'ôtes surviv qu'sont là-haut! Y'a des gens qu'ont du feu!"

Les curieux qui montèrent vérifier ce soir-là ne sont rentrés qu'à l'aube. Pâles et groggy, ils racontèrent qu'il y avait une grande maison, en dessus. Qu'elle était entière et parfaitement intacte, entourée d'une barrière... électrifiée! Ils avaient tous essayé de passer, mais, en réponse, avaient été assommés par une puissante décharge. Réduits à l'état de larves bavantes, ils ont vu s'approcher un homme aux cheveux blancs, dans un costume trois-pièces à l'ancienne, qui leur a remis une lettre.

Nous y jetâmes un œil. C'était, en fait, une simple feuille pliée en quatre, sur laquelle était écrit : "Attendez-moi ce soir, près du portail, soyez huit costauds. Signé : le Tigre de papier"

Avec le soleil prêt à se cacher derrière la colline de l'ouest, quand j'ai été choisi parmi les volontaires. En haut du chemin, le Tigre n'était pas au rendez-vous. À sa place, huit hottes étaient posées à faible distance du portail périphérique, certainement aussi électrifié que l'ensemble de la barrière. Quatre hottes contenaient une poche en plastique remplie d'une eau claire. Les autres étaient garnies à ras bord de nourriture! Nous eûmes beaucoup de peine à charger les plus lourdes, celles avec l'eau, sur les épaules des plus costauds. Les victuailles étaient plus volumineuses, mais pesaient près de moitié moins. Au moment où nous allions repartir, une cloche sonna. Une silhouette descendit le chemin depuis le porche de la maison jusqu'au portail et fit signe de s'approcher. Comme il me semblait être en queue de file, je surmontai mes craintes et remontai vers l'homme aux cheveux blancs. Il me tendit une pile de vieux journaux et... un paquet de dix boîtes d'allumettes!

Il me regarda droit dans les yeux :

– J'espère que vous savez encore vous en servir.

Ce dernier geste avait, sur le plan vital, plus de valeur que les hottes pleines de nourriture. Il nous fallait du feu pour survivre!

Ce fut la seule et ultime fois que le maître du Manoir apparut en public. Il me donna des directives très précises et qu'il fallait impérativement respecter si l'on voulait recevoir davantage de papier. Il avait levé un index autoritaire, pour ajouter :

– Et surtout : lisez les coupures, avant de les brûler. Soyez attentifs aux détails et faites preuve de perspicacité, je vous en supplie! Bonsoir.

Sage conseil. Nous aurions été capables de passer à côté de l'essentiel, s'il n'avait insisté sur la lecture!

Revenus sous notre abri de plastique, nos bagages amenèrent une liesse et un vent d'espoir comme nul parmi nous en avait connu depuis longtemps. Nous avons fait du feu, cuit la nourriture et bu de l'eau propre; ce que nous n'avions plus cru possible. Bien sûr, divisé par plus de six cents, le contenu des hottes a vite été distribué. Mais, les portions avaient beau être petites, elles ont pu donner le courage et l'impulsion qu'il fallait pour retrouver l'envie de se relever.

Plus tard, nous cuisinions et nous chauffions au bois, ou en brûlant divers déchets. Les "chauffeurs", entendez par là, celles et ceux qui sont capables de fabriquer des cheminées, des poêles de terre et de pierres et tout autre système lié au feu, étaient considérés comme des génies. Les "forgeurs", qui trouvaient des morceaux de métal parmi les ruines et les machines laissées dans l'Ancien Monde pour les façonner, fournissaient quantité d'outils et étaient toujours nourris et logés, où qu'ils aillent. Les "cuiseurs", qui préparaient les repas pour toute la clique, avec des fruits et légumes cultivés oui avec des bourgeons, racines et herbes ramassés dans la nature, faisaient des prouesses afin de varier les menus. Ils étaient appréciés de tous. Mais rien de tout cela n'aurait été réalisé sans l'intervention du Tigre.

Ce qui avait été, au départ, un campement de fortune à peine suffisant pour nous protéger des retombées acides et des vents toxiques, est devenu un hameau bien organisé. Les habitations en dur furent construites sur le plateau supérieur, plus près de la grande maison du Tigre.

C'est avec une immense déférence que nous regardions le Manoir sur la colline nord. Chaque Cycle, quelques Lunes avant les lourdes pluies d'hiver, nous préparions la "Procession des Huit". Les quatre chefs de quartier, chacun accompagné de leur aide, montaient jusqu'à la barrière, à "la fin de la belle saison", pour aller recevoir la pile de papier d'allumage. Pour améliorer le chemin, et également comme acte symbolique, les cendres collectées par tous les foyers étaient versées à chaque passage.

La légende nous transmet l'incroyable engagement de celui que l'on nomme respectueusement "le Tigre".

Le "Tigre" est un homme auquel on attribue une longévité extraordinaire, malgré les nombreux Cycles à vivre en bordure de la "Zone Interdite du Nord" où règnent la pollution toxique et une radioactivité particulièrement nocive!

C'est grâce à lui que l'humanité a survécu.

D'ailleurs, lors de la première leçon enseignée aux nouvelles générations, cette phrase est devenue incontournable :

"Juste après la "Grande Panne", quand plus rien ne fonctionnait, que les gens démunis seraient morts frigorifiés tout en essayant de subsister en mangeant leurs aliments crus, le Tigre de la "Colline du Nord" était venu à la rescousse. Il n'était pas tombé malade, alors qu'il fraternisait avec un endroit où nul n'osait aller : à la limite des "Territoires du Feu Froid". Un miraculé au-dessus de la mêlée, nous a apporté du papier et... des allumettes!"

L'image sur l'écran se fige. Tani est restée un peu en retrait, les bras croisés. De toute évidence, elle est bien moins sidérée que je ne le suis, de voir un tel appareil fonctionner! J'en avais récupéré plein de ces carcasses. Je les croyais irrémédiablement assoupies. Tokal, pourtant doué dans les recherches de microélectricité, n'avait jamais réussi à en ranimer un seul!

Bien qu'encore sous le choc d'assister à un prodige technologique inimaginable, malgré les multiples allusions théoriques lues dans les coupures de journaux, une pensée me tenaille :

– Tani, crois-tu que cet homme puisse être le même homme que ce porteur des débuts du Village dont il parle?

– Impossible d'en être sûr.

– Mais, même s'il s'agit d'images enregistrées et qu'il serait mort depuis une dizaine de Cycles, il serait âgé de plus de nonante Cycles! Serait-ce envisageable?

– Sa condition de vie peut avoir été bien meilleure durant ces quarante derniers Cycles. Cela pourrait expliquer une longévité accrue. Non?

En plus d'être d'une beauté fracassante, cette femme est d'une perspicacité hors du commun! Elle a toujours réponse à tout!

D'ailleurs, la voilà qui tourne autour de l'écran, se baisse et fait mine de vouloir le soulever.

– N'essaie pas de le chouraver, ailleurs qu'ici, il cesserait sûrement de fonctionner! Il en serait réduit aux dizaines d'appareils du même genre, ramenés au Village, et parfaitement hors service.

Tani me regarde avec un air entendu et l'œil malicieux:

– Qui sait, peut-être, un jour, ça refonctionnera au Village? Cela ne m'étonnerait pas, en fait! Tu te rends compte de la vitesse à laquelle vous avez rattrapé une partie des connaissances perdues?

Bigre! Que j'ai envie de l'embrasser! Je sais très bien me retenir et réponds calmement:

– Grâce aux conseils du Tigre, ne l'oublions pas.

Un instant de silence s'installe. À part un faible chuintement qui provient, probablement, d'un système de ventilation... lequel m'envoie, d'ailleurs, ses désagréables filets d'air dans la nuque, nous restons là sans bouger.

Il est vrai qu'il y a beaucoup à digérer. Je reprends l'initiative:

– Bon! On y va? Il est encore long ce couloir... et qu'y a-t-il au bout, s'il y en a un?

Nous marchons quelques pas, mais une pensée alarmiste me vient en tête:

– Eh! Attends! Si cela mène à l'extérieur... te rends-tu compte que nous n'avons plus notre équipement? Pour seul bagage, il ne reste que ton minuscule havresac! Si nous nous retrouvons dehors de nuit et sous une pluie acide, nous sommes foutus!

– Chaque chose en son temps... À ce propos, as-tu une idée d'où en est cette journée?

Je me sens soudain épuisé.

– Que ce soit la nuit n'aurait rien de bizarre. Combien a pu durer mon état de gazé, avant?

– Sais pas... J'ignore depuis quand tu étais affalé, au moment où je t'ai tiré de ta rêverie involontaire. De plus, comment estimer combien mon propre malaise m'a déphasé, jusqu'à te trouver sur ta couchette imaginaire?

– Couchette: voilà un bien joli mot! Si seulement il y avait une vraie couchette sur le trajet. Je me sens crevé, là!

– Tu as raison! Et tant pis s'il faut improviser avec des tables! Avançons encore un peu.

Les pièces se succèdent, leurs dimensions varient bigrement.

– Celle-ci ressemblerait plutôt à un cagibi de rangement. Je ne crois pas que l'endroit soit indiqué pour un usage-dortoir...

Tani et moi arrivons près du bout du couloir qui donne une désagréable impression de cul-de-sac. Il ne reste plus que cinq portes, dont seules trois semblent ouvertes et nous n'avons toujours pas trouvé où nous reposer. Je suis prêt à accepter de dormir assis, le dos appuyé à un angle lisse de n'importe quelle pièce. Je n'en peux plus. Tani est d'une vivacité, par contre, j'en suis éberlué! Elle doit avoir raison, quand elle affirme que je suis une petite nature! Elle gambade allègrement, alors qu'en ce qui me concerne, je suis en passe d'atteindre le fameux "état critique", celui qui précède l'instant où je me fais bouffer par le désespoir. Tani arrive à l'avant-dernière porte et m'appelle :

– Octa, c'est formidable! Il y a des couchettes ici!

Déjà sur le point de m'endormir debout, je puise dans mes ultimes réserves et rétorque, avec une voix devenue pâteuse :

– Il me tarde d'en tester la qualité!

En entrant dans la pièce, qui pourrait bien être une salle d'opération, je constate qu'on peut tutoyer "les" couchette(s)... Car, il n'y en a qu'une. Tant pis, je la lui laisse... Marre! je m'écrase dans un angle et m'apprête à partir dans le monde des songes. Mais, Tani m'en empêche et me secoue :

– Hey! Mais que fais-tu? Elle est assez large et confortable. Allez, viens t'installer là! Il y a de la place pour deux. Il est exclu que tu pousses la galanterie à te détruire les os par terre! Zou!

J'hésite. Oh! Non, pas par "galanterie", mais, par crainte d'être tout contre cette femme de rêve alors qu'il ne se passera rien. J'en suis persuadé. Cela va être une nuit de souffrance et aucune autohypnose n'y fera : je vais la passer blanche, c'est certain, et elle va être infernale, couché à côté du paradis sans pouvoir y goûter! C'est bien l'une des pires situations dans lesquelles puisse se trouver un amoureux! Mais, je me tais et j'obtempère.

– Tu es bien installé?

Elle "ose" me demander ça! Serait-ce du sadisme? Je sens son flan tout contre le mien. Je perçois sa chaleur, me noie dans ses mille parfums surnaturels, mon cœur va s'arrêter à force de trop en faire... mais, je murmure :

– Oui, oui, et toi?

Pour toute réponse, elle distille un petit rire qui ressemble à un chant d'oiseau et me colle un baiser sur la commissure des lèvres.

Ça y est : je suis mort!

– Dors, maintenant!

Sa force de persuasion doit dépasser tout entendement. Elle doit pratiquer l'hypnose, ce n'est pas possible. Et c'est du costaud! Car, à peine me l'a-t-elle demandé que je me sens sombrer, presque immédiatement aspiré dans un profond sommeil.

CHAPITRE 4

ETAT DES LIEUX

Suivez le guide!

Hier, j'ai cru mourir. Or, me voici bien vivant puisque je me réveille. Tani est déjà levée et se brosse les cheveux. Toute son anatomie ondule et suit le rythme de ses mouvements de bras. Elle a pensé emporter de quoi se coiffer pour partir en expédition... c'est fou! Je commence à peine à réfléchir au bisou d'"hier" et à tenter de me souvenir s'il y a eu une relation plus intime qu'une amnésie sélective voudrait censurer. Prendre ses rêves pour de la réalité est une de mes spécialités. Non : j'étais bien trop assommé!

Tani se retourne tout en continuant à donner, à son corps de liane et à chaque coup de brosse, des oscillations dansantes dignes d'une déesse.

– Tu es un bon loir, toi! Il suffit de t'embrasser pour que le sommeil t'emporte et, en plus, tu n'as pas dû bouger beaucoup, puisque nous avons tous deux dormi d'une traite. Comble du luxe : nous avons droit à un déjeuner!

Je me dresse sur les coudes :

– Comment est-ce possible? Tout est resté dehors!

– Oui, mais ici, les armoires ne sont pas remplies que d'appareils et d'instruments bizarres. Il y en a une avec des aliments. Je n'ai pas touché à ceux qui ne ressemblent à rien, par contre j'ai déniché quelques merveilles, tu verras. Rien à craindre : j'ai goûté!

Là, elle m'inquiète franchement!

– Quoi? Et tu n'as pas peur de tomber malade d'ici une demi-journée?

– Pas le moins du monde! Tout est parfaitement emballé, étiqueté et d'une propreté digne des lieux. En plus, je suis certaine que tu trouveras ma sélection excellente!

Je me lève et debout à sa droite, j'hésite. Incrédule quant à la tournure que prend mon rapport avec elle. L'hypothèse, balayée par les affirmations de Tani, d'avoir été sujet à une hallucination émotionnelle en m'endormant, était pourtant des plus plausibles! Ça arrive, quand on est particulièrement fatigué : on mélange rêve et réalité. Et puis zut, j'essaie. Je me penche afin de lui faire une simple bise, pour lui marquer ma... reconnaissance... sympathie... Mais, au moment de presque atteindre sa joue, elle tourne son visage vers moi et m'embrasse rapidement sur les lèvres.

Je te jure! Bigre! J'en ai pourtant connu plusieurs, des filles. J'en ai aimé quelques-unes ardemment. N'ai-je jamais ressenti "ça"? À mon tout premier baiser, au début de mon adolescence, peut-être. Mais avec autant de magie?

– Coucou! Faudra-t-il que je te gifle pour te faire revenir?

– Sais-tu seulement quel effet tu me fais?

– Non, pas vraiment. Il est positif, au moins?

Nos visages se touchent presque. Elle pose ses doigts de fée sur ma bouche et continue :

– Gardons nos sentiments et nos ardeurs pour plus tard, tu veux bien? Je crois qu'il est important que nous restions très clairs, jusqu'à ce que nous connaissions le fin mot de l'histoire. Il y a beaucoup de mystères ici, et il faut les percer!

Garder les idées claires... Elle en a de bonnes! Mon cerveau, en liquéfaction, est dans un état d'activité inversement proportionnel à celui de mon cœur!

Mais, elle a raison. Plus qu'à moitié lobotomisé, je lance:

– Déjeunons!

Elle rit.

Elle est vraiment a-do-rable, mais il faut que je me calme!

Pendant que nous dégustons des portions de gelée de fruits, de julienne de légumes et d'une céréale inconnue qu'elle m'affirme être du "riz". Un doute me traverse furtivement l'esprit : et si ce que nous consommons actuellement était un échantillonnage de laboratoire, prévu pour des tests virologiques? J'ai lu, dans un article médical, que cette pratique était courante, avant la Destruction! Je me tourne vers Tani, pour lui faire part de mon interrogation. Mais, la voyant sourire et manger joyeusement ces mets, la confiance reprend le dessus.

N'ayant pas trouvé où laver les ustensiles, sûrement pas destinés à l'origine à servir de vaisselle, nous quittons la chambre sans nous donner la peine de ranger quoi que ce soit. Malgré la situation, à la base, nous en avions sincèrement l'intention, juré!

Comme Tani a manifestement plus la tête sur les épaules que moi, je la laisse me guider pour la suite.

Sur le fond du couloir, la protubérance ressemble beaucoup à la première porte-couvercle-de-marmitte d'entre les rochers, le mystérieux sigle en moins. Même métal poli à l'apparence indestructible et même forme circulaire. N'est-il pas plus grand que son cousin de l'entrée? Oui, je crois bien. Tani l'examine de près, l'ausculte plutôt. Elle en palpe le tour et, avec un air entendu, me désigne un endroit du cadre, à un quart du bas, à droite.

– Regarde Octa. Tu vois cette protubérance, là? Et bien, il devait y avoir la même près du signe à l'extérieur et j'ai dû actionner un mécanisme à mon insu, parce qu'il suffit probablement d'appuyer dessus, comme ceci, et...

Je sursaute et recule d'un pas, par réflexe.

–... Le "couvercle" s'ouvre!

– Mais, c'est incroyable! Sans le moindre grincement! Absolument en silence!

– Nous sommes peut-être passés devant des dizaines de ces portes "dérobées", et derrière l'une d'elles, nous aurions éventuellement trouvé une chambre avec deux lits, va savoir.

Elle le fait exprès! Je lui lance mon regard le plus noir possible.

– C'est cela : remue le couteau dans la plaie!

Et, bien entendu, ça la fait rire!

– Tani, ne te semble-t-il pas étrange que nous soyons si détendus, alors que tout ce qui nous entoure est un univers si différent du nôtre? Ça n'est pas que ta présence, mais je ne me sens pas dans mon état normal. Se pourrait-il qu'il y ait une drogue indécelable et cette fois-ci bien dosée, mélangée à l'air ambiant? Je devrais être sur le qui-vive, prudent et prêt à toute éventualité. Au lieu de cela, toute une partie de moi se comporte comme un enfant insouciant. Et ce, malgré la teinte légèrement trop pâle du vert, sur le côté toxicité de mon détec...

– Tu es perspicace, Octa! C'est une des raisons pour lesquelles tu m'attires beaucoup. À partir de maintenant, et, quoi qu'il advienne, sache que je suis sincère envers toi. Fais-moi confiance, même quand les apparences peuvent, parfois, t'en faire douter! D'accord? Je ne pensais pas devoir faire face à ce genre de situation en arrivant au Village... Je n'avais pas prévu de te rencontrer, aussi je te demande d'avance d'être très compréhensif à mon égard... mais, assez parlé. Il est temps de franchir cette porte et d'accepter une nouvelle réalité! Après toi, mon trop cher Octa!

Elle joint le geste à la parole, m'ouvre grand le battant circulaire et, se penchant en révérence, tend le bras au-delà de l'embrasure.

Je passe devant elle en la regardant avec des questionnements en carambolage. Pourquoi me dire cela? Mais, j'oublie toutes ses remarques bizarres une fois le seuil enjambé. Quel changement de décor!

De l'autre côté, un sol parfaitement plat, apparemment fait de lamelles de plusieurs essences de bois, est principalement recouvert de somptueux tapis aux teintes rouge — foncé et ornés de splendides motifs. Des meubles imposants, en bois vernis d'un brun intense, cachent en partie des parois d'une facture inouïe, partiellement tapissées d'étoffe. La pièce mesure près de vingt mètres en profondeur et au moins une quinzaine de mètres en largeur. Un immense escalier tournant, en même bois que le mobilier et dont les impressionnantes marches sont garnies d'un ruban de tapis, mène jusqu'à un premier étage. Mon regard ébahi s'attarde sur le plafond. Richement décoré, il doit atteindre environ six mètres en hauteur. Des luminaires splendides pendent aux croisements de poutres, ou sont fixés au milieu de parois recouvertes de motifs compliqués. Je jette un œil à Tani, qui me sourit gentiment. Elle a refermé la porte et à ma stupéfaction sa face intérieure est telle qu'on ne distingue plus son contour. L'accès au couloir est noyé dans une surface entièrement occupée par une gigantesque bibliothèque. Un immense trésor de savoir! Il doit y avoir des centaines de livres, que dis-je, des milliers, sur tous ces rayonnages!

Je regarde Tani éberlué et balbutie :

–... Et cet endroit, à part le décorum... est-il aussi vide que le corridor que nous venons de quitter?

Une voix résonne derrière mon dos :

– Non, cette partie est habitée... Mais, habituellement, les couloirs et les pièces, que vous avez eu l'occasion de visiter, ne sont pas dépeuplés non plus.

Me retournant, je vois descendre, d'un pas mesuré, voire distingué, un homme aux cheveux blancs et pourtant d'allure assez jeune. Par réflexe, je fais d'abord un parallèle avec les Gris, puis m'avise. Non, ses cheveux sont entièrement blancs et non cendrés. De plus, sa peau n'a pas cette pigmentation si particulière.

– Bonjour, Octa, bonjour Tani. Je suis heureux que vous ayez pu venir sans encombre. Soyez les bienvenus.

Il nous rejoint, la main tendue. Je la serre dans la mienne, tout en doutant de la réalité de l'instant. Pourtant, je ne me réveille pas. Je ne rêve pas.

Puis Tani le salue... avec un petit sourire.

Ils se connaissent et je ne suis pas fou... Mais, si je me base sur la trajectoire parcourue ces derniers jours, nous devrions nous trouver pile au nord du Village.

C'est précisément le moment que "Cheveux Blancs" choisit pour se tourner à nouveau vers moi :

– Oh! Pardonnez mon impolitesse. Je ne me suis pas présenté, on m'appelle le Tigre.

Je crois m'étouffer. Fichtre! Quelle drôle et improbable déclaration que voilà! Oh! le vil blagueur, l'imposteur qui vient affirmer pareille ineptie avec tant d'aplomb! Je ne conteste pas la possibilité géographique... par contre, concernant l'éventualité temporelle, je l'écarte. Un simple regard sur ce prétentieux cabotin me suffit!

Ma réaction doit être évidente, mais nul ne semble y prendre garde.

Cheveux Blancs, celui qui prétend être LE Tigre continue :

– Passons au salon, si vous le voulez bien.

Faisant preuve de patience, je me retiens de le traiter d'immense menteur, mais il a dû deviner ma pensée, et sans se retourner, il enchaîne :

– Vous pensez que cela n'est pas possible, que je mens, n'est-ce pas?

Il ralentit le pas pour se placer à ma gauche.

– Je suis parfaitement conscient et trouve évident que vous en doutiez fortement. Mais, à une certaine époque et avec des moyens certains, on pouvait exiger tout et n'importe quoi de la médecine... et de la science en général. En me voyant, quel âge me donnez-vous?

Avant de répondre, je pratique quelques fractions d'instant d'autohypnose, pour retrouver mes esprits dans cette situation de maboul. Je respire un bon coup, me ravise en pensant aux gaz, puis l'observe attentivement le bonhomme.

– D'après votre démarche, la qualité de votre peau et sa coloration, l'état capillaire en faisant abstraction de sa blancheur, votre diction, ainsi que quelques autres points de détail, je dirais que vous devez avoir entre trente-deux et trente-huit ans.

– Mhm, bien! J'aurais préféré que vous me disiez entre vingt et trente, mais soit. Voici donc une preuve éclatante que l'entropie peut être, au moins partiellement, vaincue! Si je vous dis que j'ai rencontré les premiers réfugiés arrivés sur mes terres; qu'avant cela j'ai observé le panache de vapeur mortelle, tout au fond du plateau qui s'étale devant le manoir, monter et cacher le soleil pendant deux jours, pour redescendre et engloutir les deux plus grandes villes du pays; et qu'auparavant, j'ai vu les usines brûler, incendiées par des foules d'ouvriers qui avaient tout perdu du jour au lendemain, vous ne me croiriez pas non plus. Et pourtant, si! D'ailleurs, nous sommes arrivés où je vais pouvoir vous le prouver.

Malgré la présence de l'homme qui se prétend "être le Tigre" et son discours, probablement uniquement destiné à se persuader lui-même -- le pauvre -- mon attention est accaparée par la richesse des ornements. La première pièce, celle de l'immense escalier, n'est que le vestibule, le sas en quelque sorte, de l'habitat. Dans ce que le prétentieux bonhomme appelle le "salon", on pourrait loger un bon quart de la population du Village! Un seul et même gigantesque volume et pas un mètre carré qui ne soit somptueusement décoré!

Ma tête pivote dans tous les sens, pour en voir le plus possible, quand :

– Aïe!

Tani, qui suit docilement, la démarche tranquille, vient de me donner un coup de coude dans les côtes. Elle fronce ses sourcils, avec un air appuyé de reproche. Le soi-disant "tigre" lui sourit. Il doit bien deviner l'effet que peut produire son salon, sur un habitant d'un Village où tout a été construit à force de "système D"!

Le bellâtre à la blanche toison est visiblement bien pris dans son rôle. Il peut bien, avec tous les documents dont il dispose pour étoffer son scénario! Le ridicule ne tuant pas, il persiste allègrement à déployer son pathétique cabotinage!

– Puis-je continuer?

Question de pure forme, il s'y attelle sans attendre la réponse :

– J'ai deux cent septante-deux ans, ce qui correspond à un peu moins de deux cent nonante de vos cycles! À ce propos, vous aurez certainement observé un décalage toujours plus marqué de vos périodes météorologiques. J'ai insisté plusieurs fois, par l'intermédiaire des coupures et articles qui parviennent au Village, sur ce point. Il faut que quelqu'un demande à intercaler, par alternance, une treizième Lune pour tout remettre en phase. Ne pas le faire pourrait devenir dangereux pour les personnes et compromettre les récoltes.

Bref! Que disais-je?

– Vous prétendez être âgé de deux cent nonante Cycles, alors que c'est impossible! Voilà ce que vous disiez.

– Au stade actuel de votre médecine, vous avez raison.

Entre-temps, l'homme a sorti un petit objet rectangulaire de sa poche.

– Laissez-moi vous monter.

Il pèse sur son minuscule parallélépipède avec le pouce et immédiatement la lumière diminue et une grande image apparaît sur un mur. Je vais perdre ma mâchoire inférieure. Elle va se retrouver par terre tellement je reste bouche bée devant pareil prodige! Notre hôte le remarque.

– Oui, je sais... d'autres, à l'époque où tout fonctionnait encore correctement, n'avaient pas besoin d'une "télécommande". Il suffisait de donner un ordre vocal, ou d'exécuter quelques gestes précis pour commander diverses actions. Ça n'est pas grave, plus aucune autre installation n'existe, à l'heure actuelle sur le monde, que la mienne! Asseyez-vous sur le canapé, je vais vous montrer quelques images.

Au moment même où "Cheveux Blancs" prononce ces paroles, la lumière s'éteint complètement et trop rapidement. Il fait tellement nuit d'un coup, qu'au lieu de prendre place correctement, je me trouve, dans un premier temps, sur les genoux de Tani. Elle pouffe et me pince avant que mes réflexes ne jouent leur rôle et me fassent m'installer d'une façon plus conventionnelle... pour assister à une démonstration qui l'est beaucoup moins!

Une projection commence! Un prodige phénoménal! Toute une paroi devient une image... qui se met à s'animer! Il y a quelques instants, dans la pièce du couloir, l'écran de l'ordinateur n'est plus rien à côté de... ça!

– Pour commencer, me voici il y a deux cent quarante ans en compagnie de mon père. En arrière-fond, vous remarquez l'architecture de la ville, dans la rue commerçante où nous avions coutume d'aller dîner. Derrière nous, le restaurant chic et, en reflet dans sa vitrine, vous pouvez observer l'intense circulation des voitures et des nombreux passants sur les trottoirs. Ceci a été enregistré bien avant la grande crise, bien sûr. Et c'est aussi à cette époque où j'ai reçu mes premiers traitements de jouvence.

Je vous épargne les détails et voyons directement les résultats à leur stade final. Inutile de vous dire que tout cela a pris un certain temps... Mais, du temps, j'en avais de plus en plus acheté!

Ce qui est visible à présent, est mon squelette avec ses modifications et les implants biomécaniques. Plus de soixante pour cent du métabolisme de ma personne est fait de pièces de rechange bioniques. Une autre partie, celle qui est purement biologique, est présentée ici. C'est un patchwork de reproductions de mes organes par clonage. Ce qui signifie que je n'ai pas de quoi être si fier, puisque je ne suis plus qu'environs le cinq pour cent de mon moi original, et encore! Intéressant, n'est-ce pas?

Ce qui défile devant mes yeux, cette série de superpositions, os-organes-pièces de rechange, muscles remplacés, de fluides injectés, de peau régénérée, explose mes rétines, fait bouillir ma cervelle et me bouleverse. En quelques minutes, j'emmagasine une quantité si énorme de renseignements, en plus des découvertes dans cette même journée, qu'une saturation menace sérieusement de m'envoyer en catalepsie!

Heureusement, à ce moment précis, Tani me serre le bras pour changer de position et interrompt le flot de paroles de Cheveux Blancs :

– Et pourquoi nous montrer ça? Dans quel but?

– Merci de me poser la question, Tani, mais, j'allais y venir.

La lumière revient progressivement et le Tigre, tout en rangeant sa "té-lécommande" dans une poche, va s'asseoir sur un fauteuil qui nous fait face.

– C'est simple. Toutes ces dernières années, j'ai assisté à un miracle de la vie que je croyais n'être qu'une vague utopie. Je ne pensais pas que l'humain puisse comprendre où se trouve son bonheur. Il n'y a qu'à peine un siècle de cela, l'humain ne savait guère faire mieux que se massacrer, se déchirer, s'humilier, se saboter, tout sauf poser des bases saines pour une existence harmonieuse. Les occasions n'ont certainement pas manqué, mais, les gens, malgré les dizaines de milliers d'années à leur disposition, n'ont jamais réussi à développer leur intelligence à la vitesse à laquelle le font les habitants du Village!

Contre toute attente, ou devrais-je plutôt dire : contre toute espérance, vous avez pris un tout autre chemin que vos ancêtres! Pas seulement redémarrer sur un énième nouveau faux départ, comme l'humanité l'a trop souvent fait, avec les atavismes et les vieilles peurs qui ressurgissent pour s'imposer in fine, sous l'influence d'un fatalisme génétique. Non! Vous avez fait table rase des anciens concepts. Vous avez voulu oublier de fixer vos priorités aux mêmes endroits que vos ancêtres! Possession, pouvoir, domination, mépris d'autrui; tout cela vous l'avez balayé du revers de la main; sans complexes, sans arrière-pensées, avec un naturel désarmant. Vous avez pourtant été agressés. Mais, êtes-vous devenus belliqueux pour autant? Non. Vous avez simplement pris d'excellentes mesures de protection.

Par le passé, les pseudo-solutions aux problèmes ont foisonné. Rien n'y a fait. Ni les montées nationalistes, ni les régimes politiques, ni les sectes, ni les grèves à répétition n'ont arrangé quoi que ce soit.

Le problème majeur de l'humain était le manque d'une véritable vision globale. Je ne parle pas du commerce mondial, mais de conscience individuelle. Chacun, au lieu de se poser les bonnes questions, y allait avec ses petits avantages, ses "acquis", ses ambitions personnelles ou locales, ses atavismes tribaux et tout le fatras de ses habitudes... Soit certains ne voulaient pas lâcher leur "privilèges", soit d'autres tentaient d'abolir les privilèges pour instaurer une société basée sur un clivage vers le bas.

On avait oublié, si même "on" ne s'y était jamais intéressé, que nous vivions sur une minuscule planète, en bordure d'une nébuleuse perdue parmi des milliards d'autres galaxies.

C'est la petitesse de nos esprits qui a mené à la gabegie et a empêché l'humanité de sortir de l'ornière dans laquelle l'ancienne civilisation l'avait fourrée.

On a essayé toutes sortes de religions, toutes sortes de systèmes politiques. Toutes vouées à l'échec. Pourquoi? Parce qu'on avait emmuré, ou jamais daigné, prendre en considération l'essentiel : l'Individu.

À une époque, on brûlait sur des bûchers les individus qui osaient quitter des sentiers battus. On a sacralisé les masses, parce que les foules sont faciles à influencer. À tel point qu'on a même vu la majorité voter pour continuer à foncer dans le désastre!

On a confondu individualité et égoïsme. Forcément, parce que pris dans une société dépersonnalisée, l'individu frustré de reconnaissance réagit égoïstement pour compenser sa misère existentielle.

Or, cela fait plus d'un siècle que j'observe votre évolution et elle a été prometteuse dès les premières années. Mais, les risques que des survivants d'une civilisation partent sur des principes identiques aux anciennes sont énormes. Mais vous, vous n'êtes pas tombé dans cet écueil. Tout au contraire. Est-ce par dégoût? Par facilité? Par raisonnement intellectuel ? Sûrement pas. Par pragmatisme? Peut-être, si l'on considère que la nécessité de construire sur de nouvelles bases existentielles s'est imposée par une compréhension viscérale, ressentie, et non mentale. Quel coup de génie ou brillante intuition a bien pu vous mettre sur cette piste inédite : celle d'avoir découvert la valeur fondamentale d'un individu doté d'empathie? D'avoir trouvé le rapport direct entre l'empathie et le développement optimal de certaines de nos glandes est inouï. Atteindre une telle compréhension, semble-t-il, simplement en lisant, intelligemment, entre les lignes de quelques articles de journaux spécifiques est un cheminement fantastique! Et le comble réside dans le fait que plus de la moitié de vos progrès humains proviennent de votre attention portée à des articles que je jugeais secondaires. Je croyais vous envoyer telle ou telle leçon; or, ce sont les textes périphériques qui vous ont interpellés. Jamais je n'aurais imaginé qu'en essayant de vous donner un coup de pouce, vous parviendriez à des résultats aussi spectaculaires en si peu de temps!

Vous méritez toute mon admiration!

Qu'en pensez-vous, Octa?

– J'en pense que j'en arrive presque à gober votre histoire. Tout cela me chiffonne... Et c'est un euphémisme! Soit vous êtes un excellent acteur, soit vous dites vrai. Dans un cas comme dans l'autre, cela mérite réflexion!

– Je comprends. Écoutez, demain est un autre jour. Sachant que votre dernier repas improvisé n'a été qu'un frugal hors-d'œuvre, je vous suggère d'aller le compléter. La chambre est prête à l'étage et je vous propose d'en profiter tous les deux. Nous pourrons prochainement continuer notre discussion, à tête reposée. Je vous prie de m'excuser, je vous laisse.

L'homme, le "peut-être-Tigre", se lève et s'en va et, là-bas, monte lestement le grand escalier sans se retourner.

Je me retrouve, avec Tani, encore complètement secoué par ce déferlement d'informations sensationnelles.

– Que penses-tu de tout cela, Tani?

Sa réponse est laconique :

– J'ai faim!

– Tani?

– Oui?

– Et toi, tu n'as rien à m'expliquer?

– Si! Je vais te raconter une histoire... pendant qu'on mange! Et tu as intérêt à avoir de l'appétit. Parce qu'avec ce que tu vas entendre, tu vas avoir besoin de toutes tes forces!

Doutes et certitudes

Ce bâtiment est immense! Apparemment, avant de sustenter nos estomacs, il faut encore traverser d'autres pièces. Dès la suivante, je m'arrête, médusé, aussitôt l'enfilade franchie : je n'en crois pas mes yeux. Ceci est presque plus invraisemblable que les images animées vues il y a quelques instants!

– Tani! Regarde les murs!

Tani doit être particulièrement douée pour un stoïcisme absolu : elle n'a même pas l'air impressionnée.

– Mais, Tani : les parois sont tapissées de pages entières de journaux! De centaines de journaux!

Bouche bée, je contemple une pièce qui doit bien mesurer huit mètres de côtés, sur deux très hauts étages avec un escalier en bois du style de celui qu'a emprunté "Cheveux Blancs". Partout, de bas en haut, ainsi que sur le plafond, toutes les surfaces sont recouvertes de feuilles imprimées, collées et laquées.

Tani, avec un air contrarié, me prend fermement la main et me tire vers l'autre porte.

– J'ai faim et toi aussi. Nous aurons tout le temps de regarder ça demain!

Sa réaction, ou plutôt sa non-réaction, me désarçonne tellement, que je la suis comme un enfant en état de choc. J'oublie -- est-ce de l'amnésie sélective? -- que Tani, par la manière dont elle a été accueillie par "Cheveux Blancs" alias "le Tigre", doit déjà parfaitement être coutumière des lieux.

La pièce que je découvre est encore différente des autres, blanche et nette comme les couloirs par lesquels Tani et moi sommes arrivés dans le Manoir, m'évoque un mélange de familiarité et d'étrangeté. Plusieurs dizaines de tables rectangulaires y sont alignées au cordeau avec des chaises de chaque côté. Tani me force à m'asseoir sur l'une de celles placées au milieu du tout premier rang. À côté, et tout au fond en face de moi, j'admire les panneaux lisses et brillants parfaitement ajustés qui garnissent les murs sur toute leur hauteur. Derrière mon dos, une série de meubles sont intégrés dans les surfaces. Confusément, j'ai le sentiment d'en avoir utilisé du même genre ailleurs. Je fais un quart de tour sur ma chaise pour mieux voir. Oui, je note les quelques détails qui me donnent cette impression de déjà vu. Plusieurs ustensiles sont suspendus dans un renfoncement vivement éclairé de la paroi et là, sur une grande plaque carrée, seul élément noir de la pièce, des cylindres de métal poli. Des marmites! Cette pièce est une sorte de cuisine ou un réfectoire.

Tani appuie sur des panneaux qui s'ouvrent dans un léger déclic. Ce sont des armoires dissimulées. Elle en sort tasses et assiettes de l'une, fourchettes, couteaux et cuillères d'une autre. Je suis abasourdi.

– Tu connais très bien cet endroit, Tani, n'est-ce pas?

– Oui. Me dit-elle doucement, et pour la première fois, avec un éclat un peu triste sur l'argent de ses iris.

Elle se retourne, découvre une des marmites et, à l'aide d'une louche, remplit deux assiettes creuses. Elle en pose une devant moi, fait le tour de la table avec la sienne pour s'asseoir en face.

Malgré la bizarrerie dans laquelle baigne toute cette situation, je ne peux m'empêcher d'admirer la qualité du travail des artisans qui ont fabriqué les services et la vaisselle. Tani, quant à elle, avec ses bras le long du corps un peu penché en avant, donne l'impression de se perdre dans la contemplation du contenu de son menu.

Nous avons à parler. Il le faut. Je suis sûr que Tani a trop de choses à me dire. Il faut commencer par quelque chose! Je me décide :

– Il y a quoi dans cette nourriture?

Tani lève la tête et, probablement par réaction nerveuse, ou par besoin de décharger ses tensions, se met à rire. Il s'agit d'un rire triste, presque sinistre, que je ne lui connais pas. Car, en même temps, elle pourrait bien avoir envie de pleurer.

– Tu es bête... Si adorablement bête!

– Euh! Je...

– Oh! Excuse-moi, ça m'est sorti comme ça. Ce n'est pas ce que je voulais dire.

Je regrette qu'elle ait prononcé la deuxième phrase. Dommage... Parce que sa première réaction était "adorablement" inattendue!

Elle continue.

– Il semble que le menu soit constitué de fromage de soja rôti, dans un risotto au safran et aux tomates séchées.

– Tu insinues que c'est du vrai soja et du vrai riz? Il faudrait de grandes surfaces de culture, dans un terreau extrêmement riche, pour ça!

– Il les a.

– Ah... le Tigre... Et comment peux-tu en être si sûre?

– Nous y voilà, Octa. Tu te rappelles ce que je t'ai demandé, juste avant d'ouvrir la porte qui mène à la bibliothèque du rez?

– Tu m'as dit : "Quoi qu'il advienne, sache que je suis sincère envers toi." Oui, cette déclaration m'a semblé bizarre, énigmatique. Mais, ça n'a été qu'une bizarrerie chassée par tant d'autres. Tu ne peux pas venir des zones dévastées et n'être qu'une survivante qui s'est bien débrouillée avec son clan. Tu es bien plus civilisée que cela! Rien, de tous les mécanismes, des finitions techniques et architecturales, ne t'a jamais déstabilisée. J'en déduis que tu connaissais toutes ces choses avant que nous nous retrouvions devant la porte de métal poli et son symbole. N'est-ce pas?

– C'est vrai. J'espérais juste réussir à t'amener ici avant que tu t'en doutes trop. Et maintenant, je souhaiterais aussi que tu comprennes qu'il ne s'agit pas d'un méchant piège. Je ne veux pas que tu me classes dans la catégorie des "Menteuses"! J'ai besoin que tu acceptes qu'il m'a fallu jouer un rôle, accomplir une mission. À force de te côtoyer, au Village, j'ai appris à t'apprécier suffisamment pour craindre que tu me rejettes. À présent que j'ai achevé la tâche qui m'était dévolue, j'ai peur de ta réaction. J'ai bien saisi à quel point le mensonge est une des pires attitudes que l'on puisse prendre, au Village. Pourras-tu comprendre...?

Un silence pensif s'installe. Nous mangeons notre menu en chipotant un peu. Mais j'ai vraiment faim et c'est délicieux. Mon épicurisme naturel revient à la charge et, malgré mes cogitations, j'apprécie le goût, la finesse, ainsi que la texture de ces aliments de légende. Je lève mes yeux sur Tani qui, elle, n'avale quasi rien. Elle ne fait que remuer le contenu refroidissant de son assiette, alors que j'ai vidé la mienne. Une onde de tendresse me submerge. Il ne me vient même pas à l'idée de lui faire un reproche. Elle est là, magnifiquement sincère, magnifiquement magnifique!

... Et elle m'a posé une question...

Au moment où je m'apprête à répondre arrive un vieux monsieur. Souriant, il nous regarde.

– Bonsoir, les amis. En pleine discussion, je vois. Permettez que je prenne place à votre table. Je ne vous dérangerai pas. Je me mets à l'autre bout.

Dans le silence assourdissant de notre "discussion", comme l'a souligné l'homme sur le ton de l'humour au troisième degré. Celui-ci rejoint les placards et sort trois assiettes et six couverts. Il laisse les deux tiers de cette vaisselle à côté de la grande plaque et se sert dans la deuxième marmite. Arrivé à table, je constate que son menu se compose essentiellement d'une masse d'un vert profond.

Le vieillard me regarde en désignant la substance de sa fourchette :

– Des épinards, mon cher. Très bon pour le transit!

Il commence à manger puis s'adresse à Tani :

– Et toi, Tani, tu as fait de belles découvertes, à ce que je vois!

Ce type est extrêmement sympathique et je me rends compte que la situation est certes incongrue, mais en aucune manière je ne me sens en péril.

Je me tourne vers Tani.

– Donc, il fallait que tu m'amènes ici... C'était ta mission?

– Oui.

– Savais-tu d'avance que je n'arriverais pas à résister et que je ferais tout pour te retrouver?

Les yeux d'argent brillent dans les miens. Sa beauté est presque insupportable et son sourire me comble d'adoration.

– Non, mais je l'espérais suffisamment fort, je ne pouvais pas être absolument certaine que tu sois si "aimable".

Elle a prononcé "aimable" avec une intonation très particulière. Il est possible que j'aie un chouïa de fièvre. Trop d'évènements à la fois. Trop. Une sorte de torpeur commence à m'envahir. Je lutte. Heureusement, à ce moment précis, un couple d'amoureux entre dans la cuisine et, grâce à cette distraction, me sauve d'une indescriptible confusion. Je n'aurais trouvé aucun moyen de formuler la moindre phrase sensée au milieu de ce maelström de sentiments kaléidoscopiques!

Les deux nouveaux arrivants, derrière moi, se servent et vont s'asseoir auprès du sympathique vieillard. Jusqu'ici, je n'ai pas eu l'occasion de les voir, tout occupé à analyser la situation dans l'idée de déterminer le rôle que Tani tient dans cette comédie surréaliste. Mais, quel choc -- encore un -- quand je reconnais l'amoureuse du couple qui vient de s'installer à la même table :

– Iraa! C'est t...

– Octa! Toi ici!

– Oui, et je n'y comprends plus rien!

Tous se lèvent. Iraa vient me serrer dans ses bras, comme une maman le ferait pour rassurer son enfant. D'ailleurs, je me rends bien compte que je tremble, comme s'il faisait subitement très froid. Dire qu'Iraa avait quitté ma maison pile le lendemain d'une nuit époustouflante, juste avant que Tani n'arrive au Village... Comment appelle-t-on le "trop-du-trop-du-trop", déjà? Elle s'écarte et c'est Tani qui fait le tour du bout-de-table, pour me faire l'accolade aussi. Je me sens extrêmement faible. Je dois me rasseoir immédiatement si je ne veux pas tomber. Mes jambes ne me supportent plus!

L'homme qui, tout à l'heure, embrassait encore Iraa dans le creux du cou, resté jusque là très discret, se rapproche et prend la parole en me regardant d'un œil plutôt intrigué :

– Il serait peut-être temps que nous fassions les présentations. Nous savons déjà tous qui est Tani. Mon nom est Farim Dolan, et toi, qu'Iraa semble si bien apprécier... Octa... tu n'es pas si inconnu par ici! Content de rencontrer le fameux "Octa du Village"! bien! Nous sommes, Iraa et moi, venus rejoindre Holt, qui nous attendait et...

J'écarquille les yeux. Si cela continue, je vais tomber dans les pommes! La drôlerie de cette archaïque expression m'en sauve, je crois...

– Holt! Tu veux dire le "Holt" du Village? Mais, c'est aussi improbable que le "Tigre" qui nous a accueillis soit le vrai "Tigre" d'origine!

Le vieil homme ne s'est pas départi de son sourire.

– Oui, Octa. Je suis "ce Holt-là". Ici, au Manoir, où nous avons tous tendance à vivre plus longtemps qu'ailleurs. Les conditions, ici, sont beaucoup plus favorables pour garder la forme. Je pense qu'en restant au Village, je serais très probablement mort depuis une douzaine de Cycles, au moins. Alors que là, j'en ai peut-être encore presque autant pour en profiter! Et toi, comment te plais-tu dans mon ancien domicile?

Comment faire face à tout ce qui m'arrive? Je suis abasourdi, lessivé, laminé, en bouillie. Le dos bombé, avec les coudes plantés sur la table et mon crâne entre les mains, les paupières serrées à les souder, je tente une résurrection : une profonde inspiration après l'autre, j'applique la technique d'autohypnose qui m'a été enseignée alors que j'étais enfant. Cela ne fonctionne que partiellement dans des cas aussi compliqués, surtout avec les effets d'une atmosphère enrichie! Me voici comme saoul. J'arrête de respirer. En apnée, j'ouvre les yeux, lève la tête et examine les personnes qui m'entourent. Je romps le silence attentionné qui s'est installé :

– Et vous vivez tous ici. Le Tigre n'est donc pas un ermite.

Par un hochement, ils approuvent.

– J'en déduis qu'en ces lieux, chacune et chacun a un certain nombre de tâches à accomplir.

Tous répondent par un "oui" unanime.

– Je... bon... très bien...

C'est le moment que choisit Tani pour couper court à la discussion.

– Et nous sommes tous très fatigués d'une longue et éprouvante journée. Le mieux serait d'aller dormir et de reprendre les explications demain!

Je me surprends à me dire que Tani ne laissait rien paraître de son "côté autoritaire", pendant qu'elle était invitée du Village. Ici, elle se comporte en pleine confiance... comme chez elle, en fait, tout bêtement!

Mais je suis trop laminé, et plus en état d'aligner davantage de pensées cohérentes. Je perçois des saluts autour de moi, comme si une bulle de gélatine m'enveloppait. Quelqu'un me prend une main devenue flasque et me tire sur les escaliers. Des journaux... des centaines de textes et de photos... Comme j'aimerais pouvoir lire tous ces articles en même temps et tout en soulevant mes jambes de plomb... Un moteur me décolle de chaque marche pour encore grimper et grimper... Je me laisse faire. Combien dure la traversée d'un large couloir pour arriver dans une mystérieuse chambre? Impossible de le savoir, tant je ne suis plus qu'un bloc de rocher qui flotte dans le coton. Je tombe sur un nuage blanc et sombre dans un sommeil d'une profondeur insondable.

Mon réveil est progressif. Un peu de lumière entre par une fenêtre à ma droite et se miroite sur la teinte argentée de mon coussin. Couché sur le dos, ce lit est le plus moelleux et confortable que j'ai jamais connu. Il accueille mon corps d'une façon particulièrement agréable. Un parfum familier emplit la pièce, une fragrance subtile qui me donne envie de rêver. Je pourrais tout aussi bien me rendormir. Mais, bien sûr, il n'en est pas question : trop de choses à clarifier. Trop de chose à savoir! Une autre impression me parvient. J'entends un léger bruit, un souffle, comme une douce respiration. Cela vient peut-être de la fenêtre. Je tourne la tête en direction de la source de ce son et, chaleur envahissante, je découvre que ce n'est pas mon coussin qui est gris... ce sont les cheveux cendrés de Tani. Je me redresse sur un coude pour mieux constater l'improbable : pour la deuxième fois, Tani a dormi à mon flanc toute une nuit! Cette surprise est telle qu'elle occulte, du moins dans ces instants, toutes celles du jour précédent, c'est dire!

Mon geste, plus brusque que je ne l'aurais voulu, alerte Tani dans son sommeil. Mes signaux externes lui font lever ses paupières. Ses yeux, ce regard... bigre, qu'elle est féérique!

– Bonjour Octa.

– B... bonjour Tani. Euh! Nous avons dormi ensemble!

– Oui Octa. Mais, tu devrais y être habitué, puisque dans le premier couloir... Allez! Ne fais pas cette tête!

Elle rit, allonge un bras et tire ma bouche contre la sienne. Que pourrais-je faire contre tant de douceur? Résister serait bien au-delà de mes forces! D'instinct, il serait des plus naturel de procéder à une dégustation plus approfondie de la situation, mais, tous les deux, nous savons notre programme chargé. Pour aujourd'hui, voire les quelques jours ou Lunes à venir!

La fenêtre est un bon prétexte pour stopper court et calmer les ardeurs naissantes. En me levant, je constate avec un relatif soulagement que je porte encore mon langota. C'est un piètre déguisement, qui ne peut cacher la réalité physiologique corollaire de ce genre d'instants sensibles... Je regarde Tani de biais. Elle rit sous cape. De toute évidence, elle m'avait déshabillé hier avec la lucidité de ne pas dépasser les limites de la prudence la plus élémentaire!

Je vais à la fenêtre et Tani m'y rejoint.

– Quelle vue! C'est une des fenêtres du dernier étage du Manoir, celles qui s'allument, parfois, tard au soir, et visibles en sortant du Labo! Comme le Village paraît proche, depuis ici! Dès l'arrivée des ancêtres, le Tigre était en mesure de scruter presque tout ce qui s'y passait.

– Oui, je me suis longtemps réjouie d'y aller. Souvent, j'éteignais mes lampes et restais des heures à observer le va-et-vient de vos lanternes. J'étais curieuse et impatiente de connaître, par moi-même, votre manière de vivre.

– Bigre! Je suis vraiment chez LE Tigre, impossible d'en douter!

Elle appuie son menton sur mon épaule. Rien que ce geste me remplit le cœur d'un flot de tendresse.

– Octa?

– Qu'y a-t-il, Tani?

– Qu'as-tu ressenti, quand tu as vu Iraa amoureuse de Farim? Tu n'es pas trop jaloux?

– Jaloux? Je ne crois pas. D'une certaine manière, nous nous aimons toujours. Ce que l'on ressent ne doit pas forcément mourir par amour pour autrui. De quel droit exigerais-je d'elle de ne rien sentir pour un autre? Je ne peux pas à ordonner à ses sentiments ni à lui imposer d'être le seul qu'elle puisse chérir. Mon cœur lui a été ouvert et je n'ai aucune raison de le lui refermer. Oui, dans un sens, je l'aime toujours et, pour cela, je ne peux que lui souhaiter d'être heureuse. En ce qui me concerne, ce ne sera pas avec moi. Physiquement, la relation avec Iraa est rompu, pas par morale ni par principe, mais parce que mon lien avec toi m'apporte bien plus que je n'en voudrais désirer ailleurs.

– Cette vision de l'amour, serait-elle aussi due à ton hypophyse hypertrophiée?

Elle rit aux éclats, me saisit la tête des deux mains et m'embrasse avec force conviction. Oui, mon lien à Tani... Je reprends sa question à mon compte :

– Et toi, qu'en est-il de ta manière de ressentir? Maintenant que tu connais Iraa, et sachant que j'ai eu une connexion très forte avec elle, es-tu tenaillée par une quelconque jalousie, ou une appréhension?

– À vrai dire, je me sens un peu confuse... Pour moi, toute cette période est d'une intensité inhabituelle... dans tous les domaines! Mais, je ne crois pas me mettre en danger avec toi.

À ces mots, Tani enlace mon bras et, avec sa tête sur mon épaule, nous nous tournons les deux pour regarder, à nouveau, par la fenêtre. Là-bas, on voit très bien de petits personnages vaquer à leurs diverses tâches. Je trouve la scène particulièrement poétique. Le Village est d'un esthétisme surprenant. Au premier coup d'œil, on y sent cette puissante créativité, cet amour. Serait-ce de la nostalgie que je ressens? Oui, certainement. Toute cette connivence, entre des individus pourtant si indépendants, me manque déjà. Une question me vient :

– Cela faisait-il longtemps, avant que tu ne présentes au Portail Ouest?

– Un peu plus de quatre Cycles, je pense.

– Plus de quatre Cycles! Dire que je n'aurais jamais pu imaginer qu'une femme comme toi puisse exister, de surcroît en train de regarder par une fenêtre du Manoir... Délirant! Mais alors, où étais-t...

Dans la maison, une cloche sonne deux coups. Tani lève un doigt impératif et prend une voix basse, comme si elle voulait commander toute une équipe d'explorateurs :

– Réunion du matin, mon cher, le moment est grave : habillons-nous et filons-y! Nous déjeunerons plus tard.

Bon sang! Je me dépêche, nous descendons... mais, ma question interrompue tourne en boucle dans mes pensées : Où était-elle, avant ces quatre ans? Où pouvait-elle bien être? Comment se fait-il que les Gris se soient installés d'abord chez le Tigre? Pourquoi monter ce stratagème, se cacher et attendre en nous observant pendant plusieurs Cycles avant de feindre une arrivée au Village depuis des contrées sauvages?

En chemin, je n'ai plus l'occasion de questionner Tani. D'ailleurs nous voici arrivés et passons une large porte à deux battants. La salle est grande et me fait penser à la yourte du théâtre du Village. Des chaises, lesquelles, contrairement à celles qui me sont coutumières, sont toutes rigoureusement identiques, sont disposées en arc de cercle et dirigées face à la paroi à droite de l'entrée. Il y en a beaucoup. J'en compte soixante-huit et la plupart sont déjà occupées. Il n'y a que des adultes, dont certains très âgés... encore plus ridés et fripés qu'Holt, il semblerait.

J'inspire, j'expire, mais modérément. Tani me désigne une série de sièges libres. À mon grand étonnement, plusieurs personnes se lèvent à mon passage pour me serrer la main et se présenter. Au Village, se serrer la main n'est pas une pratique usuelle. Quant à leurs noms... Ils sont plutôt compliqués : Gordan Milouch, Tradisa Ponalsi, etc. Voilà des noms de plus de cinq syllabes, qui vont être difficiles à mémoriser!

Je tente de garder mon naturel. L'exercice n'est pas des plus évidents, quand l'environnement est si diamétralement différent de tout ce que l'on connaît.

Il ne reste que sept ou huit sièges vacants, quand le Tigre arrive, vêtu d'un costume bleu foncé incroyablement bien taillé, aux coutures d'une finesse telle qu'on ne les distingue qu'à peine et qui n'est, probablement, même pas de sa propre fabrication. Sa grandeur, caractéristique des premières générations de survivants, en jette. Il se place debout face à l'auditoire et, par un petit geste de la main, fait taire les derniers chuchotements.

– Chers amis, avant d'entrer dans le vif du sujet, j'aimerais que vous accueilliez notre nouvel invité : Octa! Octa, voudrais-tu te lever afin que toutes et tous, ici, puissent te reconnaître... à la cafétéria?

Il y a des rires et des applaudissements. L'ambiance est plutôt bon enfant, malgré un formalisme que je trouve légèrement exagéré. Je m'amuse à faire de petites courbettes de politesse. La diversion a assez duré et le Tigre reprend la main.

– Merci! Fort bien. Je me suis entretenu, hier soir, avec Octa et lui ai communiqué à quel point les progrès réalisés par le Village sont impressionnants et inespérés. Les survivants ont développé un tout nouveau dynamisme, une capacité cognitive et un sens du "système D", inouïs!

Applaudissements enthousiastes

–... C'est une des stimulantes raisons qui nous motivent à transmettre toujours plus de documentation, autant en quantité, qu'en qualité. Nous savons tous ce que cela implique en matière d'investissement personnel. Nous devons trier parmi des millions d'articles. Classer les informations non seulement selon les catégories, mais, souvent, en créer de nouvelles, pour en assurer une utilisation optimale. Il y a, aussi, toute la section des conditionnements, restaurations et copies, où dix-huit collaborateurs sont actifs à plein régime. Cela prend du temps et bien des efforts. Par conséquent, nous avons besoin que des arrivants se joignent à l'équipe, comme Iraa, il y a quelques semaines, et Octa, hier.

Stop! Je m'encapsule. Il parle d'Iraa et de moi comme de nouveaux participants fixes... Mais, on ne m'a rien demandé. J'ai pratiquement été kidnappé! De plus, j'ai bien l'impression qu'une fois dans le secret des dieux, les droits à la libre circulation n'existent plus. Combien, dans l'assistance, sont d'anciens éclaireurs du Village qui ne sont plus rentrés d'une mission et déclarés "disparus définitivement"? Le Tigre continue son discours, mais je me tourne vers Tani et lui chuchote :

– Que se passe-t-il? Je suis engagé de force?

– Tais-toi. Je t'expliquerai plus tard!

J'en profite pour mieux dévisager l'assemblée. Parmi les quelques individus présents, je crois reconnaître neuf "disparus", dont deux depuis huit Cycles! Je note aussi qu'ils ne font pas mine d'être ni séquestrés ni maltraités d'aucune manière. Cela me rassure... d'une certaine façon. Je retourne au discours du "chef", car c'est bien de cela qu'il s'agit!

–... Fondamental. Pour cette raison, je me suis demandé dans quelle mesure il ne serait pas préférable de leur procurer la quantité supplémentaire de documents en deux fois. Je sais, la période des processions a été lourde en enseignements. Le dérapage vers une sorte de "culte", ou une "tradition" établie a été évité de peu. De plus, quelques esprits s'échauffent et prônent un principe de "libre-service" en attaquant, purement et simplement, le Manoir! Je crois, par conséquent, qu'une meilleure répartition des livraisons ne pourrait qu'être bénéfique.

Qu'en pensez-vous?

Oui, Corellie?

– Je suis du même avis. Effectivement, en plus de calmer les impatients, nous serons plus efficaces dans le tri. Grâce à nos antennes dans la place, les besoins les plus pressants sont connus. Mais encore faut-il réussir à suivre pour les satisfaire!

N'y tenant plus, je me lève d'un bond :

– En plus, il y a des espions parmi les habitants du Village! J'ai l'impression d'être tombé dans une sorte de secte secrète qui manipule les individus comme aux pires moments d'avant la Destruction! Explications, s'il vous plaît!

Contre toute attente de ma part, mon intervention ne provoque aucun esclandre ni même de vagues remarques indignées. Tani me tire la manche.

– C'est bon, ton message est passé. Tu peux te rasseoir. Regarde, Vivion s'est levé et il va te répondre.

En effet, un homme auquel je ne pourrais donner d'âge est debout et se tourne vers moi.

– Octa, sache que ta réaction est parfaitement justifiée et cette question d'éthique ne nous a pas échappé. Il faut comprendre que les survivants venaient de loin, sur le plan de la gestion émotionnelle et de conscience de leurs anciens conditionnements. Il fallait donc user de stratégie pour qu'une quelconque assistance puisse leur être bénéfique. Pour cela, il fallait impérativement qu'ils développent un mode de pensée indépendant. Il est extrêmement ardu d'aider sans influencer. Jusqu'ici, nous avons toujours eu besoin de consultants directs, pour combler les lacunes en connaissances pratiques, ou scientifiques. Actuellement, et au vu de l'évolution impressionnante réalisée par les individus du Village, nous entrons dans la phase deux : certains habitants sont prêts à accepter qu'une planification externe puisse exister. Des participants actifs seraient bien plus importants que des "espions", comme tu les as nommés; ils deviennent des interlocuteurs décisifs. Ils n'ont pas à secrètement faire les allers-retours entre le Village et le Manoir, prétextant des missions de cartographie. Ils savent. Ils connaissent les raisons qui ont déterminé les choix des articles et coupures de presse. Et, au fil du temps, ils peuvent le faire admettre à tous.

Nous espérons arriver, rapidement, à la phase trois. Car à ce stade, il n'y aura plus de "boîte de dépôt" à côté du "Portail du Tigre". Chaque habitant pourra venir, aider à trier et trouver, par la même occasion, tout renseignement utile à ses projets.

Cela éclaire-t-il à tes questionnements?

Sans me lever, je réponds :

– Oui...

Un sourire de satisfaction se dessine sur les lèvres du Tigre.

–... En grande partie.

Le rictus du Tigre se fige et se fait plus forcé. De toute évidence, je l'ai légèrement contrarié. On pourrait penser qu'il ne donne d'importance qu'au développement technique. Or, quand un individu évolue, son sens de l'observation fait de même! Tani me regarde, l'air goguenard. J'y réponds en imitant la grimace du Tigre. Je crois que nous avons, les deux, envie de rire, mais peut-être pour des raisons bien différentes.

Autre chose me frappe : quel est cet éclat vif dans l'œil de Tani? Elle aussi arbore un rictus amusé. Il s'agit d'une variante qui ne ressemble ni au sourire du Tigre ni au mien. Elle se penche vers moi et me colle un bisou sur les lèvres. Dans un souffle elle chuchote :

– Bien joué, Octa! Nous allons faire du bon travail tous les deux!

Visiblement, elle est très contente de quelque chose... Avec son charme, on pourrait tout lui pardonner... mais, qu'elle est donc mystérieuse! Quelle pourrait être la cause de sa satisfaction?

La réunion prend fin et le Tigre nous rejoint au bout de notre rangée de chaises.

– Octa et Tani, venez prendre un petit "café" et voyons si, après cela, vous pourriez mettre le pied à l'étrier.

Nous le suivons jusqu'à la "cafétéria", qui n'est autre que la cuisine-réfectoire où j'ai rencontré Holt hier.

"Café" et "cafétéria" sont des mots dont les significations exactes me sont inconnues. J'ai facilement deviné qu'une "cafétéria" est un endroit destiné à la consommation de boissons, entre autres. Par contre un "café", outre qu'il doit pouvoir s'avaler d'une manière ou d'une autre...

Le Tigre est un personnage bien particulier. J'aime étudier les caractères, la psychologie des individus que je rencontre. J'y puise une compréhension de la valeur profonde de chaque être, par son aspect unique et inimitable. Mais, le "maître des lieux" est psychologiquement particulièrement croustillant. Est-ce dû aux longues années qu'il prétend avoir vécues, ou au rôle qu'il joue dans un projet dont je n'arrive à saisir qu'une minuscule part des tenants et aboutissants? Toujours est-il que je perçois, chez cet homme, un curieux mélange de sentiment de supériorité parfaitement assumé et de volonté de paraître aussi simple et accessible que possible. Pourtant, il est le seul, ici, que personne ne tutoie jamais. Lui, c'est "vous". Un être complexe et paradoxal. Sait-il véritablement lui-même qui ou ce qu'il est? Comment me sentirais-je, si je savais n'être en vie que grâce à d'innombrables implants? Je commence sérieusement à croire qu'il puisse avoir l'âge qu'il prétend. Ceci expliquant cela. Il a dû avoir suffisamment de temps pour connaître les engrenages de la nature humaine dans ses généralités. Assez pour avoir appris comment tirer les ficelles... Assez pour devenir un subtil manipulateur!

Justement, le Tigre revient à notre table avec un plateau chargé de minuscules tasses dont le contenu exhale une odeur... comment dire, de roussi, de noisettes brûlées? Devant mon air intrigué, le Tigre me désigne les récipients :

– Du café. Une boisson faite de grains grillés et moulus. Mon grand-père en faisait, aussi, le commerce et il m'en reste encore environ dix caisses de cinq cents kilos dans une cave. Il y a des tonnes de toutes sortes de choses, dans les sous-sols, à me demander ce que mon aïeul ne négociait pas!

Je goûte. Spécial. Pas franchement mauvais, non. Paupières closes, j'en reprends une petite gorgée. Là, je sens mieux.

– Intéressant! Un peu comme vous : cette boisson révèle plusieurs facettes.

Tani hoquette une sorte de rire et manque de peu recracher le café qu'elle vient de siroter.

Le Tigre, totalement surpris par mon analogie, me fixe avec des yeux écarquillés et incrédules. Je continue.

– Oui, comme vous : distant et proche. Parfois cérémonieux, parfois populaire. Maître de toute chose en ce lieu et, en un tour de main, collaborateur assidu. Impressionnant un moment, puis, par alternance, souriant et décontracté : vous êtes un personnage fascinant!

D'interloqué, mon sujet d'étude passe à l'amusement ravi. Plaqué au dossier d'une chaise qu'il fait pivoter vers l'arrière, il laisse ses bras ballants sur les côtés et rit de bon cœur.

– Octa, tu es vraiment l'élément qui a manqué dans cette fichue maison! Et tu vas me dire que ton sens de l'observation, avec toutes ces petites finesses, a été acquis rien qu'en lisant entre-les-lignes-des-articles? C'en serait trop!

– Non, non, je ne crois pas. Il est plus probable que ce ne soit qu'un effet secondaire de l'empathie. On connaît mieux l'autre, si l'on se connaît soi-même. La sensibilité pousse l'individu à l'introspection. Être assez ouvert pour accepter de percevoir ce qu'une personne tierce ressent doit, certainement, améliorer l'aptitude à reconnaître la nature profonde de tout être en général. Naturellement, ce n'est qu'une hypothèse personnelle.

Le Tigre se tourne vers Tani :

– Naturellement! N'est-ce pas? Naturellement! Pour lui, c'est une évidence! Je trouve cela excellent! Bien! Ceci étant dit, Octa, tu t'es, à coup sûr, déjà posé les questions : "Mais, que fais-je ici? Que me veut-on?" Comme tu le sais, je reçois du Village tous les renseignements utiles. De ton côté et selon un faisceau d'indications, tes soupçons tendaient à se confirmer. Tu envisageais d'entreprendre de sérieuses investigations à propos des articles systématiquement synchrones aux besoins du Village.

Il est évident que tu as attentivement suivi mon discours de tout à l'heure, j'en tiens pour preuve ton intervention énergique. Par conséquent, tu dois déjà comprendre que tu es dans la phase deux du projet d'évolution, non?

– En effet, je m'en suis douté. Je m'étonne, simplement, que le choix soit tombé sur moi. Car nous sommes nombreux à être doués, dans le Village!

– Mais tu as été le premier à vouloir une explication. Il y a un job qui nécessite d'être mené par quelqu'un de très perspicace et de très intuitif, sans pour autant manquer d'un sens aigu de l'analyse. Cette tâche correspond à celle que tu allais entreprendre dans la minuscule bibliothèque du Village, toutefois, en comparaison, ce sera ici cent fois plus passionnant! Mais, mieux que des paroles, il faut le voir pour le croire. Vous avez vidé vos tasses? Bien! Venez, nous allons jeter un œil au deuxième sous-sol!

Pour la première fois, j'expérimente un "ascenseur", lequel, à l'inverse de son nom, descend. Le concept est d'autant plus intéressant, qu'il permet d'économiser de la place. Un escalier en aurait occupé le triple. Par contre, quelle puissance cette commodité peut-elle bien engloutir?

– Depuis quand cette mécanique fonctionne-t-elle?

– Cela date de l'époque de mon père. Quand il a hérité du manoir, il a fait creuser les sous-sols et commandé l'installation de cet ascenseur-ci, en même temps que d'autres, plus grands. Il y avait encore des entreprises qui travaillaient, à cette époque. Comme l'argent commençait à se déprécier, les intervenants pouvaient être payés en pratiquant le troc. Rien de cela n'aurait été possible si mon aïeul n'avait pas été chiffonnier et commerçant averti. Bien avant tout le monde, ce grand-père raillé par toute sa famille, avait compris que la plupart des matières premières allaient se raréfier et qu'à l'inverse, les masses de monnaies en circulation n'auraient plus aucune valeur. Dans plusieurs entrepôts, loués à bas prix dans une zone industrielle sinistrée, il avait accumulé métaux, tissus, papier, pièces mécaniques et électroniques, fournitures et outils de construction, durant d'innombrables années. Il a patiemment attendu et, quand la demande fut assez forte et que l'argent était encore utile, il a vendu une partie de son stock. Après avoir engrangé des centaines de millions, mon grand-père s'est empressé d'acquérir l'endroit : maison et immenses terrains environnants.

Nous arrivons au deuxième sous-sol. Un panneau coulisse automatiquement sur le côté et nous débouchons sur un large couloir. Le Tigre continue son récit. La température a la fraîcheur d'une grotte.

– Il voulait absolument cette bâtisse avec ses prairies, car, situation rarissime à son époque surpeuplée, il était à l'écart de tout et les caves d'origine étaient assez spacieuses pour qu'il puisse y stocker presque tout ce qu'il n'avait pas vendu. Plus important encore, il avait fait des recherches météorologiques et découvert que cet endroit était idéalement placé pour être épargné par la plupart des catastrophes écologiques.

Mon père n'a eu qu'à emboîter le pas. Les finances mondiales étaient au plus mal et, malgré les efforts conjoints des meilleurs tacticiens de la planète, plus aucune monnaie n'a su insuffler suffisamment de confiance aux populations. Tous les essais terminaient leurs courtes existences dans une fatale dévaluation. Aussi, mon père rachetait, systématiquement, tout ce qui pouvait servir plus tard de moyen d'échange, avant que le cours de ces monnaies fléchisse. Quelques années, ou "cycles" si tu préfères, avant la Destruction, plusieurs médecins et scientifiques ont emménagé. La plupart des salles fermées, devant lesquelles toi et Tani êtes passés, sont des laboratoires, des micro-usines et autres locaux de régénération ou conservation de tissus biologiques. Les expériences de clonage de cellules souches et la fabrication de prothèses et implants ont rapidement porté leurs fruits. Mon père n'a malheureusement pas vécu assez longtemps. Je suis le seul de la famille à en avoir profité.

Sa dernière phrase reste en suspens et me pousse à le questionner :

– Aucune descendance?

– Aucune! Mes relations ont toutes été stériles et je refuse, depuis toujours, de créer un enfant par clonage. Générer un être entier à partir d'une poignée d'ADN me paraît trop hasardeux! Même l'idée d'utiliser des spermatozoïdes, issus de cellules souches, me donnerait des cauchemars! Les résultats peuvent être monstrueux, et trop d'échecs accumulés provoquent des états dépressifs. J'ai fait le choix de réserver mon optimisme pour ce qui peut raisonnablement réussir.

Entre-temps, la senteur de l'air a changé. Assez neutre dans l'ascenseur, elle est plutôt forte, avec des relents insistants de moisissures et de cendres froides. Un effluve de vieux livres malmenés. Nous passons dans un long couloir, rendu plus étroit par une série impressionnante d'étagères remplies de cartons étiquetés. Les odeurs me prennent à la gorge quand nous débouchons sur un grand espace entièrement occupé, à perte de vue, par d'immenses tas, d'environ deux mètres de haut, de papier.

Du papier en telle quantité que j'en ai le vertige!

Sur la gauche, plusieurs personnes, présentes à la réunion du matin, s'affairent à prélever quelques feuilles, pour les amener sur leur table de travail et les y répartir sur plusieurs piles.

Le Tigre les désigne du doigt.

– Un premier tri. À droite, le deuxième. La plupart des tables sont encore vides, ces équipes-là commencent généralement après midi. Je pense qu'elles ne vont pas tarder. Et c'est précisément en collaboration avec celles-ci que j'imagine vous voir œuvrer. Il y aurait, surtout pour Octa, la possibilité d'affiner les choix, pour parfaitement cibler les prochains besoins du Village. Le mieux est de vous lancer dans une période d'essais et, d'ici peu, vous déciderez si ce job vous plaît. Je peux vous laisser là? Je dois filer.

Le pas vif, le Tigre retourne par le "couloir aux cartons". Et mon attention se porte sur la partie occupée par des dizaines de tas de journaux, livres et feuilles volantes. Les piles les plus ordonnées sont probablement celles qui n'ont encore fait l'objet d'aucun tri. Il y en a beaucoup. A contrario, on peut remarquer des amas complètement effondrés qui font à peine quelques centimètres de haut, et même sur le point de disparaître. Je n'y tiens plus.

– Viens, Tani, il faut voir ça de plus près.

Nous nous mêlons aux farfouilleurs et, après quelques saluts et échanges de mondanités, je me sens de plus en plus impatient de me lancer à la découverte des documents étalés à mes pieds.

Passée la focalisation sur la richesse des informations que doit contenir cette masse de papier imprimé, je porte un peu plus mon attention à l'environnement. Je le définirais comme "glauque". Aucunement comparable au couloir blanc et désinfecté des salles de laboratoires et de recherches. Ici, d'antiques taches maculent les murs couverts d'une vieille peinture qui s'écaille par endroit. Les hauts plafonds sont soutenus par de grosses colonnes, apparemment moulées, à l'origine, dans des planches assez fines. Elles ne sont pas vraiment cylindriques, mais à facettes. Rien de très soigneux ni de folichon. Comme je pouvais m'en douter, il n'y a aucune fenêtre, tout juste des grandes grilles d'aération et une lumière purement utilitaire projetée par des tubes contenant chacun des dizaines de minuscules ampoules. Les tables de tri ont été placées de manière à ce que l'on ne fasse pas d'ombre sur les documents, en les classant. Et ce sont bien eux, qui nécessitent toute l'attention, bien sûr... Mais, je pourrais m'imaginer qu'un peu plus d'égard, envers les trieuses et trieurs, aurait été préférable.

Toutefois, il est parfaitement possible que, d'ici quelques jours, je sois tellement absorbé par les articles que je ne remarquerai même plus mon environnement.

CHAPITRE 5

LES OBJECTIFS

Collectivisme

C'est une impression bizarre qui s'insinue progressivement et en toute discrétion. Comme un faisceau d'indices qui se transforment pour s'ordonner, méthodiquement, en pensées. À peine huit jours après mon arrivée au Manoir, une atmosphère de lourdeur se fait sentir. Il manque du relief! C'est cela : une dynamique particulière, familière et personnelle est totalement absente en ces lieux.

Contrairement au fonctionnement du Village, le Manoir est d'abord une communauté. Les individus ne sont que des éléments d'une organisation qui dicte les activités, impose un style, pousse à adopter une certaine uniformité. J'en ressens un profond malaise. Quelque chose me dit que ce schéma doit être assez proche de celui que suivait l'humanité avant la Destruction. Le Tigre a beau être admiratif, selon son discours, de la façon dont les Villageois assument leur autonomie, lui-même n'a pas réussi à se départir de ses anciens réflexes. Le maître de séant observe l'évolution d'autrui, mais n'a pas pris en main la sienne. Et il semble ne pas avoir réalisé qu'il perpétue la même erreur qui avait, durant des centaines de Cycles, gangrené la dernière civilisation : le collectivisme.

Les locataires du Manoir ne sont pas "malheureux", tant s'en faut. Toutefois, ils acceptent, sans même vraiment s'en rendre compte, de s'identifier à une fonction déterminée de façon permanente! Ils "sont" leur rôle. Ils s'amputent de l'essentiel : d'eux-mêmes. Symboliquement, ils ont déjà choisi de se cloîtrer dans un cagibi mental, alors qu'ils pourraient profiter de l'immensité du palais qu'est leur conscience.

Debout devant ma table de triage, le cœur empli de compassion, je pose les feuillets que j'ai en main en balayant la salle du regard. Tous ces individus qui, de fait, s'ignorent! Je ferme les yeux et baisse la tête.

Les larmes me ruissellent sur les joues et commencent à me couler dans le cou. Parfois, les humains s'infligent une souffrance qu'ils ne soupçonnent même pas, puisqu'ils sont coupés de tout moyen de comparaison. Ils ne se rendent pas compte de ce qu'ils perdent et cela me fait si mal pour eux! Je lève les paupières. Tout est flou, autour de moi.

Devant la table voisine et jusque-là absorbée par l'étude de documents, Tani ne remarque mon état que maintenant. Son visage est décomposé. Elle est rongée d'inquiétude de me voir m'effondrer en pleurs et se précipite pour me prendre dans ses bras.

– Octa! Octa! Que se passe-t-il? Qu'as-tu? Pourquoi es-tu si triste?

Je n'arrive pas à lui répondre. L'émotion doit d'abord mûrir, avant de s'apaiser. Pour l'instant, mes sanglots contractent mes cordes vocales et le ruisseau de larmes est le seul langage que je puisse utiliser pour communiquer avec le monde extérieur.

– Octa! Octa...

La douceur de Tani, bien qu'elle soit un des meilleurs baumes que je connaisse, ne fait que peu d'effet sur le moment.

Plusieurs personnes viennent se regrouper autour de nous, dans le couloir. Je les vois. Je les sens si pleins de potentiel. Pourquoi sont-ils si insensibles et si inconscients? Une nouvelle vague de tristesse me submerge. Dans un immense effort, je parviens à aligner quelques mots que j'espère audibles :

– Chacune... Chacun... vous valez... tellement plus... que vous le pensez! Cela me fait beaucoup de peine que vous en profitiez si peu!

Tani me reprend encore plus fort contre elle. Quelque chose me calme immédiatement. Mon épaule se mouille de ses larmes. Tani, elle, a dû sentir ce que je voulais impérativement exprimer.

Quand je m'essuie les yeux et les joues pour mieux distinguer mon entourage, je ne vois que des visages interrogateurs, des regards interdits et incrédules. Manifestement, leur sensibilité, émoussée par leur décalage identitaire, n'a pas capté le message. Mes paupières s'en ferment de dépit. Je respire. Je vis. Je puise, au fond de mon être, la sérénité que j'ai appris à reconnaître. Accepter que chacun est toujours seul avec son ressenti. Je ne suis pas responsable des choix d'autrui. Mais, à mon tour, je peux serrer Tani dans mes bras et apprécier pleinement sa qualité humaine!

Les autres ne peuvent que constater mon changement d'humeur. Ils se demandent, d'ailleurs, si je ne suis pas malade, peut-être même déséquilibré mentalement... Cela se lit clairement sur leurs traits. Ils doivent être persuadés qu'un être "normal" est un être constant dans ses attitudes. D'après les anciens, cette croyance était très répandue, avant. Ce paradoxe étonnant m'inspire. Sur un ton nettement plus posé, mais rauque des suites de cordes vocales précédemment bien malmenées, je lâche :

– Quelque chose en vous devrait pouvoir se réveiller. On n'est pas ce que l'on fait. On n'est pas ce que l'on pense être. On est ce que l'on ressent! C'est cela qui rend chaque personne unique. Nul ne peut ressentir à la place d'autrui, cette perception est éminemment précieuse et donne toute sa dimension à l'individu, car elle est sa véritable identité. Enfin, je vois bien que mon discours n'est pour vous qu'une suite de mots abstraits... Personne ne peut forcer autrui à se découvrir soi-même. La démarche est intérieure et solitaire. Ne comprendra qu'une personne qui le voudra!

Ce qui manque, ici, n'est autre que l'empathie. Il est plus que probable que la plupart des occupants des lieux ont un héritage génétique qui leur a transmis le syndrome de l'hypophyse atrophiée. Bigre! Et personne n'y peut rien... pour le moment...

Main dans la main, Tani et moi partons en direction de l'escalier montant à l'étage. En bordure de vision, j'entrevois le Tigre se tenant dans l'ouverture menant au salon. J'ai le temps de remarquer son expression, avant qu'il ne recule pour se dissimuler sous la voûte : il est pensif, très pensif même!

Tani, à voix très basse, me souffle :

– Tu sais, Octa, je crois bien que les collaborateurs du Tigre ignorent tout du Village. Je suis quasi persuadée que personne ne leur a jamais parlé de l'empathie qui y règne...

Elle désigne un endroit du regard. Sans tourner la tête, je jette un œil dans la direction indiquée. En retrait d'une embrasure de l'étage d'en dessous, comme pour se cacher, le Tigre continue de nous observer, mais en reculant d'un pas. Tani ne semble l'avoir repéré qu'au dernier moment.

Le médecin de famille

J'ai beaucoup lu au sujet de la "Sélection naturelle". Ce sujet m'a toujours fasciné, aussi, dans le cadre de mes recherches personnelles liées à l'ethnopsychologie. Dans les récits des fondateurs du Village, de nombreuses variantes d'us et de coutumes ne cessent de surgir d'un passé qui n'en devient que plus difficile à cerner, tant il est complexe. Le contexte actuel ne permet pas de véritablement visualiser des situations, habitudes et activités en cours, à une époque si différente de la nôtre.

Tiens, par exemple : les "animaux domestiques"! Ce concept est parfaitement incongru, au vu des ressources disponibles. Lors de mes rencontres avec Salis l'ancien, combien de fois ai-je été totalement ébahi à l'écouter? Un jour, il m'a raconté que, dans sa famille, ils avaient un chat... L'animal "chat", et qu'ils lui donnaient à manger des aliments spécialement et massivement produit pour lui et ses congénères "apprivoisés". De son temps, garder un "animal domestique" était un signe de très grande richesse, car la nourriture se faisait déjà suffisamment rare pour les humains eux-mêmes. Leur voisin de palier avait un "chien domestique". Les "animaux domestiques" coûtaient une véritable fortune en "taxes", "assurances" et "soins vétérinaires" obligatoires. Personne n'était forcé d'avoir une bestiole dans sa maison. En avoir un chez soi, c'était pour le plaisir de les choyer, semble-t-il.

Or, plus tard, les gens se sont mis à les tuer pour les manger. La succession de crises a mis fin à l'alliance humain-animal : il fallait d'abord pouvoir survivre.

Dans les textes laissés par les deux premières générations de survivants, on trouve des passages où il est aussi question d'animaux à l'intérieur de l'enceinte du Village. Outre un ours, qui avait démoli une palissade, mais qui avait pu être rapidement chassé grâce à quelques torches brandies, le pire événement, et le plus ravageur pour les réserves de nourriture, est arrivé sournoisement par l'invasion de petites bêtes furtives et malignes : des souris! La famine était une menace réelle. Nous ne pouvions nous permettre de voir toutes nos cultures et nos récoltes se faire boulotter par ces minuscules monstres poilus! Qu'aurait-il fallu entreprendre : les manger, à notre tour? Non merci!

Heureusement, ces parasites-là n'étaient pas les seuls êtres vivants à vouloir satisfaire leur voracité. L'invasion de souris fut éradiquée grâce à l'apparition inopinée d'alliés inespérés en la circonstance : des chats arrivés en horde. La crainte d'assister au remplacement d'un problème majeur par une situation bien pire s'est vite dissipée : une fois toutes les souris dévorées, les carnivores n'ont trouvé aucun intérêt à rester dans un lieu occupé par des végétariens et sont partis, aussi rapidement qu'ils étaient venus, en quête de nouvelles proies.

Et l'humain, quelle place a-t-il? Durant des centaines de générations, il a fait fi de tout équilibre des forces naturelles. Il s'est créé mille excuses pour se donner tous les droits, oubliant qu'il y a toujours un prédateur pour tout ce qui vit. La maladie aurait pu être l'ultime régulatrice, mais on l'a jugulée. Cependant, acculé dans ses derniers retranchements, les habitants de la planète ont dû faire face à une cruelle réalité : à force de résister à la nature même de l'existence, il s'est transformé en autoprédateur. Les guerres ne suffisant pas, il s'est, dans sa folie déviante, fabriqué sa propre "solution finale". Très inconsciemment, l'humain a tout fait pour réussir son suicide! Le pire réside dans la manière : dans le manque de lucidité et d'anticipation dès le départ. L'obstination aveugle, la vanité des objectifs futiles, la confusion entre "niveau de vie" et "qualité de Vie", a maintenu les hommes dans une crasse ignorance de soi-même. S'escrimer à poursuivre d'inutiles ambitions. Agir, sans se connaître d'abord soi-même peut mener loin, très loin, dans un non-bonheur généralisé.

Et le Tigre, que pense-t-il de la "sélection naturelle"? Comment a-t-il modifié sa psyché, pour s'accepter en son état de semi-immortel? Quelles sont ses joies, ses peines, ses aspirations? Où en est son empathie?

J'arrête là mes cogitations, car j'arrive à la "cafétéria" et Tani m'y attend probablement déjà.

En effet, je la vois assise à une table du fond en compagnie de Holt. Sans faire mine d'observer les regards intrigués ou interrogateurs d'autres résidants, je les rejoins avec un plaisir non feint.

– Salut Holt!

– Salut Octa, mon cher villageois!

Je colle un bisou sur les lèvres de Tani. Elle me sourit pendant que je tire une chaise.

– Tu ne veux pas d'abord prendre un plateau-repas?

– Ça ira.

Sur un ton plus bas, estimant que de tierces oreilles n'ont pas forcément besoin d'entendre ce que je vais dire, j'ajoute :

– En fait, j'ai retrouvé une de nos galettes d'explorateur, au fond de mon sac, et l'ai grignoté pendant que je faisais mon tri matinal, deux étages en dessous. J'ai découvert une quantité de textes des plus édifiants... et qui susciteraient pas mal de réactions de la part de plusieurs de mes amis du Village! Ces documents pourraient provoquer quelques intéressantes réflexions, probablement trop intéressantes, d'ailleurs... raison pour laquelle je crois que le Village ne recevra pas ces coupures de si tôt.

Je ne pense pas être spécialement paranoïaque, mais, je trouve la manière de trier les journaux assez, ici... disons... étrange! Avez-vous déjà remarqué la différence notoire entre les papiers livrés au Village et ceux du stock? Avez-vous regardé, en haut des pages, il y a parfois un numéro et une date ? Jour, mois, année, selon le calendrier d'avant la Destruction. Il n'y a jamais rien eu de tel, dans les coupures reçues dans les casiers de la barrière du Manoir. Avez-vous eu entre les mains un journal, ou un livre portant des traces de brûlure? Oui, bien sûr, et assez souvent! Pourquoi? Parce que les documents sortants sont abondamment manipulés... comme tout ce qui a trait au Tigre, peut-être.

Tani me donne un coup de genou sous la table. Discrètement, elle vérifie qui pourrait se trouver dans notre entourage immédiat. Se faisant, elle simule habilement les mimiques propres à une discussion joyeuse et anodine :

– Mon chou! Nous devrions poursuivre cette discussion intéressante à notre prochaine pause, ne crois-tu pas? Il y a encore tant à faire!

C'est un poil surjoué, mais je reçois le message cinq sur cinq : il y a sûrement un système d'écoute.

Nous nous levons tous les trois. J'aperçois Iraa prendre un plateau et se diriger au buffet. Elle nous a vus aussi et fait un petit signe de la main. J'aime Tani, et pourtant, Iraa me parait toujours autant adorable... Tani me regarde avec un air entendu. En somme, il n'y a aucune raison de minimiser son charme. Pourquoi serait-elle jalouse d'un gars qui possède, simplement, un très grand cœur?

Holt marche à mes côtés, faisant mine d'éviter une chaise, il s'approche de mon oreille.

– Il faut que je te parle. Ce soir au jardin quatre.

Je ne réponds pas : c'est noté. Cachées derrière le Manoir, des cultures inspirées de celles du Village s'étendent sur une large et longue bande de terrain aplani. Le jardin quatre est le plus grand et abrite, surtout, des arbres fruitiers, mais aussi un poulailler. On m'a dit que les volatiles y sont élevés pour leurs œufs. Toutefois, je soupçonne certains des plats servis à la cantine d'en contenir la viande... Enfin : Le Manoir est en quelque sorte un "autre monde". À chacun ses coutumes! Il n'y a, ici, "que" les poules qui en meurent...

Le reste de l'après-dîner s'étire lamentablement dans un ennui tenace. Rien à faire, je ne parviens pas à m'intéresser aux articles. Les documents manquent de piment, comparés à mon impatience d'arriver au soir.

Quand, enfin, Olaf Segunsen entre et s'approche de ma table, j'en profite pour lui proposer de continuer à ma place. Nous nous serrons la main et, supposant qu'à l'étage on doit être en train d'enclencher les lampes électriques, j'emprunte l'ascenseur.

Tani et moi sommes devenus amants au deuxième jour ensemble au Manoir. Coïncidence ou nécessité mutuelle de trouver une complicité? Éventuellement, ce n'est pas impossible. Mais, à mon avis, il s'agit plutôt d'une alchimie qui s'est mise à opérer "à l'insu de notre plein gré" depuis le début. En l'occurrence, la magie est un mystère qui va se rematérialiser dès mon arrivée dans la chambre, au contact de ma fée grise.

Notre relation amoureuse était peut-être hautement prévisible pour les observateurs externes, alors qu'elle était tout sauf évidente pour nous. Le fait n'est pas le résultat d'un automatisme organique, souvent considéré comme naturellement inévitable, dès lors que deux groupes d'hormones compatibles se rencontrent. La certitude que je nourrissais penchait franchement vers le défaitisme abandonnique : pour moi, il était clair qu'une femme aussi parfaite ne s'abaisserait pas à s'intéresser à un type de mon genre! Je ne m'étais encore jamais senti pareillement indigne d'une fille! Tani a eu une autre façon de tenter d'éteindre l'incendie naissant. Elle a joué des résistances, des esquives, puis des excuses qui m'ont paru assez étranges, du style : "Tu sais, ce serait dommage que nous commencions une belle histoire, si elle devait subitement être interrompue." Ou : "Que se passerait-il si l'un de nous deux devait continuer son chemin seul?". Ensuite, les réticences se sont estompées et les sentiments ont spontanément pris le dessus... sans sous-entendu érotique. Cette femme reste un Mystère, une superbe mais véritable énigme. Je la regarde et pourtant, j'ai toujours peine à croire qu'elle puisse vraiment exister. Peut-être est-ce là ce qu'elle voulait me dire : elle pourrait disparaître d'un coup, se dissoudre en nuage gazeux et retourner, sans crier gare, dans le monde des rêves les plus fous, dont elle est parvenue, par je ne sais quel moyen, à s'échapper?

Je laisse Tani un moment seule. Elle a trouvé un livre qui la passionne, un roman, d'après la couverture, et d'une impressionnante épaisseur. La descente des escaliers me rapproche des bruits de multiples conversations mêlées de rires. Je traverse le salon, qui accueille déjà plusieurs groupes de gens prêts à en découdre dans des "championnats" "traditionnels" de cartes. À vrai dire, j'ignore ce que cela peut bien être et mes préoccupations sont, actuellement, d'un tout autre ordre. Je passe la grande porte arrière, toute en épais bois de châtaignier, avec ses panneaux en médaillons et ses moulures parfaitement ajustées. Au-delà, l'humidité et les fragrances de la serre aux tomates, poivrons et aubergines m'englobent. Cet espace est éclairé en permanence par des lampes spéciales qui stimulent le mûrissement des fruits. Je respire mieux, ici, parce qu'à l'atmosphère du Manoir se mélange celui de mon monde extérieur. Je peux presque me permettre de gonfler mes poumons. À l'autre bout, deux battants de plastic épais et translucide séparent les parcelles de cultures. Je trouve enfin Holt, agenouillé à même le sol, malgré son grand âge, s'attaquant à assouplir la terre au pied d'un tronc de pommier. Le lieu est assez incongru pour y discuter de quoi que ce soit, car le poulailler est juste à côté et les jacasseries des volatiles vont nettement perturber la conversation. Alors que Holt se relève, je m'attends à ce qu'il m'invite à m'éloigner de l'endroit, mais au contraire il me pousse davantage vers les poules, comme s'il voulait me les montrer de plus près. Avec un clin d'œil et des gestes qui pourraient accompagner une leçon de biologie, il s'adresse à moi en parlant tout juste assez fort pour que je puisse vaguement distinguer ses paroles.

– Ici, "Il" ne pourra pas capter notre échange. Fais comme si les bestioles te fascinaient vraiment! Quoi de plus naturel, pour des villageois, d'être ébahis devant des gallinacés ? Je dois te dire que les enjeux, comme tu t'en doutes d'ailleurs déjà, ne sont pas ceux qu'on veut nous faire gober! Il ne faut discuter de cela qu'en plein air, ou de préférence dans des endroits bruyants, comme celui-ci. Ce sont des lieux où son système d'écoute à distance ne peut fonctionner correctement.

Tout en continuant de mimer un amateur de gallinacés, je décide d'entrer dans le vif du sujet.

– Qu'y a-t-il donc tant à craindre, Holt?

– Ce que tu as évoqué, et que tu soupçonnes depuis peu, n'est peut-être que la pointe de la fourmilière. Il y a ici plus de motivations cachées qu'il n'y paraît! As-tu remarqué que tu es l'objet d'une attention particulière? Tu n'es pas encore sous surveillance... et j'insiste sur "encore". Je pense que le Tigre est indécis à ton sujet. Je crois qu'il essaie de te donner un rôle sur mesure dans son scénario. Faut-il attendre qu'il t'en attribue un, ou vaudrait-il mieux que tu lui en suggères un par toi-même? À mon avis, il serait temps que le jeu de la manipulation change de main. Recomposer les règles pour connaître ses vrais desseins, choisir une autre option : celle de l'arroseur arrosé! Mais, pour cela, il faut creuser plus profond, et vite, car nul ne sait s'il n'y a pas urgence!

– Et où penses-tu que les indices nécessaires puissent être trouvés?

– Depuis quelque Lunes, déjà, le docteur Trandini me fait des confidences. Quelque chose de grave semble lui peser. Sa mine est de plus en plus renfrognée, comme s'il était rongé par une constante anxiété. Je crois qu'il évite d'en discuter avec moi, parce qu'il me considère sûrement comme un vieillard inefficace. Par contre, il m'a parlé de toi. Il a lourdement insisté sur le fait que tu es le seul du Manoir à n'avoir pas encore passé la visite médicale obligatoire. Je suis certain que tu seras prochainement invité à te rendre en auscultation. Outre les infirmiers et deux docteurs de génération récente, tu y rencontreras Arbor Trandini, médecin personnel du Tigre et chef de clinique. Pour moi, cela ne fait pas un pli : il veut impérativement te parler!

Bon! Ça suffit! Tu as assez vu ces poules, maintenant! Rester ensemble, ici, plus longtemps risque de nous faire repérer. Tu diras que je t'ai avoué que, parfois, j'ai mangé de leur viande, malgré mes origines "villageoises".

Holt me tapote sur l'épaule et, avec un dernier clin d'œil, quitte la serre quatre.

Je regarde les boules de plumes. En fait, elles sont effectivement très intéressantes, ces bêtes-là! Puis, je les imagine se faire massacrer et couper en petits morceaux... Un frisson me parcourt le dos. Un profond sentiment de dégoût l'accompagne. Je hoche la tête. Dès demain, je demande s'il y a du poulet dans la nourriture, avant de me servir!

Je réintègre ma chambre et y trouve Tani, complètement absorbée dans son bouquin. Elle salue mon retour d'un vague grognement.

– Oh! Si je dérange, je peux redescendre et rester avec les équipes assises au salon pour essayer de comprendre leur "jeu de cartes"!

Pas le temps de mimer mes paroles que, tel un ressort, elle bondit.

– Tiiiiiiii!

Dans un long cri exotique, la fée sauvage atterrit dans mes bras. Le livre est retombé sur le lit, et un bref instant, je m'inquiète de la page perdue...

– Bigre! Taniiiiiii! Un saut de près de trois mètres depuis une surface molle? Une véritable prouesse de sauterelle!

D'autres analogies sont restées en arrière-scène, entre le larynx et le palais. Toute parole réduite au silence. Mes lèvres sont intégralement occupées par les siennes et sa langue accapare la mienne.

Douce nuit.

Le soleil n'a aucune pitié. Ce n'est pas par malveillance, ce n'est pas volontaire, mais j'aurais aimé qu'il ait un peu de retard dans son horaire. Mais, très vite, lui pardonne son rayon intempestif, car du fait de son angle, il se force un passage entre les volets entrouverts et me donne l'occasion d'admirer Tani dans l'embrasure de la porte de la salle d'eau. Elle n'est vêtue que d'une blouse méchamment transparente et se brosse les cheveux. Baignée par la lumière rosâtre de l'aube, Tani m'offre un bien beau spectacle! Pourquoi, mais pourquoi donc, me fait-elle autant d'effet? Après tout ce que j'ai vécu, je devrais être blasé, au moins un peu!

– Tu viens déjeuner avec moi, ou préfères-tu flemmarder tel un mollasson durant toute la matinée?

– Ah! Là! Tu exagères! Il en faut moins que ça pour que j'explose comme un baril de poudre!

Et en trois pas, je suis derrière elle, ses seins enveloppés de mes paumes et son délicieux cou assailli de bisous. Elle rit. Un de ses sons magiques dont elle a le secret, entre ronronnement et soupir de joie... qui me fait, une fois de plus, fondre, fondre, fondre.

À peine, je commence à grignoter mon premier toast, qu'une jeune femme en blouse blanche arrive à ma table ! Elle a l'air sérieuse, presque stricte, avec ses cheveux tirés en catogan, ses toutes petites lèvres pincées et ses mains dans les poches de sa tenue de laboratoire.

– Salut Octa. Tu dois me suivre pour ton examen de santé!

Je la regarde, un peu décontenancé par cette formulation martiale, mais je décide de ne pas m'en formaliser et de rester extrêmement affable.

– Oui, très bien. Pourrais-je, néanmoins, terminer mon goûter?

– Non. Justement, il faudrait que tu te présentes à jeun!

Intentionnellement, je finis vite d'ingurgiter le toast entamé et m'exprime avec la bouche à moitié pleine :

– Ah! Minche alo'o! En fait, je ne le suis déjà plus! Ne pourrions-nous remettre cette visite à demain?

– Non! Viens!

– Bouh, là, là! J'arrive, j'arrive!

Comme je n'aime pas trop qu'on me donne des ordres, je fais durer le plaisir. Entre temps, Holt, Iraa et son compagnon se sont joints à nous. Aussi, je m'épanche longuement en salutations et vœux de bonne journée sous moult formes et variantes de politesse. La donzelle trépigne d'impatience. Je vais même jusqu'à faire un baise-main à Iraa, la complimente pour son amant, sa coupe de cheveux et le soin particulier qu'elle a mis dans le choix de sa tenue vestimentaire. À côté, la coincée vibre d'agacement. Et, en grande finale, je fais se lever Tani pour la serrer langoureusement dans mes bras, comme s'il s'agissait d'une mélodramatique séparation, soulignant le geste par un flot de déclarations romantiques. La laborantine va exploser. Maintenant qu'elle est mûre, place à l'apothéose : Je saisis la main de la donzelle desséchée et lui demande, avec une feinte impatience :

– Alors, on y va?

L'arrogance de la jeunette a fondu. Elle est sidérée, mais n'ose pas retirer sa menotte.

Derrière mon dos, mes amis pouffent pendant que je m'éloigne en compagnie de la pincée arriviste de service.

Comme chacune et chacun le sait : rien n'est plus ridicule que les gens qui se prennent au sérieux! Parfois, une petite leçon s'impose.

Cette partie du sous-sol m'est familière, puisqu'il s'agit du fameux couloir par lequel Tani m'a fait entrer dans l'antre du Tigre.

Pendant le trajet, j'ai lâché la main de mon guide, le geste ayant perdu son sens. J'ai presque perçu un regret de sa part, mais son manque de charme attractif ne peut guère justifier ce genre d'attention... Ceci en toute subjectivité. Il se peut que d'autres la trouvent terriblement attirante. Le monde est parfois si étrange!

Bref! Au pas de charge, côte à côte, nous longeons la courbe descendante. La plupart des portes sont ouvertes et, contrairement à l'absence apparente de toute vie observée lors de la première intrusion, les pièces sont toutes occupées par un personnel nombreux et hyperactif. Impressionnant changement d'ambiance! Il y aurait même une fébrilité frisant la crise de nerfs, par ici!

La pincette, qui me sert de garde-chiourme, s'arrête à côté d'une des embrasures et, bras tendu, mais bouche close, me signifie que je suis arrivé à destination. Elle s'apprête à s'en aller, toujours sans mot dire. Impossible de la laisser faire sans que j'y mette une touche finale :

– Au revoir, ma chère, et merci de m'avoir honoré de votre chaleureuse compagnie!

Ma petite vanne, même si mon guide a fait mine de ne rien entendre, n'est pas perdue pour tout le monde. En effet, quand je me tourne pour entrer dans la pièce désignée, l'assistance est figée, comme si ma boutade avait causé une distorsion temporelle. Suspension des mouvements de fort courte durée, malgré l'étonnement qui continue à marquer les visages présents.

– Oh, veuillez me pardonner. Je sais que mon attitude a manqué, quelque peu, d'empathie... Mais, dans le fond, c'est dans l'espoir de provoquer une remise en question qui pourrait s'avérer salutaire pour cette dame.

Le seul personnage qui sourit discrètement est visiblement d'un très grand âge. Détail marquant, il est le premier résident du Manoir que je vois utiliser une canne pour se déplacer. Il s'approche tranquillement et me tend la main.

– Bonjour, Octa, je constate que les hauts faits légendaires que l'on m'a rapportés à ton sujet ne sont pas exagérés. Un brin de fraîcheur, même coloré d'une certaine effronterie, ne pourra être qu'un vivifiant apport de sang neuf! Puisses-tu longtemps garder ta spontanéité! Mais, pardonne-moi, je fais preuve d'incivilité. Je me présente : Docteur Arbor Trandini, médecin personnel du Tigre et chef de clinique. Je crois que l'on t'a déjà parlé de moi. Mais avant de passer à la suite, je te dois d'avance des excuses : par ma faute, tu vas perdre une de tes caractéristiques d'originalité. Jusqu'à tout à l'heure, tu es encore l'unique exemplaire humain de la maison à ne pas avoir eu ta visite médicale. Mais, je ne pense pas que cela changera grand-chose à ta personnalité. De nombreuses autres de tes spécificités continueront à faire de toi un être à part!

Le docteur émet un faible toussotement caverneux, lequel, pour lui, doit correspondre à un rire. Il continue.

– Mes assistants vont t'installer sur cette couchette et te coller des "électrodes" sur la peau. Ce n'est pas douloureux. Ces "électrodes" sont reliées par des câbles ou par ondes, selon les appareils encore capables de fonctionner correctement, à des outils de contrôle médical.

Sa manière d'insister sur des détails techniques précis me met en alerte. D'instinct, j'enregistre ses informations comme s'il s'agissait d'un code à déchiffrer. De ma part, une attitude discrètement proactive peut aider à collecter un maximum de paramètres.

– Bigre! Déjà avec une liaison par fil, la complexité d'un tel équipement est inouïe... Mais, sans fil, j'ai peine à la croire possible!

– Ah! À une certaine époque, tout était transmis par un réseau dématérialisé.

À ce stade de l'échange, les collaborateurs ont fini leurs réglages et quittent la pièce. Le docteur sort un petit rectangle noir de sa poche, le dirige vers la porte et celles-ci, comme par miracle, se ferme dès que la dernière blouse blanche passe le seuil.

– Comment cela est-il possible? Tout le monde ne pouvait sûrement pas s'offrir des machines si sophistiquées. D'ailleurs, il y avait aussi les nouvelles dans les journaux.

Mon interlocuteur appuie sur quelques boutons avant de répondre d'une voix altérée par le léger ronronnement qui remplit la pièce.

– Là est tout le problème. Le support papier, que ce soit pour la presse écrite ou les livres, a été totalement abandonné entre dix et quinze ans avant l'écroulement des communications internationales. Avant ce désastre, tous les documents n'étaient plus que numérisés, fixés sur des mémoires électroniques. Il nous reste quelques plaques-mémoires lisibles sur les machines encore en fonction. Hélas, nous ne sommes capables de les consulter que partiellement. Pire, les éléments les plus essentiels avaient été stockés sur des serveurs distants. Avec la dislocation des systèmes de communication et les destructions massives des infrastructures, presque tout a été perdu. Les conséquences sont énormes pour qui dépend des immenses connaissances qui avaient été acquises vers la fin de notre défunte civilisation. Par ailleurs, surtout en médecine, les supports de documents mémorisés nécessitent des programmes spécifiques pour être lus, alors que les outils de décodage n'ont pas résisté aux attaques du temps. Il faut aussi relever que le système commercial de l'époque impliquait des secrets de fabrication farouchement gardés. Dès lors, les machines elles-mêmes ne peuvent être reproduites avec efficacité. Tout se dégrade et aucune mise à jour, qu'elle soit matérielle ou logicielle, n'est plus possible depuis plus d'un siècle... Rien qu'entre hier et aujourd'hui, trois appareils importants supplémentaires sont hors service. On frise la panique!

Un scénario plus complet se dessine dans mon crâne et il ne s'agit pas d'un de ces jolis scénarios de conte de fées à déguster autour d'une bonne verveine!

Une autre évidence s'impose : ce docteur est probablement presque aussi vieux que le Tigre lui-même! Mais je garde cette réflexion en moi.

– En d'autres termes, il a fallu tout reprendre à zéro!

–... Ou presque. Il nous reste quelques copies électroniques lisibles, mon expérience que je transmets aux nouveaux médecins et... les progrès accomplis par les habitants du Village. Cela avance dans le bon sens, mais il faudrait aller beaucoup plus vite.

La santé du Tigre dépend justement de cela et son désir de continuer à vivre encore longtemps le rend prêt à tout pour y parvenir!

Ha! Le dessin se précise! Voici donc la principale raison d'une proportion croissante, depuis quelques Cycles, d'articles dédiés à des sujets médicaux et à la microbiologie reçus au Village! Bien sûr : le Tigre a simplement peur de vieillir, puis de mourir!

"Nous venons au monde pour y apprendre à le quitter sereinement", m'avait dit Shorr l'aïeul, le jour où il avait choisi d'aller s'asseoir sur "sa pierre" pour y passer ses derniers instants. Le propriétaire du Manoir est à des lieues de connaître cette indispensable paix intérieure. Sa longévité ne lui a même pas permis de grandir en conscience. Pourquoi s'accrocher à une vie, avec autant d'acharnement, si l'on n'en retire aucune élémentaire sagesse? De plus, le docteur a clairement utilisé l'expression "prêt à TOUT"... jusqu'où ce "tout" pourrait-il aller? Il faudra que je m'entretienne avec le Tigre en personne, au sujet du sens que l'on peut donner à son existence. Cela pourrait servir! Autant à lui qu'à d'autres... Dire que c'est une des premières évidences enseignées à l'école! J'essaie de garder une voix des plus neutres, pour continuer ma collecte d'informations.

– Je vois! Et, docteur, quel est le but réel des examens médicaux obligatoires?

– L'étude des schémas de santé fait partie intégrante de cette recherche constante de la prolongation de la vie. Ici, absolument tout tourne autour du même sujet. De la nourriture à l'éradication des pathologies, en passant par la qualité de l'air et du sommeil, rien n'est laissé au hasard.

– Pourtant, l'état de santé du Tigre se péjore, n'est-ce pas?

– Oui.

– Physiquement... et psychologiquement.

– Effectivement. Je ne suis pas sensé te le dire, mais, la stabilisation de son métabolisme devient de plus en plus problématique à contrôler, si bien que l'inquiétude de ne bientôt plus pouvoir faire face aux multiples complications potentielles commence à me ronger. À tel point que, j'avoue devoir moi-même prendre des médicaments adaptés pour contrer mes montées d'angoisse!

La séance semble se terminer ainsi. Le docteur me retire ses électrodes en passant un liquide nauséabond, faisant penser à de la mauvaise liqueur d'agave mélangée à un ammoniac mal distillé. Heureusement, le produit est particulièrement volatil. En me rhabillant, je constate que je ne vais pas continuer à empester mon entourage en quittant la salle d'examen.

L'honorable, mais fataliste Arbor Trandini, "médecin personnel du Tigre", a sorti la télécommande de sa poche et la porte coulisse. Il me salue d'un hochement de tête, l'air triste.

– Au revoir, Arbor Trandini. Bonne chance dans vos recherches et, ne l'oubliez pas, prenez également soin de vous-même.

Je file dans le couloir, pressé de parler de cette entrevue avec Tani et Holt. Je me rends compte, aussi, que j'ai utilisé le vouvoiement à l'égard du docteur. Est-ce dû à son lien plus étroit avec le Tigre? Quoi qu'il en soit, ma manière de l'avoir salué est intéressante, et démontre une certaine capacité d'adaptation... ou un risque de me laisser conditionner trop facilement. Hum! Jamais encore n'ai-je eu à pareillement devoir rester vigilant!

– Salut Tani! Je suis de retour! J'espère qu'après avoir passé mes tests médicaux comme tout le monde, tu ne vas pas te désintéresser de moi.

Pendant un instant, je la crois absente. Cela, ne dure qu'un bref moment, car la voici qui surgit de derrière le rideau donnant sur le minuscule balconnet. Ses yeux pétillent. Lâchant sa petite amulette, elle sautille, toute frétillante, vers moi et s'empresse de me prouver son "intérêt" par un immense et langoureux baiser.

– Comment une idée pareille peut-elle t'effleurer l'esprit, ne serait-ce qu'une fraction de pensée!

– Bigre! Je viens de perdre une part importante de mon originalité. Avant, j'étais le seul, l'unique, l'exceptionnel. Alors qu'à présent, je ne suis plus qu'un résident parmi d'autres. Insignifiant, commun, quelconque, inint...

Un autre baiser m'empêche de continuer la liste d'adjectifs.

– Tu es bête! Tiens, peut-être même le plus bête... Et en cela, tu pourrais bien dépasser tout le reste en originalité!

Nous exécutons quelques pas de danse en riant de bon cœur. Tout en tournoyant, je lui bécote le creux du cou.

Encore ivre du parfum de sa peau, je lui demande sur le ton de la plaisanterie et prenant un air faussement sévère et jugeant :

– T'es-tu isolée un moment sur le balcon, pour, de nouveau, pratiquer ton rituel superstitieux?

Elle me sourit, fait mine de me repousser, lève ses bras en position d'attaque, avec les doigts repliés en griffes, et mimant une menaçante sorcière, elle répond :

– Bigre! Bigre! Bigre! Octa, ne sous-estime pas la puissance de mes incantations!

Et, elle se jette sur moi telle une goule en furie. Nous roulons par terre et luttons, pour savoir qui des deux embrassera l'autre en premier. Résultat : ex aequo!

– Tani, dans les prochains textes que tu trieras, pourras-tu plus particulièrement cibler les articles traitants des médecins, des techniques de transplantation d'organes et d'électronique liée aux appareils médicaux?

– Ah! Tu te spécialises?

– Momentanément. De mon côté, je vais fouiller en quête d'éléments connexes...

Tani profite de nos mouvements pour regarder autour d'elle. Elle scrute les parois, les moulures du plafond, les angles cachés. Elle aurait pu ajouter une remarque et approfondir le sujet, mais se ravise. Je comprends qu'elle considère plus astucieux de garder secrets les détails de nos projets. Soupçonner que les murs puissent avoir des oreilles n'est pas si absurde, surtout après ce que m'a dit le docteur Trandini, ainsi que par l'attitude de Holt. Et logiquement, j'opte pour un endroit plus sûr, doté d'un système de brouillage naturel qui a fait ses preuves.

– As-tu déjà vu l'élevage de poules? Ces volatiles sont une incroyable relique de coutumes disparues et il est même possible qu'ils soient les derniers représentants vivants de leur espèce sur cette planète!

– Je n'en ai jamais entendu parler! Et on peut les visiter à toute heure?

– Oui! Nous en aurions largement l'occasion avant le prochain repas. On y va?

En presque aussi peu de temps qu'il en faut pour le dire, nous voici devant le grillage du poulailler à échafauder un plan d'action.

Après deux jours de recherche, je frappe à la grande porte de l'appartement du premier étage, avec, sous le bras, un épais dossier protégé par un carton plié. Comme à l'accoutumée, ce n'est pas le maître des lieux qui ouvre le battant, mais son médecin personnel. Son regard trahit une profonde inquiétude.

– Bonjour, docteur. J'ai fait quelques découvertes qui devraient intéresser le Tigre au plus haut point! Pourrais-je lui parler?

– Hum! Bonjour Octa. Je vais te demander de t'installer un moment dans un de ces fauteuils. Il ne va pas tarder. Je dois finir mon... auscultation.

En effet, l'attente se prolonge. Des voix étouffées me parviennent au travers de la porte richement marquetée que le docteur a empruntée tout à l'heure. Ce ne sont pas des paroles calmes et amicales, mais plutôt dites sur les tons d'une querelle. Après un moment de silence, un battant s'ouvre et cette fois-ci, c'est bien le Tigre, en peignoir et à la mine peu fraîche, qui en émerge. Il a l'air épuisé et vient s'asseoir dans un fauteuil juste en face de celui que j'occupe.

– Bonjour Octa. Tu vois, aujourd'hui, ce n'est pas la grande forme. Tu me pardonneras de ne pas pouvoir te consacrer beaucoup de temps. Arbor m'a communiqué que tu veux me faire part d'intéressantes découvertes. De quoi s'agit-il?

– Je suis très intrigué par votre longévité, aussi, j'ai embarqué Tani dans une recherche d'articles traitant spécifiquement ce sujet. Non seulement il y en a passablement, mais, de plus, certains sont particulièrement précis.

Le Tigre s'est redressé dans son fauteuil. Il s'est assis plus au bord, le cou tendu et le regard nettement avivé.

– Continue!

– En fait, je crois même que, si le Village pouvait recevoir les documents en question ces prochains jours, il serait possible de rapidement obtenir des résultats probants et applicables immédiatement, ou presque! Le Labo ferait des progrès significatifs, car les ingrédients sont courants. Ça n'est pas très compliqué, et susceptible d'être bénéfique dans maintes situations. Il est étonnant que nous n'y ayons pas déjà pensé depuis des Cycles!

– Ce serait, bien sûr, réconfortant de découvrir de nouveaux traitements. Il y a de plus en plus de problèmes avec les moyens utilisés jusqu'ici. Pour toutes sortes de raisons, les soins peinent à donner les résultats voulus. Cela devient très inquiétant. Mais, en suivant les pistes que tu as dénichées, quels domaines bénéficieraient d'améliorations?

La grosse fourre cartonnée, passe de mes genoux à la table basse qui nous sépare.

– Surtout la conservation des molécules vivantes, mais pas seulement. Il semblerait que des voies aient été ouvertes concernant la régénérescence de cellules souches après une altération sévère occasionnée par une erreur de manipulation ou une durée de garde prolongée. Sans parler de la possibilité de fabriquer des organes complets grâce à la production d'une nouvelle machine capable d'imprimer des tissus. Puisqu'il semblerait bien que celle d'ici soit en bout de course. J'ai repensé à la petite projection, le premier soir lors de notre arrivée au Manoir, à tous vos implants, vos clonages et les trois cents Cycles de renouvellement cellulaire. L'obstacle principal réside dans la difficulté de construire les appareils nécessaires, à défaut de pouvoir réparer ceux qui sont hors service et, vous verrez, les documents que j'ai découverts avec l'aide de Tani contiennent les principes de base, des schémas et même des plans pour leur conception!

– Excellent, Octa, excellent! Mais, le Village vient de recevoir sa livraison traditionnelle. Comment faire pour transmettre une série de coupures à si brève échéance?

– Le plus simplement du monde : je les apporte personnellement!

– Impossible, personne ne peut bêtement débarquer du Manoir en disant : "Salut, vous tous, voilà du nouveau que je vous amène du Manoir : tenez!" Toi qui t'intéresses à la psychologie, tu dois bien comprendre que cela n'est pas envisageable!

– Il n'y a strictement aucune obligation de jouer cartes sur table. Voyons. Je suis parti à la recherche de Tani, il n'y a qu'à peine deux Lunes. C'est une durée certes longue, cependant encore acceptable pour une mission de repérage, surtout si celle-ci s'avère fructueuse. Je peux très bien être tombé sur les ruines d'un laboratoire abandonné, au hasard de mon périple. C'est tout à fait plausible. Il me faut moins d'un jour pour rendre mes cartographies dignes d'une sérieuse expédition. D'ici là, vous jetez un œil à cette pile de documents. À vous de voir ce qu'il vous paraîtra opportun, ou non d'y laisser. Dès lors, je reprends mes vêtements et mon sac d'explorateurs et retourne au Village par le même chemin d'où j'étais parti.

– Bon! Il est vrai que vous êtes tous remarquablement vifs d'esprit et que le moindre os qu'on vous donne à ronger génère, presque instantanément, une foison de découvertes inespérées. Mais, comment feras-tu pour rapidement réintégrer le rythme du Village?

Ma réponse est immédiate et, pour lui, certainement parfaitement décalée.

– Je vais, au plus vite, empoigner ma guitare et jouer un morceau! Cet instrument me manque!

Le Tigre a retrouvé sa vivacité habituelle. Il rit en regardant le plafond en tapant bruyamment sur les accoudoirs de son fauteuil.

– Excellente réaction, Octa! C'est entendu! Laisse-moi ton dossier, va préparer tes affaires et, demain ou après-demain, tu repars avec le paquet de feuilles que j'aurai vérifiées.

Serrement de mains. Je me lève et, souriant, je quitte la pièce.

Le stratagème se déroule comme prévu, sur des roulettes!

Comme convenu avec Tani et Holt, nous nous retrouvons au salon, dans le brouhaha d'un championnat de cartes où les concurrents sont au comble de l'excitation. Un lieu rêvé, à l'instar du poulailler, pour discuter sans être entendu! Je gratifie mes deux comparses séditieux d'un rictus révélateur.

– Tout marche selon nos plans! Dès après-demain, je retourne au Village.

Tani a presque l'air triste, mais nous avions longuement devisé à propos de l'aspect du projet, lors de notre visite du jardin quatre. La séparation est supposée être de courte durée. Elle soupire, néanmoins, mais avec une mimique un peu trop théâtrale, elle m'attrape le bras.

– Octa, dire que je me suis à peine habituée à te supporter... et voici que tu me quittes déjà! Bon! Trêve de plaisanterie : Je t'ai préparé un dossier d'apparence identique à celui que tu viens de remettre au Tigre, mais avec les documents clefs que nous avons sélectionnés en plus. Nous allons assurer que l'échange puisse se faire en divers endroits, afin d'éviter que l'opération ne soit compromise. En attendant, tu es supposé aller organiser, à mon insu, ton départ. Donc, Holt et moi allons rester ici et faire mine de nous intéresser aux cartes à jouer. Embrassons-nous mon chou!

Elle est tordante! Irrésistible, avec sa façon de jongler avec ses aspects, tantôt douce amoureuse, tantôt cheffe! J'obtempère sans rechigner et prends l'autre escalier menant à l'étage, celui dont les murs sont couverts de journaux. Je suis optimiste quant à la réussite de l'opération. Néanmoins, ce qu'a dit Tani, il y a quelques instants, ne contient que très peu d'exagérations. Même si je ne devais rester que quelques jours au Village, le temps me paraîtra bien long sans elle!

Le paquetage est vite fait. Je dois, toutefois, prendre garde à quelques détails. Il ne faut, en aucun cas, jouer au jeu des dix erreurs. Vêtements un peu salis, sac usé, tente et ustensiles de vadrouilles, chaque élément doit visuellement correspondre à un "long périple" dans le monde sauvage! Et départ! J'avance d'abord vers l'ouest, le Manoir disparaît derrière mon dos, je bifurque vers le sud, pour longer la forêt à bonne distance. On ne sait jamais ce qui peut en surgir, et ça n'est guère le moment de servir de repas à un ours ou un groupe de molosses!

Me voici sur le chemin du retour! Mon cœur en palpite : n'ai-je été absent du Village, moins de deux Lunes, vraiment? J'aime retrouver les fragrances naturelles de l'air. Toutefois, je constate que je m'essouffle plus vite que dans le Manoir et ses serres. Le mélange suroxygéné, probablement dans des proportions reproduisant les conditions atmosphériques d'avant la Destruction, m'a forcé à n'utiliser qu'une partie de mes capacités respiratoires et je dois me réhabituer à honorer l'entier du volume de ma cage thoracique!

Comme je n'atteindrai pas le Village avant deux jours, j'ai largement le temps d'analyser les événements vécus dans l'environnement du Tigre. À commencer par son fonctionnement social. En fait, mon immersion dans l'univers du Manoir m'a suggéré ce que la vie pouvait être dans l'Ancien Monde. Il est fort probable que le Tigre n'ait pas changé son rapport à l'entourage et ait gardé une vision hiérarchique. Le Tigre entretient une forme assez rigide de collectivisme. La place à l'improvisation, à l'initiative personnelle et à l'épanouissement individuel est presque totalement gommée, remplacée par des activités dictées à des exécutants soumis à une existence routinière.

C'est assez pathétique, et la crainte d'une montée de mécontentement devrait inciter ce maître absolu à modifier ses méthodes. Mais, malgré sa jeunesse apparente, il est très vieux, et il est évident que ses notions de "travail en équipe" sont, non seulement surannées, mais également gravement sclérosées.

En théorie, et en théorie uniquement, le docteur Arbor Trandini aurait tout intérêt à stimuler la croissance de l'hypophyse de son "seigneur et maître". Cela ne pourrait que l'aider à mieux se comprendre! D'ailleurs, je me demande dans quelle mesure ledit docteur ne nourrirait pas de l'amertume envers le Tigre. Alors qu'il soigne et maintient la jouvence d'un autre, lui-même n'en bénéficie que très peu, et visiblement, seulement dans le but de continuer une œuvre médicale sur son client, principal sinon exclusif. N'est-il pas, de fait, le véritable maître de la situation, avec un pouvoir de vie et de mort sur l'homme le plus âgé de la terre?

La complexité de l'équation est des plus intéressantes! Village et Manoir : deux univers totalement différents, séparés par une simple clôture électrifiée. Des vases secrètement communicants, avec ses "agents doubles" et ses filtres. Il n'y a qu'à peine deux cents mètres entre l'un et l'autre et, néanmoins, des années-lumière les distancent en terme philosophique.

Pour le Tigre, le Village est son jouet, son laboratoire expérimental qui lui apporte, aussi, l'espoir de le maintenir en vie. Alors que, pour le Village, le Manoir pourrait devenir un sujet d'étude pratique pour la compréhension d'un passé catastrophique. Nous nous trouvons tous dans une même boucle paradoxale, entre liberté de choix et dépendance mutuelle. Pourtant, celui qui a le plus à y gagner dans l'immédiat est également celui qui a le plus à perdre en cas de rupture du cercle : le Tigre. Avec ou sans nouvelles coupures et livres, le Village a adopté le chemin de l'évolution. Une évolution bien plus rapide que ne l'avait prévue le Tigre et qui est devenue, de fait, autonome. Si, par contre, nos découvertes prennent des directions qui n'apportent rien au Manoir, la fourmilière qui y est active pourrait bien imploser, une fois sa "reine" morte. Dorénavant, le Tigre dépend bien plus du Village que l'inverse. Après seulement quelques dizaines de Cycles, nous avons, involontairement, échangé les rôles! Avec ses passés trois cents Cycles, combien de temps notre voisin-propriétaire, tiendra-t-il encore?

Je pense à ses collaborateurs et "employés". Que feront-ils, quand "Il" ne sera plus là?

Parmi les documents que Tani, Holt et moi avons sélectionnés et rajoutés à ceux contrôlés, et censurés, par le Tigre, plusieurs traitent de neuroplasticité et de procédés de stimulation cellulaire. Sera-t-il possible, un jour, d'aider autant les habitants du Manoir que le Tigre lui-même?

Ne devrait-on pas déjà trouver une stratégie visant l'adaptation des résidents à un autre style de vie? Sauf pour les "disparus" originaires du Village, le souci de non-développement de l'empathie devra rapidement être résolu, car la Grande Destruction en est une conséquence directe et il faudra éviter les débordements d'une panique au Manoir! Au contraire, une synergie serait préférable à une gabegie! Mise à part la gestion des poules qui retrouveraient leur liberté, le reste ne poserait aucun problème. Les cultures, cachées à l'arrière du Manoir, permettraient d'améliorer notre nutrition, tant sur le plan quantitatif, que celui d'une plus grande variété d'aliments. Et, quand bien même les individus entourant un maître ont malmené leurs personnalités propres, l'intelligence et les capacités, de chacune et chacun, ne demandent pas mieux que de s'épanouir!

En fait, le Tigre a toujours eu l'habitude de tirer les ficelles, mais, depuis le temps, il doit bien se rendre compte que l'élève a, probablement, dépassé le "maître" depuis deux ou trois dizaines de Cycles.

SI l'humanité a enfin mûri au Village, le moment est venu d'amorcer l'évolution des habitants du Manoir!

Faire ce détour de trois jours pour prétexter mon retour d'une longue "recherche de disparues infructueuse" me semble pathétique. Je n'arrive pas à adhérer à l'idée de mentir. Je suis supposé avoir l'air abattu et malheureux d'avoir perdu Tani à jamais, alors que mes sentiments réels sont à l'opposé. C'est de la dichotomie! Il est vrai qu'à l'idée d'une telle déconvenue, des frissons d'horreur me parcourent l'échine! Ce qui me chiffonne au plus profond, c'est de mentir effrontément à des personnes parfaitement honnêtes. Non! Décidément, cela va à l'encontre de mon sens éthique. Je vais inventer une autre version : dire des vérités... mais, en omettre les détails dans les explications. Être précis sur les points voulus et silencieux sur les autres. Ça, je devrais y arriver!

J'en suis à ce stade de mes réflexions quand, soudain, une voix jaillit d'une touffe de bosquets, au détour du chemin caillouteux.

– Octa!

– Tonzo! Bigre! Tu es en expédition?

– Justement : à la recherche d'Octa et des filles! Je ne suis parti que ce matindu Village, et toi, tu es enfin de retour... Et seul?

– Oui, mais, j'ai des nouvelles!

Il faut que je trouve une vérité encapsulée, immédiatement!

Tonzo, avec son excitation, me laisse un peu de mou.

– C'est génial! C'est délirant!

Ah! Je me sens libre de garder l'essentiel de ma sincérité :

– J'ai revu Tani et Iraa, elles vont bien et vont revenir, mais pas tout de suite!

– Incroyable! Tu as réussi, mais sans en avoir l'air! Tu me racontes ça sur le chemin du retour? Tu es en pleine forme, en plus! On dirait que tu t'es reposé comme un prince durant toute une Lune! Ha! Ha!

– Ha! Ha! Dans le fond, ce n'est pas si faux. C'est très verdoyant vers le nord et nettement moins toxique qu'indiqué sur les cartes. J'aurai bien du boulot à corriger tout ce bazar!

– Qu'est-ce que je suis content de te revoir en vie et d'avoir de bonnes nouvelles des autres, aussi! Tu sais, ce n'est pas par hasard que je me suis porté volontaire. Je m'en suis tellement voulu de la stupide remarque que je t'avais faite à tes trente Cycles!

– Mais, il y a au moins deux Cycles de cela! C'est loin, loin, loin!

– Na! Je l'ai ruminé à tout bout de champ. Et tout est ressorti quand il a été question que tu puisses être parmi les disparus définitifs.

– On ne s'évapore aussi facilement, tu sais... Parfois, ce ne sont que des apparences!

– Si tu le dis. En tout cas, ça fait un bien fou que ce n'ait pas été le cas pour toi, Tani et Iraa!

– Il y a mieux! J'ai trouvé des documents intéressants dans une grande maison au nord et il sera génial d'y jeter un œil, ces prochains jours. De l'inédit, je te jure!

– Chouette!

Ce qui est chouette, c'est d'avoir pu dire tout ceci sans mentir ni rien divulguer... pour l'instant...

Le chemin de retour au Village a toujours été le moment le plus récréatif des fins de missions. Évidemment, se diriger sur un terrain connu, et que l'on sait parfaitement sûr ne peut être qu'agréable. Me revient soudain ce frisson le long de la colonne: et si je ne revoyais vraiment plus Tani, comment serait ma vie? Je chasse cette pensée et marche gaillardement au côté de mon "sauveteur" bénévole.

Un pique-nique me fait redécouvrir les délicieuses galettes aux protéines avec sa pâte de légumes hachés. Durant cette pause, j'apprends qu'une tempête de faible intensité n'a provoqué que quelques dégâts minimes, vite réparés. Que de nouvelles naissances sont imminentes et que tel ou telle a quitté l'un, s'est rabiboché avec l'une, etc. Avoir des nouvelles du Village me fait un bien fou! Malgré l'autonomie de chacun par rapport à autrui, chacun nourrit un lien affectif, une forme d'appartenance, en fait. Être indépendant ne signifie pas forcément être indifférent! La pause terminée et une courte marche plus tard, nous arrivons au Portail Nord. Brik est, de nouveau, à son poste favori. Il adore fonctionner en vigile et, se faisant, il n'y chôme pas! Cela fait déjà un moment qu'il s'égosille, comme s'il en avait besoin avec sa voix de stentor, du côté du Village. Son "Il l'a retrouvé! Octa est de retour!" est clairement audible, ça va de soi.

Le portail s'ouvre et, à mon grand étonnement, je constate que presque tout le monde est là à m'accueillir! Les larmes me montent. Il faudrait que les gens du Manoir voient ça! Tout cet égard, toute cette attention, cette chaleur spontanée! Je ne traverse pas une foule, ce sont des individus merveilleusement uniques qui me drainent, vers la place de la Yourte, à coup de joyeuses embrassades! Et je devrais leur mentir, à eux? Pas question!

Espions espionnés

Contrairement au fonctionnement très statique observé au Manoir, la dynamique du Village me stimule les neurones et me redonne la dimension de l'émerveillement. Ce qui est épatant, c'est de sentir à quel point la vie est faite d'adaptabilité! Car les surprises ne manquent jamais, ici. À peine revenu, me voici invité à faire partie du Comité-Conseil empathique du Village. De plus, à mon grand étonnement, j'apprends que, curieusement, Loga est l'un de mes plus véhéments supporters...

Ce signe de confiance me touche énormément. Oh! Bien sûr, cette responsabilité n'est que passagère, voire souvent inutilisée, puisque chacune et chacun sait parfaitement se gérer par soi-même. C'est un peu embarrassant, tout de même, dans mon contexte psychologique actuel. Me trouver dans une position à faire des choix ayant une influence sur le bien-être de tout un chacun nécessite une part d'attention non négligeable! Or, je suis pratiquement devenu un "agent double", ce qui me met dans une situation assez ambiguë! D'un autre côté, c'est aussi une indéniable opportunité d'aller puiser des ressources de sagesse au plus profond de soi. Cela aura, forcément, un impact positif sur mon évolution individuelle, et je ne peux qu'en être reconnaissant.

Dans la vie de tous les jours, cela a très peu d'incidence. Quoi qu'il en soit, les tâches usuelles continuent d'exister. J'ai distribué les articles à plusieurs intéressés, en fonction de leurs dons respectifs, et gardé le reste pour mes recherches secrètes, mon projet initial est d'aller vaquer à mes premières occupations de villageois sans paraître me soucier de quoi que ce soit d'autre. C'est pourquoi je file naturellement au Mur, dans l'idée de réorganiser mes dés dans les casiers idoines selon mes plans. Or, les premiers indices que je veux découvrir m'ont déjà été sciemment mis devant le nez, par l'intermédiaire de mes propres marqueurs. Quelqu'un en a modifié les positions et valeurs à ma place, ce qui ne se fait, en principe, jamais! Mine de rien, et comme si j'avais arrangé mes dés moi-même, je me conforme aux directives et m'équipe pour la tâche indiquée par mon troisième dé, celles, prévues par les deux premiers, étant supposées avoir été accomplies plus tôt dans la matinée.

J'arrive au séchoir. Toute la gauche de cette immense tente est réservée au séchage du foin, destiné à l'isolation thermique des habitations et à la fabrication d'éléments de construction, **en premier lieu.** En allant plus au fond, et sur la droite, on entre au conditionnement des protéines de larves. L'air y est chauffé tout le Cycle, et toujours à température constante. Selon le Mur, il ne devrait y avoir que moi, pourtant une silhouette, de dos et recouverte de la cape à capuchon usuelle en ce lieu, est affairée à remuer les asticots en fin de préparation à l'aide de la spatule dédiée. La forme se retourne et à mon grand étonnement, je constate qu'il ne s'agit de nul autre que Loga, qui m'accueille avec un large sourire.

– Eh oui! Octa, faire croire que l'on est hostile à quelqu'un est une des meilleures manières d'être discrètement son allié. Ici, avec le ronronnement constant des pâles de séchage, nous pouvons parler ouvertement sans être entendus.

– Loga! Et cela fait longtemps que tu travailles comme agent secret?

– Ha! "Agent secret", comme tu y vas! De "liaison" serait un terme plus approprié... Mais, en fait non, à peine cinq Cycles.

– Cinq Cycles! Tu te paies ma tête, là?

– Non, non, pas du tout! Tu te souviens, j'étais revenu, apparemment épuisé, après une Lune et demie d'exploration vers l'est? On me croyait déjà mort. Au lieu de cela, je m'étais bien blessé, en tombant dans ce que j'avais d'abord pris pour une ravine, mais il s'agissait d'un canal d'évacuation normalement couvert. Trois personnes, totalement inconnues au bataillon, y travaillaient au nettoyage et ils m'ont emmené dans un local entièrement équipé d'appareils de médecine. J'y ai rencontré un docteur...

– Arbor Trandini?

– Qui ça? Ce n'était pas ce nom, mais je ne me souviens pas. Pourquoi?

– Rien, rien. Mais, excuse-moi... je t'ai interrompu.

– Bref, j'y ai été soigné d'une manière remarquable. On m'a mis dans un lit avec des draps d'une finesse et d'une douceur invraisemblables. Personne, ici, n'arriverait à fabriquer un métier à tisser et le fil adéquat pour donner à ce résultat! J'ai très vite guéri et il ne restait strictement aucune cicatrice, pas la moindre marque! Par contre, je me sentais très mal et j'ai dû apprendre à contrôler ma respiration, avant de pouvoir me lever. Ça a été très spécial de pouvoir se saouler qu'en inspirant de l'air, sans avaler une seule goutte de liqueur! Ensuite, on m'a conduit à la "ca-fè-tè-ria" où boissons et nourritures étranges pouvaient être consommées à profusion. J'ai tout de suite été subjugué par cet environnement. Tu sais, je me suis toujours senti un peu lésé du fait de ne pas être venu au monde avec l'hypophyse qu'il fallait. Trouver ma place a été dure, finalement. Tu me diras que c'est une vision "collectiviste", de se voir comme un élément d'une communauté, au lieu de réaliser qu'une collectivité ne peut exister intelligemment que grâce à la valeur individuelle, et que le besoin de s'intégrer dans quoi que ce soit n'est qu'un leurre. En théorie, je le sais. Mais dans le fond, je ressemble davantage aux habitants du Manoir qu'à ceux du Village, du fait de mon empathie moins développée. C'est pour cette raison que je suis devenu leur informateur. J'ai de la peine à sentir ma propre utilité en tant qu'individu et cette sorte d'appartenance est, pour moi, hautement rassurante. J'aimerais bien que tu puisses me comprendre.

– Effectivement, si cela peut te rassurer, tu résumes très bien les conclusions auxquelles je suis parvenu, suite à mes observations sur place. Et d'ailleurs, je te suis reconnaissant de porter un éclairage sur cette différence d'appréciation. Car, pour moi, l'atmosphère du Manoir était plutôt étouffante... malgré la surdose d'oxygène et les mélanges de petites mixtures qu'on y respire! À l'inverse de toi, ce collectivisme m'a terriblement attristé et j'y ai vu les causes probables de la souffrance de nos ancêtres, ainsi que la condamnation, à terme, de toute civilisation qui se baserait sur ce type de distribution rigide des rôles. De plus, il est intolérable qu'un individu soit contraint, de force ou par convention communautaire, d'agir à l'opposé de ses sensibilités. Cela semble évident ici, au Village. Par contre, au Manoir, j'ai trouvé que le non-épanouissement est une règle établie. Personne ne s'y sent vraiment malheureux, simplement parce que la comparaison avec un bonheur profond n'y existe pas. Là-haut, le bonheur n'est qu'un concept abstrait!

– Tu l'as donc bien constaté : ce sont deux mondes différents. Même si je considère que l'humanité devrait tout mettre en œuvre pour acquérir une empathie maximale, je fais partie de ceux pour qui cela reste encore un idéal à atteindre. L'harmonie qu'on trouve au Village est un modèle à suivre, pour qui n'est pas sophocrate de naissance. Qui sait, d'ici quelques générations tous les nouveau-nés viendront au monde avec des super-hypophyses?

– Peut-être, oui... Mais, nous n'allons pas pour autant commencer à "croître et multiplier" à tout va! Ha! Ha!

– Ha! Ha! Non... Bien sûr que non!

– Revenons-en à nos "rôles"... Puisque c'est bien de cela qu'il s'agit, pour le moment.

– Donc, suite à mon vécu au Manoir, je voulais trouver une stratégie appropriée. Me mettre ouvertement dans la peau d'un dissident, plus ou moins anti-Tigre, m'a semblé l'idéal. J'ai profité de la création du "groupe des assaillants du Manoir", pour en devenir le plus résolu des participants et prendre la place de meneur. D'une part, j'avais une excellente couverture et de l'autre, je pouvais contrôler les ardeurs et éviter les actions excessives! Ceci construit, j'ai pu jouer mon rôle pour le Manoir. Le mien consiste à transmettre un compte-rendu, tous les cinq à dix jours, à mon contact du Manoir. Pour cela, j'utilise mes sorties botaniques comme prétexte. Il m'est arrivé, trois fois, de pouvoir retourner directement à la "ca-fè-tè-ria" du Manoir, pour y amener mes feuilles manuscrites. Ce sont là, pour moi, de grands moments... trop rares, à mon goût!

– Donc, si j'ai quoi que ce soit à communiquer au Manoir, je te le mets entre les mains.

– C'est ça! Cela pourra se faire très naturellement, même autour d'une tasse de thé!

– Y a-t-il un autre agent de liaison du Tigre, en plus de toi?

– Non! Pourquoi donc? Un seul suffit amplement à cette besogne.

– Mais, s'il t'arrive quoi que ce soit : une maladie, un accident?

– Oh! Il ne faut pas s'inquiéter pour cela! Le Tigre trouvera une solution! Par contre, le temps de mon dé tire à sa fin. Je vais passer à ma prochaine tâche. Je te laisse remuer les asticots! Tu pourras venir boire une verveine chez moi à l'occasion.

Me voici seul, à touiller pensivement les larves. Ce Loga s'est inventé un nid! Psychologiquement, il lui manquait une attache et il s'agrippe à une fonction qui comble une frustration. En fait, il ne connaît pas grand-chose aux mécanismes dont le Tigre manipule les rouages. Il n'en sait même rien du tout! À propos, pourquoi le Tigre a-t-il choisi ce surnom? Il aurait mieux fait de penser à "Mygale" ou "Tarentule", avec sa toile tissée en tous sens... Mais, peut-être que l'image véhiculée par un tigre" est plus virile, plus imposante, plus impressionnante... On peut plus aisément construire un mythe sur un immense félin que sur une araignée susceptible d'être écrasée par mégarde!

L'idée qu'il aurait pu s'appeler "Tarentule" me fait pouffer intérieurement et, par la même, je songe à la symbolique de la toile d'araignée. J'imagine aussi, et ce ne doit pas être loin de la réalité que Loga n'est pas seul à jouer les espions, bien qu'il semble le croire. Ils, et elles pourraient bien être plus nombreux, sans qu'aucun puisse soupçonner l'existence d'autres informateurs! C'est logique.

Avec un petit effort d'observation, quelques anomalies comportementales vont certainement m'apparaître et quelques sbires ne manqueront pas d'être mis à nu, en toute discrétion de ma part, bien sûr. Ils ne doivent pas se savoir repérés. Je dois pouvoir me faire une image très claire de la toile du Tigre et, pour cela, ne rien laisser paraître.

En chemin, je suis obligé de refuser trois invitations à boire le thé, j'apprends qu'une grande fête est organisée dans trois jours. Festivités préparées, tambours battants, en l'honneur de deux récentes naissances, et qui donneront lieu à la distribution, en musique, et avec dîner dansant, d'une gigantesque soupe aux courges, autre mets de choix en cette période de Cycle.

C'est précisément en traversant la serre des cucurbitacées que quelques touffes grises attirent mon attention. La "tribu" de Rowsha est donc de service dans cette partie des plantations, aujourd'hui. Il est tout à fait caractéristique d'une simagrée que Rowsha ne se soit pas précipité à me demander des nouvelles de Tani : très clairement, il sait parfaitement ce qui se trame au Manoir, c'est presque trop évident! Il est, comme chacun des Gris, un infiltré de premier ordre! Tiens, je repère, justement, leur "chef".

– Salut, Rowsha!

– Salut, Octa, je ne vais pas te poser de questions inutiles, tout s'est certainement très bien passé!

– En effet... Tes "inquiétudes" étaient largement exagérées... n'est-ce pas? C'est une interrogation purement rhétorique, bien entendu, et qui n'attend aucune réponse! De mon côté, j'éviterai aussi de te soutirer toutes sortes d'explications. Nous aurons sûrement l'occasion d'en rediscuter d'ici peu. Aershon', Lénida, Hisnili, Balmron' et Yofalia pourraient d'ailleurs se joindre à une dégustation de tisanes, chez moi, un de ces prochains soirs. Je ne sais pas encore quand, parce que Tani devrait pouvoir en être, mais le plus vite sera le mieux!

Rowsha saisit parfaitement mon intention : il ne s'agit pas d'une simple invitation, mais bel et bien de l'annonce, sans équivoque, d'une future convocation.

– Compte sur nous, nous y serons selon tes directives. Mais, j'espère que ce sera en toute amitié... Parce que tu as changé. Je ne te connaissais pas une telle détermination! Tu me fais presque peur!

– Indubitablement, il y a des choses qui déteignent... surtout lorsqu'on est le compagnon d'une vraie cheffe! Mais, sois sans souci. Il n'est pas de mon ressort de vous en vouloir. Vous êtes toujours mes amis. Allez! Dans l'immédiat, j'ai deux ou trois trucs à régler et d'ici là, nous aurons encore de nombreuses occasions de nous voir!

Rowsha, qui doit bien percevoir la pointe vindicative dans le ton de ma voix, s'en retourne penaud à sa besogne. Juste avant qu'il ne s'éloigne trop, j'ajoute, en espérant que personne d'autre ne prenne garde à mes paroles :

– Ah! Et il faudra m'excuser : je n'aurai pas forcément du "café" à vous offrir... enfin... peut-être "pas encore"!

Il sourit de biais en retrouvant le bout de terre sur lequel il travaillait "tout à l'heure", selon une expression typique en usage au Manoir.

Bien malins, ces "Gris", très cultivés, pleins de connaissances inédites. Ils cachent quelque chose. Je crois même que le Tigre doit ignorer leur secret. Se pourrait-il qu'ils aient quitté une poche non polluée, dans laquelle d'importants vestiges scientifiques fonctionnels leur étaient familiers? Une petite voix, dans l'air, me dit qu'il faudra que j'aborde le sujet quand ils viendront chez moi pour le... "briefing"!

Ma prochaine visite va à Pita. Elle-il est incroyablement doué-e dans la conception d'objets miniatures. Aussi, sera-t-elle-il sûrement ravi-e de se pencher sur le plan d'imprimante que je lui apporte et de relever le défi d'en fabriquer un prototype.

Quant à mes objectifs, je dois m'avouer assez satisfait. En moins de deux jours, j'ai pu vérifier la justesse de mes déductions. Les répertoires de la bibliothèque sont on ne peut plus clairs et démontrent l'évidence d'une parfaite synchronicité entre besoins du Village et contenu des articles fournis. Le plus troublant, à ce propos, vient du fait que cette corrélation existe dès les premiers jours de l'arrivée des survivants sur le territoire du Manoir. À croire qu'une taupe avait réussi à infiltrer les réfugiés alors même qu'ils affluaient! Hypothèse plausible, si l'on essaye de visualiser la pagaille qui devait régner, ici, les premières semaines.

Cela étant, je peux me focaliser sur mon but principal : faire en sorte que tous les individus de la région puissent acquérir un maximum d'empathie! Pour que l'humanité ne retourne pas dans l'obscurantisme, il est impératif qu'elle ne quitte pas le train qui s'est mis en route cette dernière centaine de Cycles!

Comme je suis assez doué en botanique médicinale, je vais concentrer mes efforts sur l'influence que certaines essences de plantes peuvent avoir dans le développement de l'hypophyse. Ce ne sera qu'une partie du processus, celle concernant la part purement physiologique. L'autre étant psychologique, ou, plus précisément, affectif. Il s'agit d'un aspect relationnel entre individus conscients, lié davantage à l'éducation, à la sensibilisation. Humour, musique, spectacles comme tous les moyens d'éveil pourront tenter de remplacer ce que chaque habitant du Village a eu l'occasion d'intégrer naturellement depuis sa plus tendre enfance.

C'est, du moins, mon espoir!

Dès que j'obtiens un résultat, je vais demander à Sonn et Dazi de continuer, pour améliorer la pureté des extraits et parvenir à une hormone de synthèse qui soit similaire à celle que nous sécrétons de naissance.

Je me donne encore trois jours pour m'assurer que tous les divers projets sont entrés en phase de recherche et de production. Puis... je file! Je vais me trouver un prétexte quelconque, ou simplement annoncer que je vais rejoindre Tani et Iraa, pour les assister dans leurs travaux. Parfois, dire la vérité est le meilleur des camouflages!

Les documents les plus sensibles, ceux dont j'estime que la divulgation serait prématurée, vont rester dans la cache que j'ai spécialement bricolée à leur intention.

Sur le chemin de retour à ma maison, je passe devant le mur. Un seul coup d'œil me suffit, maintenant, pour remarquer les subtils changements dans l'ordre des dés d'occupations. Rien que par ce biais, j'ai déjà repéré trois "espions" du Tigre, en plus de Loga! C'est assez facile, une fois que l'on parvient à y déceler comme une sorte de code.

Yerz arrive en sens inverse. Diantre! Bien qu'il soit très sympathique, je n'ai absolument pas envie de tailler une bavette. J'ai du pain sur la planche!

Pourtant, je sens bien qu'il a quelque chose à me dire et, par égard, il m'est impossible de lui opposer un prompt refus. D'autant qu'en le voyant s'approcher, je remarque ses traits tirés et la tristesse dans le fond de son regard.

– Salut Yerz. As-tu un souci?

– Salut Octa. Pas vraiment un souci. Mais, j'ai une nouvelle un peu douloureuse à t'annoncer : il y a quelque temps, tu es allé rendre visite à Saroc... Et bien... il nous a quittés, hier.

– Fichtre! Saroc! Un des derniers témoins directs de l'époque des premiers survivants. Cela me rend bien triste, en effet, quand bien même je sais qu'il a été très heureux du devenir de chacune et chacun des habitants du Village.

– Je crois que Salis voudra te voir, à son sujet.

– Il est parti paisiblement?

– C'est plus que probable, mais, Salis pourra t'en dire plus que moi.

– Y a-t-il eu d'autres événements dramatiques, pendant mon absence?

Yerz retrouve, en partie, son habituel sourire enjoué.

– Ha! Des anecdotes plus cocasses que véritablement dramatiques! Sari est immobilisé-e, avec une cheville foulée. Elle-il a fait un mauvais atterrissage, en testant un prototype d'aile volante dessinée et construite par Yaro. Narkl en est tout chose, et la-le soigne de son mieux. Il y a aussi Drend que Cicé a opéré de l'appendicite, avant-hier...

– Une appendicite? Voilà qui est rarissime!

– Oui, typiquement une inflammation d'avant, quand les gens mangeaient n'importe quoi, n'importe comment. Pour ce qui en est du reste du Village, tout continue, avec son lot de nouveautés, de découvertes et d'inventions. D'ailleurs, Yaro est tellement enthousiasmé par les coupures que tu viens de rapporter d'expédition, qu'il est devenu totalement invisible. Il ne fait plus ses trajets au Village et se terre à la Salière, planqué dans un deux-pièces. Arl, qui l'aime bien, est revenue hier un peu déçue. Elle n'a eu droit qu'à une tasse de thé, avant de se faire gentiment congédier par un Yaro trop occupé à continuer ses travaux! Il faudra bien qu'Arl s'y fasse, il est comme ça, notre Yaro, dès qu'il planche sur une combine!

– Et toi, tu me tends la perche: je suis passablement pressé de retourner à mes affaires aussi. Donc, je profite pour rebondir sur ta dernière anecdote pour te laisser planté là sur-le-champ!

– Zut! J'aurais mieux fait de me taire, alors!

– Non, non, ça n'y aurait rien changé non plus! Bon! Je te souhaite une excellente soirée!

– Ouais... Amuse-toi bien.

Sur ces bonnes paroles, je poursuis mon chemin en allongeant le pas. Sans regretter d'avoir croisé un ami. Les nouvelles qu'il m'a transmises sont de taille... et Saroc, Saroc s'en est allé... Mais, la vie continue et ce qui m'attend, chez moi, pour cette période de mon existence du moins, reste prioritaire!

Cette fois-ci, plus aucune rencontre ne me retarde. Je file à l'étage et retire la boîte de sa cachette. Presque fébrilement, j'en sors les articles sensibles et mes feuilles de commentaires. Sur la couverture de mon mémorandum, j'ai inscrit, en grands caractères : STIMULATION DU DÉVELOPPEMENT DE L'EMPATHIE.

La lueur du soir fait briller les parois, enduites d'argile jaune par Holt, comme si elles étaient en or. Cette teinte que reflète cette luminosité est particulièrement agréable et reposante, surtout quand on prend des notes. Je suis si absorbé par un article traitant des effets secondaires de "l'hormone du plaisir", l'ocytocine, lors d'usages non appropriés, que je n'entends pas tout de suite que l'on frappe à mon entrée. Je cache prestement mes travaux sous la couverture prévue en cas de visite-surprise et cours au bas des escaliers en criant :

– J'arrive, pardon, j'étais à l'étage!

J'ouvre la porte et je vois Salis qui m'attend sagement, tenant serré contre son ventre, un petit livre chiffonné.

– Salut, Octa, navrée de te déranger.

– Salut, Salis! Comme tu es jolie avec cette robe! Viens, entre. Une princesse ne m'importune jamais!

– Les compliments ne font pas de mal! Je crois que tu as rencontré Yerz, cet après-midi, et il t'a dit à propos de grand-père Saroc.

– Oui. Je l'aimais beaucoup, aussi. De ton côté, comment se porte le deuil?

– Il a vécu, ses derniers Cycles, plein de gratitude et de joie. Tout va bien. Actuellement, il commence déjà à contribuer à la production d'énergie et je lui en suis reconnaissante. Avant de mourir, il m'a demandé de te remettre ses notes. Elles sont extrêmement intéressantes et dignes d'une intégration aux cours donnés aux petits et aux grands, dans les décades à venir. Tu verras. Il y a là-dedans des observations et des remarques fondamentales.

– Il faut impérativement que j'y jette un œil au plus vite, mais, veux-tu un thé ou une boisson froide?

– Non merci. J'apprécie ta compagnie, mais je crois bien que tu es en pleine phase d'étude! Alors je te laisse.

– Bigre! Ça se voit autant que ça?

– Oh! Oui!

Une accolade plus tard, me voici dans un dilemme : continuer mes recherches sur l'ocytocine, ou me mettre à la lecture du précieux témoignage d'un descendant direct de survivants?

Le recueil de Saroc

Si vous lisez ces mots, c'est que je ne suis plus parmi les vivants.

Le monde est nouveau. Pour vous, le monde est plus petit qu'avant. Cela pourrait être une source de frustration, pourtant, c'est peut-être, au contraire, une opportunité inespérée pour repartir sur de bonnes bases. Je vais dater certaines de mes observations, mais ne comptez pas sur moi pour reprendre la datation utilisée jusqu'à la Grande Destruction. Ces anciennes dates ne signifient plus rien et, de toute manière, elles avaient été fondées selon des légendes dangereusement désuètes.

Par ailleurs, je vous conjure de ne pas prendre mes récits à la lettre. Car, bien des textes ont servis à tromper leurs lecteurs, à manipuler les émotions et à tromper les consciences.

Ne croyez qu'à vos propres expériences et ne laissez aucune opinion tierce influencer votre intuition.

Gardez en mémoire que, même si votre avis est minoritaire, il n'en est pas moins justifié. Car ce sont les votes majoritaires qui ont tué l'ancienne civilisation. Beaucoup de mauvaises idées n'en font pas une bonne!

J'ai repris quelques notes éparses, récupérées dans les affaires de mes défunts grands-oncles, grands-beaux-pères, grands-tantes, grands-mères de cœurs, tantes, oncles et ex-amis de ma mère et les ai collé, par ordre chronologique, dans ce recueil.

J'espère que ces quelques textes pourront éclairer quelques points de détail.

Josh Benzalli, Village, le 13e jour de la 5e Lune du 14e Cycle

J'avais 4 ans, quand ma mère et moi sommes arrivés sous l'abri de fortune que les premiers rescapés avaient réussi à construire avec des déchets récupérés de ruines citadines. Nous faisions partie d'un groupe de 48 personnes. Nous avions, heureusement, retrouvé beaucoup de conserves et de nourriture séchée et avons pu, ainsi, soulager les soucis de dénutrition des 64 habitants déjà sur les lieux. Tous les compteurs avaient été mis à zéro, si bien que personne ne pouvait se sentir supérieur ni inférieur. Une seule chose importait : assembler toutes nos compétences individuelles en œuvre et survivre.

Benzi, jour 22, Lune 9, Cycle 48

Dehors, il doit faire terriblement froid et les gaz toxiques font des perles acides, accrochées par le gel, sur les parois extérieures des tunnels. Heureusement, nos serres et nos maisons sont, maintenant, tempérées. C'est la première période, autour du solstice noir, que le système de chauffage mis en place depuis trois Cycles fonctionne sans la moindre panne.

Dans cette chaleur, j'ai une pensée pour mon père, Josh, décédé il y a cinq lunes et dont les restes continuent, peut-être encore en cet instant, de produire une partie du gaz que consume la chaudière. Bien que ce soit la période la plus dure d'un Cycle, nous sommes tranquilles concernant les dangers extérieurs. Les éventuels prédateurs et autres animaux affamés ne résisteraient pas plus que nous, aux attaques corrosives sporadiques, mais fréquentes, durant cette période de pluie brûlante.

Au retour des beaux jours, il faudra refaire les enduits des habitations qui auront, sûrement, été profondément rongés.

En attendant, les coupures de journaux continuent d'être déposées dans leur abri, près du portail du Manoir. Nous ne savons pas comment elles y parviennent. Nous avons construit un tunnel spécialement pour y accéder, toutefois, du côté du Manoir, le chemin est en plein air.

Comment le Tigre peut-il bien s'y prendre?

Benzi, jour 8, Lune 2, Cycle 81

Je me fais vieux et me prépare à rejoindre la Cuve. C'est avec reconnaissance que je quitterai un monde qui s'est bien amélioré ces dernières décennies. Les sciences ont évolué, les serres à cultures se sont agrandies, les périodes noires et toxiques ont diminué en fréquence et en durée. La vie au Village est devenue franchement agréable. Nous devons, toutefois, rester très vigilants et ne pas répéter les erreurs de nos ancêtres.

Il y a eu trois naissances, rien que ces six Lunes passées, contre un seul décès. C'est trop! Nous sommes 448. L'assainissement des terrains environnants, et leur usage comme potagers ou surfaces habitables ont été laborieux. Pour que l'équilibre ne soit point rompu, la barre des 480 personnes, tous âges confondus, ne doit pas encore être atteinte, ici, avant 3 Cycles au minimum. Peut-être que les ressources seront suffisantes et les conditions meilleures d'ici une dizaine de Cycles. Alors, qui sait, pourrons-nous augmenter le nombre d'habitants.

Depuis 31 Cycles, la Routedavant est fonctionnelle. Les débris ont été déblayés sur les côtés ou recyclés. Un groupe d'anciennes bâtisses a été restauré, de manière à servir de refuge pour les éventuels transporteurs de sel qui pourraient être surpris par une plaie sur le chemin de la Salière, encore appelée "La Haute", il y a une quarantaine de Cycles. Notre mine de sel se situe au sud-ouest, sur les pentes du Montoucassé. La vie y est un peu plus dure qu'au Village, mais son importance est grande, et les personnes ayant plus le profil d'ermites-philosophes sont très attirées par l'aspect sauvage des rochers. Il n'en demeure pas moins que, là-bas aussi, la population augmente de Cycle en Cycle. Ils sont actuellement 68 à y résider en permanence. L'équilibre est difficile à contrôler.

Chacune et chacun aura l'occasion d'être parfaitement instruit, à propos de la fragilité des équilibres, grâce à l'inauguration de la nouvelle école pour tous âges.

Roza, 4e jour de la 7e Lune -- Cycle 94

Aujourd'hui, un événement dramatique s'est produit. Kredz a tué Misha ! Comme tout autre, je suis bouleversée qu'une pareille chose ait pu arriver au Village. Personne ne sait comment réagir face à cet événement. D'après les cours de l'école, il semblerait que le crime soit un atavisme résurgent des temps d'avant la Destruction. Mais, faut-il, comme à l'époque, réintroduire la notion d'obligations et de punitions ? Je ne le pense pas. Les effets pervers de ces concepts ayant été avérés.

Roza, 5e jour de la 7e Lune

C'est terrible, Kredz a emporté le cadavre de Misha à la Cuve et s'est précipité dans le toboggan avec elle ! Rien n'est prévu pour ce genre de cas. Kredz a dû très rapidement périr asphyxié. Je pense ne pas être la seule qui, lors de la prochaine réunion des "Idées", va proposer qu'on modifie le système de chargement et d'entretien de la Cuve, afin que de tels drames, ou autres accidents ne puissent se reproduire. Deux êtres, qui m'étaient chers, ont disparu. Parallèlement, il y a eu deux nouvelles naissances durant les derniers Cycles. Mais, de toute évidence, même si l'équilibre mathématique est rétabli, cela ne change rien au chagrin provoqué par ces morts tragiques.

Roza, 18e jour de la 3e Lune -- Cycle 101

Je me fais bien vieille et j'ai eu une vie merveilleuse. J'espère avoir pu contribuer à l'harmonie autant que nécessaire. Je vais bientôt devoir quitter cette existence et le ferai le cœur léger et rempli d'affection pour tous les êtres qui resteront. Mes organes ne seront guère utiles aux chirurgiens, aussi, je vais passer mes derniers instants dans le Creux du Renard Vivant. Ce n'est pas trop loin pour venir chercher mon corps et le glisser dans la grande cuve. En mourant, je songerai, avec joie, que mon cadavre fournira encore de la chaleur à mes amis. Je pense partir du Village d'ici trois jours, pas plus tard, car mes forces sont déjà sur le point de me quitter.

Zab, C98, L3, J14

Aujourd'hui, je reviens de la Salière. Je suis chaque fois étonné des constructions en terrasses, habilement installées dans des rochers a priori très inhospitaliers! Bien que fourbu, je tiens à écrire ces quelques lignes, car je suis sûr qu'elles iront enrichir, d'une manière ou d'une autre, les archives du Village.

Route, la petite extension du Village, vient d'être abandonnée du fait des difficultés à y établir des installations décentes. En plus des fréquentes inondations dues à l'imperméabilité des antiques revêtements de l'ancienne Route Grise, la production d'énergie utile y était trop laborieuse et irrégulière. J'ai donc eu la joie de retrouver quelques-uns de mes amis à la Salière, alors que demain, je pourrai rendre visite aux autres déplacés, ici, au Village. J'ai appris, en arrivant, que le seuil des quatre cents habitants a été dépassé, sans que cela pose le moindre problème. En effet, seules les Lunes 2 et 9 apportent, parfois, quelques averses toxiques. Il faut garder prudence, bien sûr. Toutefois, les archives démontrent que les plaies ont énormément diminué et qu'à terme, peut-être d'ici trente ou quarante Cycles, les pires dangers auront totalement disparu.

Ces améliorations ont permis d'agrandir l'étendue des terres utilisables et de repousser, plus loin, l'enceinte de protection. Kerno, Sojo, Toki, Mersi et Talo ont investi tout leur savoir-faire et toutes leurs forces pour construire, en l'espace d'une Lune, de nouvelles tours d'observation aux quatre points cardinaux. De véritables œuvres d'art! Ress, Ponal, Bzer et Koli ont pu pousser leurs explorations plus au sud que jamais et découvrir, dans les ruines devenues moins toxiques, de véritables trésors. Tôles, morceaux de ferraille, engrenages et autres pièces mécaniques, qui entreront dans la fabrication de nouveaux outils.

D'ici une Lune, la Procession aura lieu. Chacune et chacun met les bouchées doubles pour terminer les travaux en cours, car, comme tous le savent, chaque paquet de coupures de journaux amène son lot de nouveautés et tous se réjouissent des défis inédits qui vont, immanquablement, émerger du cadeau du Tigre! Ce qui est particulièrement étonnant, c'est la régularité de ses livraisons, si l'on songe à l'âge que doit avoir ce mystérieux personnage. Selon les récits, il était déjà adulte, il y a près de cent Cycles!

J'espère que ces billets recueillis vous seront utiles.
Recevez tout mon amour

Saroc, courant du Cycle 131

CHAPITRE 6

REVELATIONS

Nous devons parler !

J'ai lu le recueil de Saroc et, lui ayant joint mes remarques, l'ai remis à notre Bibliothèque, afin que tous puissent en profiter. Bien que rien ne puisse être éternel, il est doux de savoir que chacune et chacun peut transmettre des trésors de connaissances au-delà de sa courte période d'existence.

Peut-être apprécie-t-on plus sereinement l'instant présent si l'on se sent naturellement utile, un peu comme une seule et unique note de musique inscrite sur une partition symphonique? Quoi qu'il en soit, chaque moment vécu peut être source d'une immense richesse, quand bien même elle est passagère.

Assis en bonne compagnie, je goûte, pour ma part, pleinement mon état actuel. Une fête a cette vertu de mettre entre parenthèses les préoccupations, parfois voraces, qui peuvent nous squatter l'esprit. Celle de ce soir, où l'on présente les deux nouveau-nés Yiaz et Toly, est particulièrement réussie. La soupe aux courges est délicieuse et les prestations artistiques qui se succèdent sur la scène, construite au milieu de la piste centrale, sont d'une appréciable qualité. L'orchestre métamorphique des Faramineux, qui va jouer la grande finale, monte sur les planches. Il s'agit, comme l'annonce l'indique, de musiciens qui se rencontrent aléatoirement et créent des morceaux en s'accompagnant d'instruments, souvent de leur fabrication, mais aussi fournis par des tiers. Samo, quand il s'agit de cordes pincées, ou d'autres férus de mélodies et de sons de toutes sortes. Que ce soit à vent, à percussion, des sonneries, les inventeurs s'en donnent à cœur joie. Ce soir, je reste en simple spectateur, contrairement à la plupart des occasions passées. J'ai juste besoin de me débrancher des soucis accumulés ces dernières Lunes.

Mon seul regret, en ces instants, est que Tani ne soit pas ici, elle aussi, à profiter de cet événement. Nous serions serrés l'un contre l'autre. Avec elle à mon côté, en ce moment, je pourrais atteindre le Nirvana!

Demain, je repars. Parfois, j'ai l'impression d'être une sorte de boomerang, ou un yoyo. Qu'il soit lancé du Manoir ou du Village, la transhumance est devenue quasi l'équivalent du légendaire "perpetuum mobile", le mouvement perpétuel mythique!

Ai-je vraiment démasqué tous les informateurs du Manoir? À qui en ai-je trop dit? Où ai-je été imprudent? Dans quelle mesure le Tigre a-t-il une vision de mon plan?

Le moment de vérité approche, car je reviens au Manoir par le même chemin que celui emprunté lors de ma première "visite" avec Tani. Tani! Voici deux Lunes que je ne l'ai plus revue et aucune nouvelle d'elle ne m'est parvenue. Les renseignements partent vers le Manoir, mais rien n'en filtre jamais en retour!

En arrivant devant la porte du Sigle, je m'attends à la retrouver infranchissable, scellée. Cela serait logique, puisque la première fois ce n'était qu'un coup monté de toute pièce avec une entrée au Manoir dûment planifiée. Alors que maintenant, il s'agit d'une initiative plus ou moins improvisée... mais, prévisible, car, quand j'appuie sur la protubérance idoine, la porte s'ouvre immédiatement.

Hum! Il est tout aussi possible que le Tigre connaisse mes intentions et ait donné l'ordre de ne pas boucler ce couvercle de marmite. Par réflexe, je diminue ma respiration de moitié. Non seulement pour ne pas m'enivrer d'une overdose d'oxygène, mais également par prudence. On ne sait jamais : les gaz narcotiques étaient très en vogue, lors de mon premier passage, et je me méfie de certaines coutumes!

Les couloirs sont nettement moins silencieux et quand, sans encombre, j'atteins les premières salles, je constate qu'elles sont occupées par des laborantins qui s'affairent en blouses blanches. L'un d'eux manque lâcher un plateau chargé d'ustensiles, lorsqu'il me voit par l'encadrement de sa pièce. Je lui fais un signe de la main.

– Salut, Lorne Basélis! Tu vas bien?

Sans m'arrêter pour entendre sa réponse, je continue mon chemin. Plusieurs têtes jaillissent d'autres embrasures. Les regards, sur ces visages marqués par l'étonnement, me chatouillent la nuque. Ils ont dû reconnaître ma voix. Apparemment, même si le Tigre a laissé la porte ouverte à mon intention, ceux-là ne sont pas au courant de mon arrivée!

Par curiosité, je fais une pose sur le seuil du labo de microbiologie. Chardil Pénoma, laquelle, occupée à observer quelque chose avec un microscope, sursaute en me voyant.

– Salut Chardil! Dis-moi, est-ce normal que le battant donnant sur la forêt ne soit pas verrouillé?

– Euh, Octa! Mais que...? Enfin, oui... euh, ça peut l'être. Elle est souvent utilisée...

– Ah, bien! Merci et bonne journée!

Et, me baissant pour appuyer sur le bouton, j'ouvre l'entrée à la bibliothèque du Tigre. Alors même que je passe son cadre circulaire, je me trouve un peu idiot: si le déclencheur est situé à cet endroit, c'est probablement parce qu'on l'actionne habituellement avec le pied! Tss!

Mon aisance et ma décontraction me surprennent, à nouveau. De toute évidence, l'air contient un euphorisant léger. Sa diffusion permet sûrement d'éviter une déprime générale due à un cloisonnement quasi continu de ses habitants! Aïe! Rien que d'y penser, des larmes de compassion menacent d'apparaître. Mais, depuis mon dernier séjour, j'ai appris à mieux contrôler les effets secondaires de ma sensibilité!

Pour l'instant, tout le monde doit être bien occupé, car autant la bibliothèque que la pièce suivante, celle que le Tigre appelle le "petit" salon, sont parfaitement vides. Je file directement en direction de l'ascenseur, dans l'espoir de surprendre Tani au deuxième sous-sol. Mais, comme le chemin passe par la cafétéria, c'est là que je retrouve la fille de mes rêves!

En une fraction de seconde, il se produit simultanément des dizaines d'événements spectaculaires : un liquide brunâtre manque de peu mon oreille gauche pour s'étaler, dans sa course, sur les blouses blanches de deux laborantins éberlués et quelques portes d'armoires. Du même geste ample et totalement improvisé, Tani, de son coude droit, écrase le plateau, tenu par son voisin debout à côté d'elle, sur le plastron d'un solide gaillard qui, par malchance se trouve derrière, juste pas assez en retrait. Et le cri de Tani fait le reste : trois autres personnes sursautent et renversent soit leur dîner, leur dessert, ou leur café sur les pauvres collègues qui les entourent! S'ensuit une incommensurable pagaille générale, avec son lot d'accidents supplémentaires en cascade...

Apparemment insensible à la catastrophe provoquée, Tani, en larme, arrive comme une bombe :

– Octa! Octa! Octa...

Miraculeusement épargné jusque-là de toute éclaboussure, mon torse est à son tour abondamment arrosé... mais d'eau légèrement salée uniquement. Loin de m'en plaindre, j'en fais de même à l'épaule et dans le creux du cou de Tani.

Que c'est bon ! Que c'est bon de la retrouver! Dans cet instant-ci, plus rien d'autre ne peut compter.

– Tani, te sentir enfin contre moi me remplit d'un bonheur inouï.

Nous allons nous embrasser à nouveau, quand l'entourage nous ramène à la dure réalité : Tani a causé un véritable désastre dans cette cafétéria d'ordinaire si impeccablement propre et rangée. Nous nous regardons et, bien malgré nous, nous esclaffons. Impossible de nous arrêter, et les larmes de joie sont remplacées par celles d'un fou rire irrépressible. Contrairement à mes craintes, personne ne nous couvre de reproches. Non, bien au contraire! Tout le monde succombe à l'hilarité, en s'essuyant yeux et joues, ne faisant une pose que, par petit moment, pour se tenir les côtes. Sans pouvoir stopper nos effusions homériques, tous ensemble, nous commençons, de notre mieux, à ramasser, éponger, nettoyer...

Or, même ces activités ont pour effet de sublimer le comique de la situation et contribuent à prolonger ce momentum de délire général.

Quant à la remise en état des lieux, il faut bien plus longtemps que de raison pour arriver au début d'un résultat. Nous nous calmons, progressivement.

Tani, voyant le désastre qu'elle a causé, se tourne vers tous les autres :

– Je suis tellement désolée! J'ai perdu le contrôle. Vraiment, je regrette...

Mais, Tordil, le solide gaillard qui arbore, presque fièrement, son nouveau pull au motif "spaghetti au safran", l'interrompt d'un geste péremptoire :

– Pas d'excuses! C'est inutile! Ça a été grandiose! Sublime! Je ne me souviens pas d'avoir jamais autant ri de toute ma vie! Merci, je ne l'oublierai jamais!

Et tous, à la ronde, applaudissent à tout rompre avec des "oui", "à refaire", "génial", accompagnés d'une multitude d'encouragements incongrus.

La scène a, d'ailleurs, attiré deux bonnes dizaines de spectateurs et quelques nouveaux venus continuent d'affluer, de toutes discrétions. Moins concernés par le côté comique, ce sont eux qui entreprennent de finir les nettoyages dans les détails. Ils s'activent certainement par souci de retrouver l'aspect irréprochable et rassurant de la cafétéria d'avant le cataclysme, d'autant que les lumières ont changé : indication habituelle de l'arrivée de la fin de la journée. D'ici peu, plein de monde va remonter des sous-sols, ou sortir de leurs laboratoires, dans l'intention de manger, dans un calme et une propreté bien méritée, leur repas du soir.

Un personnage, à l'air sérieux et arborant une mine suffisante assez désagréable, fend la mini foule qui s'est formée dans l'embrasure donnant sur le "petit salon" et vient se planter devant moi.

– Salut, Octa. Le Tigre voudrait te parler tout de suite!

– Salut, Rolsar Tomisa! Je te trouve quelque peu autoritaire. J'espère que ce n'est, de ma part, qu'une fausse impression. Parce que, je dois t'avouer quelque chose : Je n'aime pas ça!

Autour de nous, tout est devenu subitement extrêmement silencieux. Les mines sont brusquement sérieuses. Le passage de la drôlerie la plus totale à une situation tendue est frappant. Sur certaines physionomies se lit même la crainte d'un esclandre imminente. Il faut souligner que le bonhomme est d'une stature assez imposante et mesure bien deux têtes de plus que moi. On entend les respirations, c'est tout... Celle de Rolsar, un chouïa plus que les autres, je dirais. Je continue :

– Pourtant, malgré ton attitude, il n'est évidemment pas question que je décline l'invitation du Tigre. Mais sache que de donner des ordres est un atavisme de sinistre mémoire que je te conseille vivement, pour ton bien-être intérieur, de soigner. Afficher une volonté dominatrice, c'est nourrir la croyance du bien-fondé d'une hiérarchie. Personne n'a à exiger quoi que ce soit à qui que ce soit. Il y a eu des centaines de millions de morts simplement parce que nos ancêtres ont accordé beaucoup de crédit à ce type de fallacieux comportement! Et si nous pouvons éviter de commettre les mêmes conneries qu'avant la Grande Destruction, ce ne serait pas plus mal! Ne crois-tu pas?

Rolsar est manifestement pris de court. Pendant un bref instant, je lui sens une montée d'agressivité. Puis la crise d'orgueil est remplacée par l'évidence du bon sens et il hoche la tête :

– C'est juste. Il faudra que je réfléchisse à ça. Tu veux bien me suivre maintenant?

– Tani peut-elle m'accompagner?

– Le Tigre n'en a pas parlé. Mais, je crois que non.

– Viens, Tani, si tu en as envie. Ce n'est qu'un oubli de sa part. Il n'y a aucune raison pour que le Tigre fasse encore durer notre séparation!

Tani rigole, m'emboîte le pas et, tous les trois, traversons cette sympathique et souriante assemblée improvisée.

Arrivé au bas du grand escalier menant aux appartements du Tigre, Rolsar s'adresse à nous en prenant un ton proche du chuchotement :

– Cela fait des années que j'observe le Village et ses gens. Ça me fascine. Plus que cela : ça m'obnubile. Tout y a l'air si fluide, simple et décontracté.

Comment faites-vous cela? Ici, justement, nous recevons des ordres et cela nous paraît parfaitement normal. Cela marche très bien. Les articles choisis partent chez vous, les expériences scientifiques évoluent, la vie semble se dérouler sans problèmes. Mais, impossible d'obtenir des renseignements à propos du Village et du mode de fonctionner de ses habitants, mis à part des généralités. Vous faites des progrès dans tous les domaines, nous dit-on. Alors qu'ici, au contraire... Mais, je dois me taire, nous arrivons à l'étage du Tigre et je ne dois jamais dépasser la dernière marche de l'escalier. Je vais vous laisser continuer par là. Bonne soirée et... merci!

Rolsar me pose une main sur l'épaule et je vois, dans ses yeux, toute sa sincérité.

Il tourne les talons et redescend rapidement.

Je me penche vers Tani.

– C'est un brave type, j'espère que je n'y suis pas allé trop fort, tout à l'heure. Je sais que je peux être passablement soupe au lait, selon les situations!

Pour toute réponse, je retrouve sur mes lèvres l'incommensurable douceur des siennes.

L'état de grâce est interrompu : un rayon net s'échappe de l'entrebâillement d'une porte et dessine, jusqu'à nos pieds, un trapèze de motifs rehaussés sur le superbe tapis du corridor. Le Tigre nous attend... enfin, m'attend.

– Je suis très curieux de ce qu'il tient à dire.

Tani pince des yeux.

– Certainement pas des banalités! Je connais ses habitudes. Le soir, normalement, il devient totalement inatteignable.

– Alors, ne le laissons pas languir!

Indubitablement, le Tigre aime les ambiances feutrées et la lumière tamisée. Les appliques en métal doré reflètent leur éclairage jaune-orange sur le bois poli et teinté d'acajou des parois. Une autre lampe, posée sur le bureau, joue une chorégraphie colorée au travers d'un abat-jour en verre subtilement marbré.

Un feu brûle dans une large cheminée, faisant onduler des clairs-obscurs sur le profil du Tigre installé dans un ample fauteuil. Un siège en face, identique, n'attend manifestement qu'un seul invité.

– Ah! Vous êtes deux. Excusez-moi, comme ce n'était pas prévu, j'ai choisi ce boudoir à deux places. Je vous proposerais bien de passer au grand salon, mais cette journée m'a épuisé. Il me manque même la force de faire preuve d'un minimum de politesse et je vais rester assis pour vous saluer.

Effectivement, il a l'air fatigué, comme je n'ai encore jamais eu l'occasion de le voir. Étonnant, lui, qui prend d'habitude toujours des allures fringantes. On pourrait presque penser qu'il a vieilli... ce qui n'est pas bon signe pour un quasi-immortel!

– Bonsoir, Tigre. Ne vous en faites pas, cela ira très bien ainsi. Ce fauteuil est immense et, comme cela fait si longtemps que Tani et moi ne nous étions vus, il nous conviendra parfaitement pour tous les deux.

Notre hôte nous toise et, durant un bref instant, nous gratifie d'un sourire de biais.

– J'en suis ravi. Si longtemps, dis-tu... amusant! Prenez donc place. Il n'est pas si mal que tu sois aussi présente, Tani, car cette conversation peut également te concerner. Il y a quelques boissons dans la crédence à votre droite et de petits amuse-bouches. J'ai cru comprendre que les événements de tout à l'heure ne vous ont pas laissé l'occasion de vous nourrir.

Tani et moi nous regardons et pouffons. Le Tigre continue :

– Octa, comment s'est passée ton arrivée au village? Les documents ont-ils été accueillis comme tu l'espérais?

– À vrai dire, cela n'aurait pu mieux se dérouler! Et, à mon grand soulagement, sans le moindre usage de mensonges, tout en gardant le secret. En moins de trois jours, les articles ont été pris en charge et immédiatement étudiés. Des résultats importants ne vont sûrement pas tarder, si c'est là votre crainte.

– Oui, justement, je suis assez inquiet. Ces derniers jours, plusieurs appareils sont tombés en panne et ne fonctionneront, probablement, plus jamais. Ce ne sont pas n'importe lesquels. Aussi, mes espoirs reposent plus que jamais sur le génie et l'éclectisme des villageois!

– Tigre, il est évident que vous souhaitez prolonger encore votre existence. Mais, jusqu'où voulez-vous aller?

Tani me serre le poignet et le jeune vieillard, en face de moi, se tétanise. Jusqu'ici, il est plus que probable que personne n'a jamais osé aborder cette question avec lui, même pas son propre médecin.

Le maître suprême du Manoir blêmit et un léger tremblement secoue ses doigts et ses genoux. En fait, il a peur : terriblement peur. À tel point que je crains, un long instant, de lui avoir infligé une crise d'angoisse assez grave pour lui être dangereusement nocive. Au moment où je m'apprête à tenter de lui porter secours, il se reprend... en partie.

– Mais... tu... Il ne faut pas... tu ne dois pas... Je veux continuer de vivre! Il y a tant de choses à voir, encore.

– Oui, bien sûr! Chacun a ses besoins. J'arrive à comprendre que les vôtres sont particulièrement hors-norme... et après avoir traversé tant de Cycles, on peut oublier les lois élémentaires de la nature. À savoir que tout ce qui a un début a une fin. Je suis désolé de vous le rappeler, mais nous sommes tous mortels et la meilleure manière d'être vivant est aussi de simplement reconnaître que cela est inévitable! Toutefois, qualité, rime-t-elle avec durée? J'ai connu passablement d'individus qui ont dû, pour des raisons de santé, souvent, ou par un malheureux accident, parfois, quitter ce monde très tôt. Imaginez : les jeunes enfants, que j'ai accompagnés dans leur ultime passage, sont parti avec la gratitude d'avoir, au moins, pu goûter à l'existence pendant les Cycles qu'ils ont eu l'occasion d'expérimenter. Mais, n'allez pas croire que je souhaite votre mort, non, j'en suis loin. Par contre, il serait merveilleux que vous puissiez découvrir, dans vos propres ressources, de l'empathie envers vous-même. Je ne pense pas qu'il n'y a pas plus grande satisfaction, pour un individu, que celle d'être conscient de la valeur de ses sentiments, et de pouvoir ressentir de la reconnaissance envers sa propre vie. Surtout au moment, inévitable, de la quitter.

C'est mon avis, bien sûr, et il n'engage que moi. Toutefois, il s'agit de mon expérience réelle et ce que cela m'apporte est indubitable. Je fais partie de ces êtres heureux qui en souhaitent, juste, autant pour celles et ceux qu'il rencontre.

Le Tigre s'est pris la tête entre ses mains et les bruits qu'il émet se situent entre les sanglots et la rage contenue. Ses cordes vocales sont tendues et il peine à s'exprimer.

– Tout! Tu me lances tout cela comme ça! Je ne suis pas prêt à entendre ce que tu me dis et j'en suis fâché... contre toi, mais, encore davantage contre moi! Je suis fatigué! Je n'ai pas les nerfs à cela!

Je me penche très en avant, et lui pose mes mains sur ses épaules, comme on le ferait avec un ami cher et de longue date... ou avec son enfant...

– Ce ne sont que des faits. Rien ne change en réalité et pour l'heure, nous trois, qui sommes ici, sommes toujours identiques à ce que nous étions avant que je ne parle. Les problèmes à résoudre sont les mêmes. Évidemment, si notre vision des choses peut évoluer, ne serait-ce qu'un peu, tant mieux. Passons à ce qui doit être amélioré dans l'immédiat : quels sont les appareils défectueux et par quoi pourrait-on les remplacer?

Le Tigre relève la tête, complètement interloqué. Je retire mes mains, prenant conscience que cette attention, pourtant empreinte d'empathie, pourrait faussement être interprétée comme un manque de respect.

– Octa, je trouve que la transition est un peu abrupte... Par quoi commencer?

Bel effort, pour quelqu'un qui vient d'être aussi secoué qu'il est possible de l'être dans sa conception existentialiste. Le fait d'avoir vécu tant de Cycles doit avoir des effets contradictoires. Aider à retrouver ses esprits par un entraînement continu aux changements de situations, avec, sur la face pile, une sclérose psychologique due à des constructions bien ancrées dans des habitudes les plus confortables qui soient. La longévité, choisie par le Tigre, cache bien des écueils qu'il n'a jamais soupçonnés. Après tout, une grande partie de la psyché d'un multicentenaire, n'est-elle pas supposée être parfaitement aguerrie à toutes sortes d'épreuves? Sur le moment, je me demande vraiment à quoi peut en être son hypophyse... combien lui en reste-t-il, après avoir tout fait pour se blinder pendant tant de Cycles?

– Tigre, je pense qu'il est plus que temps d'admettre que la peur de la mort n'est pas votre seul apanage! J'en ai peur. Tani en a peur et tout être vivant en a peur, parce qu'il n'est facile pour personne de dire définitivement adieu à tout ce que l'on connaît, à toutes ses croyances, à tout ce que l'on suppose être et se laisser diluer paisiblement dans sa propre disparition. C'est comme ça. Mais, il est important de le comprendre, d'apprendre à l'accepter. Dans le fond, chacun vient au monde pour réussir à le quitter le plus harmonieusement possible. En attendant, nous sommes encore tous bien là et il serait intéressant et enrichissant de résoudre quelques défis. Il se trouve que vous incarnez un de ces défis! Par conséquent, je répète ma question : quel est l'appareil le plus essentiel qui manque actuellement à l'appel et comment va-t-on le remplacer?

Le regard que le Tigre pose sur moi a changé. Entre temps, il s'est vidé de ses grandes frayeurs et s'est rempli d'étonnement et d'une profonde curiosité. Le Tigre me répond d'une voix claire, avec une intonation dans laquelle se décèle une intense réflexion.

– Tu utilises "appareil" au singulier. Si seulement c'était le cas... L'horizon est plus sombre que cela : trois ou quatre des appareils les plus importants sont tombés en panne à la suite! Les organes les plus touchés par l'usure sont le foie, les reins et le pancréas. Mes cellules souches ont, semble-t-il, muté et il devient difficile d'en tirer quelque chose qui puisse être implanté en toute sécurité. L'ADN est complexe. Par contre, le programme génétique, permettant une reproduction de tissus relativement jeunes, est intact. Depuis plusieurs décennies, les parties mentionnées pouvaient être imprimées en 3D à partir de cellules génériques synthétisées. Or, l'imprimante 3D est également hors service depuis deux mois, soit environ soixante jours. Il faut en une nouvelle d'urgence, un nouvel incubateur microcellulaire, et en plus, réparer le régulateur filtrant de la chambre de maturation...

– En reconstituant le tout à l'identique, ou presque...

– D'ici quelques-unes de vos Lunes, cette série de pannes me sera fatale et mes ingénieurs n'arriveront pas remédier aux dégâts!

– Mes amis peut-être! Quoi qu'il en soit, je pense que le Village vous doit une fière chandelle et il serait juste qu'il vous sauve la mise. Parallèlement, il y a une autre aide très spéciale que je voudrais vous apporter.

– Je vous en serais extrêmement reconnaissant, mais, quelle est-elle?

– Ce qu'il faut, c'est vous encourager à redécouvrir une empathie qui semble vous avoir échappé, depuis quelques centaines de Cycles!

– Mais, je ne suis pas méchant! J'éprouve une immense sympathie envers les gens. Je soutiens le Village...

– Oui, oui, c'est vrai. Toutefois, il y a un conflit d'intention et d'intérêt qui provoque un blocage. Quand toute notre attention est monopolisée par un besoin strictement personnel et, de surcroît, dominé par une impression d'urgence extrême, l'empathie ne peut trouver son chemin. Mais, je suis en train de résoudre ce problème!

À mes dernières paroles, non seulement le Tigre, mais Tani aussi se lèvent d'un bond en s'exclamant :

– Comment ça!

L'effort fourni oblige le Tigre à se rasseoir. Tani, elle, reste debout avec tout son corps tendu comme un arc, à me fixer.

– En fait, dès les premiers jours passés dans votre Manoir, le fonctionnement de ses résidents m'a profondément choqué. De mon point de vue, il a toujours été exclu que j'assiste, sans réagir, à une vaine dégradation du bonheur. Le gaz antidépresseur, mélangé à l'air ambiant suroxygéné, n'y change pas grand-chose. Au contraire, à mon avis, ça n'arrange les choses qu'en apparence!

Le Tigre fait mine de vouloir s'en expliquer, mais, d'un geste, je lui signifie que c'est inutile.

– J'ai pris la liberté de collecter, pour mon compte, une série d'articles fort intéressants, traitant de l'empathie et de la production d'une cellule bien particulière. Naturellement sécrétée par l'hypothalamus, l'hormone d'ocytocine est stockée dans l'hypophyse, pour être diffusée dans le corps à l'occasion de certains stimuli. Concernant les habitants du Village, il se trouve qu'une prédisposition héréditaire, en conjonction avec une éducation harmonieuse, a favorisé, dès le départ, une hypertrophie de l'hypophyse chez la grande majorité des nouveau-nés. Or, dans le cas d'un développement contraire, il en va tout autrement! Bien qu'avec l'aide d'amis férus de chimie organique, une molécule d'ocytocine synthétisée pourrait être découverte, le problème de son utilisation demeure. Car on ne peut s'en servir à tort et à travers. Son effet dépend subtilement de la personnalité du receveur. On ne peut "rendre meilleure" un individu que s'il en a envie et, pour cela, il lui faut un environnement propice. C'est la raison pour laquelle l'empathie s'est bien développée au Village. Les premiers survivants arrivés en dessous du Manoir avaient déjà une mentalité altruiste et leur ADN, incluant probablement cette caractéristique, s'est transmis aux générations suivantes.

Pour "gonfler" l'empathie d'autrui par un ajout d'ocytocine, il est indispensable de s'assurer, en premier lieu, qu'il y ait de leur part un terrain psychologique favorable! Plus les personnes d'une société sont hostiles, indifférentes ou insensibles à leurs voisins, moins ils développeront leur production naturelle d'ocytocine, comme ils auront d'énormes difficultés, si ce n'est l'impossibilité, à tirer avantage de sa forme synthétisée. Au Village, tous les comportements sont plutôt chaleureux, amicaux et positifs, ce qui entraîne automatiquement l'hypophyse à améliorer sa capacité de stockage. Quand il y a plus de place dans cette glande, la quantité d'hormone peut également augmenter. Toutes les conditions d'un grand bien-être sont, par conséquent, réunies. Or, ici au Manoir, les relations entre les personnes ont gardé un schéma qui doit terriblement ressembler à celui qui a causé la perte de la dernière civilisation! Attention, toutefois, en ce qui concerne vos problèmes de santé physique, de longévité, ou d'entropie, il s'agira, surtout, d'améliorer votre potentiel de bonheur! Un changement dans votre manière d'appréhender votre existence, d'y gagner en discernement et de devenir émotionnellement plus réceptif. Mais, cela ne pourra pas vous garantir l'immortalité!

Tani est venue s'asseoir sur mes genoux pendant mon exposé et le Tigre s'enfonce dans son fauteuil, comme si des tonnes de questions l'y pressurisaient. Dans un souffle et presque en chuchotant, il demande :

– Alors, que peut-on y faire?

– En premier lieu, savoir si l'on souhaite devenir empathique. En deuxième lieu, être prêt à accepter que notre vision du monde puisse s'en trouver changée. Je dirais qu'idéalement un stage individuel de quelques Lunes au Village serait, surtout pour vous, hautement conseillé. Or, dans la situation actuelle, avec tout le secret qui entoure le Manoir et le mythe autour du Tigre, cette possibilité n'est pas envisageable. Vous déguiser et vous faire passer pour un nouvel arrivant des terres hostiles? Éventuellement. Parviendriez-vous à quitter votre maison, où vous avez tous vos repères et... plus que cela, tous vos soins médicaux, sans être quasi tétanisé par la prise de risques, en plus des difficultés auxquelles vous devez déjà faire face en étant chez vous? De plus, il ne faut pas croire à une panacée venant de l'extérieur. L'individu est seul responsable de la manière dont il veut évoluer... ou pas. On pourrait remplacer tout le sang de quelqu'un par de l'ocytocine pure, que cela ne lui servirait à rien s'il n'avait pas développé, de lui-même, sa sensibilité. J'aurais encore besoin de près d'une Lune, pour en discuter avec les chercheurs du Village, et je pense que je devrais aussi en toucher un mot à votre médecin personnel, s'il a un moment à me consacrer.

– Il l'aura! D'ailleurs, il m'a déjà parlé de toi à plusieurs reprises... en bien. Je suis sûr que tu pourrais même aller le réveiller en pleine période de repos forcé, qu'il en serait ravi! Bien! Mais, pour l'instant, il se fait tard et la fatigue n'est pas de bon conseil. Allons tous nous coucher! Je vais être à nouveau mal poli et vous laisser sortir sans vous accompagner, veuillez m'en excuser.

Tani et moi, nous levons prêts à partir, mais le Tigre me fait un petit signe :

– Attends, Octa, j'aimerais savoir : pourquoi t'intéresses-tu à m'aider?

– Hum! Je pourrais vous dire que ma curiosité me pousse à me pencher sérieusement sur un cas aussi particulier que le vôtre. Je pourrais, également, mettre en avant le fait qu'il ne s'agit pas que de vous, mais de tout ce que vous représentez dans l'inconscient collectif. Que ce soit dans le Manoir, ou au Village, vous ne pouvez pas ignorer l'impact de votre empreinte psychologique depuis plus de cent Cycles. J'ai certainement plusieurs raisons de vouloir résoudre vos soucis. Mais, en réalité, je crois que ma motivation principale est très simple : indépendamment d'un tricentenaire, vous êtes avant tout un Individu unique et, par nature, j'aime chaque Individu pour cette raison.

Un silence profond s'ensuit. Le Tigre hoche la tête sans rien dire. Les traits de son visage reflètent toute une gamme de sentiments indéfinissables.

Sans un mot, après un bref geste de salut, nous prenons la porte. En la fermant, je jette un dernier regard sur le Tigre. Il me paraît tout ratatiné, et avoir encore vieilli de dix Cycles rien que dans ce bout de soirée.

Tani est déjà dans l'escalier. Il me semble qu'elle s'essuie une larme avant que je ne puisse la rejoindre. Nous descendons les marches côte à côte et main dans la main. Elle a l'air terriblement pensive et préoccupée, comme si son esprit était à des millions de kilomètres.

Résultats au Village

Souvent, quand les événements se bousculent ou prennent un tour trop inattendu, l'individu ressent le besoin de trouver un point de chute qui correspond à son caractère. La grande salle des journaux non triés, malgré l'absence rébarbative de fenêtres et de lumière naturelle, reste un endroit empreint de magie. La soirée d'hier, avec un Tigre effondré, semble lointaine. Il faudra bien plus d'une vie pour arriver à bout des montagnes de vieux papiers. Ce qui m'intrigue toujours, c'est cette absence systématique des datations sur la plupart des documents. Et, quand les dates figurent sur des manchettes, elles sont détachées de tout contexte et ne servent pratiquement à rien! On pourrait croire que les ancêtres du Tigre ont passé leur temps à éradiquer toute possibilité de situer les écrits dans le temps. Il n'en demeure pas moins que les piles de textes et de références à l'ancienne civilisation m'attirent tel un gigantesque aimant. Il n'y a que deux endroits, dans ce bâtiment, à me faire cet effet : ici, et... la chambre de Tani! À propos de Tani, justement, elle a dû trouver du costaud, car elle n'y tient plus d'excitation. Brandissant quelques feuillets, elle déboule vers ma table de triage.

– J'ai un scoop, Octa, un truc marrant!

– De l'inédit, ou dans la suite logique de nos recherches individuelles?

– Un peu des deux! Regarde ici et ici, les deux articles sous le titre "Histoire de politiques" et "Politique pour l'histoire".

De son visage, mon admiration coule le long de son bras pour s'arrêter au bout de son index. Je quitte ma rêverie et lis : "Sous le régime communiste de Mao Tse Dong, l'ennemi américain était appelé le "tigre de papier". Cette allusion au grand félin était, bien entendu, sarcastique. Le tigre étant un animal supposé être extrêmement puissant et redoutable, son assimilation au papier, pouvant facilement être chiffonné, déchiré et brûlé, était une manière de le rendre ridicule aux yeux d'une population..."

– Le Tigre de papier! C'est ainsi qu'il a demandé à être nommé, par les survivants, lors de sa seule apparition extra-muros! Intéressant. L'occupant du Manoir et ses journaux. Un aveu de faiblesse ou de fragilité, conscient ou non? Une allusion à un passé chaotique? Une façon de considérer le pouvoir de l'écrit que l'on transmet, surtout imprimé, supérieur à celui d'un tigre? Penses-tu, comme moi, Tani, que sous ses devants obséquieux se dissimule un humour primesautier?

– Ha! Il se pourrait, mon cher, il se pourrait... Enfin, je me permets d'en douter un peu. À mon avis, je le verrais plutôt sous l'angle d'un certain cynisme.

– C'est assez bien trouvé, dans tous les cas... Tiens, mais, qui voilà?

– On dirait le docteur Arbor Trandini en personne! Que vient-il donc faire en cet endroit qui ne doit pas être un de ses lieux de villégiature habituelle?

En effet, le médecin-chef s'arrête après quelques mètres parcourus dans la salle, entre deux piles de journaux, avec l'air un peu perdu. Du regard, il balaye la place, visiblement à la recherche de quelqu'un. Il nous voit et immédiatement se dirige vers nous, la mine partiellement rassurée.

– Octa, Tani, bonjour. Vous serait-il possible de laisser vos activités où elles en sont? J'aurais un cas urgent à vous présenter.

D'abord marquées par l'étonnement, nos mimiques interloquées se muent en celles d'une grande curiosité. Tani lui répond spontanément :

– Il n'y a strictement rien de pressant dans les articles, tombés entre les doigts, aujourd'hui. J'emporte juste celui que je tiens déjà.

Je rajoute :

– Nous vous suivons sur-le-champ!

– Merci! C'est à l'étage. Prenons l'ascenseur privé : dépêchons-nous!

Qu'est-ce qui pouvait, à ce point, motiver le vieux médecin à vouloir nous prouver qu'il serait capable de semer, à la course et avec l'aide de sa canne, un couple de personnes à la fleur de l'âge? Arbor Trandini était méconnaissable! Alors qu'en général le style du Manoir est plutôt à la nonchalance, où, tout du moins, à faire étalage d'un maximum de flegme, il nous présente une attitude qui se situe aux antipodes de la zénitude coutumière : traits tirés et gestes syncopés!

L'ascenseur nous amène directement devant la porte des appartements du Tigre et, autre détail incongru, le docteur l'ouvre sans frapper, comme une bombe, et nous ne pouvons que nous dépêcher à sa suite. Nous traversons deux pièces aux décors toujours aussi impressionnants, pour trouver un Tigre, tremblant et en sueur affalé sur un fauteuil de cuir beige. Il me fait penser à un torchon entortillé et négligemment abandonné sur le bord d'un lavabo. Il fait véritablement pitié à voir! Je ne peux m'empêcher de réagir.

– Bon sang, mais que se passe-t-il? Que vous arrive-t-il?

Le Tigre me regarde avec des yeux tellement exorbités et rouges qu'on pourrait les soupçonner de vouloir fuir de dégoût un visage trop blafard pour en rester solidaires. Dans une voix misérable, une parodie de réponse s'échappe d'une paire de lèvres blanches et déformées.

– Il fallait essayer... de... devenir meilleur...

Le docteur intervient.

– Je lui ai à peine fait l'injection, quand les premiers symptômes se sont déclarés et je me suis dépêché de venir vous chercher. Vous devez être plus expert que moi dans ce domaine.

Là, ils m'inquiètent sérieusement, ces deux-là!

– Dans quel "domaine"... et quelle "injection"? Bigre! Qu'est-ce que vous avez mijoté?

Le docteur retrouve un brin de contenance et se redresse dans sa blouse blanche.

– Octa, vous nous avez parlé du manque d'empathie, de l'ocytocine, et nous nous sommes intéressés aux expériences que vous avez entreprises au labo du Village...

– Et?

Une inquiétante suspicion pointe dans mes pensées. Je répète:

– Et?

Le grand médecin-chef personnel du Maître incontesté du Manoir, prend soudain une attitude de jeune garçon attrapé en flagrant délit de grosse bêtise. La mine déconfite, il murmure:

– Nous avons demandé à un de nos contacts de nous ramener un échantillon d'ocytocine synthétisée provenant de vos travaux de recherche. Oh! Je l'ai d'abord essayé sur moi et comme l'effet me paraissait plutôt agréable... le Tigre a décidé qu'il devait en profiter aussi. Sauf que, chez lui, le résultat s'est avéré désastreux! Or, je ne sais pas comment stopper ni atténuer l'action du produit!

Impossible de ne pas m'emporter devant tant d'inconscience:

– Bigre! Êtes-vous donc totalement fous! Mais... mais, vous n'avez rien écouté, quand je vous en ai parlé? Quand avez-vous utilisé l'hormone?

Ce stupide docteur semble avoir rétréci. Je me calme. Il le remarque et répond tout doucement, comme s'il ne voulait surtout pas me déranger, par crainte d'un nouvel accès de sévérité:

– Je crois que vous ne comptez pas en minutes.

Ma réponse lui est servie sur un ton mesuré, mais sur fond rogue:

– Non, mais, depuis que je viens ici, j'en ai une vague idée.

– Tout s'est passé très vite. Il y a environ vingt-cinq minutes, en ce qui me concerne et un peu moins de vingt minutes, pour le Tigre.

Dans ma tête, je les traite de tous les noms. Et Arbor, lui, il a fallu qu'il goûte d'abord! Bien sûr!... Quels... Mais, quels... Je me calme pour continuer:

– Bon! Évidemment, j'ignore la concentration d'hormone qu'il peut y avoir dans vos doses, mais, l'ocytocine est très rapidement absorbée et neutralisée par l'organisme. D'après les articles que j'ai lus et qui mentionnent des durées en minutes, ce cauchemar devrait se dissiper de lui-même, dans les "minutes", comme vous dites, qui suivent, du moins sur le plan physique. J'espère, néanmoins, qu'il n'y aura pas trop de séquelles au niveau psychique!

Mes mots sont ponctués par un râle en arrière-fond, émanant du Tigre. Tiens! Il prouve qu'il est capable d'un minimum de spontanéité... au moins dans les instants particulièrement durs à avaler! Le docteur, inquiété, se tourne vers son unique patient, lui prend le pouls et pose sa main sur son front.

– Effectivement, il va déjà mieux!

Le Tigre réagit en ronchonnant. Moi, j'aurais presque envie de dire zut : dommage que ça ne dure pas encore un moment, ça lui fait les pieds, à cet abru...! Évidemment la remarque ne quitte pas son logis buccal. Je préfère me taire, plutôt que de m'énerver à nouveau. Eux se piquent à l'ocytocine, et moi j'en perds mon empathie... Pas mal, l'échange! Fortiche!

– Arbor, je vous interdis de parler de moi en termes de "il"!... Ah! Et j'ai un mal de crâne terrible!

J'interviens, mais me retiens de dire: "bien fait!"

– Cela aussi passera très vite. L'ocytocine n'est pas un poison, en soi, ce serait plus proche d'un stimulant. Toutefois, à vouloir jouer les apprentis sorciers... Il me semble pourtant vous avoir expliqué qu'il faut un ensemble d'éléments pour que l'empathie soit intégrée et vécue naturellement par un individu. Je le répète donc : l'ocytocine n'est pas une panacée et j'espère que, cette fois, vous l'avez bien compris... par la pratique!

Le Tigre se tourne vers moi et, visiblement vexé, il est en train de se remettre de sa piqûre. Par contre, je me demande encore comment il va gérer sa mésaventure sur le plan psychologique. Lui qui n'a pas l'habitude d'essuyer des échecs, cela ne lui sera pas si simple de digérer le choc! Un ego de presque trois cents Cycles, bigre, ça doit peser lourd... très lourd!

Tani doit avoir fait, entre temps, la même réflexion, quand elle propose :

– Le mieux est de prendre un peu de repos... et de recul et, d'ici quelques heures (ce disant, elle se ravise en me jetant un regard en biais)... d'ici un quart de journée, faire un débriefing.

Je fronce les sourcils. Tani utilise, parfois, un vocabulaire très particulier. À se demander où elle est allée chercher ça... Mais, le docteur saisit l'occasion d'attraper la balle au bond, et approuve l'idée.

– C'est juste, Tani, d'autant plus qu'il nous apparaît important de comprendre ce qui s'est vraiment produit et de parvenir à amorcer un virage vers plus d'empathie. N'est-ce pas Tigre?

– Vous avez tous raison. D'ici peu, mon mal de crâne aura disparu également, grâce à un médicament plus... conventionnel. Je vous propose de venir dîner ce soir avec moi, plutôt que d'aller à la cafétéria. En attendant, je vais aller me coucher. Arbor, tu restes avec moi... je crois qu'il y a ce qu'il me faut ici!

– Bien sûr Tigre. Il y a une réserve d'extrait de saule dans la pharmacie.

Bon! Je constate que le côté grand chef a repris le dessus. Pourtant, il sait maintenant qu'il a commis la grosse erreur d'imaginer que son shoot d'ocytocine aurait eu la vocation de faire des miracles.

Tani me chope par un poignet et nous laissons les deux expérimentateurs irresponsables à leurs soucis de résilience. En descendant l'escalier menant à la bibliothèque, je ne peux m'empêcher de souffler, entre les dents :

– Bougres d'idiots! Ils ne se doutent de rien! Piquer un truc et se l'injecter : il faut être complètement abrutis!

Tani me presse la main.

– Chut! On en reparlera tout à l'heure!

Pour m'évader de mon agacement, j'essaye de changer de conversation :

– Tani, je trouve que tu utilises parfois de drôles d'expressions, comme avant, avec "des bries fines" par exemple. D'où te viennent-elles?

– Je t'expliquerai tout cela plus tard!

– Autre chose : as-tu remarqué?

– Quoi?

– Arbor s'est mis à me vouvoyer! C'est bizarre, non?

– Non. Je crois que, pour lui et d'autres aussi, c'est une marque d'un respect particulier, comme si tu devenais son égal. D'ailleurs, je suis persuadée que, sur certains points, tu l'es véritablement!

– Évidemment, égaux, nous le sommes tous!

– Oh! Si seulement... Mais, Octa, il existe plusieurs mondes et leurs règles diffèrent... sur bien des aspects!

Remarque qui me fait lever un sourcil pour la deuxième fois en... comment disent-ils... une "heure"!

Difficile de se concentrer sur le tri d'articles, quand des événements aussi particuliers viennent squatter vos préoccupations de la journée! De toute évidence, il en va de même pour Tani. Elle s'énerve vite, fait tomber des feuilles et porte le masque des mauvais jours. La tentative du Tigre et de son médecin semble la miner davantage que moi. En ce qui me concerne, j'ai tendance à estimer que chacun est responsable de la situation dans laquelle il se fourre, qu'il y ait empathie ou non!

– Ne te fait donc pas trop de mourons, Tani, ils ont juste voulu brûler les étapes. Dans un sens, en positivant, on peut considérer cette bévue comme un signe encourageant : le Tigre aimerait vraiment développer son empathie!

Tani se détend un peu, fait un effort pour prendre une attitude moins anxieuse et esquisse, même, une sorte de sourire.

– Vu ainsi, oui... Tu as probablement raison.

– Tiens! D'ailleurs, tout le monde s'en va. Apparemment, cela pourrait être le signal du feu vert à notre... "des bries fines"...

Je la regarde de biais. Ça la fait rire, en sourdine il est vrai, mais c'est déjà ça! De fait, j'ai deviné juste. Car, en rangeant la pile à trier demain, j'aperçois Rolsar nous faire signe. Je crie au-dessus de la dizaine de tables qui me séparent de l'entrée.

– Salut Rolsar! Tu viens nous chercher? On allait justement aller vérifier s'il était temps.

Avant de quitter notre place, je vois Tani plier la page de journal incluant l'article parlant du "Tigre de papier", qu'elle a gardée en main durant toute notre intervention auprès du Tigre ocytocinisé, afin de pouvoir, maintenant, la glisser dans une poche de son pantalon. Nous poussons nos chaises contre la table : c'est ainsi que cela se fait, ici, et allons rejoindre Rolsar.

Quand nous arrivons près de celui dont la fonction doit bel et bien être celle de messager interne attitré du Tigre, il nous gratifie d'un large sourire et nous entoure les épaules de ses longs bras. Fichtre, c'est vrai qu'il est grand, ce type! Et c'est avec beaucoup de chaleur et pas l'ombre d'une flagornerie qu'il nous confie.

– Y'a pas à dire, vous êtes devenus des vedettes en un rien de temps, dans le Manoir! Jamais personne n'a été aussi familièrement accueilli que vous, par ici, et ça, je vous le dis franchement, ça nous a changé l'ambiance!

–... Et tu le regrettes atrocement, bien entendu!

– Ha! Tu parles, Octa! Hey, Tani, il raconte souvent des bobards pareils?

À ma grande joie, je retrouve mon amoureuse plus détendue et sans le masque de granite qu'elle porte depuis hier.

– Plus que tu le penses, mon cher... plus que tu le penses!

Nous rejoignons l'ascenseur privé en riant, mais, une fois la porte coulissante ouverte, Rolsar nous invite à y entrer, mais lui reste sur place. Cet ascenseur est, visiblement, tabou pour toute personne "ordinaire"... Encore une notion qui m'agace, mais qui s'avère, malheureusement fort répandue en ces lieux!

Rolsar nous adresse un signe amical, pendant que la porte se referme.

– Salut les potes! Passez une bonne soirée!

Pendant que nous lui répondons à l'unisson :

– Salut Rolsar!

Un panneau glisse et nous laisse seuls.

Durant la courte montée, Tani a le temps de m'expliquer qu'il ne s'agît pas d'un "des bries fines", mais d'un "débriefing", qui consiste, en gros, à remettre les "pendules à l'heure". Là, j'ai compris le sens de "débriefing"... Par contre "pendulaleurre"... mystère! On verra "plus tard", comme dit toujours Tani!

À notre sortie d'ascenseur, les deux pans de la porte du Tigre sont ouverts et la silhouette d'Arbor Trandini s'y découpe sur fond doré. Je constate aussi qu'Arbor n'utilise jamais de canne, quand il est à l'étage du Tigre. Peut-être, une marque de vieillesse qui insupporte son seigneur et maître? Sa voix, presque joviale, contraste étonnamment avec celle angoissée, et teintée de culpabilité, d'il y a peu.

– Ne prenez pas cet air ébahi. L'accueil des invités est facilité par un voyant qui s'allume, à l'intérieur de l'appartement, quand l'ascenseur est actionné. Cela laisse tout le temps pour une réception dans les règles!

Amusante expression, que je relève:

– Ah, parce qu'il y a des règles, pour cela aussi?

Le docteur, nullement gêné par le caractère légèrement incisif de ma remarque, ne se départit pas de sa bonne humeur.

– Octa, depuis le temps que vous nous côtoyez, vous devriez savoir que la spontanéité n'est pas notre fort!

De l'intérieur, une voix, celle du Tigre, s'exclame soudain sur un ton de reproches.

– Suffit Arbor! N'en rajoutez pas!

Le docteur reste, là aussi, singulièrement insensible à la remontrance de son chef. J'irais même jusqu'à lui trouver un petit air malicieux! Serait-il sous l'influence d'un désinhibiteur de sa fabrication, pour faire preuve d'un si jovial détachement? Avec sa manie de s'injecter n'importe quelle mixture, cela ne m'étonnerait pas tant que ça!

– Bon! Venez donc, les cuisiniers se sont suffisamment décarcassés pour que nous fassions honneur à leurs talents pendant que leurs victuailles sont encore chaudes!

En arrivant dans la deuxième pièce, nous trouvons le Tigre, bien droit dans ses chaussures et apparemment parfaitement remis de ses mésaventures hormonales. À vrai dire, je suis plus impressionné par la présence de la longue table du repas, que par la sienne. Sur une nappe d'une blancheur impossible, les mets sont empilés sur de grands plats ovales, alignés, serrés, d'un bout à l'autre. Je ne crois pas avoir vu autant de nourriture, en même temps, de toute ma vie, même lors de fêtes réunissant plus de cent convives!

– Bigre! Et combien allons-nous être pour manger tout ça?

Le Tigre rit de ma remarque.

– Avant la Grande Destruction, il était coutume, en société, de recevoir les hôtes de marque en s'assurant qu'ils ne manqueraient de rien. Mais, Octa, si tu as peur d'un gaspillage éventuel des reliefs de notre dîner, sois tranquille : tout sera redistribué dès demain, par portions, à la cafétéria! J'ai pensé qu'un buffet donnerait l'occasion de goûter à des plats difficiles à concevoir au Village et davantage encore dans les contrées sauvages. J'ai bien demandé aux cuisiniers d'user de toutes leurs compétences pour nous proposer un menu aussi varié que possible, afin que chacune et chacun y trouve son compte. C'est bien ainsi qu'on le dit, Octa : pas "tous", mais "chacune" et "chacun"?

– Très juste, Tigre, je vois que les premières leçons d'apprentissage de l'empathie portent déjà leurs fruits!

Ma remarque n'a pas l'heur de le faire rire.

Succulents mets, c'est indéniable, et préparés avec une telle finesse qu'on ne mange pas de la nourriture, mais du rêve! Il est clair qu'un "débriefing" n'a pas sa place en pareils instants. S'il ne faut pas gaspiller les aliments, il en va de même avec la juste appréciation gustative! Chacune et chacun profite, par conséquent, pleinement de cette exceptionnelle agape. Arrivé au fameux "café", l'ambiance devient plus feutrée et le ton passe sur un registre plus sérieux, sans prendre une tournure désagréable pour autant. Des fauteuils ont été placés en arc de cercle devant la grande cheminée de la pièce boisée, cette même pièce dans laquelle il avait été décidé que je retournerais au Village. Je profite d'un moment de silence pour entamer le sujet brûlant de la journée.

– Tigre, qu'avez-vous retenu de votre expérience de cette mi-journée?

Pensif, l'interpellé repose sa tasse sur le large accoudoir de son siège et se penche légèrement en avant, comme l'on ferait pour exprimer une confidence à un ami de longue date.

– Je vais peut-être vous surprendre : de l'angoisse! Une terrible et indescriptible angoisse! Je savais, pourtant, que je n'allais pas mourir, mais c'était une confrontation avec la mort de quelque chose. Je ne me l'explique pas. J'étais simplement terrassé par la peur de ne pas parvenir à... Justement : ne pas comprendre à quoi je devais parvenir! Je n'ai jamais eu le vertige de toute ma vie mais tout à l'heure, j'avais le vertige de tout. Pire : j'étais le vertige, parce que je tombais dans un gouffre où plus rien n'avait de sens.

Le Tigre se tient le front.

– Quand tout se déroule habituellement selon vos plans, comment peut-on supporter que toutes les certitudes s'évaporent?

Du coin de l'œil, j'observe Arbor, lequel totalement médusé par le discours franc de son patron, et tellement tendu avec ses fesses si proches du bord du fauteuil qu'il pourrait tomber de son siège dans la seconde. Je fais un signe à Tani qui, je crois, le sauve in extremis d'une fracture du coccyx, en le poussant gentiment en direction du fond de son dossier. Je souris et reporte mon attention sur le Tigre.

– Tigre : à mon avis, vous avez fait, là, une expérience d'une grande valeur philosophique! Vous avez été confronté, sans masque ni armure, à la réalité fondamentale de toute vie : la différence entre l'ego et la conscience! La réaction psychologique a été d'autant plus violente qu'une durée particulièrement prolongée de votre existence a été dominée par une identification à votre seul ego. Cette même durée aurait pu, tout aussi bien, être consacrée à plus d'introspection et de recherche de sagesse, à la remise en question des "valeurs". Or, pour cela, il faut avoir la chance de rencontrer des individus ayant des aspirations autres que l'enrichissement personnel ou l'accumulation de pouvoir.

Par ailleurs, il y a un facteur dont il faut tenir compte : Il est fort possible qu'il devienne d'autant plus dur d'accepter sa finitude, à mesure que notre existence se prolonge bien au-delà de celles des communs des mortels.

Un vieillard va trouver un certain équilibre entre les merveilles qu'il aura vécues et les bobos inhérents à son entropie naturelle. Accueillir l'entropie est une étape indispensable pour finir une vie sereinement. Joies et souffrances auront, conjointement, une vertu fondamentale : celle d'atteindre la résilience et, de ce fait, le moment venu, de se laisser partir.

Le Tigre est devenu très pâle.

– Mais, mais... Je suis utile, aussi! Je ne suis pas qu'égoïste! Bien sûr, j'ai l'espoir que tout évolue dans le sens des découvertes pouvant prolonger ma vie... Mais, ce qui reste de l'humanité en profite. Il est même possible que, sans mon intervention, la dernière souche d'êtres vivants se soit éteinte après quelques décennies! Tu ne penses pas?

– Oui, et croyez bien que personne, au Village, ne doute de la valeur de votre aide. Et Chacune et Chacun vous en est reconnaissant, y compris les allumés qui songent à assaillir le Manoir pour venir se servir des articles, et autres coupures de presse, à leur guise!

Toutefois, il en va de votre conscience, de votre sagesse, de votre sérénité... la vôtre, vous comprenez? Je n'ai aucune intention de juger votre désir de vivre. En ce qui me concerne, si vous voulez atteindre le double de votre âge, et que vous y trouviez votre bonheur, pourquoi pas? C'est VOTRE choix et ce n'est pas MON problème...

Le Tigre soupire :

– Et pourtant, tu ne m'envies pas...

– Non, effectivement. Mais, cela uniquement parce que je ne considère pas que la qualité de ma vie soit en rapport direct avec sa durée. J'accepte qu'il y ait des limites. Si je le fais, c'est avant tout pour apprécier la fragilité de chaque instant. Je me rends compte que cette aptitude est, justement, à la base même de mon bonheur. Il n'est pas facile d'envisager une mort inévitable, j'en conviens. Mais, l'univers entier a eu son début et, de ce fait, aura sa fin. Quoi qu'il en soit, l'accepter ne signifie pas sombrer dans le fatalisme. Vivre est une aventure passionnante, qui justifie, à elle seule, le détour. Autant en profiter pleinement... Le faites-vous, Tigre?

En lieu et place du Tigre et à la surprise générale, c'est Tani qui se lève d'un bond et intervient avec force emphase :

– Est-ce vraiment la question la plus importante, en ce moment? L'humanité a manqué de peu l'extinction totale, par la faute d'une poignée de décideurs parfaitement égocentrés, lesquels n'ont pas hésité à piller leur planète et n'ont pas cessé de s'enrichir en exploitant les populations. Des milliardaires qui ont tout fait pour rester jeunes et fringants alors que les autres n'avaient qu'à crever! Donc, pour moi, la question est : Tigre, ne faisais-tu pas partie de cette élite et n'est-il pas plus qu'un strict minimum d'aider les survivants à s'en sortir?

Les yeux, couleur de pur argent, de Tani jettent des éclairs métalliques sur le Tigre qui, comme terrassé sous l'effet d'un bombardement intensif, s'est recroquevillé pour tenter d'éviter les impacts.

Arbor et moi restons bouche bée devant cette subite tempête.

Le Tigre est pris de violents tremblements et du blanc cadavérique, passe au rouge cramoisi. Cloué dans son siège, il se met à hurler, manifestement dans l'intention de contre-attaquer.

– Tani! Je t'ai accueillie, toi et les tiens, j'ai ouvert ma maison et tous y sont bien traités! Tu oses m'insulter, chez moi?

Tani ne se laisse pas du tout impressionner. Au contraire, elle agrippe les accoudoirs du fauteuil du Tigre, approche son nez à un centimètre de celui du Tigre et vrille son regard dans le sien. Elle répond, simplement et calmement :

– Oui!

Un long moment s'ensuit. La scène reste figée, ainsi. Tani reprend, avec une voix très posée :

– Voilà un bout de temps que cela devait sortir. Maintenant, tu prétends vouloir t'améliorer... et bien, il va falloir le prouver! Si tu as de la peine à trouver de l'empathie, et par la même occasion du bonheur, en toi, c'est bien parce que, pour avoir tant profité d'autrui dans ta jeunesse, ton hypophyse a toujours été largement sous-dimensionnée. Si elle peut avoir le diamètre d'un grain de riz, c'est un miracle!

Alors, je m'interroge sur ta manière de réagir à ma diatribe... et l'on verra bien si tu choisis la voie de l'empathie, ou celle de ton ego inversement proportionnel à ton hypophyse!

Je suis scié!

Le Tigre est le premier à baisser les yeux face à Tani.
Bigre, moi qui la croyais impressionnante... je n'ai qu'à peine gratté la surface du vernis!
Tani lâche les accoudoirs et se relève. Droite comme une reine, elle toise le Tigre comme... comme s'il n'était qu'un tigre de papier! Après une telle leçon, et c'est sa deuxième de la journée, je ne vois que deux réactions possibles de la part du Tigre : soit il pète un câble, soit il fait un immense saut en avant dans son évolution et démarre une introspection carabinée pour bel et bien et totalement se remettre en question...
En fait... Ce seraient les deux manières d'une personne normale, mais, à bien y réfléchir, il y aurait encore une troisième option : Il a vécu suffisamment longtemps pour s'être déjà ressaisi. Il a dû vaincre pas mal d'obstacles, et jouer finaud à maintes reprises. Il a souvent, partiellement et très sélectivement, usé de méthodes de "remise en question", et réussir à feindre une forme d'acceptation... Je le sais complexe, mais je crois pouvoir le tenir à l'œil et déceler une imposture. J'ai lu des articles où il était question de gens qui "domptaient" des fauves... Cela m'évoque une situation assez marrante... si, en plus, le monstre se trouve être fait de papier!

Encore un long moment de silence. Mais, dans certains crânes, les turbines doivent tourner à fond et il va falloir songer à un système de refroidissement des cervelles!
... Et Tani, Tani, d'une beauté indescriptible, rayonne là au milieu!

Arrive l'instant fatidique : le Tigre ose bouger et d'une voix ténue, presque cassée, il murmure :
– C'est incroyable. Que de chocs, aujourd'hui! Je n'aurais jamais imaginé qu'une situation comme celle-ci puisse se produire un jour. Comment réagir? La dichotomie menace! J'ai toujours été le maître. Ai-je à faire à une mutinerie que je devrais mâter au plus pressant, ou au contraire, c'est la découverte d'un nouveau type de relation? Quelque chose, dont j'ai beaucoup entendu parler, qui m'est pourtant inconnu et que l'on nomme, parfois, l'amitié? On dit que la franchise est l'apanage de l'amitié justement, et je crois que, dans cette situation, vous n'êtes pas des ennemis...

Ému par ce revirement, je m'approche et pose une main apaisante sur l'épaule affaissée du "maître", j'essaie d'être le plus doux possible, car c'est de cela dont il a besoin.
– Je ne puis dire si nous sommes déjà des amis, car l'amitié est exigeante en conditions. Mais, une chose est absolument certaine : je suis convaincu que

personne, ici, n'est votre ennemi.

Le Tigre lève son visage pour s'adresser à moi avec un timbre de voix, chargé d'une émotion que je ne lui connaissais pas :

– "Ton" ennemi. Il faudra dorénavant dire : "je crois que personne, ici, n'est ton ennemi". Merci Octa... Et, merci Tani... Et, merci Arbor. Il faut que je travaille sur mes futures attitudes. Je dois, impérativement, trouver le moyen de continuer la tâche, en réussissant à changer mon regard sur mes employ... mes collaborateurs, tout en gardant suffisamment d'autorité pour mener la barque à bon port. Une jonglerie qui ne va pas aller de soi!

D'un commun accord, nous en restons tous là. Pendant que quatre personnes arrivent avec des chariots pour reprendre les reliefs du somptueux repas de début de soirée, Arbor s'enferme avec le Tigre dans le cabinet médical privé et Tani et moi, rejoignons l'escalier.

Tout en sachant très bien sur quel sujet je vais diriger la discussion, je me tourne vers Tani pour évoquer un autre "détail" à propos de notre lieu de séjour.

– As-tu remarqué que les odeurs changent, qu'elles peuvent varier, même, selon les secteurs traversés?

– Non. Il se peut qu'ils parfument les couloirs en diversifiant les arômes, sans forcément y ajouter des doses d'euphorisants ni de soporifiques.

– Tu dis cela en rigolant, mais, en ce qui me concerne, je trouve cela plutôt inquiétant. Le Tigre et son médecin ont peut-être trop pris l'habitude de faire de "petites" expériences et je crains assez qu'ils puissent tenter une diffusion inconsidérée d'ocytocine, vois-tu! Ils sont, quand même, un peu cinglés et peu fiables sur certains points, à mon avis! Manipuler les personnes, et s'amuser à influencer mentalement ou chimiquement des individus, ne me paraît pas être un hobby particulièrement louable!

– Donc, tu suggères que la présence continue de parfums divers est une sorte de diversion, pour faire passer toutes sortes d'autres produits en douce?

– Ça se pourrait bien... et encore plus probablement depuis peu! Dis, Tani, tu as fait très fort, ce soir... Et, très finement, tu as su calculer les risques avec une maestria époustouflante! Chapeau!

– Merci. Mais, comme je l'ai dit, cela fait un moment que je me retiens. Ça devait sortir!

– Et, ce faisant, tu as été admirable! D'une beauté, en plus! Une reine... non, mieux, tu as été impériale, magique, tu m'as foudroyé autant que le Tigre! Comment fais-tu pour m'impressionner à ce point?

– Octa... N'exagère pas tant!

Je ne résiste pas. À trois marches du bas de l'immense escalier, je l'arrête, la fais pivoter, lui serre la taille et l'embrasse. Tout le monde n'a pas l'occasion d'embrasser la reine... que dis-je : l'impératrice!

CHAPITRE 7

LA PLACE DE CHACUNE ET CHACUN

La deuxième Lune

Au matin, les idées ont eu l'occasion de décanter pendant un sommeil réparateur. Allongé, je retrouve Tani couchée sur le côté à me regarder avec des caresses peintes au fond des yeux. Je l'embrasse, lui passe ma main sur sa joue et dans ses cheveux.

– Bigre! Chaque jour, j'ai de la peine à croire que tu n'es pas qu'un rêve qui va s'évaporer subitement. Parfois, je me dis que je devrais faire preuve de plus de prudence, ne pas t'aimer autant... Tu sais, j'ai beaucoup ouvert mon cœur, déjà... et souvent pour rien. Non, pas "pour rien", en fait. Pour récolter plus de chagrins et de désillusions que de bonheur. Avant que tu n'arrives, j'avais trouvé un équilibre confortable entre affection sincère et détachement. J'aime avoir mon cœur rempli. Avec toi, il l'est tellement que, si je devais te perdre toi aussi, ce serait l'implosion!

Le corps de Tani se presse contre le mien. Ses bras me serrent contre elle.

– Octa! Tu parles si souvent de l'instant et de spontanéité. Ne te fais pas du mal à toi-même. Cela n'apporte rien à personne. Laissons-nous profiter des bons moments ensemble et nous verrons bien comment réagir dans les tourments qui passeront, inévitablement, dans notre histoire amoureuse. Nous traverserons forcément des périodes moins romantiques que d'autres. Nous aurons nos bisbilles, nos querelles, mais probablement aussi nos réconciliations. Mais, pour l'instant, cela n'a aucune importance et tu le sais! Reste toi-même, je t'en supplie. Ne cherche pas, par peur de me perdre, à te transformer en quelqu'un d'autre.

Elle roule sur moi et me couvre de son corps, qui n'est plus que pur amour vibrant.

Les jours passent et, de manière subtile et taquine, jouent à faire croire qu'ils se ressemblent. Toutefois, pour un observateur averti, qui plus est dans les secrets des derniers événements privés, quelques petits détails presque anodins, dénotent un changement de partition. Le refrain est peut-être similaire, mais la mélodie n'est plus tout à fait la même!

L'atmosphère générale a déjà commencé à muter. Entendez bien que je ne parle pas d'éventuels nouveaux "parfums-drogues" diffusés dans l'air. L'ambiance s'est allégée. Les individus semblent gagnés en relief, à se différencier. À la cafétéria, les langues se délient plus facilement et en termes positifs; signe que le Tigre a fraîchement entamé une stratégie réinventée de relation sociale. Décidément, il m'étonnera toujours!

Il y a, toutefois, quelques bémols dans la musique. Hier, Tani, Arbor, le Tigre et moi, avons opté de continuer l'utilisation d'un vouvoiement de bon aloi, et de ne pas trop ostensiblement modifier nos comportements en dehors des réunions à quatre. Le plus "amusant", dans le changement de scénario, réside dans le fait que, sans le vouloir vraiment, "nous" sommes devenus une sorte d'état major. Dans ce cadre, nos rencontres sont fréquentes et les priorités commencent sérieusement à se bousculer, si bien qu'entre les quatre, les tâches doivent être minutieusement réparties. J'essaie de garder en mémoire que la vigilance reste de mise : je n'y ai jamais été confronté ainsi, jusqu'ici, mais il est tellement aisé de se prendre au jeu et de se fabriquer un ego de toute pièce et sur mesure, dans ce genre de situation!

Heureusement, pour moi, et j'espère que Tani y éprouve la même joie : le prochain mouvement est un retour au Village... et il va se faire en couple!

J'aurais aimé connaître tous les agents doubles du Manoir actif au Village, mais, de toute évidence, certains secrets ont la peau dure : impossible d'obtenir une liste complète. J'apprécierais beaucoup que la suite des événements rende toute simagrée caduque et que tout puisse, enfin, se jouer cartes sur table!

Arrivée au Village dans la jubilation, mais non pas pour mon retour, comme la dernière fois, mais pour celui de Tani, bien entendu. Rowsha, cette fois-ci, c'est précipité en première ligne et les autres Gris ne sont pas en reste pour s'adonner à force retrouvailles. Un "hourra" supplémentaire à l'annonce que Tani et moi sommes amoureux et contents de l'être. J'en profite de simuler une petite crise de jalousie :

– Oh! À cette occasion, on se souvient de moi, tiens!

Les rires fusent et les embrassades se succèdent.

Bref : le Village est le Village... et sa merveilleuse salade d'individus merveilleusement individualisés!

Tani à peine installée chez moi, le cocon intimiste se referme sur lui-même. Du moins pour un moment. Car après avoir vérifié si mon lit, à la maison, est aussi agréable que celui de Tani au Manoir, il faut commencer la planification de nos prochaines activités.

Ma reine va rester ici et suivre les travaux, ayant trait aux progrès liés aux imprimantes de tissus organiques, relativement discrètement. Elle pourra être témoin direct de la soif de connaître de chaque habitant du Village : on aime découvrir, inventer, construire, même si l'on ne se sent pas forcément personnellement concerné par les résultats.

Quant à moi, je vais aller quelques jours à la Salière où Yaro, avec son indéfectible intérêt pour l'astronomie a certainement commencé la fabrication, en secret, d'un ou plusieurs prototypes de télescopes. Il n'est pas difficile de se l'imaginer, fébrile, à se réjouir de vérifier ses savants calculs par l'observation directe.

Ce matin, j'ai emprunté le tricycle-transporteur de Dzab. Un engin très abouti conçu sur un principe de doubles moteurs. L'un est électrique, et l'autre fonctionne au gaz. Grâce à cette merveille technique, j'ai pu rejoindre le bas de la Salière en moins d'une journée! Sac au dos, j'arrive chez Yaro en fin d'après-midi. Au Manoir -- mais cela reste entre nous -- on aurait parlé d'une marche d'environ une heure...

Yaro m'accueille avec enthousiasme :

– Hey, Octa, content de te revoir! Viens regarder où j'en suis avec le télescope!

Pour plaisanter, je rétorque :

– Et mon thé, alors? Tu ne m'offres pas une tasse de verveine de l'année dernière d'abord?

Devant sa mine et sa mimique hésitante, je le rassure :

– Je rigole, allez! Je suis tout aussi impatient que toi d'admirer l'avancée de tes travaux!

– Voilà! Les trois tubes sont fraisés au dixième de millimètre et coulissent parfaitement entre eux. Comme sur la photographie et le croquis que tu m'as remis, je lui ai fait un trépied avec un système de fixation pouvant être ajusté en hauteur et latéralement avec un serrage par vis à ailettes, afin de garder un point visé, au besoin.

– C'est fantastique! On peut regarder la Lune et la Trotteuse? Je peux l'essayer?

– Aah! Ça, non pas encore. Sans lentilles, tu n'y verras rien de plus!

– D'accord... et il faut du temps pour les faire...

– Oui. Ce n'est pas si simple. Premièrement, le verre doit être d'une pureté incroyable. J'ai tenté de les fabriquer moi-même, mais j'y ai renoncé. Tout était beaucoup trop flou et assombri. J'ai demandé à Telk : il est partant à cent pour cent. Même pour lui, c'est un défi... et il aime ça! Deuxièmement, les diamètres doivent être très précis, et le plus dur : je dois en avoir de plusieurs épaisseurs de chacune des quatre lentilles. Car, il m'est impossible de connaître d'avance les focales qui s'avéreront idéales.

– Bigre! Et Telk sait-il qu'il ne doit en parler à personne?

– Mieux, il n'a absolument aucune idée de leur utilisation finale. En fait, il doit même être sûr que je suis en train d'essayer de fabriquer un super microscope.

– OK, mais, ça va prendre du temps, tout ça!

– Oh! pas tant que ça. Telk m'a parlé d'une Demi-Lune à trois quarts de Lune, au maximum, parce qu'il va s'y mettre tout de suite et ne faire que ça! Je me réjouis de vérifier mes calculs de visu!

– Tu as évoqué des comportements anormaux de la Trotteuse...

– C'est cela même : je soupçonne la Trotteuse de ne pas être un satellite naturel!

– Les ancêtres ont tellement fait de trucs...

– À ce propos, tu te souviens du ballon-sonde qui s'est échoué, il y a un demi-Cycle, dans le Vallon Arca?

– Oui, bien sûr, qui pourrait oublier un si rare événement!

– Et bien, j'ai pu le prendre pour l'examiner et figure-toi que je suis quasiment sûr qu'il transportait un appareil de communication et, tiens-toi bien, il me semble aussi qu'il fonctionne encore!

– Comment ça? Il "fonctionne"?

– Il y a trois nuits, j'ai été réveillé par une étrange lueur rouge qui pulsait sur ma table de travail. Les pulsations étaient irrégulières et m'ont fait penser à une sorte de code... Tu sais, "ils" faisaient des trucs comme ça, à l'époque!

– Mais, c'est incroyable! Et tu l'as annoncé à tous les autres, déjà?

– Non, pas le temps, je veux d'abord finir ce télescope. Tu es le premier que je rencontre depuis ma découverte et, de toute manière, comme tu es encore du comité-conseil, c'est à toi que je tenais à en parler... Sait-on jamais, si mes observations devaient déboucher sur des révélations troublantes, voire révolutionnaires, tu sauras, avec ton charisme et ton entre-gens naturels, mieux gérer la communication que moi. En même temps, le fait qu'il soit actuellement capable de clignoter ne signifie pas forcément grand-chose, s'il n'y a plus rien ni personne avec qui entrer en contact. Par contre, la bonne nouvelle est d'avoir à disposition un modèle fonctionnel à étudier. Ce ne serait que le troisième appareil "électronique" dans son cas et nous sommes toujours dans l'impossibilité de reproduire ce genre d'objets!

– Tu vas sûrement trouver moyen d'y parvenir! Pour moi, c'est "l'éthno" et pour toi la "techno"! Dis, ce soir, je peux repasser voir ça?

– Hum! Si tu amènes de tes fameux cornichons au vinaigre, oui!

– Ha, ha, ha! Attends.

Je farfouille un peu dans mon sac.

– Magie, magie! Abracadabra, selon la vieille formule millénaire... et que voit-on apparaître là ? Tadaa!

Bras tendu, je lui place le bocal entre les mains.

– Super! Tu y as pensé! Alors, ce soir : dégustation de cornichons magiques! Par contre, aucune garantie que l'appareil se mette à clignoter à cette occasion.

– On verra ça! On pourra passer une bonne soirée malgré tout.

Après cette entrevue et le soleil se retirant, je vais vérifier qui s'occupe de l'organisation des travaux d'extraction de sel ces prochains jours. Il me faut une couchette, quand même... surtout pour dans quelques jours!

Je redescends au terminus de chargement où se trouve également la maisonnette réservée aux "maîtres saliers" de service.

– Bigre, Lilo! C'est toi la responsable, ma jolie?

– Salut Octa. Comme tu vois. Il te faut un nid pour combien de temps?

– Sept jours, à tout casser.

– Pas mal, le jeu de mots! Mais, inutile de casser toute la falaise. Un petit bout suffira pour extraire assez de sel! Hi! Hi!

– Ce "jeu de mots" n'était pas intentionnel, mais aurait pu l'être...

– J'ai la huit ou la quinze. La quinze étant plus à l'écart. Comme je t'ai toujours trouvé trognon, je peux venir te rejoindre pour rester la nuit avec toi, si tu veux.

– Hein, hein! Tu es en retard d'une bonne coudée... la place est prise!

– Dommage! Enfin "bigre", comme tu dis habituellement.

– Tant pis pour toi! Passe une bonne nuit et fais de beaux rêves.

– Merci, c'est toujours ça!

En remontant vers la chambre quinze, je repense à Lilo -- un drôle de numéro, cette femme -- et en me couchant, je songe à Tani... en bien mieux, évidemment! Je la reverrai dans trois jours et on aura plein de choses à se... hum... raconter.

Il y a deux excellentes raisons de prendre un bain après avoir travaillé à l'extraction des roches salifères.

La première, inévitable, est dictée directement par l'environnement. Un volontaire s'active et dort sur les lieux d'un forage et bien que la quantité de sel en suspension dans l'air soit relativement faible, elle est suffisante, après trois jours de labeur d'affilée, pour triompher de la résistance épidermique usuelle et provoquer des démangeaisons franchement désagréables!

La deuxième, surtout dans mon cas, est que ce travail est très physique et générateur de courbatures. Un bain de détente est de mise... surtout sachant que Tani vient me rejoindre ici "tout à l'heure", selon l'expression manoiresque!

En proposant mes services à la Salière, j'avais dans l'idée de faire le double trois : sept jours, avec une pose intermédiaire. Mais, mon séjour secret, très "intellectuel", au Manoir m'a trop dispensé d'efforts physiques. Je suis devenu une véritable chiffe molle! Me voici donc dans la pièce unique de ma cahute de mineur, en train de faire bouillir des lamelles d'écorce de saule dans une marmite. Quand j'aurai terminé mes ablutions, je ferai la lessive de mes habits de travail dans le jus restant.

Dès que la décoction de saule sera prête, je la verserai dans la grande bassine et là, oh, délice, je me glisserai dans la chaleur du liquide bienfaisant. Le saule est notre meilleur allié, quand il s'agit de gagner la bataille contre les petites douleurs!

Mais, en attendant, je sors les documents que je veux étudier, en toute tranquillité, ici, loin du Village, à l'abri des yeux indiscrets. Les pages de magazine traitent d'un sujet complexe, sous un angle que personne n'a encore eu l'occasion d'appréhender : la fabrication d'organes vivants immédiatement fonctionnels lors d'une greffe. Il faut impérativement avoir lu et intégré d'autres concepts, avant de s'attaquer à des textes pareils. Heureusement, depuis mon retour on peut trouver les articles, à la Bibliothèque, qui préludent à ceux que j'ai entre mes mains. J'espère que les documents disponibles soient compulsés au plus vite, et suivis d'expérimentations. On pourra, alors, passer au stade de la réalisation. C'est l'étape que j'essaie d'anticiper depuis ces derniers soirs.

Il faut être particulièrement méticuleux. Les risques de perdre de précieux renseignements sont constants. Je déplie soigneusement les feuilles des journaux, car leur qualité peut terriblement varier d'un exemplaire à un autre. Parfois, des pages sont trop cassantes; elles ne résistent, souvent, à aucune sorte de traction. Il arrive qu'elles soient soudées entre elles.

Or, j'en ai là, justement, deux qui refusent de se décoller. Une idée me vient. Je regarde la marmite de saule. L'eau s'est mise à bouillir. Je me lève et profite de la vapeur pour tenter une expérience : ça fonctionne! Avec énormément de précautions, le bon dosage d'humidité permet de séparer les larges feuilles sans les déchirer ni arracher l'encre, non plus. La régularité avec laquelle j'y parviens me fait penser à un collage intentionnel. Apparemment, quelqu'un ne voulait pas qu'un article soit lu. Je réussis à ouvrir ce qui devait être la page centrale de cette publication. Un titrage en grandes lettres me saute aux yeux.

ET POURTANT ELLE TOURNE

Titre l'article au travers des deux pages. En dessous, un grand disque montre une sorte de village schématisé tapissant sa surface intérieure. Une petite sphère brillante est maintenue au centre par des tiges ou des cordes. Il y a des dizaines de numéros répartis sur le plan, avec, pour chacun, une brève explication dans le texte qui l'entoure.

OSP-01 La station de tous les superlatifs!

1. Coque externe en siderminium k-609
2. Concentrateur et distributeur
3. Habitations, dortoirs et réfectoires
4. Intendance

Etc.

Édifiant! Mais qui, diantre, avait voulu condamner ces pages?

Tout est extrêmement bien détaillé et, à en croire les minuscules personnages visibles, l'objet doit être gigantesque!

Comme sur beaucoup de documents examinés au Manoir, la date de la sortie de presse est manquante. Dommage, pas moyen de situer ce projet dans le temps! Connaissant l'âge du Tigre, une approximation pourrait être possible.

Dans un encart entouré d'un filet à l'encre rouge, je lis :

Depuis octobre de cette année, la station est opérationnelle et une partie de l'équipage et des civils y est à pied d'œuvre. Passée la période d'essais et de vérifications, la population du satellite sera complétée. Les 312 occupants pourront y vivre de manière parfaitement autarcique et ne dépendront plus de la Terre. D'ici quelques décennies, si l'expérience s'avère probante, une douzaine d'autres stations orbitales du même genre pourraient bien tourner au-dessus de nos têtes!

Je suis sidéré. Ce que cet article m'apprend est énorme! La deuxième Lune aurait une histoire... "Ils" l'ont concrétisée! Ce n'est pas qu'un projet : ils l'ont fait!

Le cœur battant, je cours à travers la porte et le mini-sas. Debout sur la petite terrasse, je scrute le ciel. Elle arrive, là, depuis l'est-sud-est, avec ce même empressement à vouloir rejoindre, puis dépasser sa Grande Sœur : la Trotteuse... La "Tricheuse", plutôt! Ce n'est pas une "Lune"... C'est un satellite habité fabriqué de toute pièce par mes ancêtres!

Je ne sais pas si je dois en être fier, ou en avoir honte. Ils étaient si doués, pour tant de choses et... tellement, et parfaitement, imbéciles pour l'essentiel! Ah, les cons! Quels sales petits cons! Quel gaspillage! Mais, comment ont-ils fait pour avoir si peu de bon sens, c'est terrifiant!

Combien de temps passe, à la regarder se déplacer? Ma tête est vide, court-circuitée. Je reviens à une réalité bien plus élémentaire : pendant qu'un satellite bouge, l'eau bout, et une eau qui bout est une eau qui s'évapore pour rien!

– Inspire... Expire... Va prendre ton bain et ne te rend pas malheureux de la bêtise des anciens. En plus, ta reine va arriver... et quand je vais lui montrer ça, elle va tomber à la renverse, malgré tout l'aplomb dont elle peut, si souvent, faire preuve!

Mes paroles se dissolvent dans le petit vent du soir. Ici, comme partout ailleurs aussi, j'ai bien le droit de me parler à haute voix, puisque ça me fait du bien!

Je jette un dernier coup d'œil sur la Trotteuse avant de rentrer. Combien de cadavres renferme-t-elle, là-haut ? Y en a-t-il vraiment plus de trois cents à se faire promener, pour des centaines de Cycles à venir, autour de leur planète?

Qui étaient ces gens et quels étaient leurs espoirs?

* * *

– Pouha! Je me serais bien glissée dans ton bain, mais, là, ce n'est plus de l'eau, c'est du court-bouillon!

Tani est arrivée plus tôt que prévu, bigre!

Je la vois rire aux éclats, parce qu'elle m'a surpris, en train de dormir dans ma baignoire et qu'elle a parfaitement anticipé l'effet que ça me ferait d'être réveillé de la sorte!

– Sale gamine de bigre de reine de mon cœur! En voilà des manières de déranger un homme dans son innocente intimité!

– Oui, bien... à ce que je remarque au milieu de ta mare, ton intimité n'est pas si innocente que cela!

– Bon sang! C'est que tu as raison, en plus!

Du coup, je bondis hors de l'eau et me précipite sur elle, encore dégoulinant. En moins de temps qu'il ne faut pour le dire, elle se trouve presque aussi mouillée que moi.

– Vandale! Mes beaux habits sont trempes maintenant. C'est ainsi que tu honores ta reine?

– Non, ma chérie, ma manière de t'honorer, tu ne vas pas tarder à la redécouvrir!

La couchette manque de peu de se briser en deux lors de l'impact de notre saut et nos rires se confondent aux plaintes du lit, avant de se transformer en murmures à notre mélange.

Toutefois, l'étreinte est de relativement courte durée, car je me suis engagé à aller piquer la roche saline dès tôt le lendemain et qu'avant un sommeil du juste, je dois absolument lui montrer ma plus récente trouvaille.

Je retrouve la Tani studieuse et stoïque face aux nouveautés. Son doigt gauche survole le schéma, en synchronisation de son index pointant vers le commentaire correspondant. Elle ne pipe mot, et j'en profite pour pester contre nos ancêtres, les fêlés suicidaires, et leurs saloperies de paradoxes. Tani, les yeux toujours rivés sur le croquis imprimé, lâche dans un murmure soupiré :

– C'est la Trotteuse.

Je réponds à l'affirmative, en enchaînant sur un ton rogue et réprobateur. Elle ne semble plus m'écouter et sort. Je la retrouve sur la mini-terrasse, le visage tourné vers la "Petite Lune" et quand je m'approche pour la rejoindre, je constate que de grosses larmes coulent sur ses joues. Je ne trouve rien à lui dire. Je ne sais pas comment interpréter sa réaction et préfère ne rien dire plutôt que de parler de travers.

Sans la moindre explication, elle se sert contre moi et m'entraîne vers la couchette.

J'aurais peut-être dû attendre demain, pour lui montrer ces pages. Dans mon excitation, je n'ai même pas songé à m'informer si elle était fatiguée, si elle avait, de son côté, des nouvelles importantes à me transmettre, si elle avait voulu prendre un bain, elle aussi, mais avec de l'eau propre. Fichtre! Quel manque d'égard de ma part!

Mon état d'inquiétude, à son sujet, doit pouvoir se lire en grand sur ma figure, car je la vois me sourire tout en gardant un air triste.

– Ne t'en fais pas Octa, tu n'y es pour rien. Viens, reposons-nous. Nous en reparlerons éventuellement demain.

Ses simples paroles me rassurent et me bercent. Rien de tel qu'un bain de saule pour y vider sa fatigue et ses bobos! Mais, ce n'est pas sans effet secondaire! Plus qu'une seule envie : quelques tout petits câlins, puis dormir!

Mon corps est une masse et une partie de mon être s'envole. Je rentre dans un semi-éveil étrange, lié à mes principales interrogations de la journée. L'ambiance balance constamment entre me servir de la détente ou du cauchemar. Bizarre entre-deux, en fait.

Et je rêve.

Je m'approche de la Trotteuse. Déjà depuis une bonne distance, sa surface révèle sa nature métallique. Mon déplacement doit être extrêmement rapide, car j'atteins presque instantanément une entrée de sas. Une grande appréhension m'envahit, mais, sans transition, comme si j'avais traversé la paroi, je me trouve à l'intérieur. Un couloir, semblable à celui parcouru dans le Manoir, mène à un autre sas. Il y a une pesanteur, puisque l'on peut marcher normalement. Rien ne semble cassé ni vétuste. Cela ne suffit pas à me débarrasser d'un fond d'angoisse : que vais-je découvrir, après ce sas? Une odeur de mort et des cadavres gisants? Ou, simplement rien, parce que les occupants se seront retranchés dans leurs cabines pour y sécher? Pendant un instant, tétanisé devant le cercle parfait de la prochaine porte, j'hésite. Dois-je continuer? La réponse vient d'elle-même, un disque roule entre les deux épaisseurs de la paroi et m'ouvre le passage. Et, des sons affluent, comme amplifiés : des gens parlent, alors que le silence était presque total, des paroles, entrecoupées de rires, me font l'effet d'une suite d'explosions. J'ai juste le temps d'apercevoir les occupants. Bel et bien vivants, ils portent des tenues légères et ont des cheveux gris... GRIS!

Une tornade me précipite sur terre, dans mon lit, dans lequel je me réveille en sursaut!

À côté de moi, Tani ronchonne. Par mes mouvements intempestifs, j'ai bien failli arracher ma reine à son sommeil. Je la regarde, encore complètement déphasé par ma bizarre aventure onirique, et la première question qui me transperce l'esprit est :

Qui sont vraiment les Gris? D'où viennent-ils?

Mais, le jour pointe et la réalité n'est pas faite de rêves... enfin, pas entièrement. Quelle histoire ! Cette fausse Lune et tout le reste, bigre : il y a de quoi tout mélanger et se fabriquer des songes de fou! Il faut les laisser à leur place et revenir sur terre! Quelques rares oiseaux chantent aux alentours. Sans réveiller ma reine, j'enfile mes salopettes et pars au turbin. Je raconterai mes divagations nocturnes à Tani, à l'occasion de la fin de la journée.

La place des Gris

En rentrant de ma journée salée, je trouve la chambrette vide et la seule trace laissée par Tani est un petit billet, sur lequel je lis :

Désolée, mon preux chevalier, mais je dois d'urgence retourner au Village.
Ne m'en veux pas et continue à être sûr de tout l'amour que je te porte!
Tani

C'est tout! Pas d'explication sur le type d'urgence... laconique, quoi!

J'en reste pantois et une impression diffuse et glauque s'insinue en moi. Elle est bizarre sa deuxième phrase.

Vivement la fin de mon engagement de mineur du sel et mon retour au Village!

À peine arrivé au Village qu'Yaro me tire en aparté.

– Octa, c'est vraiment étrange, mais la sonde a disparu! Je suis sûr que quelqu'un la prise. Je sais que cela paraît impossible, personne n'a jamais eu l'idée de voler quoi que ce soit... Mais, personne n'est venu m'annoncer avoir emprunté l'objet!

Ce genre de préoccupation tombe mal. Moi qui comptais, en premier lieu, retrouver Tani, lui demander si elle se sent bizarre, aussi, depuis quelques jours. Je dois avoir besoin de ce fameux "réconfort", qu'avait évoqué Saroc et dont je ne comprenais pas le sens. Juste à l'instant, j'aurais tant voulu le trouver avec ma reine!

– Yaro, il faut récupérer ce bout de sonde et l'examiner à fond! Mon idée était de te l'emprunter aujourd'hui, c'est un comble! Mais, j'aurais aimé embrasser Tani, aussi, tu peux l'imaginer...

– Bien sûr, bien sûr... Tu pourras toujours la revoir plus tard. Les retrouvailles n'en seront que plus joyeuses! En attendant, allons chez toi : j'y ai beaucoup plus important à te montrer!

Je lève les yeux au ciel :

– Plus important? Chez moi? Tss!

– Si, si : chut! Je ne peux rien te dire de plus ici!

Il m'entraîne au pas de course. S'il voulait être discret, c'est plutôt raté!

Arrivé chez moi, près de la fenêtre, je vois une toile recouvrant un objet de la taille d'un enfant. On pourrait croire qu'un ado se cache là-dessous, prêt à jouer les fantômes! Yaro se précipite et d'un grand geste théâtral, tire sur le tissu, vers le haut, et le jette au-delà du canapé.

– Voici le télescope!

Splendidement poli, le métal un peu jaune brille sous les rayons du soleil de midi.

– Il est superbe! Et quelles sont tes observations?

– Zéro!

– Comment ça : zéro... Il ne fonctionne pas?

– Aucune idée, je viens de terminer l'insertion des lentilles et actuellement, la lumière est trop forte pour l'utiliser... Alors...

– Alors? Alors je pars à la recherche de Tani, voilà ce que je vais faire en attendant!

Yaro me retient en s'accrochant des deux mains à mon bras et me tire vers le canapé.

– Pas si vite! Il y a autre chose encore! Là, assieds-toi et écoute ça. Tu sais qu'Hollaz est un excellent guet et qu'il a une vue de lynx, y compris de nuit. Figure-toi qu'il m'a fait part d'une recrudescence exponentielle des activités nocturnes dans l'enceinte du Village. Non seulement plusieurs personnes se frottent très souvent aux cloisons périphériques, mais, en plus, certains semblent même les traverser... dans un sens, comme dans l'autre!

– Vraiment : les a-t-il quantifiés?

– C'est une véritable passoire, à ce qu'il dit. Tu sais bien qu'Hollaz ne peut compter au-delà de dix... Donc, s'il parle de "beaucoup" d'activité, cela ne peut que signifier qu'il y en a beaucoup plus qu'il ne faudrait!

– Arriverait-il à désigner ces endroits sensibles?

– Sûrement!

– Il ne faut pas ébruiter la chose, car nous ne savons ni qui les utilise ni pourquoi. Pourrait-on se servir de ton télescope pour guetter des mouvements à l'intérieur du Village, ou est-ce trop rapproché?

– Il y a trois parties coulissantes. Avec un peu de chance, en réduisant la distance d'observation au minimum, ce devrait être possible.

– Il y a moins de lumière directe qu'avant. Pouvons-nous essayer?

Nous passons tout le début de l'après-midi dans l'élaboration d'une méthode de surveillance. Yaro se charge de discrètement poser un éclairage électrique bien camouflé, à chaque endroit qu'Hollaz lui indiquera, et le télescope sera placé, recouvert d'une toile sombre, sur le haut mirador habituellement gardé par Hollaz. Entre-temps, le soleil a continué son chemin vers l'ouest et la Trotteuse vient d'apparaître à l'est-sud-est. L'angle est parfait pour l'observer depuis ma fenêtre, ce qui n'échappe pas à Yaro, impatient de tester son ouvrage.

– Yaro, va déjà faire tes réglages. Pendant que je nous fais du thé.

À peine la bouilloire posée sur le feu, qu'un cri m'arrache de la cuisinière. Yaro se serait blessé? Je retourne et en quatre enjambées je me trouve à portée de secours. Dans un premier temps, je crains qu'Yaro ne se soit enfoncé l'embout du télescope dans l'œil. Je cours sur les cinq mètres qui me séparent de lui et remarque que ses phalanges blanchies serrent son outil comme s'il voulait l'étrangler. Il tourne son visage blafard vers le mien. Ses lèvres bougent, mais, sont incapables de sortir le moindre son. À croire que la force de son cri a absorbé toutes les paroles qu'il aurait pu prononcer jusqu'à son dernier souffle.

Finalement, il lâche le télescope et s'affale, assis en laissant glisser son dos sur l'enduit de la paroi. Le regard ahuri, il parvient, à lever son bras droit, avec, au bout, un index tremblant vers la fenêtre.

Je prends position derrière la lunette et inspire profondément avant de placer tout près du tube. Bien que je crois pouvoir m'attendre à ce que je vais voir, je dois retenir, à mon tour, un cri similaire à celui de Yaro. Il est une chose d'apprendre la vérité par le biais d'un article de journal et une autre affaire de lui faire face, de la constater de ses propres... de son propre œil!

– Bigre! Bigre! Bigre! Je la vois et nous avons là notre preuve indéniable!

Au moment même de prononcer ces paroles, j'observe une série de petites lumières crachotantes apparaître sur une partie de la surface de la sphère métallique.

– Yaro, vite, remets-toi! Comment dirige-t-on le tube? Le satellite est en passe de quitter la bordure de mon champ de vision!

Yaro se lève d'un bond. Son intérêt scientifique l'emporte sur l'émotionnel, comme toujours... Il desserre légèrement les deux ailettes du support puis réajuste la visée de l'objectif et reste, évidemment, l'œil collé à la lorgnette! J'aurais aimé continuer à regarder, mais je conçois aisément sa fascination et son envie de prolonger son observation de la fausse petite sœur de la Lune. Sans quitter l'appareil, il tâtonne de sa main gauche dans ma direction.

– Hey! À l'œil nu, l'as-tu remarqué, aussi?

– Quoi donc?

– Elle a changé de direction!

– Vu depuis ici, ce n'est pratiquement pas perceptible. Mais, maintenant que tu le dis... C'était les lumières! Vers quel côté a-t-elle dévié sa course?

– Vers le haut, par rapport au champ de vision.

– Ça correspond : les éclats lumineux étaient concentrées à l'opposé! Ce sont des réacteurs... des machines qui se sont mises en marche spontanément! Te rends-tu compte de ce que cela signifie?

– Plutôt incroyable... mon hypothèse serait qu'elle est dotée d'un système de réajustement orbital, ou de trajectoire... C'est inouï... Mes calculs étaient justes! L'itinéraire irrégulier, les variations compulsives de sa position par rapport à la Grande Lune et ses changements de vitesse de rotation ne pouvaient être naturels! Je suis génial! Je donnerais cher pour aller là-haut et étudier tous les circuits et les mécanismes que cela implique!

– Il y a une autre implication à notre découverte! Qu'allons-nous en faire? Comment gérer cette information? Tu peux t'imaginer l'impact psychologique que peut avoir une révélation diffusée n'importe comment!

– Octa, à mon avis la Trotteuse ne va pas s'enfuir et il y a plusieurs zones d'ombres que nous devons éclairer, au propre comme au figuré! Bien que la sonde ait disparu, je crois savoir comment la retrouver. J'ai eu le temps de bricoler une sorte de récepteur, réglé sur ses ondes. Il est presque terminé. D'ici un ou deux jours, je pourrai l'essayer. En attendant, je vais cacher le télescope en haut de la tour de garde sud, d'accord?

– Excellente idée, mais prends-la en deux fois : d'abord la longue-vue, et quand tu auras fini l'installation des lumières des passages secrets vers l'extérieur, tu la monteras sur son trépied. Ce sera plus discret.

Il a une grande différence entre une connaissance théorique et la confrontation concrète. Pourtant, le questionnement peut rester le même. Le fait d'avoir vu de mes propres yeux OSP-01 n'explique pas mon rêve de son intérieur. L'essentiel demeure nimbé de mystère!

Par contre, le Tigre a dû apprendre qu'une sonde s'est écrasée à proximité, que nous l'avions et a deviné que nous allions l'analyser. Je me demande dans quelle mesure, avec tout ce que notre cher Henri-Grégoire, le Tigre, a dû financer et magouiller du temps de sa splendeur, il n'y aurait pas des tonnes d'enregistrements compromettants enfermés dans cette petite boîte!

Mais, un souci plus personnel me tenaille : il se fait tard et Tani ne vient pas me rejoindre. Après toutes ces émotions et ces questions en suspend, je dois éviter d'autres flous dans mon existence et aller trouver Tani... ne serait-ce que pour discuter.

Prétextant un travail à terminer avec Rowsha, Aershon' et Hisnili, Tani m'envoie le jeune Yolidan' pour me prévenir qu'elle va rester et dormir chez Hisnili... Je ne vais pas passer une bonne nuit...

J'ai traversé toute la période, normalement dévolue au sommeil, à gamberger. Au petit matin, je n'ai qu'une seule envie : tailler dans le vif. Mettre les choses à plat. Forcer toute la compagnie à poser cartes sur table, bref : j'en ai marre! Il faut que je retrouve mon individualité, que je me reconstruise! Et pour cela, il faut que les choses soient claires!

Avec mon cul entre deux chaises, entre deux mondes en fait, ma tendance à la comparaison devient quasi automatique... peut-être trop, d'ailleurs. Mais, ici, comme au Manoir, certaines habitudes semblent s'être encrées. Sont-ce vraiment des habitudes, ou les moments choisis, pour telle ou telle autre activité, découlent-ils d'une simple logique chronologique? Quoi qu'il en soit, la plupart des discussions importantes se font le soir autour d'un thé. C'est comme ça! Et c'est aussi la raison pour laquelle la bouilloire vient de terminer sa chanson et qu'une agréable fragrance de mélisse citronnée flotte dans mon salon. Rien d'étonnant, non plus, que tous mes sièges disponibles soient actuellement occupés. Manifestement, toutes ces paires de fesses s'attendent à un discours.

Il est donc temps de satisfaire leur souhait!

– Tani, Rowsha, Balmron', Hisnili, Aershon', Yofalia et Lenida, il ne faut pas être maître en morphopsychologie pour remarquer que cette réunion ne vous met pas particulièrement à l'aise. Mais, détendez-vous. Il n'est pas dans mon intention de vous extorquer des renseignements par la force! Toutefois, un certain nombre de points doivent être clarifiés. Il en va de la pérennité d'une confiance mutuelle. Il serait préférable que nous puissions continuer à progresser, ensemble, avec la meilleure harmonie possible. Tani, nous sommes intimes et, à ce titre, bien des mystères ne devraient plus en être, hormis ceux qui ont trait à chacun de nos légitimes jardins secrets. C'est donc à toi que je vais poser ma première question : quel rôle jouent les "Gris" dans la stratégie du Tigre?

À mon étonnement, au lieu de simplement rester assise confortablement, Tani se lève, à la façon coutumière au Manoir, comme on le ferait pour prendre la parole devant une assemblée politique de l'Ancien Monde.

– En premier lieu, Octa, je dois te prévenir que nous sommes liés, tous les "gris" si bien nommés, par un serment indéfectible et qu'il est plus que probable que plusieurs de tes questions n'obtiendront pas de réponse. Aucun de nous, moi comprise, ne pourra tout te dire. Celle que tu viens de poser ne fait pas partie de cette catégorie, aussi, je vais y répondre : nous refusons de collaborer à la stratégie du Tigre. Nous avons notre propre objectif et nous nous efforçons d'intégrer le Tigre dans nos plans, dans la mesure du possible.

– Bigre! C'est déjà un gros morceau! Mais envers qui avez-vous fait un serment?

Tani reste debout, alors que les autres, y compris Rowsha, sont parfaitement silencieux. Finalement et visiblement sans la moindre trace de spontanéité, elle répond :

– Envers tous les "gris".

– Bien. De toute évidence, Rowsha, ce n'est pas toi le "chef de tribu", ai-je raison?

Avec un mécanisme disciplinaire étonnant, Tani se rassoit et Rowsha se lève.

– Effectivement.

– C'est Tani, n'est-ce pas?

– Oui, c'est elle.

– Et tu as joué ce rôle pour faire diversion.

– Exact.

– Et d'où venez-vous?

Rowsha se referme comme une huître et reprend place. Tani se relève. On dirait bien que ce genre de réunion leur est parfaitement familière et qu'ils y appliquent des règles strictes et bien rodées!

– Octa, comme tu le sais déjà, nous venons de l'extérieur.

– On ne peut donner réponse plus floue!

L'attitude de Tani est distante, sa mâchoire est serrée et ses lèvres pincées. Je n'aime pas ça. Oh, non! La voir ainsi ne me plaît pas du tout et sa réponse est sur un ton qui correspond à la mimique.

– C'est la seule que nous puissions te donner!

Le cœur en charpie, je garde mes états d'âme en veilleuse. Je dois continuer à creuser.

– Les Gris, sous un fallacieux couvert de rescapés du monde sauvage, vous avez, en réalité, une érudition remarquable et savez beaucoup plus que ce que vous voulez faire croire. D'où vous viennent toutes vos connaissances?

Tani est restée debout, clairement désireuse de représenter ses pairs.

– Nous avions accès à une bibliothèque extrêmement riche et nos aînés ont été parmi les plus grands scientifiques de la Terre.

– Bien! Lenida, quel âge as-tu?

Tani se rassoit, et Lénida se lève comme un ressort. À ce moment, un curieux frémissement traverse le groupe. Visiblement, personne ne s'attend à ce genre de question... et c'est voulu. Se faisant, leurs regards se croisent. Dans les yeux de Lénida, une appréhension mêlée de doute, dans ceux de Tani, une injonction, comme pour lui signifier : "Fais attention de ne pas trop en dire!". Tout cela ne dure pas plus d'un clignement et Lénida répond sur un ton embarrassé :

– Heu! Comment savoir exactement? Attends... Cela ferait... vingt-huit ans. Non!... Heu... Je me trompe... cela doit faire vingt-deux Cycles, en réalité.

– Plutôt bizarre, comme cela paraît compliqué, me semble-t-il...

Tout en écoutant Lenida, je n'ai pas manqué d'observer les faciès des Gris. J'en conclus qu'il serait pratiquement inutile de poser la même question aux autres : ils ont tous rapidement fait leurs petits calculs et ont déjà leurs réponses toutes trouvées. Je passe donc à autre chose.

– Par quel "hasard" êtes-vous arrivés au Manoir?

Pendant un instant, je crois avoir droit à une explication plus franche, en voyant Lénida prête à répondre. Mais, hélas, Tani se lève, forçant Lénida à s'affaisser en silence.

– À un moment donné, nous avons eu accès à une technologie parfaitement opérationnelle et, grâce à celle-ci, nous avons repéré le Manoir. Il était évident qu'une forme avancée de système électronique y fonctionnait encore et qu'elle était activement mise à contribution. C'est tout naturellement que nous avons pris la route vers cette destination.

– Comment avez-vous su que le Manoir utilisait "une forme avancée de système électronique" ?

– C'est l'unique endroit où le courant dans la clôture reste sous tension de manière continue et où les éclairages intérieurs font preuve d'une parfaite maîtrise de l'électricité.

– Tani, cette langue de bois est terriblement agaçante!

– Je t'ai prévenu. Nous ne pourrons pas être plus explicites!

– Bon! Faisons une pause! Servez-vous de thé et de galettes. Je vous laisse quelques instants, le temps d'aller chercher quelque chose qui va vous intéresser. J'en suis sûr.

Tani me jette un regard interrogateur, mais inhabituellement scrutateur. J'ai comme un glaçon dans le cœur et une forte envie de pleurer. Ce n'est pas la Tani que je croyais connaître! Il me semble que notre relation en a pris un sale coup. Je me sens triste à mourir. De toute évidence, Tani ment! Et elle le fait de sang-froid, sans état d'âme... C'est dur!

Je me retire dans la pièce adjacente et fais mine de chercher quelque chose. J'ouvre et ferme un tiroir, une porte d'armoire. Entre deux bruits, je tends l'oreille. J'entends bien quelques cliquetis de théière, de tasses, par contre, pas le moindre échange verbal. Il y a de la méfiance dans l'air! Ce soir, l'ambiance est aux glaçons, et ça n'est rien de le dire.

Quand je retourne dans mon séjour, tous sont servis autour de la table basse et un saladier rempli de biscuits trône à côté de la théière. Tout le monde fait mine de se détendre. Personne ne touche aux biscuits.

Je m'installe calmement sur la petite chaise qui fait face à l'assistance, les mains posées sur mes genoux.

C'est Yofalia qui rompt le silence, en restant assise, cette fois-ci :

– Tu voulais nous montrer quelque chose?

– En effet Yofalia, j'aurais voulu vous montrer un objet tombé du ciel, voici quelques Lunes, dans l'espoir que vos connaissances en électronique puissent m'en expliquer l'utilité et le fonctionnement. Malheureusement, cet objet a disparu!

L'air de rien, je scanne les subtiles modifications dans leurs expressions pour une rapide analyse morphopsychologique. Leurs tentatives de masquer leurs émotions profondes sont à peine perceptibles. Étrange, comme sur le visage d'une même personne, il peut y avoir simultanément des signaux si contradictoires! Vraiment étrange.

Tani pose sa tasse sur la table basse et se lève pour parler. Le formalisme se remet en place, même au moment de la pause thé!

– Crois bien que cet objet nous aurait hautement intéressés et que nous aurions été ravis de l'examiner. Sa disparition est regrettable!

Visiblement, elle ment! Et le pire est que ce n'est pas la première fois! Ma confiance se fissure. Ne m'a-t-elle jamais dit la vérité, en fait? Comment pourrais-je le savoir? Intérieurement, je ressens une indescriptible déchirure. Les larmes affluent et il m'est impossible de les retenir. Sans un mot, je laisse les Gris, passe le sas, les couloirs, sors en plein air et monte sur la colline dominant le Village. Je m'effondre.

Les Gris ont quitté ma demeure. Dans ma souffrance, je leur ai simplement fait le signe de s'en aller. Tous... Toutes et tous!

Je n'ai plus envie de rien. Je me fous de la santé du Tigre. Je me fous de la deuxième Lune. Je me fous de tout. Par son mensonge, j'ai perdu Tani et j'ai tout perdu.

Quand un rêve dure depuis trop longtemps, on sait qu'il y aura forcément un décalage du moment qu'il se réalise... et qu'ensuite il se brise!

Combien de temps suis-je resté assis là, sur ce tuyau, à ne rien regarder? Je l'ignore. La nuit s'est installée depuis un moment déjà et elle est froide en ce début de dixième Lune. Frigorifié, je me décide à rentrer chez moi... enfin chez Holt, car je n'ai plus l'impression d'avoir un chez-moi. Quand j'y entre, tout est vide, mais quelqu'un a pris le soin d'enclencher l'arrivée du chauffage à air chaud fourni par l'excédant de gaz. En théorie, tout devrait être agréable et aller pour le mieux... en théorie. Les biscuits ont été rangés et tant mieux. Je n'ai aucun appétit, juste terriblement soif. Les flots de larmes, ça déshydrate!

Couché à plat sur mon lit, je ne me rends pas compte de mon état d'épuisement, mais, d'un coup, je me réveille dans une matinée déjà fort avancée. Je me lève d'un bond. Je veux croire que tout cela n'a été qu'un cauchemar, que je vais aller à la salle de toilette et y trouver Tani. L'embrasser. La caresser. Échanger, avec elle, des tonnes de douceur... Mais, il n'en est rien. Je dois faire face à un deuil, un très grand deuil!

Le seul à me tendre ses bras, ici, est mon fauteuil. Je m'y affale et par réflexe de survie, je ferme les yeux et j'inspire... j'expire... j'inspire... Je retourne en moi, pour aller puiser dans l'unique source de bonheur qui ne me laissera jamais tomber. Même à ma mort, ce n'est pas elle qui me quittera, mais moi qui devrai la lâcher.

J'en suis à ce stade de mes états d'âme quand on frappe à mon entrée. J'hésite entre ne pas réagir ou hurler qu'on me fiche la paix. Quelqu'un reste patiemment derrière ma porte et je choisis une attitude plus fidèle à ma nature : je vais simplement ouvrir.

Tani est là! La mine contrite, visiblement désolée et ses yeux, habituellement si clairs et lumineux, sont rougis par autant de pleurs qui auront coulé par les miens, j'en suis persuadé... Et je craque, bien sûr... Et nous fondons dans les bras l'un de l'autre, bien sûr... Elle sanglote, au creux déjà tout mouillé de mon cou.

– Octa, Octa... J'espère que tu peux me pardonner de t'avoir tant déçu!

– Tani... Pardonne-moi d'avoir trop insisté pour percer votre secret. Je dois accepter de ne pas tout comprendre et respecter le choix de chacun.

Nous ne faisons pas l'amour tout de suite. Nous devons d'abord nous retrouver l'un l'autre. Et, sans exagérer, je crois que nous avons quelques kilomètres à parcourir pour y parvenir!

Il a fallu deux jours, pour que la relation entre Tani et moi recouvre ses marques. Deux jours, c'est assez long... dans ce domaine! D'autant que, pendant ce temps, je n'ai plus touché à mes dés du Mur, ni Tani. Comme tout le monde, ici, est au courant de notre petit psychodrame, personne ne nous en tiendra rigueur.

De plus, le grand sujet de discussion est d'une tout autre dimension. Elle est véritablement historique. J'ai annoncé, lors d'une réunion de comité, qu'un contact direct existe, depuis un certain temps, entre le Village et le Manoir et que j'ai même la possibilité de souvent rencontrer le Tigre en personne. Croyez-moi, ce changement de paradigme aurait pu mettre en péril n'importe quelle structure communautaire. Heureusement, l'autonomie assumée a le mérite de rendre chacun suffisamment responsable et souple pour assimiler les situations; aussi "révolutionnaires" peuvent-elles être! La perspicacité naturelle est développée par chaque individu élevé depuis sa plus tendre enfance dans l'évidence de la nécessité de pouvoir se débrouiller seul. Cette acuité permet de percevoir les non-dits, de lire les signes derrière les apparences, et pour peu qu'on y prend garde, d'acquérir une vision assez exacte de ce qui se trame autour de soi.

Plusieurs témoignages et confidences me démontrent que de nombreux habitants du Village ont, depuis longtemps, repéré les anomalies dans les comportements de plusieurs congénères. Difficile de duper des personnes initiées à la débrouille, et donc à un sens développé de l'observation! Simplement, chacun étant jugé comme suffisamment apte à agir au mieux, personne n'a senti la nécessité de s'ingérer dans la vie d'autrui. Cela fait partie d'un élémentaire respect de l'Individu!

Bref, malgré l'énormité de l'annonce, ou, disons plutôt, du paquet d'annonces, le Village continue de fonctionner sans heurts.

Je devrais être comblé. Pourtant, mon cœur est serré comme pris en tenaille. L'amour est chose étrange. Les sentiments contradictoires peuvent se bousculer à tel point que plus aucune certitude n'y résiste.

Un besoin de poser une distance se fait pressant, à mon corps défendant. Je vais retourner au Manoir. Qui l'eût cru? Je vais aller m'y réfugier, presque en ermite!

La chambre de Tani, au Manoir, n'a pas changé. C'est moi qui m'y sens différent. Je laisse tomber mes sacs au pied de l'armoire un jour plus tard que prévu. Quelqu'un a tenté de me suivre depuis le Village et j'ai dû simuler un campement nocturne pour continuer ma route, à angle droit direction est, avant le jour. En quittant le chemin du Nord, j'ai certainement semé le curieux, car, ayant pris la précaution de souvent m'arrêter aux aguets, nul bruit ne me suivait. Mais je ne suis sûr de rien. Il y a d'excellents éclaireurs, au Village, capables de me filer sans se faire remarquer. Finalement, je m'en fiche. Qu'on m'ait surpris ou non, cela me semble devenu tellement secondaire!

Je me laisse tomber, sur le dos, dans le moelleux duvet du lit. Alors que mon corps se repose, mes pensées continuent leur cavale infernale. Je dois être un peu masochiste pour revenir ici.

Comme des relents nostalgiques abscons, des ressacs de souvenirs tristes, un amoncellement de lourds nuages s'invitent avec insistance et me harcèlent les méninges.

Que m'arrive-t-il? Des doutes prennent un malin plaisir à venir ternir des images dont la luminosité semblait, jusqu'ici, inaltérable.

Certains mystères font autant peur que certaines vérités. Je n'arrive plus à discerner le vrai du faux. La méfiance est en passe de me remplir de son fiel et c'est un apprentissage bien cruel qu'il m'est donné de traverser depuis quelques jours. Celui de ne plus trouver le chemin à la sérénité!

J'ai cette chanson triste qui me revient, écrite alors qu'une amoureuse aurait voulu me garder pour elle toute seule, dans une période de ma vie qui n'était guère propice à ce genre de projet. Ma guitare est restée chez moi, au Village, mais je me mets à fredonner a capella :

INTERDIT

Parfois aimant, parfois incisif
Ton regard se veut exclusif
Je peux t'aimer à l'envi
Mais le rêve n'a pas d'interdit

Dans ma tête, mon cœur et ma vie
J'ai toujours cherché l'infini
Rien n'est figé ni définitif
Le regard porte loin, au-delà des récifs

Si je considère ce monde primitif
C'est qu'il se veut si restrictif
Car l'amour, qui peut être ressenti
Est bien plus vaste qu'on ne le dit

De t'aimer aussi, est-ce interdit?
D'où vient ce dictat d'abruti?
De ces incapables dois-je être craintif
Ou, au contraire, couper dans le vif?

Rester aimant, rêveur et réceptif
Tel est mon credo quasi définitif
Ni volage ni infidèle je ne suis
Car juste, avec mon cœur de paradis

Il ne faut point refuser un sentiment, quand il vous vient, je le sais. J'essaie donc de ne pas résister. Je cherche le fond de la marre, pour prendre appui et me propulser à la surface. Mais, je continue de couler. Je me dis "Laisse-toi faire, laisse-toi aller". Pourquoi toute cette tristesse? Je vais m'y noyer! Inspire, expire, inspire... Rien n'y fait! Sérénité, oh! ma sérénité, où es-tu? Pourquoi m'as-tu abandonné?

Depuis le rêve de ma visite à la Trotteuse et la découverte de sa nature artificielle, je ne cesse d'être tourmenté. Mon intuition infuse se trouve pincée, étirée et parfois retroussée. Trop de révélations, en trop peu de temps! Je sature! Il me vient à douter de tout et de tous. Pire, et au-delà du supportable, j'en arrive même à douter de Tani!

De plus, alors que Tani est restée au Village, en revenant hier au Manoir, je compte la présence de quatre nouveaux Gris parmi les résidents! Sortis de nulle part? Sûrement pas! Avec les nouvelles relativement mauvaises qu'il me faut communiquer au Tigre, il n'y a vraiment rien qui puisse arranger mon état dépressif! Trop de choses à tirer au clair! Je vais tomber malade!

Ce n'est pas un pied touchant un hypothétique fond de bassin quelconque, qui me permette de rebondir de la noirceur, mais le ton jovial de Rolsar.

– Hey, Octa, content de te revoir! Le Tigre... Mais, Octa, tu n'as pas l'air dans ton assiette! Tu ne te sens pas bien? Veux-tu te reposer? Je peux aller dire au Tigre que tu es indisposé et ne pas pouv...

– Non, non, Rolsar... Salut... Moi aussi je suis heureux de te revoir. Toi, par contre, tu es tout pimpant, ça fait plaisir! Allez, je te suis.

Ma détermination est un poil surjouée, je l'admets, et le nouvel arrivant n'est pas dupe.

– Sérieusement, tu n'as pas bonne mine! Il faudrait que le docteur Trandini t'ausculte personnellement!

– Ne parle pas de malheur! Tu ne t'imagines pas tout ce qu'il pourrait trouver à m'injecter, ce fichtre d'empoisonneur!

Ces bêtises ont, au moins, la vertu de faire rire Rolsar aux éclats... ce qui, par ailleurs, a sur moi un effet thérapeutique très appréciable dans le contexte.

Quand j'arrive dans la pièce à la cheminée, mon premier constat est que, malgré mon état déliquescent, le Tigre en mène encore moins large que moi... et pas d'un peu! J'en oublie les politesses et ne peux m'empêcher de m'exclamer :

– Fichtre, Tigre, il semblerait bien que les temps soient durs!

– Tais-toi! je ne me suis jamais senti aussi mal de ma vie! De plus, je crois déjà connaître une partie de ce que tu t'apprêtes à m'annoncer et ça n'arrange pas mon moral!

– Bien sûr, une poignée de tes agents doubles participent d'assez près aux recherches. En effet, cela prend plus de temps qu'il devrait. Je suis vraiment désolé.

– Tu n'y peux rien. Ce que tu fais pour moi est sans prix et bien au-delà de ce que je mérite. Je commence à peine à ressentir ce que signifie l'expression "recevoir une aide désintéressée", mais ça vient, gentiment.

– C'est déjà ça!

– Oui, tu peux bien rire! Allez! Non, sincèrement, je te suis très reconnaissant. En plus, mes progrès ne sont pas de mon seul fait. Je dois t'avouer une chose : Arbor m'injecte de l'ocytocine en douce!

– Aïe! Et ils continuent!

–... Sois sans crainte! Il le fait en doses minimes et il fait ça très bien, comme tu le sais. Haha! Et bien, vois-tu, il se trouve que non seulement cela me rend un peu moins désagréablement tyrannique, mais Arbor a découvert que mon bien-être empathique influe sur l'altération cellulaire en la ralentissant! Il dit que la dégradation de plusieurs de mes organes est freinée par l'apport d'ocytocine! Il pense qu'il y a une relation psychosomatique entre l'hypophyse et l'équilibre moléculaire. Intéressant, non?

– Effectivement... Mais, passablement évident, non?

Le Tigre change de sujet.

– Mais, toi, Octa, ça ne va pas fort, hein? Tu t'es disputé avec Tani? Ta tête, là, est typique d'un chagrin d'amour carabiné!

– Ce n'est pas si simple, hélas! Dis-moi, Tigre, que sais-tu de la deuxième Lune, la petite, la Trotteuse?

– Elle est artificielle, comme tu l'as découvert. Je n'en parle à personne, mais, j'étais présent au décollage des dix premières fusées, quand les éléments de base de l'usine de conditionnement ont été mis sur orbite ? Ce que tu ne sais pas, Octa, c'est que pratiquement tout ce qui a été produit, fabriqué et monté, vient de l'espace. Les carcasses et les déchets de dizaines de milliers de vieux engins de toutes tailles ont été triés, refondus et recyclés en mode orbital. D'autres matériaux proviennent de la Lune, d'astéroïdes et de fragments recueillis dans le voisinage de la Terre. Le projet était génial, en soi. Malheureusement, le satellite zéro un tout juste achevé, des dissidences entre collaborateurs d'abord, puis entre pays associés, on sonné le glas de l'aventure. Je crois que plusieurs centaines de personnes, scientifiques de toutes disciplines et spécialistes divers, avaient été envoyées dans la sphère. Puis, les pauvres ont été simplement abandonnés à leur sort. Plus personne ne voulant plus financer la suite des opérations. C'est affreux, n'est-ce pas? Et j'y ai une part de responsabilité. Car, à l'époque, j'aurais pu apporter une contribution supplémentaire... Mais, j'ai préféré investir davantage dans les recherches médicales. Avec quelques autres milliardaires, nous avons égoïstement privilégié notre longévité.

– Diantre! Ça doit être lourd à porter, non?

– Très! J'aimerais pouvoir revenir en arrière... Enfin, je serais peut-être mort. Mais, à l'heure actuelle, une vie aurait pu continuer là-haut!

– Sait-on s'il n'y en a plus?

– Comment se pourrait-il? Mais, si c'était le cas, je tenterais de me faire pardonner, d'une façon ou d'une autre. Il y a beaucoup de monde, dont je voudrais me faire pardonner, du reste! La plupart sont morts. Hélas, plus aucune rédemption n'est à attendre de leur part. C'est probablement ce qui m'a motivé, en plus de l'espoir de trouver une aide à vivre plus longtemps, de contacter les survivants à l'origine du Village. Je ne pouvais pas ressusciter ceux qui me restaient sur la conscience, mais éviter d'en avoir encore qui s'y rajoutent! Et, ensuite, il y en a eu d'autres.

– D'autres morts, ou d'autres vivants?

– Vivants! Ceux que tu as surnommés les "gris". Quand le premier groupe de ces gris est arrivé, j'ai failli leur faire porter à manger et les persuader de continuer leur chemin. Mais, dès les premiers instants, en les écoutant à distance, ils m'ont inspiré confiance et leur riche vocabulaire m'a titillé. Grand bien m'en fit, car, ils se sont avérés précieux. À mon avis, ils ont dû être chassés par des hordes d'êtres dégénérés, humains ou non, d'un endroit doté de technologie. Durant les trois premières années, trois Cycles et des poussières donc, ils ont réussi à réparer d'innombrables appareils. Malheureusement pas tous. Sinon, mon état n'aurait pas tant décliné! La colère exprimée par Tani, l'autre fois, est compréhensible. Je me suis bel et bien servi d'eux, sans jamais songer à leur donner l'équivalent en retour. Bien sûr, offrir, dans un monde où il n'y a plus rien, le gîte, le couvert, la sécurité, c'est déjà beaucoup. Ce serait largement assez, pour tous les habitants hébergés dans le manoir, s'ils n'étaient pas, eux-mêmes, les producteurs d'une grande partie de leur bien-être. Ils cultivent, entretiennent, nettoient, ils...

–... Sont tes serviteurs, de fait...

– C'est cela! En réalité, nous sommes quittes et je ne suis pas supposé les considérer comme serviteurs! Est-ce cela, l'empathie? Commencer à pouvoir se mettre à leur place et ne plus vouloir seulement en profiter pour soi?

– Bon! Là, ce n'est que le minimum du centième. Mais, si c'est la première fois que ce genre de considération te vient à l'esprit, je ne peux que t'encourager à continuer tes injections! Quant à moi, je vais m'attelewr à la suite de mes recherches, car, en m'efforçant de dénicher des solutions pour toi, j'ai découvert de nombreuses méthodes de traitements chirurgicaux et de mode guérison à l'aide de produits naturels qui sont applicables pour tout un chacun.

– Parfait. Ça tombe bien, je suis terriblement vite fatigué et il est l'heure d'une intervention d'Arbor.

– OK. Je te laisse... Quant à Arbor, j'espère que tu pourras, un jour, suffisamment le remercier de tous les soins qu'il t'aura prodigués. Ne l'oublie pas, d'accord? Bonsoir, Tigre.

– Je ne l'oublierai pas. Bonsoir et bonne chasse!

Cette discussion m'a remis sur les rails. En descendant, je m'arrête à la cafétéria pour me prendre un petit en-cas. Il n'y a pas foule, la journée est proche de sa fin, mais pratiquement tout le monde est encore à pied d'œuvre. Il n'y a que Corellie et Gordan assis à une table du fond. Ils m'ont vu et me font signe. Plateau en main, j'arrive à leur auteur.

– Salut, vous deux! J'interprète votre manifestation de sympathie comme étant une permission de m'associer à votre noble compagnie, n'est-ce pas?

Corellie semble ravie, et Gordan plutôt inquiet.

– Salut, Octa, tes recherches avancent? Le Village reçoit-il des merveilles d'articles ultras ciblés?

– Tu as l'air bien fatigué, Octa, tu en fais peut-être un peu trop, non?

– Merci, Corellie et merci Gordan. Je vais donc répondre à votre interview. Oui, mes quêtes commencent à porter des fruits. Il faut dire que je bénéficie d'énormément d'aide. Eh oui, le Village est aux anges et ne sait toujours pas à quel point je rentre et sors de ce Manoir comme chez moi. Et encore oui

Gordan, je suis crevé, mais je ne crois pas que j'en fasse tant que cela. Mais, là, donnez-moi de vos nouvelles, car j'ai faim et je vais me contenter de vous écouter. Ma bouche va me servir, pendant un certain temps, uniquement à me sustenter!

Corellie commence :

– As-tu déjà rencontré les nouveaux arrivants? Ils ont des cheveux tous gris, comme Tani et son équipe. Et ils sont tombés à point nommé, aussi. Les pannes électroniques se sont succédé et une catastrophe s'annonçait pour les labos. Douze machines sur dix-huit étaient hors service! T'imagines? Et bien, les nouveaux sont allés jeter un œil sur les appareils, ont fait sortir tout le monde et se sont bouclés à l'intérieur d'une pièce pendant deux jours entiers. Quand ils ont rouvert la porte, les spécialistes n'ont pu que constater qu'ils avaient réussi à en réparer huit! Huit! Les six dernières qui venaient de lâcher et, tiens-toi bien, deux autres qui n'avaient plus fonctionné depuis des années! Ils sont encore plus doués que leurs prédécesseurs! Ces gens sont incroyables!

Gordan intervient :

– Des magiciens, des extraterrestres, des génies, tu veux dire! Mais, pas bavards. Ah, ça! Ils restent entre eux et n'alignent guère plus de deux mots. Ils sont polis, gentils, mais d'une discrétion à faire pâlir de jalousie nos silencieux docteurs!

J'ai terminé ma bouchée et je m'empresse de crocher au propos.

– Oui, ils sont mystérieux, ces Gris! Mais, chez moi, au Village, ils sont devenus nettement plus loquaces et ils participent aux tâches comme s'ils avaient résidé là toute leur vie.

Corellie fait d'immenses yeux :

– Vraiment?

– Oui, mais, il n'empêche qu'ils évitent d'aborder pas mal de sujets. Il faudrait pouvoir trouver une série de questions-pièges et parvenir à leur tirer les vers du nez, sans qu'ils s'en rendent compte. Je me demande si, parmi toutes les éminences grises de la maisonnée, il n'y aurait pas un ou deux docteurs en psychologie capable de fournir une sorte de test.

Gordan s'excite, manifestement enthousiasmé à l'idée faire partie d'un complot :

– Je peux en toucher un mot à Terneban Poldri. Je suis sûr qu'il va vouloir se mettre sur le coup! En plus, cela fait assez longtemps qu'il se plaint de ne plus pouvoir pratiquer sa psychologie de manière intensive.

– Fichtre! Cela risque de former une bien belle équipe de pirates! Ha! Ha! Bien! Là, je dois vous laisser, j'ai à faire en bas et je vais y passer la soirée, voire la nuit. Vous vous occupez de ces "formalités" et me tenez au courant? Si ça vous va, bien sûr!

Les deux en cœur :

– Et comment, que ça nous va!

Juste avant de quitter les lieux, je me retourne pour une dernière question qui me tenaille :

– Sait-on s'ils ont pu remettre l'imprimante 3D en route?

Gordan répond l'air étonné :

– Ah, je vois que tu es au parfum de pas mal de choses... Mais, non, ils ont surtout réparé les appareils informatiques.

– OK! Passez une douce soirée!

Un signe de la main et je file.

J'arrive dans l'immense salle de triage des journaux au moment où tout le monde s'en va. Un échange de signes de la main, et le tour est joué. Je suis enfin seul.

Ce soir, deux sujets d'articles m'intéressent. En premier lieu : Le satellite artificiel. En second lieu : Qui est le Tigre. Concernant la Trotteuse, je fouille parmi ceux dont le papier est le mieux conservé. Je déduis qu'il ne sert à rien de remonter plus loin, par le simple fait que les deux pages que j'avais décollées, devaient l'être d'une des dernières éditions imprimées physiquement. Comme j'ai enfin compris que la boîte de chiffres lumineux fixée au mur est une "horloge indiquant des heures et des minutes", je me donne une heure pour rassembler quelques articles décrivant les aléas de la création et de la mise en orbite du satellite. Passé ce laps de temps, je m'attelle à la recherche de journaux et magazines traitant des milliardaires d'avant la crise et, plus particulièrement, d'un héritier de chiffonnier.

L'endormissement m'a terrassé par surprise. Quelqu'un me réveille, affalé sur une pille de feuilles, je tourne la tête. La vision encore floutée par le sommeil, j'émerge péniblement. Je commence à discerner et sursaute :

– Tani!

Cette subite montée d'adrénaline me saoule un moment. Mais non, ce n'est pas Tani.

– Je connais Tani. Mais, ce n'est pas moi. Tani est...

– Au Village. Oui, oui... Au Village. Excusez-moi. Je me suis assoupi et vous m'avez réveillé et...

–... Et vous m'avez prise pour Tani. Elle est bien plus jeune que moi. Je me suis permis de vous réveiller, parce que je pense qu'il serait préférable que vous passiez le peu qui reste de la nuit dans votre lit, plutôt qu'ici.

– Oui, bien sûr... C'est bien aimable de votre part. Je n'ai encore jamais eu l'occasion de vous rencontrer, cela fait-il longtemps que vous êtes au Manoir?

– Quelques jours, seulement. Vous faites des recherches?

Conscient que les Gris ne sont que trop mystérieux, je choisis de rester dans le vague. Tout en rassemblant promptement mes trouvailles en une épaisse pile que je compte bien emporter dans ma chambre, je lui réponds :

– Je viens du Village, comme vous le savez, et la somme de connaissances que nous avons à rattraper est énorme. J'ai donc tendance à faire des "heures sup" comme ils disent ici. Par contre, je serais ravi de boire un café en votre compagnie, si vous avez un moment demain, dans la journée.

– Avec plaisir, monsieur Octa. Il y a des tonnes de choses que j'aimerais découvrir à propos du Village.

– Très bien. Nous pourrons en discuter...

–... Darin'. Mon nom est Darin'. Bonne fin de nuit.

Mon paquet de pages de vieilles feuilles sous le bras, moisson nettement plus conséquente que j'aurais espérée, je la quitte pour remonter à l'étage. Du coin de l'œil, je la vois sortir un petit rectangle noir de sa poche, une télécommande comme celle d'Arbor, et faire apparaître un ascenseur dérobé, habilement dissimulé dans la paroi bétonnée. J'en suis à me demander si le Tigre est vraiment encore maître en ses lieux. J'aurai, aussi, des tonnes de choses à connaître à propos des Gris et, demain, je compte bien réussir à en savoir plus long, grâce, ou aux dépens de dame Darin'!

J'ai passé la matinée enfermé dans la chambre de Tani, absorbé par les documents rassemblés hier soir. De nombreux détails techniques et quantité de messages échangés entre les journalistes de la Terre et les occupants du grand satellite, cabalistiquement nommé OSP-01, démontrent qu'une autonomie effective était possible et qu'il est même logique que la dégradation des conditions de vie sur la planète n'ait pas immédiatement affecté celles des habitants en orbite. Mais, ce n'est qu'une hypothèse. Si l'on ajoute une durée estimée à une vingtaine de Cycles, entre les dernières parutions de la presse et le début de l'effondrement de l'organisation de la société mondiale et, probablement, une période équivalente pour l'exode et la fuite en des lieux sûrs de groupes de survivants, cela représente, au bas mot, une quarantaine de Cycles. Additionnons à cela les cent quatorze Cycles du Village et les cent cinquante Cycles sont dépassés! En considérant les pannes et problèmes d'usure des pièces, comme j'ai pu en constater dans les laboratoires hyper sophistiqués du Manoir, il est quasiment impossible que le satellite soit encore opérationnel. Et, même si c'était le cas, quid de l'aspect psychologique et des conflits sociopolitiques? Tous ces gens devaient être imprégnés de la mentalité paradoxale de l'ancienne civilisation. Une fois toutes leurs valeurs brisées, et au vu de ce qui se produisait sur leur planète d'origine, les habitants d'OSP-01 ont certainement dû sombrer dans l'apathie et disparaître dans le chaos! Par conséquent, à part les révélations purement scientifiques laissées dans les articles, le destin de la Trotteuse demeure un mystère.

Par contre, dans la deuxième partie de mes recherches d'hier, les contours de la personnalité du Tigre sont maintenant un peu plus nets! Il s'appelle en réalité Henri-Grégoire Ferretoni, fils de Giovanni Carlo Ferretoni, devenu milliardaire grâce à Juliano Ferretoni, "Collectionneur" et "Récupérateur de génie", selon la presse. Les journalistes n'utilisent le terme "chiffonnier" à aucun moment. À mon avis, cette désignation devait revêtir un côté péjoratif. De toute évidence, au vu de la notoriété gagnée par la famille Ferretoni, aucun journal ne voulait risquer de chiffonner une éminence assez puissante pour lui fermer les portes de toutes les rédactions de l'univers! J'ai même des photographies Henri-Grégoire, jeune requin montant, avec son père. Henri-Grégoire, étonnamment ressemblant au Tigre lors de notre première rencontre, posant avec une équipe de scientifiques, en tenue spatiale, juste avant le décollage d'un groupe de quarante-deux futurs habitants de OSP-01. Henri-Grégoire assis à son bureau, avec le commentaire : "Une fois encore, Monsieur Henri-Grégoire Ferretoni, Directeur de Ferretoni Krafts Limited et Président de la Eternal Health Project Fondation a fait une généreuse donation à l'International Medical Center". Je me permets de douter que ses buts aient été purement altruistes, ayant lu, dans un autre article, que cet International Medical Center avait axé toutes ses recherches sur le clonage et la reproduction d'organes humains...

Hum! Henri-Grégoire alias le Tigre, tu n'as toujours été qu'un fichu égoïste, dans le fond. Si tu t'en sors et réussis à retrouver ton humanité : chapeau!

Tiens, juste au moment de vouloir quitter mon siège, je vois cet autre titre : "LA GUN ÉCHOUE : sommes-nous perdus?". Le compte-rendu est bref et je le parcours en entier. Il y est question d'abandon des postes de travail, de la dévaluation totale de toutes les monnaies, d'un des gouvernements les plus puissants de la Terre qui déclenche une guerre mondiale pour tenter de sauver son "économie" et une suite de faits, tous aussi pathétiques qu'insensés. La conclusion est laconique : "Nous fonçons droit dans le mur!" Je me dis que, pour l'époque, cela ne devait pas être un "scoop"!

Aïe! Je deviens cynique, comme un atrophié de l'hypophyse, là!

Grand temps de faire une pause et descendre pour rencontrer Darin'.

En me dirigeant vers la cafétéria, à peine quelques pas franchis depuis la dernière marche donnant sur le "petit" salon, j'aperçois l'un des nouveaux gris et en profite de le héler :

– Ohé, l'ami! Darin' et moi avons convenus de nous retrouver cet après-midi. Saurais-tu où je peux la trouver?

Le très jeune Gris s'approche souriant.

– Bonjour, Octa, je suis Karanrim'. Je reviens de la cantine et je pense que Darin' ne devrait pas tarder à y aller à son tour. Il me semble qu'elle en a parlé, ce matin.

Je le remercie et m'apprête à filer, mais Karanrim' me retient gentiment le bras.

– Dis-moi, Octa, crois-tu qu'il serait possible de trouver une astuce pour que Darin', Yossim', Imsii et moi puissions tous bientôt rejoindre le Village?

Les yeux du Gris brillent en me faisant cette demande. Il y a une sorte d'impatience.

– Hum! À vrai dire, je n'en sais rien. Il faudrait, effectivement un stratagème, imaginer un scénario qui tienne la route. En fait, le premier groupe avait déjà préparé cette éventualité. Vous en avez tellement envie?

Karanrim', un peu gêné par ma question directe, me répond sur le ton de la confidence.

– Certainement, oui... Enfin, le Village... ton Village, il est mythique!

– Mythique? Comment cela?

Là, le Gris est carrément déstabilisé et bafouille :

– Heu! C'est-à-dire que... ces derniers jours... enfin... depuis que nous sommes arrivés au Manoir, tous ne nous parlent que du Village... Village par-ci, Village par-là. Bref, ça a l'air fantastique... assez pour avoir envie d'y aller, en tout cas!

– Haha! Plus les choses sont naturelles et plus cela paraît "fantastique", "extraordinaire", et tout! C'est le monde à l'envers! Bon! Trouvez déjà un concept qui tienne debout, une histoire plausible, et on verra! Mais maintenant, je file! À une autre fois.

Karanrim' reste planté, un peu penaud en se grattant la tête. Il est jeune et doit être en train de se demander s'il n'en a pas trop dit... ce que, en ce qui me concerne et à ma satisfaction, il a fait!

Arrivé à la cafétéria, de loin, je pourrais vraiment croire apercevoir Tani, assise dans le fond. Je chasse la menaçante petite montée de tristesse et vais me servir un court bien tassé avant de rejoindre Darin'.

– Bonjour Darin'.

– Bonjour Octa.

– Vous avez continué de réparer les vieux appareils des labos?

– Je dois avouer, hélas, qu'il n'y a rien de plus à accomplir dans ce sens. Il faudrait d'autres pièces et les moyens de concevoir les modèles nécessaires n'existent plus.

– Bigre! Mais, d'où tenez-vous ces compétences techniques?

– L'endroit que nous avons quitté nous obligeait à maîtriser toutes les disciplines technologiques. Quand la vie dépend d'une aptitude, on l'acquiert, ou l'on meurt! Enfin, vous connaissez ça! Mais, bon! Laissons le passé où il est et contentons-nous du présent!

Ouh-là! Habile dérobade que voilà. Il me sera plus difficile de la cuisiner que je ne le pensais! Mais, je vais attentivement l'écouter et assembler les éventuels nouveaux morceaux du puzzle plus tard!

Darin' continue :

– Le Tigre, obsédé par sa longévité, s'est retranché dans son rôle de "sauveur de la civilisation" en ne remarquant pas qu'il allait rater le train. Il a fallu qu'une interaction concrète survienne, par votre arrivée au Manoir, pour qu'il saisisse que, s'il ne changeait pas de regard, il aurait passé à côté de sa vie, aussi prolongée fût-elle. Il n'a que récemment commencé à réaliser qu'il n'avait été que le wagon à charbon d'une locomotive à vapeur et non la locomotive elle-même.

– La quoi à vapeur?

– Un train, Octa... Les premiers trains roulaient sur des rails fixés au sol. Les passagers et les marchandises étaient tirés par un engin mécanique appelé "locomotive". Au début, ces "locomotives" étaient propulsées grâce à la force de la vapeur. Mais, passons, c'est une longue histoire. Bref! J'en reviens au Tigre. Il s'est identifié à une locomotive, parce qu'il s'est toujours pris pour un leader, un chef, un meneur. Mais, les rôles ont changé. Aujourd'hui, et depuis quelque temps déjà, le maître de jeu n'est autre que le Village.

– Le Village, peut-être, mais encore très indirectement, non?

– Plus que ça, croyez-moi, Octa. Nous, ceux que vous appelez les gris, avons traversé de nombreuses contrées, toutes plus désespérément ravagées ou hostiles les unes que les autres. C'est immensément triste, mais cette région est la seule où l'on a été accueilli par des humains. Comme nos parents étaient des scientifiques, nous nous sommes naturellement sentis d'abord attirés par le Manoir, de par son aspect plus civilisé, sa technologie familière et son organisation sociale bien structurée. Toutefois, il n'a suffi que de quelques jours, pour comprendre le rôle essentiel qu'occupe le Village.

– Raison pour laquelle vous tenez tant à y venir.

– Exact. Vous l'avez deviné.

– À vrai dire, quelqu'un a vendu la mèche! Mais, cela n'a pas d'importance. J'ai deux ou trois petites choses à régler chez moi. J'en aurai pour quelques jours. Ensuite, je reviens et nous verrons, dès que possible, ce qu'il y aura lieu de faire.

– Entendu, monsieur Octa! Retrouvons-nous à votre retour.

Je reprends ma tasse vide et me retourne encore pour saluer Darin'.

– Au revoir.

Plus je la regarde, plus je suis frappé par sa ressemblance avec Tani. On pourrait parler d'un "air de famille"... et pas qu'au niveau des cheveux...

Une ressemblance.

Comme Tani.

Au Village.

Demain, je retourne au Village. Dois-je m'en réjouir, ou avoir la trouille?

Sentiment bizarre. Mon cerveau ne parvient peut-être plus à suivre. Comme il en va pour mon cœur, semble-t-il !

L'action est souvent supposée être un remède. Ne pourrait-elle pas, tout autant, n'être qu'une fuite en avant? En rajouter pour oublier le trop-plein... un style d'erreur qu'ont bien dû pratiquer nos ancêtres!

Les orages sans pluie

Yaro, comme moi et la plupart des habitants du Village, ne se ménage pas, lorsqu'il s'agit de creuser dans ses ressources et faire de nouvelles découvertes. Pourtant, je le considère comme un des plus inventifs que je connaisse. De le voir débarquer chez moi avec cet air triomphant, accompagné d'une gestuelle particulièrement théâtrale, je sais d'avance qu'il va m'épater! De fait, quand il déballe, sur ma table à manger, le petit dispositif de sa conception, je suis déjà convaincu que je ne vais pas être déçu!

– Salut Octa, oh, inspirateur de ma dernière trouvaille!

– Salut, mais, n'en fait pas trop! S'il te plaît!

– Il n'y a pas la moindre exagération dans mes affirmations : regarde-moi ça!

– Hum! C'est joli, compact, ça a l'air solide et bien monté... Mais, me ferais-tu la grâce de m'expliquer à quoi cela peut servir?

– Te rappelles-tu ce que je t'avais dit au sujet des ondes émises et reçues par la fameuse sonde disparue?

– Oui.

– Et bien, voici un détecteur de sonde!

Bien que persuadé des compétences de Yaro, je prends sciemment la mimique du sceptique-doutant-de-tout :

– Laisse-moi deviner. Cela devrait fonctionner, mais on ne le saura que lorsque la sonde sera mise à contribution par une communication. C'est cela?

Yaro se drape d'un air théâtral de scientifique offusqué, pour répondre :

– Cela va de soi! Toutefois, je ne doute pas que l'occasion de prouver son bon fonctionnement ne tarde à se présenter.

– En attendant, qu'en est-il de la surveillance de nos chers agents doubles?

– De véritables chenilles processionnaires! Hollaz est sur le coup, mais, je me demande dans quelle mesure tout cela reste un secret. Tu connais l'acuité et la perspicacité de chacune et chacun, par ici. Tous sont maintenant au courant des liens concrets existants entre Village et Manoir. Cela m'étonnerait, d'ailleurs, qu'il existe un informateur qui prenne encore garde à être discret! À mon avis, plus personne n'est dupe et tous attendent de voir, simplement et peut-être avec un certain amusement bienveillant, quelle tournure cela va prendre. Personnellement, je crois que l'on peut prévoir un épilogue dans les prochains jours... Et du côté du conseil, qu'en est-il?

– Le Manoir, le Tigre, la Petite Lune, tout cela a tendance à passer au second plan. Actuellement, il est plus question de survie de l'espèce à long terme. La problématique de la "masse critique" se pose. Nous sommes relativement peu nombreux. Si nous ne voulons pas reproduire l'idiotie du "croître et multiplier" à tort et à travers, nous devons aussi nous méfier du risque de consanguinité. Mais, je crois que Ilga, Yessi et Tolig ont trouvé quelques pistes.

– Que fait-on de mon appareil magique?

– Laisse-le-moi. Demain, je vais refaire un tour au Manoir et, sur place, il est fort probable que je puisse prendre le Tigre "la main dans le sac" et ramener la sonde ici! En attendant, je vais le poser sur l'armoire, un chouia en retrait pour ne pas tenter le diable et pouvoir retrouver l'engin recherché avant que son détecteur ne disparaisse aussi!

– Bien, je vais retourner vers Hollaz, sur le mirador. J'y ai laissé le télescope. Il faut que je vérifie son réglage. Maintenant que le monde se bouscule pour observer la "Trotteuse" par soi-même, j'ai crainte que l'usure n'ait raison de mon bricolage! Passe une bonne journée Octa.

– De même pour toi, mon cher, et encore : merci!

Tout en s'éloignant dans le couloir aux arceaux plastifiés, je le vois faire un geste de dérision :

– Ha! Mais c'est pur égoïsme de ma part, puisque j'en profite à double!

Je referme la porte en secouant la tête. Sacré Yaro!

Tani va bientôt rentrer et je lui ai promis un excellent repas. L'invention de Yaro file sur le dessus de l'armoire pour faire place à la préparation de la table.

"Quelque chose a changé", nous connaissons tous cette expression des plus familières... Dans ma situation, il y a eu tellement de changements, plus ou moins simultanés que l'usage de ces termes est nettement trop restrictif. Pourtant, si je ne m'en tiens et ne l'applique qu'à ma relation avec Tani, c'est adéquat. L'amour est bien là, c'est incontestable. Mais, notre lien a bel et bien changé. Étrangement, il y a presque plus de douceur, bien que cela paraisse impossible a priori, alors que, parallèlement, une distance s'est installée. Rien de douloureux, plutôt un impalpable paradoxe, ou une forme de dichotomie. Aucun sentiment de rejet ni de véritable cloisonnement, mais un incompréhensible mélange d'attitudes. Il en résulte une ambiance d'imminence un peu déstabilisante.

Tani se dérobe plus souvent, mais subitement revient insistante et désireuse de partager tendresse et caresses.

Aussi, je ne m'étonne pas de la voir partir à tout moment, ostensiblement, pour s'isoler, que ce soit à l'étage, ou à l'opposé, d'où que je puisse me trouver dans la maison, de jour comme de nuit. Manifestement, un sujet la tracasse. Respectueusement, je ne vais pas, de nouveau, tenter de connaître un de ses secrets. La dernière fois m'a suffi!

Le pire est cette impression de pesanteur contre laquelle on ne peut rien, comme en ce moment.

Moi, au lit, en train de lire quelques nouveaux articles et transcrire mes notes sur un carnet dédié, et Tani, seule dans le sas derrière la porte d'entrée. Ma concentration pâtit de l'ambiance bizarre qui règne ces jours. Si bien que mon regard quitte souvent mes feuillets. C'est justement à l'occasion d'une de mes errances que je remarque une lumière pulsante. Depuis ma place sous la couette, je distingue une partie de la salle à manger par l'ouverture de l'escalier. De toute évidence, les pulsations proviennent... du dessus de l'armoire. Le détecteur réagit de la même manière que la sonde elle-même : le style de rythmes est identique! Bigre! Il faut que Tani voie ça! Pieds nus, je descends les marches, traverse la salle à manger et le salon. Comme Holt a extrêmement bien conçu sa maison, tout est prévu pour que les déplacements ne dérangent personne. Aussi, quand j'ouvre la porte d'entrée, Tani, surprise, enfile prestement son amulette dans

le col de son pull, comme si elle ne voulait pas me montrer qu'elle s'adonne toujours à sa petite... superstition... Mais, subitement, un doute émerge du plus profond de mon être.

— Huh! Octa, tu m'as fait sursauter! Qu'y a-t-il?

Est-ce mon intuition, ou une suspicion infondée? Quoi qu'il en soit, je préfère m'écarter du sujet que je voulais aborder et lui demande simplement:

– Dis, trésor, quand penses-tu venir te coucher?

– Oh! Et bien, dans une petite minute. Ça te va?

– OK! Je suis un poil vanné et vais essayer de ne pas m'endormir avant ton arrivée!

Prenant un air faussement boudeur, elle fait mine de me taper. Mais, je m'enfuis aussitôt, fermant la porte derrière moi. Je retourne sur mes précédents pas, mais m'arrête à côté de l'armoire. Mon attente est brève : la petite ampoule se remet à palpiter. Tani. Les "amulettes". La sonde. Les Gris. Tout est lié!

Là, le secret est vraiment trop intense! Bigre! Fichtre! Diantre!

Contrairement aux dernières impressions, je ne me sens pas trahi, parce que les éléments commencent à converger vers une solution de l'énigme et que, même si je n'en connais pas encore les tenants et aboutissants, l'ébauche d'une réponse définitive est palpable! Si mes déductions s'avèrent proches de la réalité, nombre de bizarreries trouveront leur explication et seront clarifiées!

Je retourne au lit. Tani fait un peu plus long que je ne pensais. Une durée suffisante pour me laisser le temps de réfléchir à une stratégie. Dès que les pulsations lumineuses cessent, je fais mine de dormir. Silencieusement, Tani revient de sa communication... Car, j'en suis maintenant persuadé, c'est bien de cela qu'il s'agit! Une "amulette"... Comment ai-je pu y croire qu'une seule fraction de moment?

Le réveil est rude. Tani n'est pas là et quelqu'un frappe à la porte.

Je me sens flapi et glauque quand je l'ouvre.

– Mon intention n'est pas de te déranger, Octa. Toutefois, on m'envoie pour te transmettre un message : Les gris ont quitté le village et l'un... enfin l'une d'entre eux m'a prié de te remettre ceci.

C'est un coup de poing dans le plexus!

Il me tend un papier, plié en quatre, que je reconnais immédiatement. C'est celui que Tani était si fière d'avoir fait elle-même, en y mélangeant des pétales de fleurs des champs. C'est avec beaucoup d'autocontrôle que je parviens à prendre la missive, sans l'arracher précipitamment des doigts de Yerz.

Il le voit bien, et, avec un grand tact, il fait un pas en arrière pour bien montrer qu'il n'a pas l'intention d'insister.

– Bien, Octa, ma mission étant accomplie, je te laisse... en te souhaitant le moins de tristesse possible.

Malgré la mienne, je perçois que lui aussi, en a gros sur le cœur.

– Merci, Yerz, je te remercie de ta compréhension.

Et, pendant que mon ami s'en retourne, je m'empresse, tremblant, de refermer la porte sur le monde extérieur, pour ouvrir le mot de Tani et plonger dans un univers qui se réduit à une seule pièce : celle où je me trouve, solitaire, avec un bout de papier.

Octa, je t'aime et je comprends que tu puisses en douter.

Il va t'être d'autant plus difficile de le croire durant ces prochaines Lunes où nous allons devoir être séparés.

Je suis désolée que nos dernières rencontres aient été marquées par tant de secrets, mais cela ne pouvait pas tellement se passer autrement.

Mon coeur ne peut qu'espérer que nous puissions nous retrouver, réaliser l'importance de nous être rencontrés et regagner nos sentiments.

Pardonne-moi de n'avoir pas mieux su préparer le terrain.

Si tu le veux bien et que tu acceptes ces mots comme sincères, reçois mes tendres baisers.

Tani

Jour 16, Lune 11, Cycle 132

Choc!

Ma reine, oh, ma tendre reine, qu'écris-tu là? Est-ce douceur cruelle ou cruauté douce? Ta lettre me fait pleurer, pourtant je ne saurais plus dire ce que je pleure. Mélange de douleur et de bonheur, lisse déchirure, caresses qui m'écartèlent. Sans m'en rendre compte, je suis tombé sur mes genoux, envahi d'une faiblesse sans contours, en même temps que d'une bouillonnante tornade en formation. Surtout ne pas rester dans un "état", mais ramasser ses énergies, passer à l'action, quitte à se fourvoyer. Je me retrouve debout pour courir. Courir jusqu'au Manoir, sans me préoccuper des mille secrets qu'il faut tant ménager! Sorti de mon sas, une partie de mon bon sens me revient. Il est plus que probable que l'entrée principale du Manoir soit condamnée depuis belle lurette, grâce aux allumés du Village, à leur projet d'attaque ridicule! En somme, je peux rejoindre le Manoir sans forcément attirer l'attention et au stade actuel, les deux heures supplémentaires que nécessite un minuscule détour ne feront aucune différence. Soit les Gris sont encore chez le Tigre, soit ils ont planifié de pouvoir s'éclipser sans qu'on puisse les devancer. Et même dans le pire des cas, ils ne peuvent pas être partis très loin.

Deux heures, ce n'est rien quand le temps doit se partager entre tourments, craintes en dérive, trains de pensées contradictoires et autres facéties indescriptibles. Je passe la porte cylindrique du "Sigle" sans devoir l'ouvrir. Tout est béant. Le couloir et les salles de labos sont déserts.
Toutefois, l'air empeste un mélange de gaz et d'essences végétales. Arbor et le Tigre semblent avoir mené une campagne de conditionnement inhabituellement monumentale! Le navire a-t-il été abandonné?

Non! Quand j'entre dans la bibliothèque, il y a foule. Tout le monde est là, des agités, des hagards, des indécis. Quelqu'un me remarque et avec ses yeux exorbités, il me demande :

– Et toi, Octa, tu les as vus? Tu sais où ils sont allés?

Je me sens pâlir. Une de mes premières hypothèses se confirme : Les Gris ont tous mis les voiles! Pourquoi? Ont-ils atteint ce fameux objectif, dont Tani avait parlé lors de la fatidique réunion chez moi? Ont-ils craint d'en être empêchés, à force d'encaisser la multiplication des attentions à leur égard? Sont-ils partis... à cause de moi et de mon insistance à percer leur secret?

Pourtant, par son dernier message, je crois à la sincérité de Tani.

Je réponds aux grands yeux qui me fixent :

– Je les cherche aussi!

Corellie et Gordan se frayent péniblement un chemin pour parvenir à mes côtés. Je leur pose la question :

– Vous avez du nouveau? Une idée de ce que les Gris ont en tête?

Corellie hausse les épaules.

– Vaguement. Nous commencions à peine à analyser les réponses aux fameux tests psychologiques auxquels ils ont participé malgré eux.
Clairement, au vu des tonnes de contradictions et de flous volontaires, ils ne viennent d'aucune région connue du continent!

Gordan surenchérit :

– Je dirais même qu'ils ont dû flairer que nous nous en doutions bien et, plutôt que devoir s'expliquer, ils ont déguerpi fissa!

Il semble y avoir urgence d'en savoir plus long. Pour tout le monde, au sujet des intentions des Gris et pour moi : je tiens beaucoup trop à Tani pour la laisser filer comme une brume matinale!

– Aïe! C'est ce que je craignais, justement! En ce qui me concerne, je vais monter voir le Tigre et tenter de lui tirer les vers du nez!

Tout autour, la foule réagit par vague. Un brouhaha débute en un lieu et se répand. Il perd de l'intensité où il a commencé, pour continuer de se comporter comme l'onde sur la surface d'un étang : Silence, remous, apaisement. Mais, les sources changent d'endroits et de force, naissent et s'estompent tel des feux d'artifice. Il en résulte une cacophonie presque mélodieuse. Intéressante, en soi, et pleine de variations, si le moment pouvait se permettre le luxe d'une séquence contemplative. Or, je ne suis pas ici pour me laisser distraire, dans ma quête de réponses, par une quelconque forme de poésie psychodramatique! Je dois en rester à mon objectif et vise les escaliers montant à l'étage. Ce serait un comble que le Tigre ne soit pas au courant de ce qui se trame! En extrapolant ma trajectoire, j'aperçois Rolsar qui m'a repéré et me fait de grands signes depuis le garde-fou. Apparemment, on me veut bien dans les hauts lieux! Entre-temps, il n'y a pas que Rolsar, à avoir noté ma présence, et contrairement à la lutte, pour gagner chaque centimètre jusqu'au premier, que je craignais devoir mener, une voie royale s'ouvre magiquement devant moi. Je salue confusément et remercie les plus proches à mon passage et monte les marches de l'escalier deux par deux. J'en ai la tête qui tourne, ayant oublié de moins respirer ici qu'à l'extérieur. En retenant mon souffle pour digérer mon excédant d'oxygène, je constate que les brouhahas ont cessé. Tous regardent dans ma direction. Ont-ils arrêté de respirer, eux aussi? Pas le temps de le vérifier. En apnée, je file vers l'appartement du Tigre.

– Octa! Tu arrives à point nommé! Il suffit que les "gris" disparaissent quelques heures, pour qu'un vent de panique vienne balayer le bon fonctionnement de l'établissement. C'est incompréhensible!

– Salut Tigre! Oui, c'est un peu comme s'il s'agissait d'une fourmilière...

– Ho! Je t'en supplie : pas de comparaisons scabreuses. La situation est déjà assez pénible ainsi! En fait, Rowsha et son équipe sont arrivés très tôt ce matin et ils sont tous partis d'un bloc, avec armes et bagages, selon la vieille expression. Ils devaient avoir prévu le coup, parce qu'autrement, il leur aurait été impossible de disparaître en bon ordre, discrètement et promptement, comme ils l'ont fait.

– Comme il est improbable qu'ils aient pu, collectivement, en discuter de vive voix, ils ont forcément utilisé un moyen de communication direct. Et, depuis peu, je connais et peux te révéler leur modus operandi!

– Et si tu l'avais su depuis des jours?

– De toute manière, je ne t'aurais rien dit avant aujourd'hui.

– Pourquoi?

– Parce qu'il était plausible de te soupçonner d'être de mèche avec eux, pardi! Apparemment, ce n'est pas le cas et cela m'ennuie passablement. Si tu avais été le complice, ou l'instigateur d'un quelconque traquenard, tu aurais, au moins, pu éclairer ma lanterne. Un bon nombre de mes hypothèses s'avèrent erronées et m'ont poussé sur de fausses pistes. Par contre, ignorais-tu vraiment tout?

– À propos des Gris? Oui, je t'assure que je n'en savais à peine plus, malgré le privilège de les avoir côtoyés plus longtemps que toi. Mais, pour moi, ils ont toujours été des réfugiés hyper doués, utiles et courtois.

– Savais-tu qu'ils circulaient dans ton Manoir en empruntant des ascenseurs dérobés, pour lesquels il faut une télécommande?

– Quoi ? Comment est-ce possible? Le nombre de ces appareils est répertorié, et sous contrôle. Impossible d'en avoir à mon insu. Nous ne sommes que quatre à posséder des télécommandes et seuls Arbor et moi avons celles qui permettent de se servir des ascenseurs privés!

– Darin' avait le sien.

– Comment...?

– Les Gris connaissent et maîtrisent les micros, voire les nanos techniques. Une télécommande ne doit pas leur paraître difficile à recopier et reprogrammer. Ils communiquent entre eux grâce à une minuscule plaquette qu'ils portent ostensiblement au coup, persuadés que personne, à notre époque, ne pourrait soupçonner cet objet d'avoir une quelconque utilité. Les ballons-sondes placés dans la haute atmosphère leur servent de relais de transmission. Ils peuvent donc partager des messages où qu'ils se trouvent. Peut-être même d'un continent à l'autre!

– D'où l'arrivée plus tardive, ici, des derniers gris. Rowsha et compagnie les auraient appelés à les rejoindre.

– Tani et sa compagnie... Te souviens-tu du savon que t'a passé Tani? Autoritaire... n'est-ce pas? C'est elle qui est la Cheffe, pas Rowsha. Lui, c'était une diversion pour que Tani soit plus libre de ses mouvements!

– Tu en es sûr?

– Je l'ai poussée à me l'avouer!

– Et... Tani se serait odieusement servie de toi?

– Non! Elle ne s'est pas "servie" de moi. Je l'aidais volontiers, mais inconsciemment... et elle n'a jamais été "odieuse".

– Pardonne-moi, Octa, je ne voulais en aucun cas être blessant... Et que penses-tu que nous devrions faire à présent?

– Si possible, les retrouver et comprendre la situation avec une meilleure vue d'ensemble.

– Se pourrait-il qu'il y ait une menace?

– De leur part, non. Mais, nous, nous sommes une menace pour nous-mêmes!

– Comment cela?

– La longévité n'est pas une solution viable à terme, et il serait dommage que le reste des survivants finisse par disparaître, alors qu'elle a, peut-être, trouvé le moyen d'exister en harmonie avec tout ce qui vit. Nous devons pouvoir concilier diversité et population limitée. Comme à l'aube de l'humanité, il faut compter sur des mutations génétiques subtiles et les fécondations entre des types d'individus les plus variés possible. En d'autres termes, Villageois et Manoiriens doivent s'allier et s'aimer, afin que la mixité puisse améliorer la masse critique nécessaire à la production d'une progéniture saine. Dit ainsi, cela parait froid et technique... Toutefois, si chacune et chacun peut développer son empathie et que les descendants peuvent devenir des êtres capables d'autonomie et de clairvoyance, l'humain a une chance de perdurer encore longtemps. Autrement, tout redeviendra aussi stupide qu'avant et la prochaine Grande Destruction sera vraiment la dernière.

Sur ces paroles, comme pour leur accorder un appui dramatique supplémentaire, un immense coup de tonnerre fait vibrer vitres et luminaires. Inquiet, je cours à la fenêtre pour vérifier que ce ne soit pas la cuve de gaz du Village qui ait explosé. Mais, il n'en est rien. Le Dôme est intact. La seule évidence, que quelque chose se soit passé, se constate par le fait que toute la population est à l'extérieur, les visages levés au ciel.

Une deuxième déflagration, dépassant tout ce qu'un orage pourrait produire, secoue entièrement le manoir.

Le Tigre est livide et se met à paniquer :

– La guerre! Elle revient! Les bombes! Mais, elles ne devaient pas tomber ici! Nous sommes attaqués.

Pendant qu'Arbor, fait s'asseoir le Tigre et le calme en lui injectant, sans trembler et avec son professionnalisme habituel, une potion dont il a les secrets, je retourne à mon observation des habitants du Village. Quelques-uns ont levé un bras et pointent le ciel comme pour désigner une trajectoire. Je crois deviner de ce dont il s'agit.

– Calme-toi, Tigre! Ce ne sont pas des bombes. Ce sont des "fusées", ou des "avions".

Entre-temps, le sédatif du bon docteur fait son effet :

– Il n'en existe plus! Sur Terre, tout a été explosé, laminé, ou au mieux, démonté pour en récupérer les matériaux. Je suis bien placé pour le savoir!

Bien qu'elle ne soit pas visible, je pense à voix haute :

– La Trotteuse... Sur la planète, toute industrie a été détruite, mais, sur la Petite Lune...

Arbor est le premier à réagir :

– Vous croyez que quelqu'un pourrait avoir survécu dans un satellite vieux de presque deux cents ans!

Le Tigre s'énerve.

– Et alors! Ça n'est pas si vieux que ça!

Encore dans mes pensées je réponds à Arbor :

– Pas quelqu'un, quelques-uns... voire tous... et ils ont des cheveux gris!

Le Tigre, malgré son état devenu dangereusement maladif, s'est redressé tel un piquet.

–... Et "ils" seraient descendus, pour y remonter aussi sec? Mais, ça ne tient pas debout!

Arbor force le Tigre à se rasseoir :

– Toi non plus, Henri-Grégoire, tu ne tiens plus debout!

– Vous me faites rire, vous deux, les centenaires! Oui, ils sont venus et ont trouvé ce qu'ils cherchaient. Donc, ils sont repartis! Ce matin, j'ai reçu un message de Tani. Un adieu, en fait... Mais, je n'aurais pas imaginé qu'elle s'en irait si loin! Je crois qu'ils sont confrontés aux mêmes soucis que nous, ici. Ils n'étaient que quelques centaines et la consanguinité doit également les menacer. Ils vivent en vase clos depuis des dizaines de générations et, d'après l'intérêt qu'ils ont porté au Village, leur système social est probablement au bord de l'implosion. N'oublions pas qu'ils doivent encore fonctionner sur un des modèles scabreux de l'avant-destruction.

Quelqu'un frappe à la porte.

Arbor va ouvrir.

À mon grand étonnement et signe que les temps changent, la haute physionomie de Rolsar, celui-qui-ne-monte-jamais-au-grand-jamais-au-premier-étage, qui se dresse dans l'encadrement. Le brouhaha des discussions monte du rez-de-chaussée. Nullement impressionné par la présence du Tigre, avec une voix assez forte pour couvrir les bruits de fond, Rolsar s'adresse directement à moi.

– Octa, un certain Yaro veut absolument te voir!

– Yaro? Où? Comment?...

– Il est passé par ton chemin habituel et attend au rez.

– Bigre! Vraiment pas dupes, les villageois. Il faut qu'il monte!

Rolsar tourne les talons et reste probablement en haut des escaliers, parce que je l'entends clairement crier le nom de Yaro. Deux instants plus tard, la porte se referme sur les brouhahas du rez, et Yaro est parmi nous. Je fais les présentations, mais Yaro n'en tient qu'à peine compte.

– J'ai amené un objet intéressant pour tout le monde... un objet qui parle tout seul!

Et Yaro pose, sur le guéridon le plus proche, un paquet de tissus qu'il se met à déplier.

– La sonde! Tu as retrouvé la sonde!

– Oui, grâce à mon invention. Devine où je l'ai trouvée.

– Aucune idée!

– Chez toi : bien cachée! C'est en allant reprendre le détecteur sur l'armoire que j'ai eu l'intuition de lui faire les réglages nécessaires à une recherche par fréquences. Il s'est mis à siffler tellement fort, que la sonde ne pouvait être qu'à quelques mètres!

Le Tigre et Arbor, avec la mine contrite d'être aussi invisibles aux yeux du nouvel arrivant, sont néanmoins fascinés par son récit et l'objet qu'il a ramené.

Mais, toujours parfaitement indifférent à leur présence, Yaro continue sur sa lancée :

– Il y a d'autres nouvelles qui t'intéresseront peut-être. Trois villageois ont disparu en même temps que les Gris et, comme par hasard, des personnes qui s'étaient montrées affectivement très liées! Elso, amoureuse de Aershn': disparue. Oyssa, amoureuse Blamron' : disparue. Olpa, amoureux de Lénida : disparu! Ce serait une coïncidence? Ho! Octa! Ne fais pas cette tête!

– Tani : disparue... mais, sans moi! Comprends bien que cela puisse légèrement me toucher! Hum? Comment se fait-il que je sois encore ici?

J'entends une voix venue de nulle part :

– Parce que ton travail n'est pas terminé!

Le Tigre et Arbor, silencieux, désignent la sonde. Yaro, lui, s'est penché vers l'appareil à s'y frotter le nez.

– Tu entends, Octa, je t'avais dit que ça sait parler!

La voix dans la sonde reprend :

– Bien sûr, si quelqu'un utilise le transmetteur, le transmetteur "parle"! Ici Darin' depuis OSP-01, alias la Trotteuse, alias la deuxième Lune, etc. Bonjour, Octa, bonjour, le Tigre, bonjour, Arbor, et bonjour Yaro. Tout le monde est arrivé à bon port et nous vous devons des explications. Mais, avant cela, vous recevez les remerciements de tout l'équipage éveillé. Cela faisait longtemps que nous vous observions dans l'espoir que vous puissiez, un jour, nous venir en aide et nous sauver de la catastrophe. Il était nécessaire de prioritairement remplir notre mission. Pour cette raison, nous avons préféré retourner sur notre satellite avant que vous ne connaissiez nos origines. La probabilité que vous nous entraviez était minime, au vu de la manière dont vous avez évolué. Toutefois, ayant pu assister aux dérives de nos ancêtres, nous ne pouvions risquer le moindre échec.

Comme l'a suggéré Octa...

Ma parole! Je dois intervenir :

– Parce que vous vous la jouez comme le Tigre avec ses espions? On ne peut, décidément, plus bouger un orteil sans que quelqu'un nous surveille!

Darin' de la sonde, me calme immédiatement :

– Octa, j'ai des remerciements très spéciaux et spécialement pour toi. Tani m'a demandé de te transmettre ses plus chaleureux mercis et te prie de l'excuser de son absence. Elle est actuellement très occupée, ce n'est pas l'envie qui lui manquait de tout te dire et de t'emmener ici avec elle, mais, à la base, notre organisation est de nature "militaire". Nous ne sommes plus membres d'une armée offensive, mais nous avons gardé une structure bâtie sur le principe d'une hiérarchie pyramidale par grades. Tani devait obéir à ses supérieurs et sacrifier ses aspirations au bénéfice des ordres. Je sais qu'il est difficile pour une personne du Village de comprendre que l'on puisse, à ce point, manquer de respect envers les sentiments sincères de qui que ce soit, mais ce fonctionnement a évité que nous sombrions dans une anarchie qui aurait été fatale déjà pour nos parents! Nous allons nous efforcer de travailler sur la construction de nouvelles fondations, inspirées de la sophocratie que vous pratiquez, avec succès, au Village! En attendant, nous devrions tous collaborer et nous donner toutes les chances de créer, ensemble, un terreau susceptible de permettre à tout un chacun de s'épanouir et de profiter harmonieusement de son existence... qui est, au demeurant, assez courte pour la plupart d'entre nous... Quant à toi, le "Tigre de papier", je te fais une proposition. Que dirais-tu de pouvoir patienter, en toute sérénité, que les progrès médicaux, en génétique dynamique, atteignent le stade de pouvoir te procurer tous les organes et toute autre fonction que tu souhaites tant?

Arbor n'a pas le réflexe d'empêcher le Tigre de se lever, de nouveau, trop rapidement.

– Cela serait-il possible? Comment vous y prendriez-vous?

– Simple : Une navette va redescendre. Rowsha, Hisnili et Yofalia vont rester au Village, mais toi, Monsieur Ferretoni alias le Tigre, va quitter le Manoir. Nous venons te chercher pour te ramener à la Station et tu seras plongé en capsule de cryogénie!

– Et vous me garantissez le réveil?

– À moins d'une panne majeure, oui. Sache que ce genre de problème est plus improbable que l'entropie naturelle qui a déjà fait son effet! Tu serais partant?

– Absolument! À part la mort imminente, je n'ai aucune autre alternative!

Il faut que je rajoute mon grain de sel :

– Et en plus, Henri-Grégoire dit le Tigre, je te fais remarquer que tu feras l'expérience intéressante de voir ton organisme re-rajeunir une nouvelle fois, et ceci, avec un saut faramineux dans un contexte totalement différent de celui qui t'est habituel!

Le Tigre se fait pensif.

– Oui, effectivement. Mais, je me demande si je ne vais pas regretter, un jour, d'avoir tant refusé de mourir... Je crois que je n'ai encore jamais, de tous les trois siècles passés, ressenti autant d'affection pour les gens que j'ai rencontrés durant ces derniers mois... euh, Lunes. Et, pour la première fois, j'ai l'impression que je pourrais être extrêmement triste de voir des amis disparaître avant moi.

Je souris.
– Ah! le Tigre, voici que tu commences à évoluer... L'empathie fait son petit bonhomme de chemin, dirait-on!
Darin' reprend la balle au bond :
– À ce propos, Octa, le stage de nos "Gris", au Village, sans parler de la possibilité de stimuler nos hypophyses en trichant un peu avec l'usage de la formule de l'ocytocine, fait aussi partie de notre quête de survie dans la station. L'importance de l'empathie en milieu fermé nous est apparue vitale déjà avant les naissances de ta génération, mais nous avons choisi le meilleur moment qui soit pour venir nous en instruire. Nous avions auparavant fait des essais sociologiques avec le principe de l'Acratie dont parle un certain KrummenHacker dans ses livres. Mais, d'une part ce système a été pensé pour un fonctionnement englobant une population énorme ainsi que parfaitement informatisé et d'autre part, il y a eu de très fortes résistances de la part de nos plus hauts gradés. Le Commandant Général Carlonicum Estariaro, dont vous avez sauvé la vie in extremis hier, sans le savoir, était un des rares officiers à soutenir le projet "Acratia". En commission d'éthique, son statut, pourtant des plus importants, n'a pas fait le poids! De toute manière, ni les occupants ni notre réseau de communication ne pouvaient l'imposer. Du fait de la presque extinction de l'espèce humaine, le principe sophocratique, que nous venons de découvrir au Village, semble tout aussi efficace et, surtout, plus adapté.
– Ce n'est pas un "principe", Darin'. Il ne s'agit pas non plus d'un "système", d'une "philosophie", ni quoi que ce soit d'autre qui pourrait être appris mentalement. La sophocratie est de l'ordre du ressenti, pas de celui de la pensée. L'être humain existe avant de penser. Il existe d'abord par ce qu'il ressent. La pensée, comme toute démarche intellectuelle, n'est qu'une tentative de traduction des émotions dans un langage subjectif. Il n'existe aucune langue qui puisse fidèlement transcrire les sentiments. Les plus grands poètes s'y sont essayés. Ils ont écrit de belles choses, toutefois, imparfaites. La raison en est simple : tout mot est perçu d'une manière différente par chaque individu. Car chacun va interpréter chaque mot en fonction de sa sensibilité particulière. C'est pourquoi, on ne peut pas enseigner la sophocratie, on ne peut que la découvrir par soi-même... en soi-même. Par conséquent, il faut commencer par être assez à l'écoute de ses propres émotions pour puiser le bon sens dans son empathie. Cela vient de l'intérieur de chacun, pas d'un modèle de société. Une collectivité devient saine et équilibrée par le fait d'être le résultat d'une rencontre d'individus sains et équilibré. Une société qui se construit sur le déni de la valeur de chaque individu est vouée à l'échec... même si la déchéance peut durer des millénaires avant la chute finale.

EPILOGUE

Le Tigre n'accepte qu'à moitié de ne pas pouvoir éviter la mort. Lorsqu'il a été mis au courant des origines des Gris et qu'il a pris connaissance des capacités de leur technologie, il a choisi, malgré le risque de ne peut-être plus jamais se réveiller, d'aller sur la petite Lune pour cette fameuse hibernation pseudo-cryogénique.

Juste après son départ, une phase de transition s'instaure. Pendant que les villageois, férus de savoir, peuvent aller trier eux-mêmes et quand bon leur semblent des documents au Manoir, les résidants du Manoir vont s'exercer au développement de leur empathie en participant aux activités du Village.

Holt s'est aussi déplacé sur la Station. Toutefois, quelques jours avant de décéder, il a demandé à redescendre, pour se rendre encore utile après sa mort, dans la cuve.

Peu de temps après Arbor, qui avait suivi le Tigre dans la Trotteuse, nous a également quittés. Lui a préféré que son corps soit précipité vers la Terre, comme le pratiquent les stationautes. Cette forme de crémation lui plaisait par son aspect symbolique.

Concernant les survivants au sol, la Station fournit aux habitants du village et du Manoir les "amulettes" de communication, nettement plus performantes et légères, que celles qu'aurait pu fabriquer ce brave Yaro. Grâce aux observations orbitales, la météo est précise. Nous savons, ainsi, qu'une partie des cultures peuvent être viables en plein air, car les risques de nuages toxiques ont diminué au point de ne plus représenter de sérieux danger. D'ici cinq Cycles, pour la première fois, il y aura un champ entier de céréales à moissonner et dont les graines pourront être transformées en farine, en flocons ou en gruau. Il aura fallu, avant cela, garder toutes les premières récoltes pour les ressemer.

Nous ne mangeons toujours pas de viande. D'une part par respect de la vie d'animaux susceptibles de ressentir des émotions, d'une autre, parce que la production de viande nécessite plus de nourriture à l'animal qu'il n'en fournit en retour. De plus, les larves, riches en protéines, sont bien plus simples à soigner. D'ailleurs, cette option avait, depuis longtemps, été prise dans la Station, d'où la facilité qu'ont eue les "Gris" à apprécier nos galettes!

La population augmente de Cycle en Cycle, mais toujours avec une savante modération. Les naissances sont libres, mais chacune et chacun fait en sorte de rester dans la courbe optimale. Il faut éviter un surnombre inutile, tout en prévoyant la survie de l'espèce en cas de catastrophe, de pandémie, ou d'un problème de stérilité endémique. Les impondérables ne doivent pas être exclus.

Le brassage d'ADN occasionné par les liens entre le Village, le Manoir, la

Station et les légères mutations spontanées a éliminé le risque de consanguinité, du moins pour quelques générations.

À ce propos, j'ai aussi appris pourquoi les Gris ont absolument dû revenir sur Terre.

Rowsha m'en a parlé, l'autre soir, lors d'une réunion Village-Manoir.

– Il faut savoir, Octa, qu'il n'y a pas que le souci de trouver un meilleur équilibre social, là-haut! Dans la Station, le registre généalogique indique que le stade critique d'un risque accentué de consanguinité est atteint. La mixité doit impérativement être renouvelée! Il faut du sang neuf et, par conséquent, un métissage de toute urgence!

J'ai évité de lui faire la remarque qu'à ce propos... Enfin, bref!

Je ne sais pourquoi, je me suis embrigadé dans la gestion de la transition post-Tigre. Probablement une prédisposition à me compliquer l'existence en cherchant toujours à trouver une part "intéressante" à toute activité! Ou alors, sachant que Tani est supposée être très occupée, et qu'elle pourrait, tout aussi bien ne plus jamais revenir au Village, il me fallait impérativement m'investir dans du lourd. C'est cela ou passer mon temps "vingt-quatre heures sur vingt-quatre", comme disent les manoiriens, à pratiquer l'autohypnose en ermite dans les hauts de la Salière. Mais, mon côté romantique ne désespère pas... plus tard peut-être... si elle m'aime encore... Il se pourrait bien...

En attendant, il y a du chemin à parcourir! Plusieurs personnes du Manoir font toujours des crises d'angoisse hors des murs du Manoir. Ils y ont le souffle court et ne peuvent dormir une nuit au Village sans avoir à se réveiller avec l'impression d'étouffer. Ceux qui tentent l'aventure sont équipés d'un système respiratoire permettant, grâce à une bonbonne, de mixer de l'oxygène à notre air ambiant. Pas très folichon, il faut bien l'admettre! De plus et assez souvent, les produits habituellement diffusés dans l'atmosphère artificielle du Manoir, leur manquent. Il faut, par conséquent, aussi songer à une cure de désintoxication en plus de progressivement diminuer les doses au Manoir. D'ici trois ou quatre générations, il ne devrait plus y avoir aucune différence de qualité d'air, du moins en ce qui concerne les habitants terrestres.

Selon Rowsha, le mélange respiré dans le satellite est d'une composition intermédiaire, pour des raisons d'économie d'énergie. Ni aussi pauvre que celle de la Terre ni aussi enrichi que dans le Manoir. Les Gris, à cet égard, ont les meilleures prédispositions à l'adaptation.

La Station court au-dessus de nos têtes, plus trotteuse que jamais. Assis sur mon observatoire préféré, la canalisation de la Grande Turbine sur le trajet de l'eau potable du haut du Village, je passe en revue la multitude d'événements et de situations qui s'est produite en ce seul dernier Cycle. Je crois être prêt à en accepter les finalités.

Or, ces événements peuvent parfois prendre des tournures très inattendues... D'une certaine manière, il y a tant de choses tellement prévisibles auxquelles on ne pense pas!

C'est précisément à ce stade de mes pensées que j'aperçois Yerz, en compagnie de Rowsha, en train de monter dans ma direction. En arrivant à portée de voix, j'entends leurs respirations. Ils ont certainement séjourné au Manoir durant quelques jours, car ils sont essoufflés, Yerz plus que Rowsha, d'avoir grimpé cette toute petite pente!

Yerz lève la main en salut et Rowsha s'exclame :

– Hey, Octa, tu aurais pu prendre un communicateur autour du cou, avant de venir ici!

– Ha! Pour ne pas pouvoir être tranquille un moment? Non merci!

Et c'est Yerz qui rétorque :

– Toujours est-il que tu es appelé à rejoindre la Station dès que tu peux!

– Bigre! D'un coup, comme ça?

Rowsha se sent devoir jouer au psychologue.

– Rien de grave, je crois. Darin' n'a pas fait mention d'urgence. Peut-être un besoin de conseil...

–... Ou un exceptionnel "des bries fines" de la plus haute importance!

Nous rions les trois, parce que l'anecdote du débriefing, entre-temps, a déjà intégré la légende!

C'est ma toute première fois. Les avions-fusées-navettes sont toujours aussi bruyants lors de leur décollage, mais, de l'intérieur on n'entend aucun coup de tonnerre. Par contre, je suis loin d'être préparé à l'effet moule à gaufre! Je suis écrasé au fond du siège! Sans transition, il se produit l'inverse : ce sont les sangles qui m'empêchent de m'envoler... Finalement, l'expérience est assez comique!

Devant les yeux des occupants, est projetée l'image de l'extérieur de l'appareil qui fait cap sur la Station. On la voit très bien, la Trotteuse, quand on n'est plus qu'à quelques centaines de mètres d'elle. Bigre! C'est immense, probablement cent fois plus vaste que le Village, labyrinthe et cultures compris! Depuis la navette, on n'en aperçoit plus les contours. Tout n'est plus qu'une seule grande surface à laquelle on s'amarre. Pour sortir, nulle combinaison n'est nécessaire. En compagnie de quatre Gris, Sorlnash, Kiamy, Dolinar et Tasiilio, je passe directement dans un sas... rigoureusement identique à celui dont j'avais rêvé à la Salière! Idem pour la même deuxième porte, qui s'ouvre à notre approche. Il me semble que la gravité est un peu plus forte que sur Terre. Cela expliquerait pourquoi les Gris ne sont pas si essoufflés que cela quand ils se baladent dans une atmosphère plus ténue en oxygène qu'ils y sont accoutumés. Par réflexe, je contrôle ma respiration. Là-haut, je suis accueilli par Darin'. Je l'imaginais bien occuper un poste important, par contre, de la voir en uniforme de Commandante en Second, ça en jette! Elle s'approche avec un grand sourire et m'embrasse, puis tend le bras :

– Tani t'attend au fond du couloir : dernière porte à droite.

– Elle m'attend? Vraiment?

Darin', un sourcil levé, secoue la main avec un signe d'impatience.

– Vas-y, vas-vas-vas!

Pendant toute la première Lune après son départ, je l'ai crue fâchée contre moi et j'en ai gardé une profonde blessure. J'étais même prêt à me retirer en ermitage, sur les rochers abrupts au-dessus de la Salière. Et voici que j'entre dans la pièce et découvre une Tani rayonnante, ici, dans la "Petite Lune"... et qui m'enlace et m'embrasse, m'embrasse, m'embrasse... Puis, elle me prend le bras et me tourne vers une alcôve. Dedans, il y a un tout petit lit et, dans ce tout petit lit, il y a un bébé... Tani chuchote.

– Notre enfant, Octa! elle est née il y a six jours et je t'attendais, pour lui donner un nom.

Elle et lui ont fait un enfant ensemble! C'est merveilleux!

Mais, "LE" bonheur, est-il fait pour durer?

Tout n'est-il pas perpétuel changement?

Chaque individu, dans sa propre évolution, doit faire face à de multiples situations. Comment, chacune et chacun gère-t-elle ou gère-t-il les mutations?

Ceci est une autre histoire... et une affaire à suivre...

Analyse selon Holt

Selon mes recherches, je constate que l'ancienne civilisation donnait, usuellement, de la valeur à ce qui était considéré comme rare. Le diamant en est un bon exemple. Or, à l'inverse de cette logique, l'individu, être unique et indivisible par essence, n'avait aucun poids dans sa société. S'il désirait être entendu, il était obligé de faire abstraction de ses visions nuancées, de sa conception originale de l'existence, de faire le sacrifice des parties plus subtiles de sa personnalité, pour entrer dans un moule plus ou moins acceptable et "faire partie" d'un groupe. Avec un peu de chance, une infinitésimale parcelle de son être et de sa conscience pourrait s'exprimer avec l'espoir d'être entendu. Exceptionnellement, un changement insignifiant s'opérerait alors, avant que celui-ci, à son tour, soit englouti dans un fatras de décisions absconses.

Combien d'humains, avec leurs particularités, auraient pu sauver le monde, si ses voisins avaient seulement voulu l'écouter?

De plus, sans cet espace minimal, dont un l'individu a nécessairement besoin, pour s'épanouir et se libérer des innombrables conditionnements inculqués depuis son enfance, comment pourrait-on espérer lui éviter les effets pervers des frustrations cumulées aux perpétuelles contrariétés? Quand aucun équilibre n'est possible, tous les ingrédients sont réunis pour fabriquer un monde peuplé de fous.

Dans les articles qui me sont passés entre les doigts, j'ai pu lire : "C'est une société d'individualistes". Un des journalistes faisait allusion au manque de solidarité, à l'esprit de clocher, à la course au profit et à l'indifférence aux problèmes communautaires. D'autres extraits démontraient qu'il n'était clairement pas le seul à encourager une confusion généralisée à cette époque : confondre individualisme et égoïsme!

Si je suis ma pensée, l'égoïsme découle d'un manque d'individualité.

En effet, comment réagit un animal, au demeurant très pacifique, quand il est acculé ou blessé dans un cul-de-sac? Face à son assaillant, il pourrait bien faire le mort. Mais, s'il se sent condamné d'office ce faisant, il va au contraire attaquer, par réflexe de survie, pour éviter une fin atroce.

Par conséquent, comment répond la conscience d'un individu, maintenu en captivité et forcé au silence, comprimé dans une gangue de concepts collectivistes d'où aucune fuite ne semble possible? Simplement en se protégeant d'une armure. Elle se crée une fausse identité, celle fabriquée "pour les autres" : un solide ego. De victime, elle se déguisera même en prédateur.

Un être égoïste parvient à survivre dans un monde absurde et sans avenir, parce qu'il va prendre toutes les mesures nécessaires pour accaparer ce qu'il désire, sans jamais se tourner vers son intérieur, de peur d'y rencontrer la désapprobation qui pourrait surgir d'une intelligence qu'il refuse.

À ce stade, l'Individu noble risque d'oublier sa nature et devenir son masque. Ceci a un prix terrible, car il est héréditaire : l'atrophie de l'hypophyse. Celle-là même qui influence notre empathie. Sans empathie, aucune société ne peut échapper à l'autodestruction, quel que soit le système adopté. Une civilisation n'est rien sans le respect de l'apport du ressenti de chaque individu.

Les nations, les groupes, les ethnies n'existent pas; elles ne sont que des événements momentanés sur le parcours des multiples chemins empruntés par des individus indépendants.

On ne sait bien vivre avec les autres que si l'on est capable de vivre seul. Une personne ayant découvert ses compétences propres, les moyens d'apprécier son existence, de trouver sa raison d'être dans l'univers, a toutes les qualités nécessaires pour valoriser une rencontre avec autrui.

Les meneurs de foules sont des êtres masqués qui ont tout intérêt à croire aux apparences mensongères et à faire en sorte que personne ne se réveille de son rôle illusoire respectif, à commencer par eux-mêmes. Les foules pourraient disparaître et devenir nuées d'Individus conscients. "Privilèges" et "chefs" n'auraient plus aucun sens. Des êtres acceptés tacitement et temporairement à un poste, nécessairement éphémère, prendraient les choses en mains dans une situation spécifique d'un moment en fonction de leur compréhension.

Avec suffisamment d'empathie, les personnes cohabitent parce qu'ils savent aimer chaque voisin et non par "esprit de solidaires". Chaque Individu a la richesse intérieure qui lui permet d'apprécier sa propre compagnie et s'il la partage, ce n'est pas par obligation sociale ni uniquement pour "se faciliter la vie" et profiter de l'autre. Chaque Individu peut demander à être entendu et provoquer un changement radical, par la justesse de sa vision.

C'est ainsi que chacun vit sa vie, ici, au Village.

Peut-être est-ce plus facile quand on est moins nombreux et que nos bases ne reposent sur une approche sophocratique que depuis 108 Cycles. L'avenir démontrera si le mode de vie et sa qualité se maintiendront, s'amélioreront, ou... dégénéreront. Pour l'instant, chaque individu de cette "communauté" (comme l'auraient appelée les anciens) fait ce qui lui paraît le mieux, tout en respectant ses propres aspirations.

Les quelques rares habitants des lieux, ayant de légers problèmes d'hypophyse, savent également qu'on est plus heureux parmi des gens heureux et agissent en fonction...

Le pronom "nous" est peu usité, remplacé soit par "on", pour désigner un ensemble indéterminé d'individus, ou par "Moi... avec a, b, c" ou "Je... et a. b. c". Ainsi, "on" évite le fusionnel, ou la stigmatisation de l'une ou l'autre des personnes dont "on" parle. La suridentification égotique a fait des ravages dans le passé, que ce soit au niveau de groupes ou en solitaire. La crainte d'une éventuelle rechute possible peut parfois ressurgir, quelque part entre la conscience et la pensée, comme une piqûre de rappel. Certes, d'une certaine manière, l'ego est devenu plus fort. Toutefois, comme il a perdu son emprise, il a évolué en un simple élément existentiel. Content de son sort, son besoin atavique à vouloir toujours s'imposer a pratiquement disparu.

Holt, Cycle 132, Lune 9, jour 18

POSTFACE

Le niveau d'ocytocine influe sur la capacité à ressentir de l'empathie

Se basant sur ce principe, les Gris vont secrètement utiliser la formule évoquée dans ce livre, dans l'espoir de donner une nouvelle dynamique à leur communauté. En effet, que ce soit au Manoir ou dans la Petite Lune, les systèmes hiérarchiques mènent à un cul-de-sac.
Inspirés par l'œuvre d'un certain KrummenHacker, auteur de science-fiction suisse, les Gris ont tenté de créer une acratie. Mais, face à l'effondrement des communications avec la Terre et la diminution drastique de la population, cette forme de société ne pouvait fonctionner.
Par contre, la découverte de la sophocratie pratiquée par les habitants du Village insuffle un nouvel espoir.

Comme dans ce cas il s'agit d'une compréhension qui prend naissance à l'intérieur de l'individu, aucun "autre système" ne peut être aussi efficace pour atteindre un réel équilibre social.
Vouloir "imposer" un "régime sophocratique" de la même façon qu'une acratie ou une démocratie serait vouée à l'échec, puisqu'arrivant à l'individu de l'extérieur.
De ce fait, la quête de l'empathie est primordiale.

Voici des concepts à creuser!

Pour en apprendre davantage, sachez que le cycle de l'Acratie est édité et est à commander, aux Éditions Art Visionnaire Narratif...

GLOSSAIRE

A

Agave ou **aloès** : plante dont est extrait le sucre utilisé au Village.

Appartenance (sentiment d') : complexe courant durant les derniers millénaires d'avant la Grande Destruction. La conscience empathique a rendu ce besoin caduc.

B

Bibliothèque : bâtiment du Village où sont gardés les textes, coupures de journaux, livres et commentaires manuscrits.

Bigre : vieux français, exclamation de surprise (utilisée presque exclusivement par Octa)

C

Carabiné : expression régionale, particulièrement intense

Collectivisme : Longtemps considéré comme étant "anti-égoïste", il a eu l'effet inverse, en cultivant insidieusement la frustration. D'une manière très perverse, le collectivisme donnait l'impression d'une entente entre individus, alors qu'en réalité, il s'agissait plutôt d'une forme de conditionnement encourageant l'adhésion à la notion illusoire de "groupe".

Cycle : durée de douze Lunes. L'humanité ayant abandonné le compte en années. Plus tard, une treizième Lune est intercalée pour compenser le décalage des périodes.

D

Dé : Cube à six faces portant des valeurs de 0 à 5. Le chiffre indique le nombre de jours mis à disposition. Chaque villageois possède plusieurs Dés personnalisé, qu'il place, à sa convenance, dans des casiers correspondants aux jours d'une Lune et aux tâches à accomplir. Les casiers se trouve sur le Mur.

Demi-Lune : durée de quatorze jours. En général, allant d'une pleine-lune à une lune noire.

Démocratie : Un des anciens système politique d'avant la Grande Destruction. Comme tous les autres systèmes, il n'a pas su donner leur valeur respective à chaque individu de la Terre.

Destruction (**La Grande**) : Cataclysme provoqué par de nombreux facteurs différents et ayant abouti à une quasi extinction de l'espèce humaine (et totale de nombreuses autres) sur toute la surface de la Terre.

Diantre : vieux français, exclamation de surprise (utilisée que par Octa)

Discplot : jouet à lancer et rattraper.

Dôme (le Grand) : Collecteur du gaz de fermentation de matières organiques. Le gaz est distribué pour usage ménager et pour la production d'électricité en cas de pénurie d'ensoleillement.

E

Empathie : Capacité de ressentir ce qu'une autre personne ressent, d'acquérir une compréhension de l'autre.

Epreuve : pour les arrivants de l'extérieur du Village, ou de la Salière, il s'agit du passage au travers du Labyrinthe pour atteindre une des portes gardées du Village.

F

Fourmilière : terme souvent utilisé péjorativement, pour signifier une attitude collectiviste qui entraîne la catastrophe dès que la reine meurt.

G

Grade : évaluation subjective d'une valeur individuelle supposée autoriser une personne à donner des ordres à d'autres individus.

Gris : Surnom donné aux nouveaux arrivants ayant tous, comme caractéristique visuelle, des cheveux gris et une teinte épidermique légèrement cendrée. Aucune connotation "raciste", une simple évidence visuelle.

G.U.N ou la **GUN** : pour Grande Union des Nations. Ce fut la dernière tentative de sauvetage de la civilisation. Les nationalismes n'avaient entraînés que guerres et destructions. Mais, le dé-morcellement de l'humanité n'a que peu duré et les fractures ont repris de plus belle, jusqu'à ce que fin s'ensuive.

H

Huitante : 4x20 = 8 suivit d'un 0. Manière de compter par décimales en langage d'origine latine.

Hypophyse : responsable de la gestion des hormones, dont l'ocytocine. Il est connu que les assassin et les personnes manquant d'empathie ont des hypophyses sous-dimensionnées.

I

Individu : Être exclusif et dont la valeur est unique et irremplaçable. Il cultive son originalité, ses capacités autarcique, ses connaissances multiples, sa sagesse et son empathie. Celui qui sait vivre seul ne sera jamais un poids pour autrui. Celui sait vivre seul, sait mieux vivre avec d'autres.

J

Jour : il y a vingt-huit jours dans une Lune

K

Kepler : voir "loi de Kepler"

L

Langota : sous-vêtement fait d'une seule pièce de tissus. Porté par les yogis des Indes

Larves : Cultivées dans de grands bacs, sous serres, elles sont le principal apport de protéines dans la nourriture du Village.

Leehrmind (Nossart) : Professeur ayant inventé et développé la cryogénie partielle utilisée pour palier au manque de naissance dans une population menacée de consanguinité.

Loi de Kepler : lois qui décrivent le mouvement des corps célestes. Elles peuvent être appliquées à tous corps en orbite autour d'un autre.

Lune : douzième d'un Cycle. Durée entre deux pleines-lunes, soit vingt-huit jours.

M

Manoir : Domicile du Tigre. Immense bâtisse en pierre et au toit de tuiles. Vestige intact d'une habitation luxueuse d'avant la Grande Destruction.

Mur (le) : Sorte d'agenda qui permet de savoir qui fair quoi et à quel moment. Elément indispensable dans l'organisation libre du Village.

N

Nonante : 4x20+10 = 9 suivit d'un 0. Base latine, manière de compter en décimales.

O

Ocytocine : hormone produite au niveau de l'hypothalamus et stockée-diffusée par l'hypophise. Influence, entre autres, la capacité de ressentir de l'empathie.

P

Pointe de la fourmilière : expression qui, suite à la disparition totale des glaces polaires, a remplacé celle très usitée de "La Pointe de l'Iceberg".

Pseudo-cryogénie (de Leehrmind) : méthode d'hibernation inventée par le professeur Nossart Leehrmind.

Q

Queue : ce que le serpent se mordait avant la Grande Destruction.

S

Salière (la) : hameau situé à trois kilomètres du Village, niché à flan des rochers d'où est extrait le sel.

Septante : 60 +10 = 7 suivit d'un 0

Sophocratie : suite logique à l'échec de la démocratie, il s'agit d'un non-système basé sur la sagesse intrinsèque dont peut faire preuve tout individu ayant suffisamment développé son empathie.

Suridentification : attitude très commune avant la Grande Destruction. Manière de croire que l'on est ce que l'on fait ou que l'on est ce que l'on pense. Exemples typiques : militantisme, nationalisme, fanatisme, égotisme.

T

Trotteuse (la), aussi appelée Petite-Lune et parfois la Menteuse, est une Station orbitale géante construite avant la Grande Destruction.

V

Village : L'ensemble des habitations, cultures sous serres, réserves, bibliothèque, ateliers et laboratoires. Protégé au Nord par le territoire du MANOIR, à l'Est, Sud et Ouest par des palissades. On y entre qu'exclusivement en réussissant à traverser un labyrinthe. Le Village est relié, par un vestige d'une ancienne route bitumée, au hameau nommé "La Salière" les deux "agglomérations" sont habitées par les seuls survivants connus.

Z

Zénitude : capacité à pouvoir garder son calme et sa lucidité en toute circonstance.

PERSONNAGES

Octa : narrateur

Iraa : une amoureuse de Octa

Cicé : une autre fille dont Octa est amoureux, mais qui ne s'intéresse pas à lui

Holt : disparu dont Octa trouve le journal (il le retrouve plus tard!)

Les "Gris" : viennent se réfugier au Village.

Tani : le coup de foudre d'Octa, fille aux cheveux gris et aux yeux argent. Semble être "sous-cheffe"

Rowsha : joue le chef des "Gris" à l'arrivée au Village. (Est, en fait, sous les ordre de Tani, officiellement, mais sous ceux de Togal Attar, capitaine sur la Station).

Aershon' : masculin

Lénida : jolie fille, plus jeune et plus en retrait que Tani. Ses cheveux ont des mèches plus contrastées

Hisnili : pas très grande, mais l'air plus âgée et est plus musclée que Tani

Yofalia : féminine

Balmron' : masculin, très jeune plutôt subordonné

Darin' : Grise nettement plus âgée, pourrait être la mère de Tani

Elso : amoureuse de Aershon'

Oyssa : amoureuse de Balmron'

Olpa : amoureux de Lénida

Villageois :

Hollaz : génie de l'observation, malgré un léger handicap cérébral

Loga : ayant une empathie moins développées, il a une tendance à convoiter un leadership

Samo : bien qu'avec une hypophyse relativement petite, elle est d'une grande sensibilité musicale. Elle est luthier (luthière?) et a offert une superbe guitare à Octa.

Yaro : éminent bricoleur, inventeur et spécialiste de l'observation des étoiles et des deux lunes. Il va fabriquer un petit télescope.

Yerz : un homosexuel qui aurait voulu qu'Octa le soit aussi. Très observateur, il a remarqué quelques anomalies comportementale chez plusieurs habitants du Village et a mené sa petite enquête.

Saroc : le grand-père de Salis. Il connaît encore des histoires des premiers temps.

Yesso : vient d'emménager chez Kani

Arl : avec une vivacité et un charme époustouflant malgré ses cinquante Cycles est l'amie de Yaro

Sari : hermaphrodite, elle-il très féminin-e. Se foule une cheville en testant un prototype d'aile volante inventée par Yaro

Narkl : voisin direct de Octa et amant de Sari

Dzab : a fabriqué un excellent prototype de tricycle transporteur, dont la partie transport peut être détachée.

Telk : Spécialiste des objets en verre. Il va devoir sacrifier du papier journal pour le polissage final des lentilles du télescope

Non-villageois :

Le **docteur Arbor Trandini** : "médecin personnel du Tigre"

Farim' Dolan' : le nouvel amoureux de Iraa.

Rolsar : une sorte de major-d'homme, messager du Tigre.

Sorlnash, Kiamy, Dolinar et **Tasiilio** : quatre Gris rencontrés plus tard.

Editions avn
CH-1045 Ogens

Déjà paru du même auteur

Série LES CENT PAGES D'ALEX maximes
collectors format A6 paysage
Reliures artisanales diversifiées

Tome 1 : Les 100 Pages d'Alex
(Les cent pas "Je", lait sans pages, laisse en pas "je", laissant pages...)

Tome 2 : Les sans autres 3e réédition

Tome 3 : Les Plus que Sent... 3e réédition
(Les Sangs nouveaux d'Alex)

Tome 4 : Les cent vingt pages d'Alex 3e réédition
(Les Sangs Vains)

Tome 5 : Les 105 pages d'Alex 2e réédition
(les sangs saints, les sans seins, les sens sains) ÉPUISÉ

Tome 6 : Les Sans Scies
(Les 100 Si)

Tome 7 : publication défectueuse
(Les sets sens)

Tome 8 : Le tome VIII

Sous le nom de Alex Muller

Le Manifeste de l'Art Visionnaire Narratif ÉPUISÉ

Vers de ma pomme prose poétique carnet

Billets doux recueil de douze nouvelles
ISBN 2-9700229-2-3

LE guide du tourisme intergalactique avec lexique français-intergalacte standard
ISBN 2-9700229-1-5

Pour un touchant regard poèmes avec transcription Braille A4
Avec la participation de la FSA, Lausanne

Sous le nom de Alex de Kyburg

Le Tigre de papier I AVN 21 ISBN 978-2-940611-00-3
Le Tigre de papier II AVN 22 ISBN 978-2-940611-03-4
Le Tigre de papier III AVN 23 ISBN 978-2-940611-04-1
Le Tigre de papier 4 AVN 24 ISBN 978-2-940611-05-8

TARL' Jeu de cartes intergalactiques ÉPUISÉ

Coffret de mini infographies plastifiées ÉPUISÉ

Courts métrages créés entièrement sur ordinateur 2D + 3D

Odiiraa 1991

3 films d'Alex DVD + Fascicule 2000
ISBN 2-9700229-4-x ÉPUISÉ

Kadri' 2010
court métrage 6 minutes online
2e concours AMDA 2010

Mémoire du Jorat
Récits recueillis par Claire-Lise Gilliéron et Mousse Boulanger ÉPUISE.

Bienvenu en Acratie KrummenHacker Tome 2 AVN 20
ISBN 978-2-9700229-8-5 Réédition par l'AVN

L'Acratie, c'est assez KrummenHacker Tome 3 AVN 19
ISBN 978-2-9700229-9-2

Confederatio Acraticae KrummenHacker Tome 4 AVN 25
ISBN 978-2-940611-06-5

Bernard Krummenacher alias KrummenHacker est décédé en 2018. Des suites d'une foudroyante maladie.

Les situations et les personnages
sont purement imaginaires.
Toute ressemblance avec des personnes
ou des lieux existants est fortuite.

Conception, mise en page et illustrations:
Alex de Kyburg

Laboratoire de l'Art Visionnaire Narratif

www.visionnart.ch
info2@visionnart.ch

R3 2018